Dizary

Het Levende Systeem

Patrick Berkhof

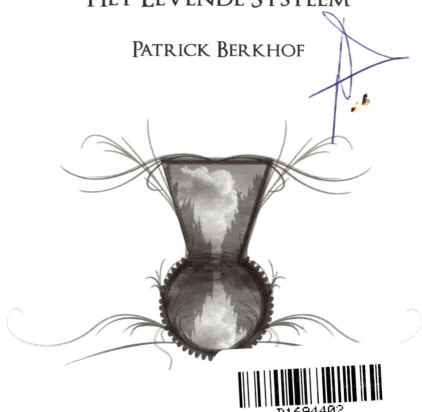

Uitgeverij Versa

© 2016 Patrick Berkhof - Uitgeverij Versa, Zoetermeer

Eerste druk
Alle rechten voorbehouden

Redactie: Eisso Post, www.bureaupterodactylus.nl
Ontwerp en opmaak: Studio Versa, www.studioversa.nl
Cover en kaart: Patrick Berkhof
Quote: Thomas Carlyle, *Schotse schrijver en historicus 1795-1881*

ISBN 102498123407243
NUR 334

www.Dizary.nl

Behoudens de in of krachtens de Auteurswet van 1912 gestelde uitzonderingen mag niets uit deze uitgave worden verveelvoudigd, opgeslagen in een geautomatiseerd gegevensbestand, of openbaar gemaakt, in enige vorm of op enige wijze, hetzij elektronisch, mechanisch door fotokopieën, opnamen of enig andere manier, zonder voorafgaande schriftelijke toestemming van de uitgever.

Volharding is geconcentreerd geduld.

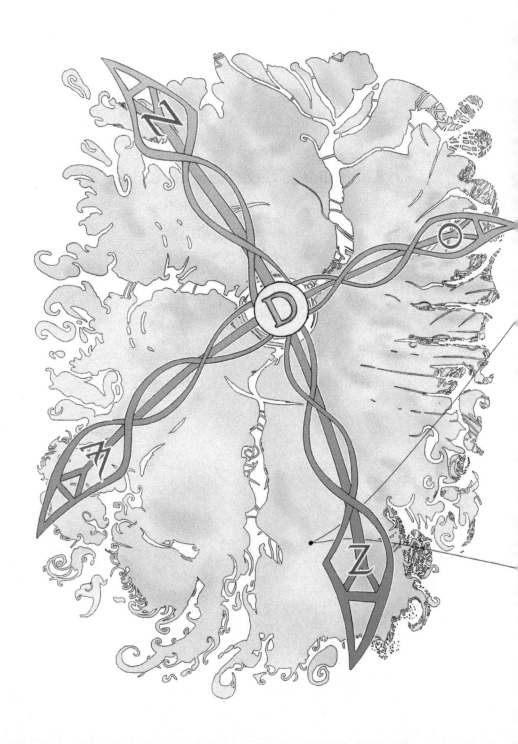

Let op: deze kaart is slechts gebaseerd op bevindingen van een eenvoudige reiziger. Kaarten zijn algemeen een vloek en ik stel voor dat je er niet te lang naar kijkt.   *Cartografie: Wormos en Dendel.*

Proloog

Volg je het lied of de duisternis? Zou je linksaf gaan of liever rechtsaf? Linksaf vermoed je geluk, maar de dood ontvangt je er wellicht met open armen. Rechtsaf dan maar, de melodie spreekt je aan, wie zal het zeggen? Een andere mogelijkheid in deze labyrintwold is er niet: hierheen, daarheen, of terug. Je zult het weten zodra je de stap waagt.

Deze wold is al oud en stamt uit een tijd van bergen die vochten tegen de gloeiende adem van de aarde, wolken die door de hemel stormden en oceanen die kolkten in ongekende diepten. Een tijd die uit ieders geheugen verdrongen is door alledaagse gekte. Boekgeschriften van de geschiedenis zijn vergaan tot het stof van raadsels, en de verhalen die ooit lispelend van oor tot oor gingen zijn vervlogen tot louter kampvuurvertellingen.

'Geen vierkante meter zal hetzelfde zijn,' was een uitspraak van de scheppers van deze wold, en deze spreuk hangt bij menigeen op een tegeltje aan de wand. Waarschijnlijk ook om je goed in te prenten wat je moet doen, mocht je ooit een schepper tegen het lijf lopen: hem de hersenpan inslaan.

Het zit hier ingewikkeld in elkaar. De wold bestaat uit ontelbare lagen vol verwarrende wegen, kronkelige paden, onnodige bruggen, glijgangen en duistere tunnels. Daarnaast zijn er siermechanieken, M-kliks, toestelletjes, klapstangen, vlamstralen, maalballen, leentrappen, hijsbakkies, langwerpige kromtestralen, wijsheden, onwijsheden, levensbedreigende mortaliteit, weetkundig geknutsel en magische opeenhopingen, maar dat komt later.

De weg snel vinden is lastig, zo niet onmogelijk. Of je nou hoog in Eteria zweeft of jezelf hebt teruggetrokken in de diepste krochten van Nedorium, Dizary is in elk opzicht verwarrend. De kans dat je na weken weer op je plek van vertrek uitkomt is groot. Tip: geef niet toe aan frustratie, want dan krijg je stress of angst, en dat bezorgt je weer wanhoop en claustrofobie en wat al niet meer, en dan krijg je constipatie en een slechte adem, en dat is wel het laatste wat je hebben wilt in deze intens geconcentreerde wold.

Griesje Hasl had het in de smiezen en kwam ooit op het illustere idee kiezeltjes te strooien, zodat ze de weg makkelijk terug kon vinden. Al snel kreeg haar idee navolging en begonnen de straten dicht te slibben met bergen kiezels. Dus dat werd al snel aan banden gelegd.

Het kloppend hart van Dizary is de wold zelf: de straten, de huizen, de mensen, de dieren, de andere wezens en de grond waarop gelopen wordt. In elke cel van elk levend wezen en in de poriën van elke steen ademt de wold. Alles leeft in zekere zus-en-zo-harmonie en hangt aan elkaar van een onzichtbare en ongekende energie die niemand ooit heeft kunnen beschrijven. Deze wold voedt zichzelf, vernietigt zichzelf en bevrucht zichzelf in een eeuwigdurende cyclus. Als je sterft wordt je ermee herenigd en keer je terug naar de oorsprong.

Zover is het nog niet: links- of rechtsaf, dat was de vraag. De weg vragen, dat doe je hier gewoon niet. Er is geen verborgen middenweggetje dat je nemen kunt, nooit. Links of rechts, omhoog of omlaag, goed of kwaad, nul of een, open of dicht, maar nooit een kruising; dat is de regel. De beslissing is nu aan jou, want er is niemand die het voor je bepaalt. Zelfs het lot verdwaalt hier, en wat er dan overblijft is het ongelukje: de samenloop van onhandigheden die niet zo had moeten zijn.

Tegenwoordig raakt men in twijfel. De keuze voor linksaf of rechtsaf was ooit gesneden koek, maar de straten lijken al tijden krapper te worden door een onzichtbare spanning. Er broeit iets en niemand kan er zijn vinger in prikken wat het precies is. Er loert iets om de hoek, het sluipt stilletjes naderbij en zorgt ervoor dat de bewoners van Dizary gejaagder door het leven gaan, zodat er vaker over de schouder gekeken wordt dan tevoren. Dat is ook de reden dat de uitvinding van Willonus Steark zo in trek is: een bril met spiegeltjes, zodat je nooit hoeft om te kijken.

Nooit eerder hebben de plengnissen zo uitgepuild van de vele vuuroffers die de reizigers er achterlaten. Rook heeft immers veel te vertellen: verbrand je een rat en verdwijnt de rook links om de hoek, dan moet je, na een schietgebedje tot de goden, beslist naar rechts. Verbrand je iets dierbaars, dan leiden de slierten rook je huiswaarts. Maar als de raadzame vlam van een kaars zich dooft, blijft er niets anders dan duisternis over.

Iedere levende ziel kan het aan zijn sierlijk bewerkte houten klompen aanvoelen dat het de vooravond is van een groot gebeuren, maar niemand heeft het erover. In Dizary schrikt men pas in blinde paniek op zodra het probleem recht voor de neus staat, en dan nog wordt er getwijfeld, of een openbaar referendum gehouden. Dus gaat het leven door als gewoonlijk, en leeft, werkt en vreet de bevolking en scheldt elkaar uit van tijd tot tijd.

Vroeger zocht men bij ongerief zijn heil bij de kunsten van een sjamaan, heks of tovenaar. Nu wordt de afleiding gezocht in uitvindingen: vaak krankzinnige bedenksels om de toch al aanwezige krankzinnigheid te veraangenamen. Die afleiding werkt en zo blijft alles draaien. De vraag is alleen: hoe lang nog?

1
Het Offer

"Hooggeëerd publiek, laat ik u voorstellen aan de jonge helden van deze dag: de vredebewaarders Ileas en Arak van het gilde Fermitas."

De stem van de omroeper klonk als mokerslagen in graniet zo hard. Hij moest zijn stem wel versterken om boven de joelende menigte bij het feest uit te komen. Het publiek in de tempel ging erg tekeer en allemaal wilden ze een glimp opvangen van de jonge helden.

"Halimot is weer een stuk veiliger geworden nu de alom beduchte inbreker en dief Fromus Klymstreat is ingerekend." Het gezicht van de omroeper had iets weg van dat van een droevige hond. Hij grijnsde trots en zwaaide met een uitgebreide haal naar de twee jongens naast hem. Alsof het publiek nu pas in de gaten kreeg dat daar twee ietwat slungelige jongens stonden, reageerde het enthousiast met luid geschreeuw en applaus.

Ileas stond er ongemakkelijk bij, met zijn handen op zijn rug, en staarde naar de honderden ogen voor hem. Hij deed alsof hij alle vriendelijkheid waardeerde, maar hij wilde niets liever dan zo snel mogelijk daarvandaan.

Zijn vriend dacht daar anders over. Hij zei: "Wat een geweldig moment. Kijk, deze mensen zijn dol op helden."

"Echte helden," zei Ileas.

"Je moet zorgen dat ze van je houden. Dan valt het allemaal best mee. Ik zou wel gek zijn om dit overheerlijke moment van aandacht aan mij voorbij te laten gaan." Arak stak zijn borst met het gildewapen van Fermitas vooruit. Hij glimlachte de menigte toe en nam het gejoel met open armen in ontvangst. Het was vooral Adrit, de serveerster, die met hem flirtte.

Ileas kreeg van haar blik alleen maar ijspegels op zijn rug. Hij fluisterde: "Mag ik je erop wijzen dat we dit misschien een beetje verkeerd hebben aangepakt?"

"Nonsens." Vervolgens begon Arak luid en met plechtige stem tot zijn publiek te spreken. "Dank u dat u ons als helden ziet, maar bescheiden als wij zijn is dat woord voor ons teveel eer. Wat wij hebben gedaan is eenvoudigweg ons dagelijks werk als vredebewaarders."

Dit is vooral niet het moment om op te vallen, dacht Ileas en hij zei tegen zijn vriend: "Blijf jij maar lekker staan genieten, dan neem ik ondertussen wat te drinken."

Een toegestoken bierpijp was voor hem een perfecte aanleiding om het podium weer te verlaten, en in een paar stappen was hij het korte trappetje af. Maar al te graag wilde hij zijn droge keel smeren na een hectische dag, als hij daar de kans toe kreeg.

"Proost met mij, jonge held," zei iemand en een ander zei: "Drink met ons samen, zegen ons en verwen ons met verhalen van jullie missies."

Ze zetten hem klem, zodat hij naar voren noch naar achteren kon.

"Ik wil je alleen even aanraken," zei een vrouw giechelend.

Daarvan griezelde hij wel het meest: van die kleffe, naar bier en wijn ruikende handen die hem aanraakten. Vlug ontweek hij hun verlangende blikken en worstelde zich een weg naar de kale buitenmuur van de tempel, waar ze hem eindelijk met rust lieten.

Pfff, wat een feest.

Hij voelde zijn rug klagen van het lange staan. Dit feest was alleen maar hinderlijk en er zou nog gedoe van komen als ze hier langer bleven rondhangen. De altijd goedgemutste Arak bekommerde zich niet om de zorgen van zijn vriend en danste er op los. Ileas vond dat geen probleem, zo zat hun vriendschap in elkaar. Ze moesten elkaar soms vrij kunnen laten, ook op minder prettige momenten. Een eindje verderop begon hij zelf te dansen, totaal niet op de maat van de muziek.

Het feest had iets lekker kneuterigs. Veel voorbereidingstijd was er niet geweest, omdat het nieuws dat de dief Fromus Klymstreat was ingerekend slechts drie uur jong was. Er waren nog ongedekte tafels, stoelen waren van her en der bijeengetrokken en er was een door het wijkhoofd gedoneerd biggetje, dat met gespreide pootjes boven het vuur hing te sudderen. Ook kwamen er vanuit elke richting schalen voorbij die vol lagen met het heerlijkste vlees en de heerlijkste groenten. Een trotse vrouw kwam met versgebakken broden aanzetten en iemand rolde kaas voor zich uit. Niet dat de kaas zo groot was. Er kwamen Utse gele wijnen voorbij, donkere bieren van Listaan, gezouten krimmel, en er werd volop Klap Tok tabak gerookt.

Schuw keek Ileas rond voor hij wat van een schaal griste. *Bij de goden van de muur, dit is ongekend veel eten.*

De bediende lachte hem niet onaardig toe en duwde de hele schaal in zijn handen. "Hier held, pak aan. Jij hebt dit verdiend na wat jullie voor geweldig werk hebben gedaan voor deze wijk."

Je moest eens weten, dacht hij. Hij keek naar het eten. *Waarom ook niet.* Hij gaf zich over aan zijn honger en hij at, hij vrat, het maakte hem niets meer uit. Grote stukken vlees werkte hij weg alsof hij zich voor de komende maanden wilde volstouwen. Vet spoot uit de kippenpoten en droop langs zijn kin omlaag. Van zoveel eten tegelijk ging hij ongelofelijke pijn in zijn buik krijgen, dat wist hij nu al.

Zijn vriend zwierde verderop nog vrolijk rond in de armen van een paar vrouwen. Zijn hoofd verdween af en toe in een boezem, waarna het na een paar rondjes lachend weer bovenkwam.

Mensen van alle leeftijden dansten op de opzwepende muziek alsof ze zich in geen jaren zo hadden laten gaan. De band maakte zweverige muziek en de zanger klonk afschuwelijker dan een zwerm stymphalische vogels. Een zwetende menigte, arm in arm aan elkaar hangend, deinde op en neer. Ook tafels werden als podium gebruikt om op te hossen.

De muziek was wel aardig, maar kon Ileas niet echt bekoren. Dansen was sowieso niet zijn ding. Hij zou pas dansen als hij echt gelukkig was. En hij zag zich op dit moment niet tussen die plakkende lijven in het midden van de tempel rondhossen.

In het midden, waar ook de dief Fromus Klymstreat op een massief marmeren blok lag. Hij lag er tam bij en staarde door het ronde open dak naar de sterrenhemel. Als hij minder heftig zou ademen zou je denken dat hij allang de eindsteeg gezien had. Hij was stervende en na zijn dood zou zijn lichaam aan het levende systeem worden geschonken. Dat was zoiets als teruggaan naar de oorsprong, waarna je weer werd herboren, voor zover Ileas wist en wilde weten.

En als hij gaat, zijn wij allang vertrokken, dacht hij. Heel bewust had hij afstand tot dat marmeren blok bewaard, want hij zou Fromus beslist niet onder ogen durven komen na wat er vandaag gebeurd was. *Hij is ingerekend en dat is het belangrijkste voor deze wijk. Klaar om te sterven, daar valt niets meer aan te doen.*

Wel had Ileas graag de geur van Fromus in zich opgenomen als een trofee. Maar nu die uitgelaten menigte rond het marmeren blok hoste, zag hij daar geen kans toe.

Laat ook maar – hoewel?

Geur was zijn ding. Zijn reukvermogen had zich in zijn dertien jaar zo ontwikkeld dat hij duizenden geuren kon onthouden en herkennen. Het zat als een encyclopedie in zijn hoofd. Wat hij ermee moest – hij had geen flauw idee. Maar soms kon hij de drang om iemands geur in zich op te nemen niet weerstaan. Dat gold ook voor die dief, en zijn geur hoorde thuis in zijn collectie. Daarvoor hoefde Ileas alleen maar van zijn plek te komen. Hij slikte moeizaam zijn bier door. *Vandaag niet meer. Hier blijf ik staan.*

"Ik zal morgen uitslapen en pas opstaan als Luza ondergaat en de vogels stoppen met fluiten." Arak was naast hem komen staan met zijn bier in zijn ene hand en een stuk vlees aan een vork in zijn andere.

"Een goed bed zou fantastisch zijn," zei Ileas. Hij veegde zijn lange blonde haren opzij en zette de bierpijp aan zijn lippen. In een paar teugen zoog hij het koude bier naar binnen; het bruiste in zijn keel. Hij sloot zijn ogen, slaakte een zucht, en even voelde hij zich zo ontspannen dat hij de bierpijp bijna op de grond liet vallen.

"Laten we vooral genieten. Dat mag best eens," zei Arak. "Hoewel het erop lijkt dat jij vergeten bent hoe dat moet. Kom op, dans, vreet, zuip."

"Je weet dat ik zo mijn eigen manier heb." Ileas ontweek zijn blik, want zijn vriend wist verdomd goed waarom hij hier stond.

"Jezelf terugtrekken in een hoekje?" vroeg Arak.

"Nee, kneus. Op mijn gemakje alle indrukken op me laten inwerken," zei Ileas. "Het is druk genoeg."

"Als er niet wordt gelachen, blijft er alleen huilen over." Arak werd door een paar meiden bij de arm genomen en een stuk verderop begonnen ze wellustig rondjes te draaien.

Een moment vroeg Ileas zich af waarom ze niet ook hem bij de arm namen. Blijkbaar straalde hij een ontzettende desinteresse uit. Deze houding ging hij dan eens goed onthouden voor een volgende keer. Hij ontwarde met één hand wat knopen van zijn buis, want hij zweette als een otter. Er werd een volle bierpijp in zijn handen gedrukt, de mensen mochten hem werkelijk, of ze vonden dat hij zijn zorgen maar eens goed moest wegdrinken. Meteen nam hij een flinke teug.

Al die ogen. Teveel mensen keken hem zo aan, ze loerden zoals mensen dat konden doen. Zouden ze zijn geheim doorhebben? Vlug nam hij nog een teug.

De siermechaniekjes van sommige mensen klikten en klakten zodra ze naar hem keken. Het was belachelijk om te zien hoe ze hun uiterlijk hadden durven aantasten door mechanorganische sieraden. Hoewel het een hoop mensen niet leek te deren dat hun mondhoek in een onhandige greep gehouden werd door een siermechanisch gouden armpje, of dat hun ooglid voor altijd open bleef staan door een springveer. De een was nog griezeliger en opzichtiger dan de ander. M-klik was een eigenaardige trend.

Toen Ileas nog een paar stappen achterwaarts zette, liep hij tegen een koude sierlijke marmeren zuil aan, ter hoogte van een stapel wijnvaten, met rechts de kleverige toog. Voorlopig werd dit zijn plekje, van waaraf hij alles prima kon overzien. De pilaar bood hem daarbij de koelte en de steun die hij zocht, want hij voelde zijn benen al flink zwabberen.

Het waren uiteindelijk niet de handen die hem wilde aanraken, de mensen die met hem wilde proosten, M-klik, noch de blikken die zijn kant uit priemden die hem dwars zaten. Juist met zoveel mensen om hem heen voelde hij een ongekende leegte in zijn lijf. Er was hier niemand die hij kende, behalve Arak, niemand die hij vertrouwde, niemand die hij spontaan in de armen kon vliegen, geen vrienden, geen vriendin, en zijn ouders waren dood. Voor hem was er alleen de wold waar hij constant hard doorheen fietste, zelfs in zijn dromen, zoekend naar een nieuw avontuur om de leegte te verjagen. Maar dit avontuur werd hem met de minuut steeds erger.

"Teveel indrukken," zei Arak, uit het niets opdoemend.

Ileas liet wat bier uit zijn bierpijp hupsen. "Rund, je liet me schrikken. Dit feest doet mijn hoofd tollen. Nou goed. En je stinkt."

Een beetje tegen elkaar mopperen hadden ze soms nodig, bij wie anders konden ze hun woede botvieren? Bij wildvreemden op straat hadden ze dat al lang geleden afgeleerd, want dat resulteerde vaak in rake klappen.

Ook de laatste knoop van zijn buis ontwarde Ileas en hij schudde het zachte linnen een paar keer op en neer. Het was ongekend heet in de tempel, of lag het aan hem?

Arak legde zijn hand op zijn schouder en schudde even, waarna Ileas met moeite een glimlach tevoorschijn toverde. *Mij zal niets overkomen met jou in de buurt*, herhaalde hij in zijn hoofd. Ze waren sinds hun jonge jaren op elkaar aangewezen en als broers voor elkaar.

De muziek stopte abrupt, alsof iemand een dik kleed over de muzikanten had geworpen. De dansende menigte hield halt. Sommigen keken verbaasd rond, totdat er in het midden van de tempel net onder het open dak een paars gewaad neerdaalde. Iedereen barstte in juichen uit en de mensen werden nog meer uitgelaten dan ze al waren.

Terwijl in de tempel het licht dimde, verstijfde Ileas volledig, zodat hij alleen zijn ogen nog kon verdraaien. Arak raakte net zo verstijfd en de tempel was twee marmeren pilaren rijker.

We hadden verdomme al weg moeten zijn, dacht Ileas.

In het paarse gewaad bleek een man te zitten, een heilige. Ileas vond het een nare vent: zijn ogen waren griezelig naar boven gedraaid en de spieren in zijn nek waren zo krachtig aangespannen dat het touwen leken.

De heilige brulde wat, het klonk als totale onzin, maar dat maakte niets uit, want er was toch geen hond nuchter genoeg om te begrijpen wat hij zei. Nu kwam de menigte definitief tot stilstand en keek zwijgend toe. Op een balustrade stapten een aantal gestalten in puntige paarse gewaden tevoorschijn, terwijl ze allemaal tegelijk hard op hun trommels sloegen.

De heilige hief zijn armen: het was tijd.

Ileas kreeg een duw in zijn rug. De menigte, die er opeens uitzag als één donkere massa, opende zich voor zijn voeten en hij werd naar voren geduwd. Totaal onthutst keek hij over zijn schouder naar zijn plekje, waar hij zich nog geen minuut geleden zo veilig had gevoeld. Arak volgde hem.

Door een haag van onpeilbare gezichten en klakkende toestelletjes werden ze in de richting van het marmeren blok gewerkt. Voor zijn gemoedsrust staarde Ileas naar de vloer en hij was even geneigd Arak een hand te geven nu het nog kon. Ze kregen applaus en hij kreeg het koud en warm tegelijk. Eenmaal bij het blok werden ze omgeven door een ruime kring van mensen. Dit vond hij niet zo'n goed idee en in onderdrukte paniek zocht hij al naar een uitweg.

Hij zag zichzelf dwars door de rij mensen heen rennen die links het dunst was, op het podium springen, de deur erachter opentrekken en ervandoor gaan. Maar dat waren alleen zijn gedachten, zijn lijf bleef hier verdomme gewoon staan.

Zo stonden ze een momentje, terwijl de heilige een paar woorden zei. Op de achtergrond dreunden de trommels in een hypnotiserend ritme. Ileas richtte zich op de dief Fromus Klymstreat, die zo griezelig ontspannen op het marmer lag, en vroeg zich koortsachtig af wat hij hier samen met Arak zou moeten doen.

Zo dichtbij. Zijn geur, die trofee. Heel even zette hij zijn neus aan het werk en snoof. *En toch moet ik hier weg zien te komen. Ik wil hier niet zijn*. Langzaam schuifelde hij een paar passen voorwaarts, terwijl de rituele dans weer losbarstte op het ritme van de trommels.

"Ik heb gefaald," sprak Fromus Klymstreat ineens. Ileas schrok, alsof de dief hem met die woorden in zijn nek had geslagen. Nog steeds keek de dief naar de sterren, zonder met zijn ogen te knipperen. "Het kwaad zit zo diep in mijn bloed, ik deed zelfs mensen kwaad na mijn beschuldiging, en daarom mag het levende systeem mij hebben voor de eeuwigheid." Daarna sloot hij zijn ogen en liet zijn armen langszij bungelen.

"Dank u," klonk er uit het publiek. "Dank dat u uzelf schenkt voor het goede van deze wold. Dank dat u het levende systeem wilt voeden met uw lichaam."

"Goed dat dit mogelijk is, anders verpaupert deze wijk zo snel," zei iemand anders moeizaam, omdat zijn kaak door een mechaniekje in tegengestelde richting op en neer bewoog.

Fromus Klymstreat kreeg bloemen toegeworpen.

Oké, dacht Ileas, *hij is onder invloed en niet zo'n beetje ook*. Dit was voor hem het moment om de cirkel te verlaten. Hij maakte rechtsomkeert, maar het publiek hield hem tegen. Een held bleef uiteraard op het hoogtepunt van de avond, maar wat mocht het hoogtepunt dan wel zijn?

Fromus Klymstreat draaide langzaam zijn hoofd wat opzij. Hij keek Ileas strak aan, en vervolgens Arak, die naast hem stond. "Wie zijn jullie eigenlijk?" gilde hij. De muziek zweeg abrupt, na nog een paar knullige halen over een viool.

"Wie wij zijn?" vroeg Arak, terwijl hij een ongemakkelijke lach produceerde. "Dat ben je vast vergeten nu je zo onder invloed bent. Wij zijn de vredebewaarders die jou hebben ingerekend."

Te verzwakt om helemaal overeind te komen hief de dief alleen zijn hoofd op en zei: "Nee, dat zijn jullie niet."

Er ontstond gemompel en onrust onder het publiek.

"Het is duidelijk dat deze man behoorlijk de weg kwijt is," zei Arak luid om de gemoederen te sussen, en tot de heilige zei hij: "Laten we doorgaan met deze plechtigheid... wat jullie er ook mee van plan zijn."

De heilige was het daar helemaal mee eens, omdat hij blijkbaar ook besefte dat er snel iets moest gebeuren voordat de stemming omsloeg. Alcohol bracht weliswaar gezelligheid, maar maakte mensen ook onvoorspelbaar. Hij deed gehaast wat passen naar voren en pakte het hoofd van de dief met beide handen beet.

De blik van de dief ging voor een laatste maal naar opzij, en hij sprak: "Ik ben een dief die verdient te sterven, maar jullie zijn net zulke oplichters als ik. Jullie zijn geen vredebewaarders. Ik herken een dief meteen, daarvoor ben ik er lang genoeg een geweest. Ik hoef alleen maar in jullie ogen te kijken."

Snel ontweek Ileas zijn blik, vooral ook omdat hij zichzelf in een fractie van een seconde op zijn plek zag liggen.

Nu werd het publiek werkelijk onrustig. Meerdere mensen stapten naar voren, zodat de cirkel waarin hij en Arak stonden benauwend klein werd. Boze woorden weerklonken steeds luider.

Arak draaide zich om en deed een poging zich door de menigte te wringen. "Wij moeten gaan, onze plicht roept."

"Je hebt geen plicht, want je bent een dief," zei Fromus en hij lachte als een kraai. "Je hebt nergens om heen te gaan."

Beide jongens werden ruw vastgegrepen.

Op de achtergrond klonk een bel. Alarm.

De heilige had zijn ogen weer naar dat griezelige wit gedraaid en de spieren in zijn nek weer aangespannen, terwijl hij het hoofd van de dief vasthield. Ileas begon te vermoeden dat deze plechtigheid meer was dan alleen het vreedzaam heengaan van de dief.

Fromus Klymstreat sloot uiteindelijk zijn ogen en de heilige sprak nog een paar woorden. Meteen daarna kwam het marmeren blok tot leven en schoten er donkere tentakels naar boven die over de dief heen begonnen te kronkelen. Ileas verstijfde en zijn diepe ademteug bleef hangen. Het leek wel alsof de duisternis van Nedorium zelf naar boven gekropen was om de dief te halen. Dit had niets meer te maken met een schenking, dit was een offer. Waar waren hij en Arak in beland? Delen van de dief begonnen te veranderen in een vormloze substantie.

In zijn ooghoek zag Ileas het gebeuren, en bij het geluid van krakende botten draaide zijn maag om. Het enige wat hij wilde was hier vandaan komen, maar de naar bier en wijn stinkende handen hielden hem stevig vast.

Met gekraak, horten en stoten trokken de tentakels Fromus Klymstreat mee het marmer in. Daarna werd het marmer weer glanzend en glad alsof er niets gebeurd was. Het publiek was tevreden met het offer en juichte. Helaas vormde het ritueel geen reden om de jongens te vergeten.

"Arak," schreeuwde Ileas boven het publiek uit. Hij keek opzij. Verderop was zijn vriend bedolven geraakt onder de mensen die hem in bedwang hielden. Zijn rood aangelopen hoofd glom van het zweet en verraadde hoe hij zich inspande om te ontkomen. Hij brulde iets, maar door de spanning, de drukte en de alcohol was het brein van Ileas dikke soep geworden.

Echte vredebewaarders waren al snel ter plekke, en zonder mededogen sleurden ze hen mee.

2
Maark

Ileas en Arak werden een duister kamertje naast de stinkende keuken binnengeduwd, terwijl een paar mannen buiten de woedende menigte tegenhielden. De deur klapte hard dicht en de ruimte werd nog donkerder dan hij al was. Alleen een gaslamp in de hoek verspreidde schamel licht over de ruwe gezichten.

"Heren, welkom," sprak een van de mannen. Hij krikte de lamp wat op en stapte naar voren. Ook hij was rijk genoeg om zich een M-klik te veroorloven. Bij hem zat er onder meer een glanzende ketting rond zijn nek. Hij kuchte en sprak op plechtige toon: "Misschien willen jullie erbij gaan zitten. Dit is geen vraag."

De jongens gehoorzaamden. Araks blik was doortrokken van een angst die Ileas nog nooit eerder bij hem gezien had. Ze hadden geleerd de schijn te wekken niet bang te zijn. Hun angst verstopten ze altijd achter een volhardende blik en een continue stroom aan doordachte woorden. Maar zelfs de gladde praat van Arak kon hier niet tegenop, besefte Ileas. Zijn hartslag versnelde en hij kreeg het koud.

Hij nam plaats op een metalen stoel en Arak ging op een stoel een eindje bij hem vandaan zitten. De andere mannen omringden hen. Een van hen keek vanuit de hoek van de ruimte stilletjes toe. Ook de man die hen had aangesproken zeeg neer op een stoel, keek hen verwaand aan en begon onrustig met zijn hak op de vloer te tikken.

"Beginnen jullie of zal ik eerst mijn verhaal doen?" vroeg hij. Daarbij tuitte hij zijn lippen, zodat zijn gezicht nog smaller werd dan het al was.

Je zit verdomme te popelen, schedel. Dus doe je ding. Ileas sloeg zijn armen over elkaar en deed alsof hij buitengewoon aandachtig luisterde.

De man stak van wal: "Ik heet Zoren en ben rechter in de wijk van Halimot. Een tijd geleden kreeg ik een tip van een schat van een bewoner, dat er twee jonge straatdieven waren gesignaleerd. Ze hadden blijkbaar trek, want volgens de tipgever hadden ze op de markt meerdere vruchten, broden en stukken vlees gestolen. In de weken daarna volgden nog meer berovingen, diefstallen en inbraken, waar voorbijgangers steeds twee tamelijk jonge mannen aan het werk zagen. Soms doken ze op, dan waren ze weer een tijdje onvindbaar." Zoren sloeg op zijn beurt beide armen over elkaar in afwachting van een antwoord. "Moet ik verder gaan?"

Dat konden wij onmogelijk allemaal geweest zijn, was het maar zo'n feest. Ileas hield zijn onschuldige blik zo lang mogelijk vast, maar sommige spiertjes begonnen al onrustig te trekken nu hij dacht aan wat komen ging: ze zouden worden gestraft. En de zwaarte van die straf hing af van de strengheid van deze rechter. Er waren rechters die je lieten gaan met een stevige waarschuwing en een aai over je bol, maar er waren ook gekken die zonder pardon meteen een Maark zetten. En deze rechter kwam over als een behoorlijke gek. Dat kwam door zijn bezeten grijns die zei: ik heb jullie daar lelijk te pakken, het nerveus trekkende spiertje bij zijn linkeroog en vooral zijn onechte dure praat, waarmee hij zijn ongekende gekweldheid maskeerde.

Arak zei: "We proberen alleen maar te overleven in deze idiote wold."

"Ah, dus ik heb gelijk? Ik heb het altijd bij het rechte eind. De reactie van de dief Fromus bevestigde mijn vermoeden dat jullie degenen waren die ik zocht. Kijk, proberen te overleven doen we allemaal en het leven hier is zo gecompliceerd als de wold zelf. Toch ben ik van mening dat daarbij geen kwaad hoeft te worden gedaan," zei de rechter overdreven luchtig en hij trok wat aan zijn M-klik. "Diefstal, de identiteit van twee vredebewaarders stelen, en vervolgens doen alsof jullie helden zijn door het publiek te laten denken dat jullie een dief hebben ingerekend. Was die dief eerder vandaag al niet ingerekend door de echte helden? Het is wat. Jullie kenden de consequenties, toch vestigden jullie al die aandacht op jezelf met een overdreven feest om jullie stommiteit te vieren. Dwaasheid ten top om zoiets te doen als een stel...ik heb spontaan het idee dat jullie nomaden zijn: Koendra, Doler, Fendel, Wraendal?"

Arak knikte bij het laatste.

"Wraendal dus. Hoe wanhopig moet je zijn."

Ileas begon hevig te trillen. Hij had wel eens een Maark bij iemand gezien en vroeg zich al jaren af hoe dat zou voelen. Hij wist ook dat hij zich er nooit op zou kunnen voorbereiden, de pijn, de tucht, de afkeer.

Hij zei zacht: "Het spijt ons echt. We zullen er alles aan doen om voor onze daden te betalen. We zullen ergens geld verdienen. Ja, laat ons geld verdienen zodat..."

Zijn hoofd knalde zowat uit elkaar bij het bedenken van de dingen die hij wilde rechtzetten. Zijn straatleven bestond uit het doorkomen van de dagen, en daar hoorden soms onfatsoenlijke streken bij om te kunnen overleven. Was dat werkelijk zo fout? Het onverbiddelijke straatleven had hem gemaakt tot wat hij nu was: soms een bikkel, maar nog te jong en te naïef om te begrijpen hoe de grote zaken werkelijk in elkaar staken.

"Helaas is het kwaad al geschied en hebben jullie in deze wold wrede sporen achtergelaten die niet zo eenvoudig kunnen worden gewist. Jullie hebben beiden een hoop mensen verdrietig gemaakt." De pauze die hij nu nam was er een van theatrale lengte die slepend naar de gongslag kroop. "Halimot heeft zo zijn regels en er zit niets anders op dan jullie een Maark te geven."

Er ging een schok door Ileas heen en zijn voeten kwamen even los van de vloer.

Zoren zei: "Sluit je mond maar jongen, voor je straks nog een vlieg opeet."

Arak zei: "Regels zijn bedacht om het domme te leiden, niet om mensen te laten lijden."

Zoren negeerde simpelweg zijn opmerking. Er werd hem een leren buidel overhandigd van een aanzienlijk gewicht. Zijn hand zakte een stuk door toen hij het van zijn collega overnam. Daarop knipte hij in zijn vingers en de vier mannen stoven naar voren.

Aan alle kanten werd Ileas beetgepakt. Hij kon onmogelijk loskomen, het waren een stel kolossen die hem in bedwang hielden. Een van hen trok zijn rechterhand met een ruk vooruit op de stoelleuning en zette zijn hak op zijn iele pols.

"Stop, stop, nee," gilde hij en hij durfde niet meer te kijken.

"Stop?" De rechter zakte onderuit en schoof zijn glanzende leren schoenen ver naar voren. Verveeld zuchtte hij: "Oh, ik dacht werkelijk dat je me iets waardevols ging bieden. Omkopen kan altijd."

"Heb genade, we zijn nog te jong voor een Maark," zei Arak.

"Het zal dan ook maar een kleine Maark worden, net genoeg voor jullie kleine straatdieven," zei Zoren.

"Dan doet het vast geen pijn."

"Natuurlijk doet het pijn." Zoren boog zich naar voren. "Dat is een belangrijk onderdeel van je straf. Je krijgt hem op je rechterhand, de hand van het recht."

"Laat ons gaan, want dit is al afschrikwekkend genoeg en we zien het als een belangrijke waarschuwing. We zullen vanaf nu ons leven beteren, heus," zei Ileas en hij probeerde uit alle macht zijn hand weer terug te trekken. Een Maark ging hem zijn vrijheid ontnemen, waar hij altijd zoveel waarde aan hechtte. Nog harder probeerde hij zijn hand terug te trekken, maar de hak bleef op zijn pols staan. Het vrije leven van de straat was soms hard en meedogenloos, maar voor de vrijheid die daar tegenover stond zou hij alles willen geven. Zijn angst sloeg om in machteloze woede. "Laat me gaan, laat me gaan, laat me verdomme gaan!"

Natuurlijk lieten ze hem niet gaan.

"Je hebt gewoon wat hulp nodig om je leven te beteren. Komaan, straks loop ik het mooie feestje mis." Zoren vouwde een stuk perkament open en pakte een pen. "Wat zijn precies jullie namen?"

Ileas werd in zijn zij geknepen. "Au... Ileas..., Ileas Solus."

"Ho, heet jij Solus van je tweede naam? Solus als in: Ardeamus Solus? De grote overwinnaar van de Zuidelijke Streken? Ardeamus Solus, die de mensen op de been kreeg om hun vrijheid te bevechten?"

Ileas keek op. "Precies, die Solus. De zoon van Groothertog Ardeamus. Als hij hier achter komt, heb je zojuist je laatste lach gelachen."

Zoren maakte een minachtend gebaar. "Gekkigheid, er bestaat geen Ardeamus Solus, laat staan dat hij een groot overwinnaar was. En de naam van je maatje?"

"Arak."

"Gewoon Arak of hangt er nog wat achter?"

"Nee. Aarch. De vloek van de muur zul je hiervoor krijgen."

"Buh, buh, buh." Zoren krabbelde op zijn perkament. "Arak, de vloek van de muur zal je krijgen... Reusachtig mannen, dan is dat geregeld. Het zetten van de Maark kan beginnen."

De greep van de mannen werd nog steviger en ze drukten Ileas' nek en schouders omlaag, zodat hij geen lucht meer kreeg. Hij werd duizelig en leek voor een moment los te raken van de wold, waar hij in de verte Arak hoorde gillen.

Nee, nee, dit kan niet waar zijn. Dit is onmogelijk. Hij voelde een hitte over zijn gezicht trekken, een gevoel dat hem deed denken aan de dood.

Daarna kwam de echte pijn in zijn rechterhand: koud, brandend, gemeen scherp – en vervolgens als een helle bliksem uitschietend door heel zijn lijf. Hij hield secondenlang aan, tientallen seconden, bijna een minuut. Ileas schokte en de spieren in zijn lijf trokken zich ongecontroleerd samen. Zijn ademhaling stokte alsof hij onderwater zat en verdronk. Gillen kwam niet in aanmerking en er was geen ruimte voor tranen. Zijn maag keerde zich om en hij voelde zijn schoot nat worden van het bier dat in stoten naar buiten kwam. De pijn die hij tijdens zijn leven op straat ervaren had was niets vergeleken met nu. De Maark was gezet.

Ileas werd losgelaten en hij kwakte duizelig en klam van het zweet op het jute vloerkleed. Een tweede holle bonk maakte duidelijk dat Arak vlak naast hem neergekomen was.

De pijn in zijn hand was afschuwelijk. Hij durfde zijn handpalm te bekijken en zag een rond stuk verbrande huid ter grootte van een appel, een beetje onhandig half over zijn knokkels, zodat zich er vast kloven en hinderlijke ontstekingen zouden gaan vormen. De Maark bestond uit een aantal symbolen waarvan één overduidelijk een kruising was.

Weer maakte zijn maag een draai.

"Wees blij dat ik hem niet op je voorhoofd heb gezet." Zoren stond op. Hij pulkte de restjes verbrand vel van de Maark-stempels en borg ze op in de leren buidel.

"Begrijp je waarom de Maark sommige mensen tot waanzin heeft gedreven?"

Wat een klotevraag is dat. Ileas kon het zich prima voorstellen. Voor een moment schoot de verontrustende gedachte door zijn hoofd dat hij het maar op moest geven. Wellicht had hij dit gewoon verdiend.

Zelfs nu legde Arak, die naast hem op de vloer lag, een hand losjes op zijn schouder. Diens stilzwijgende medeleven gaf hem weer hoop. Natuurlijk kwamen ze hier samen wel uit.

Zoren vouwde het stuk perkament verder open en zei: "Nu ter zake: jullie hebben vandaag de identiteit van twee vredebewaarders gestolen. Ik moet toegeven dat jullie beschikken over talent, als jullie erin geslaagd zijn twee gildemedewerkers te overmeesteren en weg te sturen met een karavaan, die nu op weg is naar een verre uithoek van Dizary. Bravo. Zoiets vraagt een doordachte aanpak."

Twee kneuzen waren het, die weinig konden doen tegen dat visnet dat ze over zich heen kregen. Die suffe sikkebaardjes en snorren die hun totaal niet stonden. Hoe oud zouden die sukkels geweest zijn? Vijftien, zestien, niet ouder dan dat.

"Jammer dat de twee heren er op dit moment niet bij konden zijn, want ik weet zeker dat ze maar al te graag zelf de Maark hadden aangebracht. Waarschijnlijk wél op jullie voorhoofd," zei Zoren.

Arak sloeg razend op de vloer. "We zijn in elk geval niet slim genoeg geweest om uit jullie handen te blijven."

Ileas kneep zijn ogen peinzend samen.

De verwaande lach van de rechter vulde de ruimte en veranderde in gekakel toen het siermechaniekje rond zijn nek zich samenkneep. Zodra hij weer mocht ademen zei hij: "Hun kostuums staan jullie uitstekend, dus jullie moesten ook maar handelen als vredebewaarders. Daarom zullen jullie als gezel in dienst treden bij het gilde Moed en Daad in Kromwyl. Ik ken dat gilde verder niet, maar ik lees in deze opdracht dat ze erg nobel zijn. Weet je wat nobel is, straatdief? Vast niet. Jullie onbezonnen kracht kan Moed en Daad prima gebruiken. Bij dat gilde vervullen jullie beiden een goede daad, waarna de Maark van jullie hand verdwijnen zal. Zie je, zo eenvoudig is jullie opdracht: verricht een goede daad voor dat gilde en jullie blijven leven."

Voor een moment moest Ileas toegeven dat de taak milder klonk dan verwacht, hoewel de pijn in zijn hand dat idee weer snel wegvaagde. Hij bleef uitgeput op de vloer liggen.

Zoren zei snel: "Haast je wel want jullie krijgen drie uur de tijd, -"

Gelijktijdig veerden de jongens op, nog bleker dan ze daarvoor al zagen.

"- maar dat is een grapje. Jullie toekomstige gilde geeft jullie zeven dagen respijt, daarna zal de Maark jullie leven nemen en..."

"... zullen wij worden verenigd met het levende systeem," vulde Arak hem aan.

Op de achtergrond floot de stoomklok het sein van middernacht.

"Exact twaalf uur, mooi moment om jullie straf in te laten gaan. Het voordeel van een Maark is dat ik er geen omkijk naar heb, alles gaat vanaf nu vanzelf. De pijn die je nu in je hand voelt is niets vergeleken met een hereniging met het levende systeem. Ik neem aan dat je je het offer van Fromus Klymstreat van daarstraks nog goed herinnert?"

"Ik ben allang dood als het levende systeem mij komt halen," zei Arak.

"Wie zegt dat een Maark je volledig doodt? Ik heb er ook geen benul van hoor, dat moet ik toegeven. Niemand heeft me ooit kunnen vertellen wat er werkelijk gebeurt als je Maark je leven neemt, laat staan over de ervaring van een hereniging met het levende systeem. De dood is misschien wel helemaal leeg en niets, of juist een blik op iets nieuws. Daarentegen weet ik wel hoe een vrijwillige hereniging voelt." Hij trok weer even aan zijn knellende M-klik rond zijn hals.

"Waarom zou je dat laten gebeuren?" vroeg Arak.

"Je hebt nog een hoop niet gezien in deze wold, jongen. Oh, er zijn ook nog een paar eisen: jullie taak is onlosmakelijk verbonden met dat gilde Moed en Daad, en jullie zullen je aan de gebruiken en regels van dat gilde moeten houden. De magie blijft van kracht tot de opdracht volbracht is. En wat ga je nu doen, dief?"

Zoren deed geen moeite het perkament op te rollen en gooide het vlak voor de jongens op het vloerkleed. "Hier staan nog wat details in over de locatie van het hoofdkwartier, en het bevat meteen jullie officiële aanstelling als gezel bij het gilde, dus raak het niet kwijt."

Hoewel het bloed te langzaam naar zijn hoofd steeg, wat hem duizelig maakte, wilde Ileas per sé overeind blijven zitten. Zijn verlamde rechterhand ondersteunend vroeg hij zich af hoe lang het zou duren voor die weer een beetje normaal zou kunnen functioneren.

"Ze zeggen dat geplette druif de pijn verzacht," zei Zoren.

"Zou het werkelijk?" vroeg Ileas.

"Nee, natuurlijk niet, het ziet er alleen maar belachelijk uit. Jullie hebben nog een hoop te leren, merk ik. Aanvaard de pijn of je wordt krankzinnig. Nou, succes ermee, en laat ik jullie niet nogmaals als dief betrappen. Ik heb gesproken."

Zoren liep naar de deur met zijn gezelschap in zijn kielzog en zonder om te draaien zei hij: "De tijd loopt, jongemannen. Ik zou als ik jullie was zorgen dat de bewoners in de tempel jullie niet meer zien, en via de achterdeur in alle stilte vertrekken. Ze lynchen jullie meteen als ze de Maark op jullie hand zien, zeker nu ze nog geen kwartier geleden met jullie als helden hebben staan proosten."

Hij vertrok met zijn gevolg, ook de persoon die had staan toekijken. De deur ging dicht.

Ileas sloot zijn ogen. *Dames en heren, ik stel jullie voor aan de grootste klunzen van de dag: Ileas en Arak. Dieven.*

Arak kwam met veel moeite overeind en bleef wankel staan. Daarna trok hij zijn vriend overeind en zei: "Vooruit, we moeten hier heel snel weg."

3
DE JUISTE WEG

Terwijl de jongens al strompelend de tempel verlieten, stierf op de achtergrond het feestgedruis weg. Dat kon twee dingen betekenen: of de bewoners hadden er genoeg van, of ze laadden zich op om deze twee knapen te grazen te nemen, te martelen met hun muziek en daarna in hun nakie te offeren op die ijskoude marmeren offertafel.

"Vlug, hierlangs." Arak wurmde zijn vriend door een smalle opening in de houten wand de verlaten duistere stal binnen die tientallen meters van de tempel af lag. Het was hun tijdelijke toevluchtsoord geweest toen ze een paar weken van het Halimotse leven hadden geproefd.

Wat ga je nu doen, dief! Ileas slikte moeizaam en wierp een vluchtige blik door de opening naar buiten. "We gaan dood, we gaan dood!"

Tijdens hun straatleven kwam de dood nooit ter sprake, omdat je gewoon wist dat die constant in je nek hijgde of je om de hoek stond op te wachten. Dan kon je er maar beter over zwijgen, anders hoorde hij je nog: negeer de dood en je ontloopt hem zonder meer. Maar voor het eerst in zijn leven durfde hij het woord 'dood' in de mond te nemen, want zijn sterfelijkheid was op onomkeerbare wijze ingezet en opeens tastbare realiteit geworden.

Hij draaide rond tussen het stro, zoekend naar iets onvindbaars, of eigenlijk naar zijn verloren onwerkelijkheid, waar hij nu maar al te graag in zou verkeren. Hij gunde zichzelf nauwelijks de tijd om uit te hijgen.

"We hebben nog één week om een goede daad te doen, het levende systeem, het doet zo'n pijn, wat moeten we doen, wat moeten we doen, pijn, één week, het wordt onze regelrechte dood..."

Arak hield zijn vriend tegen, schudde even. Hij was degene die de dood fluitend voorbijliep zonder blikken of blozen. Toch was ook bij hem de altijd aanwezige opwinding in zijn stem verdrongen door pijn. Hij zei: "Jij moet nu je spullen bij elkaar pakken en je fiets optuigen, meteen."

"Ja goed, ja, dat moet ik doen, dat zal ik doen. Mijn tassen pakken en dan gaan we er vandoor. Één week!"

"Geen reden tot paniek."

Ileas trok zijn broek op en sjorde hem vast met zijn rondvaster. "Ik ben heus niet in paniek, als je dat soms denkt."

"Nee, heus."

"Het komt door het bier dat ik zo van de wijs ben." Hij raapte zijn vroomschap, met zeep, schaartje en kam, zijn bochtspotter, zijn kwispel en nog wat speeldingetjes uit het stro en propte ze in de minst uitpuilende tas. Zijn tassen hees hij achterop zijn fiets. "Één week..."

"Gelukkig hebben ze ons onze spullen en fietsen laten behouden. Voor het zelfde geld hadden ze ons die ontnomen."

"Dat zou helemaal verschrikkelijk zijn geweest. Dan hadden we op zijn minst alleen al vier dagen nodig gehad om bij dat vervloekte hoofdkwartier te komen."

Arak legde opeens een vinger op zijn lippen en dook wat ineen. "Ssst."

Buiten de stal weerklonk een geluid en de jongens keken gespannen om zich heen.

"Hebben ze ons gevonden?" piepte Ileas.

Ze luisterden beiden en rilden even.

Toen kwam Arak tot de conclusie dat het niets was. "Bepak je fiets, we gaan."

"Waarom hebben we ook zoveel zooi! Die tassen zijn haast niet te tillen." Met zijn hart kloppend in zijn keel ging Ileas verder met het pakken van zijn stevige canvas tassen.

Als Wraendel, stads-jager-verzamelaar, hadden ze nogal wat spullen vergaard. Het leven van de jongens zat in tassen samengepakt, de zaken voor dagelijks gebruik zoals de aangekoekte pannen en de brander voor de thee hingen aan de buitenkant. Ook bezaten ze een hoorn, die ze tijdens een klus van de leider van Kranan gekregen hadden. Die gebruikten ze om voetgangers te laten schrikken als ze eraan kwamen.

De spullen die geen plek meer konden vinden in zijn tassen droeg Ileas in zijn jaszakken, voornamelijk kleinigheden die hij kon gebruiken als ruilmiddel. Stukjes kristal of glanzend metaal behielden altijd hun waarde. En vooral koperen sleutels waren gewild. Niet zozeer om hun waarde als wel om de schat die ze konden openen. Zijn kleding was net als die van Arak bijeengescharreld uit wat ze tijdens hun reizen door Dizary konden vinden. Ook droeg hij trots zijn amuletten, talismannen, pronkstukken en trofeeën buiten op zijn jas of aan kettinkjes rond zijn nek.

"Aan de kant," zei Arak en kwam met de touwen. Hij bond alles met veel touwen en een belachelijke hoeveelheid knopen goed vast achter op hun fietsen. Dat knopen van hem was eerder goed van pas gekomen, want als ze vrijwel geen eten meer hadden, ruilden ze van vlastouw geknoopte poppetjes voor brood, groente en vlees.

De laatste tijd haatte Ileas die touwen en knopen, omdat ze steeds strakker en complexer werden, zodat hij altijd op Arak aangewezen was om de boel weer los te halen.

"Klaar met jou." Zodra Arak weer afstand nam, betekende dat dat je niet bang hoefde te zijn dat die knopen ooit los zouden komen. "We gaan."

Er waren betere vervoersmiddelen te bedenken dan fietsen, maar het ging sneller dan lopen. De banden van Wolbasserdarmen behoedden Ileas ervoor dat zijn botten uit zijn lijf trilden als hij over de hobbelige wegen reed. Ook kende zijn fiets, die soms een eigen leven leidde, de nodige inventieve foefjes om bijvoorbeeld een trap af te dalen of een steile helling te beklimmen zonder veel kracht te zetten.

Na een laatste ruk aan een ruw touw rond zijn bagage zei Arak: "Ik zal de linkerdeur van de stal langzaam openen om te zien of de kust veilig is. Hou je gereed."

"Ik ben nog nooit zo gereed geweest als nu."

De staldeur zwaaide open. Straatlicht viel binnen. Ileas keek naar buiten en zag een totaal onbekende wold voor zich. Hij leefde er heel zijn leven al, maar nu kwam hij vreemd op hem over. In het dagelijks leven had de wold nooit een bedreiging gevormd, maar eerder een hulpmiddel als hij er snel vandoor moest gaan. Nu zag hij al deze verwarrende straten, bruggen en krappe doorgangen als één grote hindernis.

Arak keek om de hoek van de deur. "Veilig, ik zie niemand."

"Zeker weten, we hoorden daarstraks toch stemmen?" Ileas keek nog even om.

"Ik hoor geen stemmen."

"Ligt aan mij."

"Daar gaan we dan."

"Ja, daar gaan we dan. Linksaf?"

"Rechts, naar het oosten. Als we deze nacht doorrijden, zullen we tegen de ochtend bij het hoofdkwartier arriveren."

"Of overmorgen."

"Geen idee, we zien wel." Arak zette zijn voeten op de pedalen en trapte ervandoor.

Natuurlijk heb je wel een idee, je hebt altijd een idee. Nu zijn vriend in de negeermodus kwam, werd het tijd voor Ileas om te zwijgen. Het was een muurtje dat Arak soms opwierp, en het betekende dat je voorlopig uit zijn comfortzone moest blijven. Tenzij je de rest van de dag een ontkennend antwoord wilde ontvangen.

Er klonk een pruttel en een plof uit de fiets met aanhangertje zodra Arak vaart maakte en de stal als eerste verliet. Hij keek daarbij schichtig om zich heen en leek elk moment een boze bewoner te verwachten die hem zou grijpen. Dat viel zo te zien mee.

Ook Ileas zette zijn voeten krachtig op zijn pedalen. Toen hij stevig aan zijn gekrulde stuur rukte, schoot die verzengende pijn weer door zijn rechterhand. Hij had zijn Maark afgedekt met een lap. De pijn bleef, maar het symbool werd zo in elk geval verhuld voor starende ogen.

Hij raakte stuk voor stuk zijn talismannen rond zijn nek aan en zei: "Ik wens ons een goede afloop toe." Tijdens zijn leven was er tot nu toe niets te wensen geweest, er waren alleen daden. Wensen waren slechts woorden waarvoor niets te kopen viel. Maar nu gaven zijn talismannen hem de moed om door te zetten.

Ileas verliet de stal en voelde zich alsof hij in koud water ging springen. Met moeite kwam hij op gang, maar al snel vond hij de energie om vaart te maken. Elke slag die hij maakte was krachtiger, en dat moest ook, want als hij zich inhield vloeiden vanzelf zijn resterende levensdagen weg; vanaf nu kon er geen sprake meer zijn van inhouden.

Hij was zich ervan bewust dat vanuit elke steeg of vanaf elk laag dakje een boze bewoner tevoorschijn kon springen, hier in de anders zo vredige wijk Halimot, die vanavond totaal op zijn kop was gezet door twee nozems. Hij keek aandachtig om zich heen: links, rechts, boven, onder, maar niet recht vooruit, en daardoor knalde hij tegen de voet van het standbeeld van rechter Zoren aan. Een stuk marmer aan de zijkant schoot los.

Gelukkig had zijn fiets achter twee wielen, anders zou hij met zijn volle bepakking zijn omgevallen door de klap.

"Drendiedrek!" Hij legde zijn hoofd in zijn nek om het vijf meter hoge protserige standbeeld in zich op te nemen en besloot er nogmaals tegenaan te rijden. "Zo."

Dat wilde hij blijven doen toen hij achter zich iets dacht te zien. Was het een vaal schijnsel van een lantaarn om de hoek van de schuur? Achter hem klonk een brul, iemand had hem in de gaten, een alarmbel klonk, die meteen werd beantwoord door meerdere bellen verderop in de wijk. Vele stemmen weerklonken en de tempel stroomde leeg, als een geopende ader van mensen, van kokend bloed, nu ze hun prooi in het oog hadden gekregen.

"Ah," zei Ileas tegen zichzelf, "het geluid der achtervolgende voetstappen." Ze hadden al zo vaak rennende voetstappen achter zich aan gehad dat dit hun vaste term ervoor was geworden.

Op dit moment was hij dankbaar een fiets te bezitten. Zijn banden spinden en veroorzaakten een stofwolkje. De wirwar aan straten die hij daarop met Arak doorreed, werkte gelukkig in hun voordeel, en al snel lieten ze het gevaar achter zich.

Na een tijdje begon Arak wat langzamer te trappen, al hield hij nog wel stevig de vaart erin. "Van die horde zijn we in elk geval af."
"Laat die hele Eletiëltempel in de Tromzo zinken," zei Ileas.
Nu de dreiging voorbij was, zat hij weer met zijn hoofd bij hun tocht naar het hoofdkwartier van het gilde Moed en Daad. Ze kenden de wijk waar het lag, en hij wist dat ze flink moesten doortrappen om er te komen. Hopelijk ging het in één dag lukken. Hemelsbreed was het een makkie geweest.

Arak hield zijn blik op de lucht gericht. "Dit is een van die vele onwerkelijk schone nachten met maanwachter Epis en zijn heldere sterrenkinderen in volle pracht aan de hemel." Zijn stem kwam krakend op gang, de sporen van het feest en de pijnlijke afloop waren duidelijk hoorbaar.

"Past totaal niet bij wat ons nu overkomen is," zei Ileas.
"Tja." Arak reed door.
De nacht maakte al snel plaats voor de ochtend en hoog tussen de bouwsels verscheen een dunne strook rood licht van de opkomende zon. Op straatniveau kwam zelden echt zonlicht, dus je moest het hier doen met schemer of reflecties. De ochtendlucht was koel en had de gebruikelijke stadsgeur van aangebakken broden, zelfgestookte alcohol, brandende staalovens, open riolen en rottend afval.

Nooit eerder had Ileas een nacht lang doorgereden. Hij wreef de slaap uit zijn ogen en voelde hoe uitgeput de spieren in heel zijn lijf waren. Toch hield hij het hobbelen met zijn fiets over de kasseien nog vol. Geregeld doezelde hij erbij weg, om weer wakker te schrikken zodra zijn hoofd te ver omlaag zakte, waarbij een sliert kwijl uit zijn mond hing.

Ze waren al lange tijd op weg toen ze het idee kregen dat ze voor de tweede maal door dezelfde straten reden. Toen ze het einde van de kloof tussen de huizen naderden, kon Ileas het geroezemoes van het publiek op de grote vlakte daarachter al horen. Er lag een brede rotonde waar diverse voertuigen zoals fietsen en door drendie voortgetrokken koetsen rond een statig plein reden, om in een van de lanen de tocht voor te zetten. Er stond een netwerk aan bouwsels en achter een vervallen poort vond Ileas een smalle weg om door te rijden.

"Au!", was het eerste woord dat Arak sinds uren weer sprak. Hij was met zijn hoofd tegen een straatnaambord aangereden. Ook hij was blijkbaar even weggedoezeld. Elke straat, tunnel of doorgang droeg de naam van zijn maker, zodat het straatbeeld een overvloed aan naambordjes kende, tussen de al aanwezige dolle wegwijzers en uithangborden van winkeltjes, bars en andere gelegenheden die luidkeels om aandacht schreeuwden.

"Door deze Keas Helsterstraat gaan we. Mijn gevoel zegt dat we hierheen moeten." Hij wreef nog even over zijn pijnlijke voorhoofd.

"Goed." Ileas volgde hem.

Als Arak zin had om te praten, en dat was zelden over iets zinvols, kwam hij altijd naast hem lopen of fietsen, maar nu bleven ook zijn opbeurende verhalen lange tijd uit. Pas na een paar uur kwam hij met vooruitgestoken borst naast hem rijden en vroeg: "Hoe voel je je?"

"In opperste staat van geweldigheid."

"Weet je, ik had altijd al willen weten hoe het voelde om een echte man te zijn. Mijn Maark heeft mij dat gevoel geschonken."

De mond van Ileas gleed open. Hij wist dat Arak soms wat tijd nodig had om over zaken na te denken, maar dat hij tot deze conclusie gekomen was, maakte hem misselijk.

"Jij bent daarnet echt heel hard met je kop tegen dat bord aan gekomen! Weet je heel zeker dat je brein nog op zijn plek zit? Hoe kun je trots zijn op zo'n walgelijke straf? We zij dom geweest, heel erg dom."

"Misschien moest het gewoon zo zijn."

Ileas hapte een paar maal naar lucht en zei: "H... wat... jij bent echt gek geworden. Heeft je Maark je brein nu al in zijn greep? We hebben net met onze blote billen boven een poepgat met ratten gehangen. Iemand heeft onze dood met één week uitgesteld. Wat je ook probeert te zeggen, het werkt niet."

"Alleen de zware jongens krijgen een Maark, echte mannen."

"Laat ik mijzelf op dit moment dan absoluut nog geen echte man voelen. Wij zijn kinderen, jongens. Dom en naïef!" Ileas had helemaal geen zin in dit zogenaamde opbeurende geklets van zijn vriend.

Het overleven hadden ze zelf deels geleerd, maar er was ook een meester geweest, Zalwilm genaamd, die hen een tijdje onder zijn hoede had genomen. De momenten dat hun ogen gezwollen en blauw waren en hun lippen rode scheuren vertoonden, waren de momenten geweest dat ze het nog niet begrepen hadden. Zalwilm had hen dan net zo lang met zijn houten wandelstok laten kennismaken tot ze de wetten van de straat wel begrepen. Dat had Ileas gehard, maar beslist geen man van hem gemaakt.

Hij liet zijn fiets uitrollen, zodat de afstand tussen hem en Arak groeide.

"Geef toe dat we dieven zijn!", riep Arak nog.

"Wij zijn geen dieven!", schreeuwde Ileas terug. "Dief is een achterlijk woord, want iedereen hier is een dief." Hij sprak luid genoeg om de aandacht van voorbijgangers te trekken. Maar hij moest zijn woede wel uiten en ging onverstoorbaar verder: "De mensen van Dizary hebben ogen zo rond als klinkende muntstukken. De een laat je teveel betalen voor een brood, de ander klopt je het geld uit de zak voor het gebruik van een tolbrug, hijsbakkie of leentrap. Dieven verschuilen zich achter een genootschap met maar één doel: het uitkleden van de klant. Plukken waar ze kunnen. Dus om maar even duidelijk te zijn: zonder dat ze het zelf misschien doorhebben maakt dat iedereen in Dizary tot dief!"

"Verman jezelf, jongen," riep een man hem toe.

"Kijk lekker naar jezelf," beet Ileas terug.

"Wij zijn mannen," zei Arak tegen Ileas.

"Kinderen," zei Ileas zonder zijn vriend aan te kijken.

"Jonge mannen. Hier, neem een appel om op te kauwen, dan hebben je kaken iets zinnigs te doen." Arak gooide de appel over, zette kracht op zijn pedalen en ging ervandoor.

Ileas zei: "En daarbij houden wij deze zogenaamde welvaart nog een beetje draaiende. Er zou niets aan zijn als alles in deze wold op rolletjes liep."

Daarop zwegen ze beiden uren achtereen en reden voort, linksaf, rechtsaf, rechtdoor, bruggen over, stegen door. Ze moesten bukken zodra ze een tunnel binnenreden. Het licht van een plein dat ze achter zich lieten, verzwakte snel, zodat ze moesten oppassen. Je kon nooit weten of de bewoners het tunnelplafond gebruikten om hun etenswaren te koelen en te drogen. Licht viel ver voor hen schuin over de mossige wanden en na een flauwe bocht naar rechts kwam het einde in zicht.

Ze hadden nu behoorlijk wat kilometers gemaakt en de wijken Ood, met zijn vele molens, Kalp en de Gris, die door de eeuwen heen op de ingepolderde landjes waren verrezen, achter zich gelaten. De golvende straten en krappe tunnels die volgden, maakten Ileas een beetje draaierig. Een kruisbrug bracht hen op een hoogte die een prachtig wijds uitzicht bood.

"Laten we het lagerop zoeken," stelde Arak zachtjes voor, voorovergebogen op zijn stuur liggend.

"Zie je dat?" Ileas wees naar de oranje horizon. Arak weigerde te kijken. "Kromwyl komt in zicht. Ik kan de witte bouwsels zien. We zijn er bijna! Zie je dat, over die gebouwen daar heen? Ik wou dat ik kon vliegen, dan was ik er zo."

Hij stopte met plagen en liet zijn fiets de brug af rollen.

Arak moest niets van hoogtes hebben. Ooit leefden ze samen een tijdje in Klamdyl op grote hoogte, omdat daar volop te doen was in de daktuinen. Ileas deed er verreweg het meeste werk, omdat Arak zich bij elke stap stevig vastklampte aan alles wat hem steun bood. Met behulp van touwen had hij zich weten te zekeren, maar zelfs toen durfde hij zich nog niet volledig in te zetten. Eenmaal terug op het straatniveau had hij nog dagen nodig gehad om bij te komen. Dat was de eerste keer geweest dat Ileas had kennisgemaakt met de hoogtevrees van Arak.

Ileas stak zijn neus in de weinige wind die er stond en rook. "Er is wisselvallig weer op komst." Nog voor hij dat gezegd had vielen de eerste druppels. Hij trok zijn poncho aan.

Arak geeuwde en zei: "Bedenk dat de regen goed is voor de oogst en de watervoorraden. Regen valt altijd met een doel en nooit voor niets."

Ileas kneep hard in zijn stuur. Weer die pijn. Arak had een irritante vorm van zelfbeheersing die hem zelf ontbrak. *Hoe kan iemand in een situatie als deze zo positief blijven? Omdat er helemaal niets aan de hand is? Is het dan zo eenvoudig?*

Hij legde zijn hoofd in zijn nek en liet de regen op zijn gezicht neerkomen. Dat voelde koel aan en friste hem op. Hij ademde een paar keer diep in en uit en als vanzelf gleed er iets van de last van zijn schouders.

We gaan naar het gilde Moed en Daad, we verrichten er onze goede daad en dan is dit hele gedoe voorbij vóór we het beseffen. Zo eenvoudig is het.

"Oké, je hebt gelijk," zei hij.

Ze keken elkaar aan.

"Aha," zei Arak, "zoals meestal."

"Pff." Ileas sputterde en genoot weer van de regen op zijn gezicht. Het was Arak toch gelukt om een beetje van zijn spanning weg te nemen.

"We moeten daarheen, rechtsaf," zei Arak.

De jongens sloegen rechtsaf en kwamen in een rustige straat, zodat ze flink vaart konden maken. Ileas voelde de regen op zijn gezicht plenzen zodra ze het tempo nog meer opvoerden. Zijn fiets was gek op draven en op de momenten dat het kon liet hij zich gaan. *Zo moet het voelen om te vliegen*, dacht Ileas. *Zo vrij als een vogel.*

Binnen een moment stierf het geluid van regengekletter op de tinnen daken van de omliggende huizen weg. Alleen de overgelopen dakgoten bleven over als getuigenis van de grote hoeveelheid water die er in korte tijd gevallen was. Ze vormden glijbanen voor kleine wormige straatbeesten die bij dit natte weer tot leven kwamen. De asgrijze lucht bleef hangen, waardoor de straten nog kleiner en smaller leken dan ze al waren.

Ileas deed zijn warme poncho af, want de stof plakte aan zijn armen.

De panden van Araks gelapte bruine jas wapperden aan de zijkant van zijn zadel in de wind. "Stel je voor," zei hij. "Een echt vredesgilde vol bedrijvigheid. Als ze een grote wijk in beheer hebben, zullen ze behoorlijk wat manschappen tellen. En dat betekent: slaapplekken, met bedden, zachte bedden van stro, of misschien wel met veren. Een echt bed."

Het was zo lang geleden, dat Ileas zich niet eens meer kon herinneren wanneer hij voor het laatst in een echt bed gelegen had. Vaak sliepen ze gewoon op straat en als ze geluk hadden in een berg stro. Dus de gedachte aan een echt bed bezorgde hem een warm gevoel.

"Misschien moeten we zo even rusten en wat eten," zei Arak. "Je ziet er moe uit."

Dat wist Ileas zelf ook wel, maar hij weigerde eraan toe te geven. Hij keek in het rond, want hij had een globale indeling van Kromwyl en omliggende districten in zijn hoofd zitten en hoopte op wat aanknopingspunten. Daarnaast merkten zijn zintuigen op wat de wold hem te vertellen had in de richting van de wind, de kleur van de lucht, de stand van de zon Luza en de geur van de omgeving. Al deze impulsen stuurden zijn gevoel aan, waardoor hij vaak op de juiste plek wist te komen – niet altijd. Met zijn zonsteen keek hij naar de lucht. Op het gladde oppervlakte van het kristal kwamen banen licht samen die de plek aangaven waar Luza in de hemel achter de bewolking stond. "Volgens mij moeten we straks meer naar rechts, veel meer naar rechts."

"Vooruit, naar rechts dan." Arak ging staan om meer kracht op zijn pedalen te zetten en reed door.

Zodra zijn vriend hem de rug had toegekeerd, voelde Ileas zijn ogen dichtzakken en gleed hij van zijn zadel op de straat.

Arak remde en zei zonder om te kijken: "We gaan geloof ik toch maar even rusten."

"En zo glijdt er met gemak een dag van ons leven voorbij." Ileas krabbelde overeind.

Donkere wolken pakten zich weer boven hen samen en de donder rommelde langs het zwerk. Nog voor de regendruppels vielen waren hun fietsen tot tentjes omgetoverd, waaronder ze in slaap vielen.

4
DE DRIEFASEPROCEDURE

De nacht was helder en de Constellatie van Pracht fonkelde fel als altijd naast maanwachter Epis. Torens en andere bouwsels verrezen in de oneindige lucht van Eteria. Boven in de uitgestrekte wold van Dizary gingen de laatste paar bewoonbare creaties geleidelijk over in het niets van de hemel. Niemand behalve de vogels en de passagiers van enkele luchtschepen wist hoe hoog dat precies was.

Eteria was een toevluchtsoord voor hen die het onbekende zochten. Hier boven genoten weetkundigen, verstrooide professoren, tovenaars en heksen een zekere mate van vrijheid omdat ze hier veilig, buiten het bereik van de menigte, in het geheim hun gang konden gaan.

Richting het noordoosten pakten donkere wolken zich samen als gebundelde woede, die zich alleen kon ontladen in de vorm van knetterende bliksems. De bui sloop traag naderbij in de richting van een fraai bouwwerk. De brede toren daarvan had een dak van glas en een stevige stenen basis, waarmee het gebouw vergroeid zat met andere torens en bouwwerken.

Binnen klonk een stem.

"Dank u voor uw komst, en welkom, heren, bij de uitvoering van de driefaseprocedure." De man die dat tegen zijn publiek zei, terwijl hij nogal onhandig in zijn handen stond te wrijven, heette Andras. Hij vervolgde: "Wisselatie is wel degelijk mogelijk, en mijn collega en ik zullen het u laten zien aan de hand van deze door ons samengestelde weerkundige opstelling."

Hij knikte bij wijze van introductie naar links, waar zijn collega zat, kopjes gevend.

"Miauw," zei Zeliska, en meer dan dat kon ze als poes moeilijk uitbrengen. Daarom wees ze in plaats daarvan met haar poot letters aan op een kaart.

Andras en Zeliska kenden elkaar lang genoeg om met enkele letters hele zinnen duidelijk te maken. Schrijven kon Zeliska ook, maar als ze op dit moment een potlood zou vasthouden, zouden er volkomen onleesbare krabbels op het papier komen te staan, want ze trilde hevig. Zou ze deze wisselatie wel aankunnen?

Andras sloot haar letters aaneen en zei: "Je... maakt jezelf belachelijk."

Ze keek hem strak aan en hij lachte houterig terug, zoals hij zo vaak deed op momenten dat het spannend begon te worden. Ze vond hem een prima collega. Iemand met zijn uiterlijk zou ze op straat zo voorbij gelopen zijn: hij maakte een alledaagse indruk, zijn haar was altijd netjes geknipt en zijn kleding goed gewassen. Saai, zou je kunnen zeggen, en daardoor een alleraardigste persoonlijkheid, met gevoel voor de natuur en nog allerlei meer. Hij was een weetkundige van de derde orde en hij beschikte over jarenlange ervaring.

Ze had hem ontmoet op een bijeenkomst voor weetkundigen op de academie, en zijn verleden, met experimenten die te maken hadden met wisselatie, groeitatie, flitskopie en tijdtalitijd, sprak haar aan. Toen hij bij hun eerste ontmoeting het woord 'wisselatie' had laten vallen, wist ze meteen dat ze de juiste partner gevonden had. De volgende dag was hij haar collega. Dat was nu ruim twee jaar geleden.

"Ik weet dat ik soms wat rare dingen doe, Katje. Maar deze gekkigheid helpt mij te ontspannen." Hij stak haar zijn hand toe, maar ze liet hem niet over haar kop strelen.

Het is nu geen tijd om te dollen, dacht ze. Ze was volledig gefocust op wat komen ging. *Straks gaat mijn leven veranderen en kan ik er zoveel van genieten als ik wil. Vannacht moet het lukken. Anders...* Haar gedachte stopte abrupt toen ze besefte dat er geen 'anders' was. Als alles straks mislukte zou ze dood zijn.

Andras wees naar zijn publiek: een aantal dode kikkers en ratten die op een bureau naast elkaar lagen. Hij tilde de kop van een kikker op met een tang – dode beesten direct aanraken deed hij nooit – en liet het dier als het ware spreken. "Ik ben de heer Kwak en ik verwacht een spetterende show, net als mijn collega's overigens. Burp."

Zeliska wees weer een paar letters aan en Andras zei: "Je maakt me soms een beetje bang met dit soort gekkigheid."

Daarna moest hij lachen op zijn rare ingetogen manier, waarbij een buitenstaander zou denken dat hij zich kwalijk verslikte. Hij zei: "Het is maar voor de lol."

Ze miauwde en keek weg van het zogenaamde publiek. *Dit is niet voor de lol. Al maanden heb ik hier naartoe geleefd, maar nu het moment daar is begin ik stiekem te twijfelen.*

Ontelbare maancycli was ze bezig geweest om deze opstelling in haar laboratorium bijeen te krijgen. Er was geen chaos, er moest een systeem in zitten, zodat eventuele aanpassingen snel konden worden uitgevoerd. Ze wist exact waar alles voor diende: geen kabel was teveel of lag in een kronkel, en geen enkele kast stond scheef of uit lijn met de anderen. Dat veroorzaakte immers onbalans in het systeem en nog meer in haar hoofd. Ze hield niet van onbalans, en die was ook nergens voor nodig als je maar de discipline had om alles in balans te houden.

Ze wist exact wat ze deed. Ze had immers een gedegen weetkundige opleiding achter de rug op de dierenacademie van Pymelaie. Dat was niet altijd een pretje geweest, als enige poes tussen de dassen, honden en bokken, en wat er nog maar meer boe of bah kon zeggen.

Een volgende bliksem schoot door het glazen dak en spontaan schoten de haren van haar bruin-witte vacht overeind.

"We moeten haast maken," riep Andras boven de donder uit.

Ze klauterde helemaal over de apparatuur naar boven, langs het plateau waar ze straks op moest plaatsnemen. Onderweg veegde ze met haar staart een stroomkabel in lijn met de rest.

Perfectie heb je zelf in de hand.

Eenmaal boven controleerde ze de spiegels die er in een kring waren opgesteld. In de spiegelbeelden zag ze de donderbui naderen. Het was levensgevaarlijk om die energie te vangen, maar zij had de ervaring dat ze er fantastische dingen mee kon doen.

Ze trippelde een stuk verder, naar een mechaniek dat in verbinding stond met de dakconstructie. Na een stevige ruk aan een hendel vouwde het dak zich langzaam op, zodat de spiegels aan de buitenlucht werden blootgesteld. Ze ademde de frisse buitenlucht in die nu de ruimte binnenstroomde en besefte dat ze veel te lang in haar toren opgesloten had gezeten.

"We zijn bijna zover," hoorde ze Andras onder haar zeggen.
Zei hij dat overdreven hard?
"Zal het lukken?" riep hij.
Bedoel je wat ik hier boven uitvreet, of in zijn algemeenheid?
"Miauw," antwoordde ze en bemerkte daarbij een onzuivere toon in haar stem.

Een bliksem krulde verderop rond een toren van een ander laboratorium en het plotselinge licht maakte haar duidelijk dat ze aan de rechterkant nog een paar spiegels moest uitlijnen. Dat viel niet mee, want ze bibberde behoorlijk. Daarna klauterde ze van de bovenste etage via steunbalken, over metalen kasten en kabels heen, omlaag naar het plateau. Ze slikte.

"Druipend spinaat en stralend erts, dit is het moment," zei ze om zichzelf moed in te spreken. Als ze deze onweersbui, met zijn schitterende bliksems, voorbij liet gaan, moest ze misschien weer maanden wachten.

Andras was druk bezig alles nog een keer bij langs te lopen aan de hand van haar boekje met krasserige tekeningen. Blijkbaar had ze talent voor tekenen, want hij doorliep moeiteloos alle afgebeelde stappen.

"Bedenk dat we met deze driefaseprocedure een revolutie in de weetkunde veroorzaken," sprak hij.

Een revolutie? Dat zou het zomaar kunnen zijn, want een proces om levende wezens te transformeren zou uniek zijn. Terwijl ze dat dacht kroop er een rilling over haar rug.

Hij mompelde zonder haar aan te kijken: "De spiegels heb je gericht, de ontvangers staan klaar, de collectoren gereed?" Hij draaide aan een paar knoppen. "Ik verricht nog een laatste controle van de meters. Correct."

Ze tikte met haar poot op het metalen belletje in het midden van de letterkaart om zijn aandacht te trekken. Andras sloot haar aangewezen letters weer aaneen en las: "N...of...nu of nooit." Zijn antwoord daarop was: "Goed dan, Katje. Laten we de procedure starten. Ik vraag jou alleen voor het laatst: weet je zeker dat je dit wilt doen?"

Ze wierp nog een laatste blik op de opstelling, die ze misschien binnen de minuut voor het laatst te zien zou krijgen. Haar keel zwol op en ze had moeite met ademhalen.

Echt, ik kan er beter mee stoppen nu het nog kan. Ze zakte ontmoedigd in elkaar. "Scheve calculaties, kwartseenheid, vierentwintigste hogere molecuul met dwarsbotsing zorgt voor celsplitsing, waarna de microvibraties geleid worden door ether richting de achtste kern, vijf graden puls met directe inslag op de..."

"Weet je het zeker?" vroeg Andras hard.

Ze keek op. *Dank je.*

Hij voelde altijd feilloos aan wanneer haar brein aan de wandel raakte en ze was hem enorm dankbaar dat hij haar dan altijd afremde. Zonder hem zou ze nu nog steeds oneindige berekeningen maken en was ze nooit tot dit fantastische resultaat gekomen. Vlug strekte ze haar rug, zodat ze rechtop kwam te zitten, en maakte Andras duidelijk dat het moest lukken. *Het moest nu of nooit. Het plan is eenvoudig: drie stappen en dan ben ik vanaf vandaag een mens, een echte vrouw.*

Een felle bliksem verlichtte de krappe ruimte van heel dichtbij door de dakramen en een donderslag deed de raampjes trillen. Op dat moment keken ze elkaar aan en er waren geen woorden tussen hen nodig om tot actie over te gaan.

Na een vlugge zwaai aan een wiel schoof boven in het laboratorium een constructie naar buiten en ontvouwde zich. Er ontstond een trechter om de energie uit de lucht te scheppen. De volgende donderslag volgde kort daarop. Het licht van de bliksem vond zijn weg in het systeem en knetterende energie sprong over van element naar element. Het systeem functioneerde. Een koperen ketel siste, stoom ontsnapte uit glazen buizen, kasten begonnen te zoemen, prisma's splitsten het invallende licht op in bruikbare delen. Het laboratorium werd in alle kleuren van de regenboog gezet.

Dit is een ongekend goede wolkbreuk. Ze vermoedde dat ze genoeg energie zouden opvangen om dit experiment wel tien keer te verrichten. Snel sprong ze over een bundel kabels op een klein plateau, waar ze in het midden plaatsnam. Een ring van spiegels omgaf haar. Boven het plateau hing een zoemende halve metalen bol. Elk haartje van haar vacht begon opeens ondragelijk te kriebelen. Geconcentreerd haalde ze adem en haar lijf ontspande zich volledig. Dit had ze al zo vaak geoefend.

Toen ze ging liggen bleef haar staart eerst stijf overeind staan. Dat ding leidde altijd al een eigen leven. Met moeite wist ze hem uiteindelijk ook te temmen. Ze was geneigd op haar nagels te gaan bijten, dat was één van de menselijke trekken die ze zich in de loop der tijd had aangeleerd.

"Vandaag wordt er geschiedenis geschreven," zei Andras. "Ik heb je altijd een mooie kat gevonden. Dames en heren, brillen en helmen op, daar gaan we dan."

Als ze dichter bij hem in de buurt had gestaan had ze nu twee dingen gedaan: zijn wang voorzien van een diepe haal en zelf de knop omgezet. Helaas was deze operatie gecompliceerder dan alleen een knop omzetten. Er waren mensenhanden nodig om de tientallen hendels en draaiknoppen nauwkeurig te bewegen en zo de procedure in juiste banen te leiden. Ze had Andras echt nodig, maar dat gaf hem niet het recht om te treuzelen. Ze keek hem strak aan met haar gele ogen, die leken te vlammen, en misschien deden ze dat ook werkelijk.

Hij keek haar terug aan met zijn ontwapenende blik en opeens glimlachte ze naar hem. *Misschien begrijp je dat ik deze wisselatie niet alleen voor de weetkunde doe?*

Hij zette zijn beschermbril op, waarvan de glazen zo donker en besmeurd waren dat ze onmogelijk nog kon zien of hij haar aankeek. Hij kreunde van inspanning, of spanning. "Start de eerste fase."

Op de achtergrond begon een machine zwaar te stampen met een eigen hartritme. Kasten knetterden van de zware elektrische last en de vele instrumentwijzers kregen opvliegers. De ring van spiegels begon om haar heen te draaien.

Zeliska voelde zich lichter worden. Haar poezenlijf begon te zweven boven het metalen plateau, en kort daarna werd haar lichaam door de energie naar alle kanten opgerekt. Het voelde alsof al haar ledematen elk moment van haar romp konden worden losgerukt. Iets binnen in haar wilde heel graag naar buiten. Helaas bleef het bij dat gevoel, ze had geen idee of ze al groter begon te worden.

Dit was de voorbereidingsfase, waarin ze in positie werd gebracht. Elk deeltje in haar lijf bereidde zich voor op de volgende fase: de deling. Daarmee begon de ware strijd tegen de elementen. Verzet had nu geen zin meer, dat zou het gebeuren verstoren. Gelukkig had ze lang van tevoren niets gegeten.

Haar hartje begon stevig en onregelmatig te kloppen. Terwijl ze langzaam begon rond te draaien, nam de warmte in haar lichaam explosief toe. Het lichte gevoel in haar hoofd nam bezit van haar. Haar leven was nu in handen van de weetkunde, haar opstelling en Andras.

"Start tweede fase," hoorde ze hem in de verte zeggen, alsof hij achter in een smalle tunnel stond.

Het richten ging beginnen. Ineens werd ze overspoeld door helder licht dat van alle kanten dwars door haar lijfje schoot. Het deed vreselijke pijn, alsof er duizenden naalden diep door haar huid werden gestoken. Elke cel in haar lichaam was in beweging. Ze maakte onwillekeurig een wilde draai, maar het licht bleef door haar heen flitsen.

Zoveel energie gaat mij kapot laten knallen.

Weer een draai, nog eens het licht. Naalden van stroom doorboorden haar en grepen elke cel waaruit ze bestond. Het was alsof haar lichaam haar vreselijk haatte en zich verzette tegen de verandering. Er was geen weg terug. Ondanks de ondraaglijke pijn had ze het ervoor over.

Hierna kwam de wisseling: de aanpassing van haar hele lijf. Haar denken werd vertroebeld en het besef van tijd was ze volledig kwijt. De donder herhaalde zich als een eeuwigdurende gongslag, als de klap van een grote hamer. Levensenergie borrelde in haar bloed. In een draaikolk van gedachten ging ze mee met de overgang. Ze kon alleen nog hopen dat Andras de volgende fase snel zou inzetten.

Geen getreuzel meer, zet door. Zet door.

Toen ontplofte de boel.

5
Haar nieuwe wold

Haar kop dreigde van binnenuit te gaan ontploffen. Zeliska keek er scheel van. Boven haar hing een blauwe lucht, en ze knipperde met haar ogen tegen het felle zonlicht. Ze lag tegen een kille stenen muur en merkte dat ze nog steeds poten bezat, en een vacht, en een staart. Vóór haar lag niets meer: haar lab was volledig verdwenen.

Ze miauwde kort en klaaglijk. Ze had geen idee hoe lang ze hier al lag. Fenech, een weetkundige poes van een nabijgelegen geheim lab, dat gecamoufleerd was als eenvoudige loopbrug, kwam haastig en toch op haar hoede toegesneld. Dat was erg lief van haar; ergens had Zeliska wel verwacht dat ze zou komen. Ze hadden deze locatie in Eteria immers gelijktijdig betrokken en regelmatig weetkundig gekletst in het maanlicht.

"Wat een schok," zei Fenech en keek Zeliska meelevend aan. "Ik zag het gebeuren, wat erg voor jou en Andras."

Zeliska voelde zich waardeloos en wat Fenech zei, hielp niet.

"Je kunt altijd even rust nemen bij ons in het lab," ging deze verder en ze legde haar poot op Zeliska's schouder. "Het kan geen kwaad om even te bekomen van de schrik. Ik heb genoeg eten en drinken voor ons beiden. De bessensap waar je zo van houdt."

"Ik wil liever even met rust gelaten worden, geloof ik," zei Zeliska. Ze kon nog steeds niet geloven dat op de lege plek tot voor kort haar laboratorium gestaan had. Hoe had het kunnen verdwijnen? Ze keek rond in paniek.

"Andras leeft nog, mocht je hem zoeken," zei Fenech.

Zeliska hield even haar adem in en zei: "Hoe kan hij nog leven… Mijn lab…"

"Ik heb hem mee zien gaan met een groepje mannen in het paars."

"Mannen in het paars?"

"Niet vrijwillig, hij werd gedwongen te volgen, ontvoerd."

Mannen in het paars, Andras ontvoerd! Dit is te krankzinnig voor woorden, dacht ze en ze vroeg haar collega: "Ontvoerd? En dat weet je heel erg zeker?"

Fenech zei tamelijk onzeker: "Ik... had er geen idee van, dat jij en Andras... Ik bedoel..."

"Andras en ik wat?"

"Dat jullie experimenteerden met zwarte Dat. Het is alchemistisch gerommel en dat doe je toch niet als weetkundige?"

Deze vraag verwarde haar. "Natuurlijk werken wij niet met zwarte Dat, hoe kom je daarbij?"

"Ik heb het je volledige lab zien verslinden tot er niets meer over was. Floep, en alles was verdwenen in het piepkleine zwarte Dat-gaatje. Zelfs geen stofpluisje bleef er over. Het benam me de adem. Nee, werkelijk, ik bleef minutenlang zuchten."

Zeliska onderbrak haar panische ratelmonoloog. "Geen zwarte Dat, hoor. Ik heb werkelijk geen idee waar je het over hebt."

"Ik dacht dat ze hem daarom hadden meegenomen," zei Fenech. "Met alchemistisch gerommel vraag je natuurlijk om moeilijkheden."

"Hè, wat... En het was niet in je opgekomen dat het zwarte Dat van de mannen in het paars afkomstig kon zijn? Waar wordt die troep meestal voor gebruikt? Om je sporen uit te wissen, toch."

Fenech haalde één schouder op, als om afstand te doen van haar verhaal. "Het zijn rare tijden, geen idee. Ze struinden hier al een tijdje rond. Het waren drie mannen, en ze hebben Eteria verlaten en zijn naar omlaag vertrokken, naar Dizary." Ze deed het klinken alsof het een boze wold was daar beneden, en misschien had ze gelijk.

"Ik zal kijken of ik hem vinden kan," zei Zeliska, zonder er erg in te hebben wat ze zei: ze vond zichzelf immers nooit echt dapper. Het zou betekenen dat ze Eteria moest verlaten, en dat had ze nooit eerder gedaan. Weetkunde was waar ze voor leefde, op deze hoogte. Hier kon ze prima haar draai vinden, daar beneden wachtte wellicht de dood.

Toen Fenech haar kort daarna had verlaten bleef Zeliska nog een tijdlang zitten. Na een laatste blik op de lege plek waar haar lab gestaan had, draaide ze zich toch maar om en vertrok via een aantal trappen en houten loopbruggen omlaag, linksaf, rechtsaf, tot ze op een punt kwam waar niemand was.

Ondanks al haar moeite om zich te beheersen zakte ze op de touwbrug snikkend in elkaar. "Oh Andras. We hebben gefaald," jammerde ze. Van alle pijn die ze de afgelopen uren te verduren had gehad, was die van de teleurstelling het gemeenst. Ze had zo gehoopt dat haar uitvoering van de wisselatie zou werken: dan was ze een echte vrouw geworden.

Ach, hou toch op met dat sentimentele gedoe!, mopperde ze tegen zichzelf. Ze strekte haar rug en haalde flink haar neus op. *Je hebt gefaald, punt. Het hoort bij de weetkunde: steeds weer vallen om te leren hoe je moet opstaan.*

Ineens walgde ze van de weetkunde. Heel haar leven stond in het teken ervan: alles was voorzien, doordacht, gepland of berekend. Nu had ze de keuze om dat los te laten. Linksaf, rechtsaf. *Vrij? Als de weetkunde mij niet kan veranderen, moet ik zelf veranderen door hem de rug toe te keren. Ach, wat rebels.* Ze wreef zich in haar pootjes.

Na wat er de afgelopen uren gebeurd was, was het een eenvoudige keuze: ze ging Andras redden uit de handen van wie hem ontvoerd had. Wat had ze te verliezen?

Ik zal zijn ontvoerders een lesje leren, want ik ben nog steeds een weetkundige met een degelijke studie achter de rug. Anatomie van de mens is tijdens mijn lessen regelmatig voorbijgekomen – ik ken hun zwakke plekken, ik weet waar ik een haal met mijn klauw moet geven om iemand uit te schakelen. Ze bekeek de nagels van haar klauwen. Die zagen er daadwerkelijk ontzagwekkend uit en ze zwiepte ermee door de lucht. *Gruwelijk,* gniffelde ze van harte.

Toen keek ze omlaag. Op verschillende niveaus, tot minstens vijfhonderd meter diep, zag ze daktuinen, parken, boomgaarden, kale vlakten, rivieren, kanalen, ontelbare hoeveelheden schoorstenen en straten.

Daaronder waren ook heel veel straten waar mensen hun drukke bestaan leidden. Mannen in het paars zag ze niet.

Hoe lang waren ze al vertrokken?

Haar nieuwsgierigheid gaf haar de laatste impuls om door te zetten en ze vertrok. De eerste paar stappen die ze zette voelden onwennig, want verder dan de kruisbrug waarop ze stond was ze zelden geweest. Achter haar lag de vertrouwde omgeving van torens. "Het is niet anders. Nou, omlaag dan maar."

Een onstuimig gevoel overspoelde haar tijdens de afdaling. Een gevoel van ongekende baldadigheid – zo was ze anders nooit. Een weledelzeergeleerde poes had competenties waar ze rekening mee moest houden en nu liet ze dat zomaar varen. Voor het eerst in haar leven wist ze niet wat ze ging doen of wat de uitkomst ervan zou zijn, en op de een of andere manier gaf haar dat een enorm bevrijdend en bovenal bevredigend gevoel. Ze had nooit verwacht dat dit haar zoveel energie zou geven. Wellicht kwam dat ook doordat ze een doel voor ogen had waar ze niet onderuit kon.

Er lag een weids landschap voor haar en in elke richting stonden slanke torens zover ze kijken kon. Sommige waren van glas of metaal en ertussen dreven wolken, die zich uitstrekten tot in de verte. Het uitzicht deed haar bijna verstenen en ze besefte na al die jaren pas wat een prachtige onontdekte wold er aan haar voeten lag.

"Dizary is bij daglicht veel mooier dan ik dacht," zei ze.

Ze doorkruiste de wolkenlaag en meteen werd ze zich zintuiglijk bewust van deze nieuwe wold. De geur was haar vreemd en het warme licht speelde anders met de omgeving. Toen aan het begin van de avond zon Luza nog maar nauwelijks zijdelings tussen de bouwsels door scheen kwam haar doel in zicht: het straatniveau.

Ze kwam steeds meer mensen tegen, die haar voor de voeten of zelfs tegen haar aan liepen. Ze kreeg het er benauwd van. Ze kon moeilijk iedereen hier met haar klauwen te lijf gaan. Vanaf een bepaald moment wandelde ze met de menigte mee, om uiteindelijk een goudkleurige leentrap af te dalen.

"Eén dor, meneer," zei de trapeigenaar. "Gebruik van mijn leentrap kost één dor. Ah, u hebt een abonnement, gezien, wel een beetje doorlopen graag." De mensen maakten dankbaar gebruik van deze trap.

Een vrouw in een groene jurk kreeg Zeliska in het oog en moest gillen. Ze sprong in de armen van haar man. Omstanders raakten in paniek en begonnen door elkaar te rennen. Nu is dat op een trap buitengewoon onverstandig en al snel vielen meerdere mensen over elkaar heen en rolden gezamenlijk de trap af.

Zeliska ging er snel vandoor en kwam tientallen meters verderop aan de zijkant van een drukke straat terecht. Daar nam ze even de moeite om stil te staan. Ze wierp een blik in de hoogte: ze kon de torenspitsen van haar achtergelaten wold niet eens meer zien door de vele uitpuilende bouwsels, constructies, waslijnen en wolken.

"In Eteria is het altijd licht, hier is het... tja, schemerig. Het voelt alsof ik tussen de pagina's van een reusachtig boekwerk zit, dat elk moment kan worden dichtgeklapt," zei ze tegen zichzelf. "Hoe houd je het uit in een kloof als deze?"

Om te voorkomen dat ze onder de voet gelopen werd, ging ze in een nis staan en liet de omgeving op zich inwerken. Het waren nogal wat indrukken.

Omdat de wind blijkbaar nooit tot hier waaien kon, rook het er muf van al die merkwaardige apparaten en ploeterende mensen. Er gebeurde zoveel wat haar aandacht trok, haar ogen schoten op en neer, steeds ontdekte ze weer iets nieuws. Het was lawaaierig en er was een hoop gedoe: hard pratende mensen, ruzietjes, gezang, vreemde geluiden. Haar ogen werden steeds groter en onbewust zakte haar bek open van verbazing. Er kwamen ploffende fietsen voorbij, razende reclameborden aan kabels, in de hoogte bewegende plateaus met mensen erop, roterende straatdelen om karren makkelijker te laten omkeren, waslijnen die zichzelf droogzwiepten, transportbakjes over rails. Ook waren er andere katten en een paar honden. Die kwamen haar niet zo intelligent over en liepen haastig aan haar voorbij, geen tijd voor een praatje.

"Gruwel, zal ik ooit kunnen wennen aan deze drukte?" zei ze terwijl ze haar kop een paar keer schudde. "Dat is: als ik ervoor kies hier te blijven. Ik ben in heel mijn leven nog nooit zoveel mensen tegelijk tegengekomen als in dit kleine uurtje dat ik hier zit."

Al die beweging, de druk van het geluid, en vooral de wanorde belastten haar enorm. Bijna was ze geneigd om die ene kar meer rechtuit te laten rijden, in het spoor van zijn voorganger, want dat was veel efficiënter. En die ene passant mocht beslist niet diagonaal oversteken, rechtlijnig moest het zijn, praktisch, doordacht.

Negentig graden en in een perfecte lijn, dan zou hij de afstand in drie stappen minder afleggen dan schuin, en dat zou een aanzienlijke hoeveelheid energie per dag schelen, en die kar met zijn constante gedraai en die takel... Ze schudde even haar hoofd en zuchtte. *Nee, nee, nee, wacht even. Dit gaat helemaal fout. Ik moet voorkomen dat ik dol word. Dit zijn vanaf nu gewoon feiten of fenomenen die ik kan gebruiken voor mijn berekeningen. Lekker plastisch, maar ik moet orde scheppen in deze chaos. Huppelende getallen, calculaties en mooie conclusies.*

Ze bekeek trots haar passerende berekeningen. "En één van mijn conclusies is dat ik de mannen in het paars hier nooit ga vinden. De kans daarop, als ik het snel bereken, is één op de tienduizend. Tenzij ik van mijn plek kom, wat de kans aanzienlijk zal vergroten tot wellicht een op de honderd."

Vooruit dan. Poot voor poot verliet ze de stinkende nis en ze koos de zijkant van de straat, waar ze zonder problemen kon lopen. Ze ging linksaf en rechtsaf, waar de straten haar heen leidden, constant op haar hoede. Alsof het zo moest zijn bleek ze soms weinig keus te hebben, omdat haar doorgang geregeld versperd werd door opstoppingen, een ingestort huis, een brug die aan de wandel was of een passerende woning. Het maakte haar weinig uit, als ze die mannen in het paars maar vond.

Ze berekende haar kansen nogmaals.

Er viel zo veel te zien, en de ellende was dat ze alles als een spons absorbeerde, waardoor ze na verloop van tijd doodmoe werd. Ze was al gestopt met het nodeloos wegkrabben van het straatvuil dat aan haar anders zo glanzende vacht kleefde. Haar maag deed zeer en voelde aan alsof er een berg zout in lag. Ze had al lange tijd weinig gegeten, en om zoveel moois te verwerken had ze voedsel nodig om te verteren.

Haar oog viel op wat visresten onder een verlaten kraampje. Dat was voldoende om haar maag tot rust te brengen, maar lang niet genoeg om de volgende dagen fit te blijven. Hoog in Eteria zou ze zonder moeite een vogel of ander wezen hebben beslopen, besprongen en opgegeten. Die waren daar genoeg te vinden. Nu moest ze het hiermee doen.

Ah, heerlijk. Eiwitten, koolhydraten, atomen met een circulaire binding rondom kwartale sectie, driepunts doorsnede met punctie paars.... paars?

Paars!

Ze had het goed gezien. Aan het einde van de steeg schoot datgene voorbij waar ze naar op zoek was.

6
GEZICHT

Haastig stoof ze de steeg uit en ondertussen schudde ze de visgraat van haar poot, die aan een nagel was blijven steken. Al rennende kreeg ze een betere indruk: het waren twee personen en ze droegen daadwerkelijk iets paars, een cape en een broek. Tevens droegen ze allebei een leren tuniek met metalen afzettingen. Het waren lelijke mannen, met machtige degens, die ze dus aan iets anders te danken hadden.

Zij moeten de mannen in het paars zijn waar Fenech het over had. Een opzichtigere kleur ben ik hier niet tegengekomen, aangezien iedereen hier harmonieus troosteloos gekleed door het leven gaat. Trillende pulsatie, is dit een bizar toeval of die kans van één op honderd? Wie zijn zij? Waar is Andras?

Ze moest wel haar hoofd erbij houden, want voor een moment zag ze alleen nog overhellende bouwsels, vieze straatstenen en honderden benen die het straatstof omhoog trapten en haar het zicht benamen. Het wapperende uiteinde van een paarse cape verdween een eind verder de hoek om. Krabbelend zette ze zich af en ze stormde erachteraan. De mannen kenden de straten blijkbaar goed, zo gemakkelijk als ze erdoorheen liepen. Ze gingen linksaf een brug over, liepen een laan door, en na verloop van tijd sloten zich meerdere mannen bij hen aan, in hetzelfde kostuum. Ze liepen allemaal in dezelfde pas, en die regelmaat was eindelijk iets wat ze wel kon waarderen.

Vanaf de zijkant van de straat slingerde ineens iemand een tomaat hun kant uit, onder de woorden: "Jullie moeten hier oprotten!"

De roep kreeg bijval van een handvol omstanders, maar zodra de mannen in het paars zich gelijktijdig inhielden en omdraaiden, waren die snel vertrokken.

"Verspil toch geen voedsel aan ons, beste man," zei de man die getroffen was, het natte pulp van zijn schouder vegend. Hij ging recht vóór de werper staan en legde zijn stevige hand op diens schouder. "Je kunt voedsel beter gebruiken waarvoor het bestemd is. Menigeen zou jaloers zijn op wat u zojuist verspild heeft."

"Het is het waard, stelletje... ehhh." De woorden van de werper eindigden in een uitgeputte zucht vanwege de dolk tussen zijn ribben. Hij hakkelde nog wat voordat het bloed uit zijn mond begon te stromen en hij levenloos in elkaar op straat zakte. De kasseien kwamen binnen luttele seconden onder de dode man in beweging en het lichaam verdween geleidelijk.

De omstanders zwegen. Menigeen zag het gebeuren en toch ook niet. Ze gingen allemaal haastig door met hun dagelijkse activiteit.

"Dat scheelt weer een mond om te voeden." De dolk verdween in de leren schede aan de rondvaster van de man in het paars en grijnzend voegde hij zich weer bij zijn kameraden. Daarop marcheerden ze verder in dat heerlijke harmonieuze tempo.

Onthutst keek Zeliska naar de plek waar de man zojuist verdwenen was. Niet zozeer vanwege de manier waarop het levende systeem met de dood omging, maar om de reden waarom de man gestorven was: een tomaat. *Er kleeft werkelijk bloed aan hun handen.*

Ze trok een sprintje achter de mannen aan. Hoewel hun tempo hoog lag, kon ze hen met gemak bijhouden. Hun tocht eindigde bij een wit pand. Na een snelle groet naar een wachter werd de poort voor hen geopend. Met gemak wist ze binnen te glippen voordat de poort weer dichtviel en afgesloten werd met een balk.

De binnenplaats bleek een verzamelplek voor mensen met een voorkeur voor paars. Het waren merendeels mannen, maar vrouwen waren er ook. Zeliska fronste. Zulke potige vrouwenlijven had ze nooit eerder gezien: flinke schouders, platte borsten, brede kaaklijn, kort haar en een woeste blik in de ogen. Nu was het voor haar ook een verrassing hoe ze eruit zou gaan zien als haar wisselatie gelukt was, maar toch niet zo, hoopte ze vurig. Alle charme ontbrak aan deze vrouwen. Ze leken welhaast uit steen gehouwen, klaar voor een brute strijd.

Op de binnenplaats werden drendie verzorgd, wapentuig onderhouden, er was een smederij en er werd in grote kookpotten geroerd. Daarbij was niemand op het idee gekomen tussendoor even op te ruimen. Het leek wel of deze mensen hier tijdelijk hun intrek hadden en daarom volkomen achteloos met hun leefomgeving omsprongen.

Was dit een soort garde? Daar had ze in Eteria ooit van vernomen. *Waarom waren ze helemaal naar Eteria gekomen om Andras te halen? Wat maakte hem zo belangrijk?*

Ze vermeed het om via de openstaande voordeur het statige pand te betreden, want een groot aantal mensen liep daar in en uit, en dat was haar veel te druk. Een regenton en een afdakje vormden haar route omhoog naar de eerste verdieping. Daar trof ze een stenen richel van tien centimeter breed, voldoende om rondom het pand te verkennen. Een aantal vensters met raamluiken stonden helemaal open vanwege de warmte, zodat ze er naar binnen kon gluren. Twee mannen en een vrouw waren druk discussiërend bezig met papierzaken. Spontaan begon Zeliska te geeuwen.

Duf, dacht ze en ze trippelde verder over de richel in de richting van het tweede grote open venster. Ook daarachter waren dodelijk saaie zaken aan de gang. De richel eindigde verderop bij een stenen balustrade en een balkon.

Een prima plek om even op adem te komen.

Vanaf het balkon had ze uitzicht op een binnentuin met eigenaardige, onnatuurlijk uitziende planten en bomen. Ze leken weliswaar de natuur na te bootsen, maar ze bestonden uit een donkere, modderachtige substantie. In heel haar weetkundige carrière had ze nog nooit zoiets gezien. Het deed haar nog het meest denken aan het organisch materiaal van het levende systeem zelf. Dat zou dan betekenen dat het levende systeem hier wel heel plaatselijk naar buiten stak.

Een tijdje zat ze gefascineerd toe te kijken, tot ze opeens bevangen werd door een enorme leegte, alsof iets de weinige vreugde en levensenergie die ze nog bezat opzoog. Het overviel haar zo plotseling dat ze een paar maal diep moest zuchten.

Er was iemand in de tuin verschenen die tussen de merkwaardige planten en bomen door liep. Hij maakte met zijn handen welgevormde bewegingen en liet zo moeiteloos de takken van een boom verrijzen, of vormde een struik in een langwerpig model. Hij boetseerde zonder iets aan te raken.

Hij is in staat het organisme van het levende systeem naar zijn hand te zetten, dacht ze. *Dat heeft niets te maken met een kunstje, creativiteit of weetkunde: dat is magie! Maar wel van een zeer duister soort.*

Ook deze persoon droeg paars. Zijn kostuum onderscheidde zich van dat van de rest van de paarse manschappen door de grote hoeveelheid glanzende metalen afzettingen en zijn epauletten. De cape was van dik velours en had een aangename glans. Hij droeg geen helm en toch zag zijn hoofd er glad uit, alsof het gemaakt was van dezelfde substantie als waarmee hij boetseerde. Het hoofd lag afgezonken tussen zijn dikke nekspieren. Zijn gezicht kon ze niet zien, omdat de man steeds met zijn rug naar haar toe stond, dan wel werd afgeschermd door een van zijn modderkunstwerken.

Ergens werd driemaal op een deur geklopt, maar dat bracht hem allerminst van de wijs en hij bleef zijn creaties perfectioneren.

Nogmaals werd er geklopt, iets driftiger ditmaal.

"Ik had je de eerste maal al gehoord, Stefanis. Kom maar als het zo urgent is," sprak de boetseerder. Zijn stem had een walgelijke bijklank, alsof die uit een oneindig diepe put kwam. Hij ademde duidelijk hoorbaar in en uit en er reutelde iets in zijn keel.

Beheerst schoof een metalen deur van de binnentuin open en twee mannen sleurden iemand mee, die ze in het midden van de tuin op een kring van sierbestrating kwakten.

Zeliska veerde op en zocht een plekje om beter te kunnen zien. *Als jij het bent, Andras, kom ik je meteen halen. Wat die mannen ook van je willen. Hoe sterk ze ook mogen zijn.*

"Nog een, heer Draghadis," zei Stefanis met een bleek gezicht en zijn blik naar de punten van zijn zwarte laarzen gekeerd.

"Prima werk, Stefanis, Gideon. Jullie weten hoezeer ik dit waardeer. Hoe meer, hoe beter," zei Draghadis. Elk woord, elke letter die hij uitsprak klok als de klaagzang van honderden gekwelde zielen. "We kunnen van deze mensen nooit genoeg hebben. Het is van groot belang dat we ze allemaal vinden, voor er teveel tijd verstrijkt."

Stefanis en Gideon knikten trots.

"Het is er ditmaal één," zei Draghadis kort.

"Dat... dat is correct, heer," zei Stefanis nederig.

"Julles en Meerdru hadden er onlangs vijf."

Stefanis boog nog verder. "Een buitengewoon respectabele prestatie, heer."

"Ach, nonsens. Het waren stuk voor stuk waardeloze exemplaren. Ik heb ze meteen naar Grimklauw laten zenden, met Julles en Meerdru erachteraan."

"Een wijze beslissing, heer," antwoordde Gideon en frutselde aan zijn blinkende gesp.

"Jullie stellen mij wellicht tevreden met dit ene exemplaar. Laat hem de waarde bezitten die ik zoek, dat zal onze activiteit hier een stuk aangenamer maken."

Zeliska drukte haar kop tussen de pilaren door, maar merkte dat ze geen goed zicht had en probeerde het een stukje verderop. Ze werd er helemaal onrustig van. *Het moet Andras zijn!*

"Laat mij jullie vondst eens aanschouwen." Draghadis liep van de ene kant van de tuin naar de man op de vloer in het midden.

Stefanis trok de arme gevangene op de knieën. Zeliska kon onmogelijk zien of het Andras was. Ze besloot op de balustrade van het balkon te klimmen en tot aan het uiterste puntje door te lopen. Bij elke stap werd ze ongeruster. Ze balanceerde op haar achterpoten, grip houdend met haar nagels in het steen. Hoe beter ze de man in het midden zag, hoe duidelijker haar teleurstelling werd: het was Andras niet.

Klapstangen, je bent het niet! Waar hang jij toch uit? Toch was ze ervan overtuigd dat haar collega ergens in dit pand was. Ze krabde geërgerd in het steen.

"Deze wold is te mooi om onbegrepen te laten." zei Draghadis beneden in de tuin.

Ze kon zijn walgelijke stem niet langer verdragen en wilde weglopen, toen één woord haar tegenhield.

"Dat moeten jij als *weetkundige* waarderen, niet."

Weetkundige? dacht ze. *Waarom houden ze een weetkundige gevangen? Ik kan mij van alles voorstellen, maar ik betwijfel of deze heren zich daadwerkelijk voor weetkunde interesseren.*

Draghadis vervolgde: "Niet alleen de kennis en kunde in je intelligente brein spreken mij aan, maar ook de blik in je ogen, je gezicht, je lichaam. En je hebt geen flauw benul wat voor belang je vertegenwoordigt in deze wold? Dat zal je spoedig duidelijk worden, beste man. Je zult een erg belangrijke taak krijgen binnen onze organisatie. Een taak waar vele mensen je dankbaar voor zullen zijn."

Het klonk vriendelijk zoals hij het zei, en de man hief zijn hoofd een beetje op. Stefanis en Gideon grijnsden om de praat van hun meester; ze hadden deze redevoering waarschijnlijk vaker gehoord.

Op zijn gemak wandelde Draghadis tussen zijn creaties door, terloops naar een boom zwaaiend, waarop die zich spontaan opsplitste. Na een plotselinge draai liet hij voor het eerst zijn gezicht zien.

Van schrik haakte Zeliska met haar nagels in het steen en klemde haar kaken op elkaar. Eerst dacht ze dat het door de lichtval kwam dat zijn gezicht er zo gruwelijk uitzag. Toen ze beter keek, zag ze dat het glansde, kronkelde en een ondefinieerbaar kleur bezat.

Draghadis had geen gezicht.

Op de plaats waar het had moeten zijn, bevond zich een massa van een levend iets, dat haar nog het meest deed denken aan slijmerige wormen of slangen.

Vanuit zijn ooghoek had de man op de vloer het ook gezien. Een siddering doorvoer zijn lijf. Hij liet zijn hoofd hangen en begon zwaar te ademen.

In het krioelende masker, op de plek waar je een mond zou verwachten, vormde zich een zwart gat. Draghadis sprak: "Men zegt dat de ogen de poort tot de ziel vormen. Je zult bij mij geen ogen herkennen, en toch lijkt het alsof iedereen meteen begrijpt hoe ik in elkaar steek. Welnu, ik kan u ook erg goed zien." Hij draaide observerend om de man heen en ging recht voor hem staan.

De man prevelde iets en zakte nog verder ineen. Draghadis boog voorover vanuit zijn heup, waardoor de tentakels op zijn gezicht als plakkerige natte haren omlaag bungelden. Stuk voor stuk leidden ze een eigen leven, en ze wezen allemaal gretig in de richting van het gezicht van de man.

Stefanis en Gideon keken verveeld in het rond; hun taak zat er voorlopig op.

"Een gezicht, zo mooi, zo teder en zacht, soms gerimpeld door de tand des tijds. Ik verlang niet alleen naar u als weetkundige." Draghadis boog nog verder voorover en de man gilde het uit toen de eerste sliert hem betastte. "Dit doet geen pijn; ik maak alleen even kennis."

Al snel werd het gezicht van de man volledig overwoekerd door de krioelende slierten, die zijn gegil smoorden. De angst maakte dat hij verlamd op de tuinvloer bleef zitten, met zijn armen gespannen langszij. Hij kon zo onmogelijk nog ademhalen. Zeliska kon zijn angst voelen.

Loopse tellers, had Andras ditzelfde lot ondergaan? Walgelijk. Ze vroeg zich af of ze dit wilde zien. Toch bleef ze even kijken met één half dichtgeknepen oog, zoals bij haar eerste lessen anatomie, toen ze maanden nodig had gehad om te wennen. *Stop toch!*

De man liet een gesmoorde kreet horen; zijn lijf stuiptrekte.

Ergens uit het masker klonk de stem van Draghadis, zijn mond bezat blijkbaar geen vaste plek: "U hebt werkelijk een schitterend gezicht." Vervolgens lieten zijn tentakels stuk voor stuk los, hier en daar wat slijm achterlatend.

Nu kneep Zeliska eindelijk haar ogen samen. *Wat was er over van het gezicht van die arme man?*

De weetkundige slaakte een diepe zucht en snakte naar adem. Toen ze dat hoorde, opende ze één oog en constateerde opgelucht dat zijn gezicht onaangetast was.

De man zakte snikkend onderuit.

"Een werkelijk zeer aangename kennismaking. U mag trots zijn op zo'n gelaat, waarde heer. Smijt hem bij de andere gevangenen. Haal hem hier weg, meteen!"

Draghadis ging zitten. Hij legde zijn hoofd in zijn nek en ademde rochelend diep in en uit.

Stefanis en Gideon trokken de week geworden man als een oud opgerold vloerkleed over de bestrating het pand binnen. Met een smak werd de metalen deur gesloten en alleen Draghadis bleef achter. Kringsgewijs smeerde hij met zijn handen over de bestrating, alsof hij het levende systeem aaide. Hij draaide genotvol met zijn onmenselijke hoofd, alsof hij naar muziek luisterde die alleen hij kon horen.

De omgeving werd opeens eigenaardig stil, alsof geluid het niet riskeerde hier te zijn. Zeliska wenste dat haar hart minder heftig bonkte – straks hoorde hij haar nog. In deze stilte kon ze onmogelijk ongemerkt vertrekken. En waar moest ze heen?

Met een vlugge beweging draaide Draghadis zich om en richtte zijn gezicht precies op haar, alsof hij al die tijd geweten had dat ze er zat.

Haar ademhaling stokte onder zijn verankerde blik en het leek alsof ze slierten modder in haar keel had. Ze wilde zo snel mogelijk verdwijnen, maar haar lijf weigerde in beweging te komen.

Bliksemse deeltjeskijker, laat me gaan!

Haar voorkomen boeide hem blijkbaar. In de reflectie van zijn gelaat ontstonden gele ogen, haar ogen, en het gezicht van een meisje. Wat voor spel speelde hij met haar? Er verscheen ook iets van een grijns.

Laat me gaan. Wat wil je van mij?

Haar wens kwam sneller in vervulling dan ze dacht. Een tentakel was tussen hen in verschenen, op haar toegeschoten en wipte haar met gemak aan de straatkant van het balkon af. Floep.

Ze sloot haar ogen en voelde de wind die haar vacht streelde. Een tijdje tuimelde ze door de lucht en kwam toen op een gladde ondergrond terecht, waarlangs ze omlaag gleed. Ze suisde door een koperen buis, niet veel groter dan een meter in doorsnee. De buis was zo glad dat ze behoorlijk vaart maakte. Het rook er naar metaal en verbrand hout. Met haar nagels probeerde ze grip op de wand te krijgen, maar dat veroorzaakte alleen een snerpend geluid en nog net geen vonken. In volle vaart werd ze alle kanten op gesmeten.

Voor ze het wist suisde ze weer door de lucht, en uiteindelijk kwakte ze op de kasseien en gleed nog een stuk door. Na twee meter kwam gespreid ze tegen een muur tot stilstand. Een kille pijn trok door haar rug. Snel stond ze op, met haar vlijmscherpe nagels in de aanslag, klaar voor verweer.

Dat was nergens voor nodig, want ze was helemaal alleen op een kleine binnenplaats.

In het midden daarvan stond een klaterend stenen fonteintje. In de bouwsels rondom waren geen ramen te zien, alleen buizen die kriskras door elkaar de hoogte in gevlochten waren. Hier en daar ontsnapte wat rook. In de wand tegenover haar mondde de buis uit waar ze doorheen gegleden was, in de vorm van een hoorn. 'Sector 18-35', stond erboven. Er was nog een soortgelijke opening: Sector 19-21.

Scheve calculaties, dat was een glijgang. Ze had erover gehoord. *Op deze manier konden bewoners zich snel door de wold verplaatsen. Frequente gebruikers weten vast wat ze doen, ik heb werkelijk geen flauw idee, zelfs al laat ik er al mijn logica en berekeningen op los.*

Ze had al evenmin een flauw idee waar ze was, of hoe ze terug moest komen bij het statige witte pand van de mannen in het paars. Was dat misschien sector 17, of 16? Ze wilde terug naar Andras, die daar hoogstwaarschijnlijk gevangen zat, met of zonder gehavend gezicht.

Andras is zo'n lieve man, en een weetkundige in hart er nieren. Waarom is hij in hun handen gevallen en hebben ze mij gespaard? En wat doen ze, bij de goden, met weetkundigen? Moedeloos van al die vragen zakte ze in elkaar. *Mew, was ik vannacht maar een echte vrouw geworden, was mijn wisselatie maar gewoon gelukt, dan was dit nooit gebeurd. Of wel? Hadden ze mij als mens dan ook meegenomen? Kwamen die mannen in het paars misschien voor mij in plaats van... Oh Andras, het spijt mij zo.*

Het was haar te verwarrend. Ze voelde zich vies van haar tocht en ze wilde terug naar Eteria, maar ze wist dat dat onmogelijk was. Daar was er niets om naar terug te keren en dus moest ze hier blijven.

Het begon te regenen. Na alles wat ze vandaag te verduren had gehad, werd deze koude wasbeurt haar echt teveel. Ze verliet de binnenplaats, op zoek naar een geschikte plaats om de nacht door te brengen.

Nergens zag ze een plek om te schuilen of tot rust te komen, en er waren wat haar betreft teveel duistere zijstraten die naar haar lonkten. Als ze die betrad, zou ze beslist de volgende ochtend als een velletje aan een marktkraam bungelen.

Was het al nacht of was hier gewoon weinig licht?

Een lichtsteker liep met haastige passen door de verlaten straat van lantaarn naar lantaarn en verjoeg haar met zijn gesis. Ze rende ervandoor. Toen viel haar pas op hoe schijnbaar vredig de wold opeens geworden was zonder de daagse drukte. Ook hier kon het blijkbaar stil zijn, net als in de nachten in Eteria.

Niettemin maakte dit straatniveau haar onzeker en in de schaduwen zag ze wezentjes loeren. Er zat niets anders op dan het voor de nacht hogerop te zoeken. *Vooruit, maar niet helemaal naar boven, een klein stukje hoger. Gewoon voor mijn gemoedsrust. Omdat het daar vertrouwd voelt.*

Langs een aantal vaten en kisten en daarna via een dak lukte het haar heel hoog te komen. Veel keus had ze niet: het leek haast wel alsof de route haar zo werd voorgelegd. Met gemak trippelde ze over de smalste richels en uitsteeksels in de richting van een toren, waarvan het silhouet grimmig afstak tegen de grijze wolkenlucht. Een aantal ramen zat stevig dichtgespijkerd, wat erop duidde dat dit een onbewoonde torenkamer was, en dat kwam haar goed van pas.

Via een smalle opening tussen een aantal planken wist ze binnen te raken. Het was er grijsachtig donker en het rook er muf, naar dode vogels en poep. Er stonden kasten kris kras door elkaar gevuld met papierwerk zoals in een archief. Wat dit voor ruimte was maakte haar niet uit, want ze was veel te moe om er iets van te vinden. Vlak bij het raam ontdekte ze een heerlijk zacht bankstel, waar ze meteen languit op neerstreek.

Zo liggend merkte ze pas hoezeer haar hoofd pijn deed van het avontuur. Toen ze haar ogen sloot, draaiden haar dromen onrustig voor haar langs. Ze gingen voornamelijk over het verlies van haar collega. Uiteraard werd het één grote lastige berekening, die haar de hele nacht zou bezighouden.

7
Het hoofdkwartier

Nog half slapend bedacht Ileas wat hij vandaag zou gaan doen. Samen met Arak maakte hij gewoonlijk in de ochtend, of ergens in de middag als ze niet eerder wakker waren, een plannetje voor de dag. Soms gingen ze kiezels gooien vanaf een daktuin naar passanten, en wachtten af of er een ruzie ontstond. In de ontstane chaos sloegen ze dan toe en graaiden het eten uit de vergeten tassen. Het was meestal genoeg, want één handjevol eten was precies wat ze nodig hadden om te overleven, hoewel het in moeilijkere tijden geen kwaad kon wat hebzuchtig te zijn.

Hun jonge lijven gonsden altijd van een ongekende moed en een wil om nuttige fouten te begaan, en de honger had bekwame straatdieven van hen gemaakt. Een straatmarkt was hun favoriete plek, want zodra die voorbij was, bleef er altijd veel voedsel achter, dat nog prima te eten was. Vaak vonden ze bij dergelijke markten zoveel eten dat ze een week vooruit konden.

Ze leidden een plezierig leven in ongekende vrijheid, en ook vandaag had het weer zo'n heerlijke dag kunnen worden. Helaas, de werkelijkheid stak anders in elkaar.

Voor het eerst sinds tijden lag Ileas onprettig op de straatstenen, terwijl ze geregeld zijn slaapplek hadden gevormd. Hij lag languit in een steeg en opende traag zijn ogen. De kou was tot op zijn botten doorgedrongen.

Even vroeg hij zich af of hij nog droomde, want vlak voor zijn neus bewogen de straatstenen. Ze kwamen schoksgewijs steeds een klein beetje omhoog, waarbij ze een snuffend geluid maakten. Hoewel Ileas zijn Maark goed had afgedekt met de lap, snuffelden de straatstenen nu aan zijn handpalm. Ze wiebelden en bleven gefixeerd op de Maark zodra ze die in de gaten hadden. Het levende systeem had hem gevonden.

Met een ruk schoot Ileas overeind en hij was meteen klaarwakker.

Arak zat rechtop tegenover hem en kerfde met een scherp voorwerp hun merkje in een baksteen. "Zullen we gaan." Het was geen vraag en meteen stond hij op. "We zullen er wel bijna zijn."

"Ik wil hier geen minuut langer blijven," zei Ileas. Ook hij stond op, trok zijn broek op en sjorde zijn rondvaster strakker.

Op dat moment kwam verderop een vrouw met een bezem naar buiten en begon driftig het steegje aan te vegen. Ze leek de jongens totaal over het hoofd te zien, maar al gauw sprak ze niettemin haar ergernis uit: "Jullie schorem hoort hier niet in mijn steeg. Vort!"

Een druk op de knop was voldoende om hun tentjes in te laten klappen. Haastig verlieten de jongens fietsend de steeg en ze belden en zwaaiden de vrouw nog even na.

Knagend op zijn laatste stuk haverkoek zei Arak: "Die had een behoorlijk ochtendhumeur. Wat wil je, met zo'n hoofd."

"Of lag het aan ons?" vroeg Ileas zich hardop af. *Aan onze Maark.*

"Wat zou er aan ons moeten zijn?" vroeg Arak. "Vergeet die steeg. Als we eenmaal op het hoofdkwartier zijn kunnen we even rusten."

"Dat zou ik heel graag willen." Ileas geeuwde. "Als we bij dat gilde in dienst treden, zal ons vast ook een slaapplek worden aangeboden."

Arak strekte krampachtig zijn rug. "Alles beter dan de straat. Een bed, met liefst een matras van stro of veren. Geen springveren, want die hebben de irritante neiging in je rug te drukken. Echte veren zijn warm en zacht. Of stro. Veren zijn goed. Of een hangmat, hebben we daar al eens in geslapen?"

Hoewel het een vraag was, wist Ileas dat hij er niet op hoefde in te gaan. Arak praatte nou eenmaal altijd honderduit. En hoewel gepraat over prettige dingen een prima afleiding kon zijn, overheerste nu de voortdurende pijn van zijn Maark. Hij weigerde het magische teken onder die verweerde lap te bekijken, maar in gedachten kon hij er een prima voorstelling van maken.

Het is vroeg in de ochtend van de tweede dag van een merkwaardige kalender, dacht hij verbitterd. *De jaargetijden, feestdagen en andere leuke vooruitzichten ontbreken erop, want hij bestaat slechts uit mijn laatste zeven levensdagen. 'Vink,' en daar is er al één van doorgestreept.*

Eenvoudig weergegeven was Dizary opgedeeld in drie niveaus: Eteria, de bovenwold die tot in de wolken reikte, het stadse deel dat normaal Dizary werd genoemd, en diep onder de grond lag Nedorium. Dizary was dus ook de alomvattende naam voor de wold – voor de stijfkoppen die de andere twee niveaus ontkenden.

Soms deed Ileas een poging de schoonheid of verdorvenheid van deze wold op papier te beschrijven, maar aan het eind van zijn zin kwam hij altijd bedrogen uit. De wold liet zich onmogelijk vangen in woorden. Eeuwen terug begon men met een stapeling van woningen en winkels om ruimte te bieden aan de immer uitdijende wold. Een doolhof van doorgangen ontstond met een schat aan verborgen kennis, die alleen bij zijn bewoners bekend was.

Moeizaam beeldde Ileas zich hun positie in. Ze waren nu ergens in de buitenste regionen in het zuiden, en deze wijk vormde slechts een minuscule stip op een oneindige woldkaart die nooit iemand had kunnen weergeven, en al evenmin stukken ervan. En niemand bezat een kaart, omdat die je ongeluk bracht.

Aan het eind van de ochtend bereikten ze gelukkig de gebogen vestingmuur van de wijk Kromwyl, die ze via een van de vele ophaalbruggen binnengingen. Het licht was er helder en warm, wat de jongens een heerlijk welkomstgevoel bezorgde.

"Ligt het aan mij, of voel jij dat heerlijke zachte bed ook al?" vroeg Arak.

"Ik begrijp exact wat je bedoelt." Ileas liet zijn bel rinkelen en zette tegelijk meer kracht op de pedalen.

Vol nieuwe moed peddelden de jongens door de straten, die naast hun naambordjes ook waren voorzien van een gildeschildje met de letters M en D. Daaruit bleek dat in deze wijk de vrede bewaard werd door Moed en Daad.

De jongens fietsten de Lindelaan op. Daar stond het hoofdkwartier, met zijn solide poort van grijze steen. De wind blies woekerende klimop opzij, zodat het gildewapen zichtbaar werd: de twee ineengeslagen handen.

Het klassiek ogende hoofdkwartier stak uit aan de kopse kant van een cluster pakhuizen, als een boegbeeld van een stevig schip. Het was een eenvoudig bouwwerk met een blauwe gevel. Een enorme boom was er door de eeuwen heen mee vergroeid geraakt en de takken zaten rond de vensters gekronkeld. Dat het pand er nog stond was verbazingwekkend te noemen, want het zag er verwaarloosd uit. Aardschokken hadden ervoor gezorgd dat op bepaalde plekken het pleisterwerk was afgebrokkeld, en de gaten leken op lelijke verwondingen.

"Het hek zit dicht." Arak steeg af om het te ontgrendelen. Bij zijn eerste aanraking met het staal grijnsde hij en zei: "Titanenstaal, dit hek is van titanenstaal. Zal wat gekost hebben."

Een vrouw fietste langs op een fiets met een gigantisch voorwiel. Ze zei: "Ah, jullie moeten de nieuwe medewerkers zijn. Zet hem op, ga met de heilige Myriad."

Nog voor Ileas kon reageren was ze alweer doorgereden.

Arak duwde het hek verder open en samen fietsten ze de binnenplaats op, die omheind werd door een hoge golvende stenen muur waartegen stallen met strodaken lagen. Een paar kraaien schrokken op. Ileas reed zijn fiets tot vlak bij de voordeur en stapte af.

"Vooruit, ik heb het gevoel dat we al veel te laat zijn."

"Het is nog steeds vroeg in de ochtend," zei Arak rustig.

"Hoe eerder wij hier vanaf zijn hoe beter, zou ik zeggen."

Na de paar traptreden van het bordes trok Ileas aan de ketting van de bel, maar er kwam geen reactie. Hij trok nogmaals aan de ketting; geen reactie. De eenvoudig bewerkte, maar solide houten voordeur bleef gesloten. Vervolgens probeerde hij het metalen kloppermechaniek, dat hij een paar maal bonkend op het hout liet neerkomen. Ook daarop volgde geen respons.

Arak kwam naast hem staan en zei: "Welk vredesgilde laat zijn voordeur nu dicht? Bezorgde wijkbewoners zouden in principe in en uit moeten kunnen lopen."

"Weten wij als officiële gezellen van een vredesgilde nu al ineens hoe een gilde hoort te functioneren?"

"Ik ga alleen uit van logica."

"Het is inderdaad vrij logisch dat wij hier staan. Voor een gesloten deur." Ileas stapte het bordes weer af en liep met zijn handen in zijn zij langs de ramen. Die waren nogal hoog geplaatst, zodat het lastig was om naar binnen te kijken. Achter de gesloten dunne gordijnen zag hij vaag mensen achter bureaus. Hij sprong, tikte op een raam, maar kreeg geen reactie.

"Hé," brulde Arak omhoog met zijn hand langs zijn mond. "Doe verdomme die deur eens open!" Zijn gebonk met de deurklopper maakte plaats voor geschop. Dat deed hem zichtbaar zeer, dus stopte hij ook daarmee.

"Ja, dat zal helpen," zei Ileas.

"Wat is dit voor onzin. Je gaat mij niet vertellen dat wij na zo'n lange reis voor een gesloten deur staan. We worden hier verwacht, ze weten dat wij komen." Hij legde zijn getrainde oor tegen het slot en klopte er even op. "De deur zit niet op slot. Help eens mee, dan duwen we samen dat kreng open."

Ze zetten hun schouders tegen de deur. Die gaf zich niet meteen gewonnen, maar uiteindelijk zwaaiden ze hem helemaal open. In de deuropening bevroren bleven ze staan.

Ileas gleed met zijn hand naar zijn rondvaster, maar tevergeefs. Vaak hadden ze de gelukkige beschikking over een wapen, zoals een dolk of een degen, maar nu helaas niet. Een aantal dagen geleden nog bezat hij een dolk, maar die was gestolen toen hij hem een moment uit het oog verloor. Wapens waren kostbaar en erg gewild. Omdat de jongens wapens sneller kwijtraakten dan verwierven, hadden ze gelukkig ook met hun handen leren vechten. Maar nu Ileas gehandicapt was aan één hand, zou een dolk hem meer zekerheid hebben geboden.

Aarzelend volgde hij Arak, die iets mompelde in de trant van 'een goed bed, eindelijk even rusten, stro, niet op straat slapen.'

De voordeur verschafte hun toegang tot een grote hal. De wind was hen loeiend achterna gekomen en deed stof op de vloer opwaaien. Het dwarrelde alle kanten uit en werd gevangen in banen zwak licht die door de vieze ramen vielen. Een mot probeerde aan zijn gevangenschap achter een venster te ontkomen, het geluid van zijn frustratie vulde de ruimte. Voor de rest hoorde Ileas alleen het gesuis in zijn oren, dat de stilte vertolkte.

De hal deed hem nog het meeste denken aan een tombe waar hij ooit in verdwaald geraakt was. Uren werd hij er beloerd door dode lichamen, die toch niet zo dood bleken als hij had vermoed. De sfeer in de tombe van toen en die in de grote hal van nu verschilden nauwelijks van elkaar. En ook nu kon hij de gedachte niet loslaten dat er ogen waren die naar hen loerden.

Aan twee zijden van de donkere hal wervelde een sierlijke trap naar de eerste verdieping. Links was een gedoofde haard.

"Wie is dat?" vroeg Arak en wees op het grote standbeeld in het midden van de ruimte. Aan de voet ervan lagen offers: verdorde bloemen, bedorven kliekjes en kaarsen.

Ileas zei: "Dat moet Sebastiën zijn, de schutspatroon van mensen met moed en daadkracht."

"Van echte mannen, dus," bromde Arak trots en sloot de voordeur. "Zie je die enorme ballen niet tussen zijn benen hangen?"

Hij schrok enorm toen er iemand achter de deur bleek te staan.

Toen hij daarvan bekomen was vroeg hij: "U had best even open kunnen doen. Jalleu daar, vertel ons eens wat hier aan de hand is! We hebben een verrekte lange reis achter de rug. Dit is totaal niet wat wij van een gilde verwacht hadden. Ik had meer leven in de brouwerij verwacht. Zeg...?"

Voorzichtig tikte hij de persoon tegen de arm, waarna die al krakend in elkaar zakte. Daarbij knikte het lichaam op ongebruikelijke plekken.

Toen de stofwolk was verwaaid, werden de jongens aangestaard door een paar holle, doodse ogen.

Griezelend was Arak naar achter gesprongen. Die reactie verraste Ileas. Zelf was hij achterwaarts weggelopen van de in elkaar gezakte pop met het gebarsten porseleinen gezicht en nu wreef hij over het kippenvel op zijn onderarmen. Hij richtte zich tot Sebastïen – terwijl hij zich in zijn leven nog nooit oprecht tot een god gericht had – en fluisterde: "We zijn echte schooiers, vergeef ons en laat ons op zijn minst onze goede daad uitvoeren."

Ondertussen keek Arak langs het trapgat omhoog. "Waarom is het hier zo verrekte stil? Geen vredebewaarders, gezellen, leraren, administratoren, huisbewaarder of schoonmakers – niemand te bekennen. Ik zou toch gezworen hebben dat er mensen achter de ramen zaten. Zoals ik een hoofdkwartier voor mij zie, zijn er altijd mensen aan het werk, dag en nacht. Er zou altijd licht branden en de haard in de ontvangsthal zou nooit gedoofd zijn," zei hij met een stem die stokte van vermoeidheid. "In Nedorium tref je meer leven."

"Wat doen we hier? Is dit wel het juiste hoofdkwartier? Straks zijn ze verhuisd naar een nieuwe locatie, een plek waarvan rechter Zoren niet op de hoogte was."

"We zitten echt wel op de juiste plek, dit is Moed en Daad. Het wapen van het gilde hing boven de toegangspoort, de inrichting is er nog, het is alleen... leeg!"

Ileas balanceerde tussen een lach en een huilbui. Zijn Maark gonsde van onverbiddelijke pijn, zelfs nu hij zijn hand met rust liet. "Dit gilde is verlaten!"

"Hier was niemand van op de hoogte, je weet hoe traag het nieuws in deze wold zich verspreidt." Met één hand rolde Arak het stuk perkament dat ze bij hun veroordeling ontvangen hadden open en hij las hardop: " 'Het kantoor van het gildehoofd Hylmar Arlas bevindt zich op de eerste verdieping, einde van de gang.' We worden er verwacht, dus laten we ernaartoe gaan."

Uit de vele kamers bleek wel dat dit gilde ooit zeer bedrijvig moest zijn geweest. De hoop dat een van de deuren open werd gezwaaid door een druk bezige medewerker vervloog echter naarmate ze dieper in het pand doordrongen.

"Het zijn poppen," zei Ileas, kamer na kamer inkijkend.

Er zaten inderdaad poppen achter de bureaus, de een met een nog griezeligere doodse blik dan de ander. De gangen waren smoezelig, behang krulde van de wanden en deuren bungelden krakend in hun scharnieren. Verbleekte plekken op de wanden verraadden dat er ooit majestueuze schilderijen hadden gehangen.

De deur van Hylmars kantoor was gesloten. Op ooghoogte hing een tegeltje met de tekst: 'Haast is hier helaas, maak hem niet je baas'.

Voor Arak aanklopte trok hij zijn jas recht en streek zijn haren in model.

Ileas moest grinniken om het ijdele gedrag van zijn vriend en popelde om aan te kloppen. "Ik wil beslist vandaag nog mijn goede daad verrichten."

Gezamenlijk klopten ze aan, in een kordaat ritme. Er kwam geen reactie en dus deden ze het nog eens. Toen er weer geen reactie volgde kreeg Ileas het een beetje benauwd.

Met zijn vuist bonkte Arak op de deur. Het echode als mokerslagen in de lege gang.

Ileas keek hem boos aan. "Gek, waar is dat goed voor?"

"Die man is misschien wel stokoud en hartstikke doof. Laten we naar binnen gaan. We worden verwacht."

De deur was al geopend voor Ileas kon protesteren, want hij vond dat ze zich van een goede kant moesten laten zien door beleefd te zijn en zo. Zo konden ze misschien sneller van hun straf afkomen. Hij zuchtte klaaglijk en volgde Arak het kantoor binnen.

De inrichting was nogal excentriek en paste eerder bij een vrijgevochten kunstenaar die ervan hield zich te omgeven met eigenzinnige spullen dan bij een gildehoofd. Er stonden opgezette dieren uit een onbekend rijk, sierlijke meubels en bloemserviezen, en er lagen schedels waarvan de ogen nog gloeiden en koperen instrumenten. Dikke gordijnen deden allang geen dienst meer om het licht dat door de vele ramen binnenviel tegen te houden, maar hingen voor de sier gedrapeerd over kamerschermen en meubilair. Er stonden metershoge vazen, gevuld met droogbloemen en pauwenveren.

Een pad tussen ontelbare plantenbakken en potten met palmen door leidde de jongens naar het bureau van het gildehoofd. Hylmar was er, maar hij bewoog niet toen ze zijn bureau naderden. Hij lag voorovergebogen, met zijn gezicht in een oncomfortabele houding op zijn schrijfblad.

"Slaapt-ie nou?" vroeg Ileas.

"Zo'n zwaarlijvig iemand zou absoluut snurken," zei Arak.

Ileas bleef vlak voor het bureau staan. "Meester Hylmar, gildehoofd, heer Hylmar Arlas?" vroeg hij zacht; een meester wekte je met beleid. Hij werd zich pijnlijk bewust van de situatie en hoopte dat hij zich vergiste: dat het gildehoofd lachend zou opspringen en zeggen dat ze gefopt waren. Maar Hylmars rug ging niet op en neer zoals bij een levend iemand; hij had de eindsteeg bereikt.

Aan de rand van het bureau vond Ileas de steun die hij nodig had vanwege deze pijnlijke teleurstelling. Zo gemakkelijk kon hoop vervliegen. Zijn hand gleed van de rand en met moeite bleef hij overeind.

"Dit gilde is net zo dood als de leider achter zijn bureau," zei Arak.

Wat ga je nu doen, dief?, schoot er door Ileas' hoofd.

"Wat is dat?" Zijn vriend knikte naar het dode lichaam, dat volledig spierwit begon te worden.

"Het ziet er uit als een soort ontbinding, maar het ruikt anders, eerder zoet." Hij deed een stap vooruit en zag waarmee het lichaam van Hylmar bedekt werd. "Vlinders?"

De witte vlinders wriemelden rond het lichaam en stegen opeens op. Hylmar was nu tot stof vergaan en de vlinders droegen elk een stukje met zich mee, zodat er niets van hem overbleef.

"Dit gebeurt alleen bij heel oprechte mensen," zei Arak.

De vlinders fladderden door elkaar heen en vormden een sliert die in het kantoor naar een uitweg zocht, maar de ramen zaten potdicht. Ineens namen ze vanaf de andere kant van de ruimte een flinke aanloop en vlogen naar de kast achter het bureau. De jongens moesten bukken toen ze overvlogen. Tot Ileas' stomme verbazing verdwenen ze allemaal tussen de boekenplanken.

"Wat krijgen we nou?" Ileas liep op de kast af en voelde tocht op zijn hand. "Het gildehoofd wil ons geloof ik nog iets meegeven. Arak, help eens mee deze kast te verzetten."

De stevige kast vol oude, gewichtige leren boeken verschoof geen millimeter.

"Drek." Ileas begon wat boeken te kantelen. "Ik ken dit, het moet een mechaniek zijn, vaak bediend door..."

"Laat maar," zei Arak. "We hebben een groot probleem en het kantelen van boeken lost het niet op."

Hoofdschuddend nam Ileas plaats op de stoel van Hylmar, die iets weg had van een troon. Ergens onder de vloer klonk mechanisch geklik. Ileas bewoog wat met de stoel en stelde zo het mechaniek in werking dat de kast verschoof.

Hij sprong op en gluurde door de ontstane opening. "Er zit een gang achter verborgen. Als Hylmar ons iets te zeggen heeft moeten we de vlinders volgen."

"Vooruit, maar bedenk dat we hier voor iets heel anders zijn."

Een rommelige trap liep in een wijde spiraal omhoog. Ileas had het gevoel dat ze behoorlijk hoog gingen, want de trap draaide minstens dertig maal rond zijn as vóór hij uitkwam op een enorme ruimte. De jongens bleven hijgend in het trapgat staan en keken rond.

Door hoge ramen met witgeschilderde kozijnen viel schamel licht. Het houten dak liep schuin naar boven, tot een punt waar geen licht kwam. Buiten raasde de wind over de leistenen. Tot aan de nok stond een wirwar van kasten gestapeld. Daartussen fladderden de witte vlinders in een lange sliert, en uiteindelijk kozen ze een gat in een venster om het hoofdkwartier voorgoed te verlaten.

Ileas had een droge keel gekregen en slikte moeizaam. Meteen al had hij de geur van de ruimte opgevangen en geconcludeerd dat er een behoorlijke tijd geen frisse wind gewaaid had.

"Het ruikt hier naar lang gestorven dieren en stront."

"Je hebt geen neus nodig om dat te ruiken," zei Arak, die als eerste de ruimte betrad. "Dit is een archief, ik vind boeken stom." Hij schudde met zijn schouders en liep in een grote boog om de kasten heen. "Denk je werkelijk dat we hier nog een gildelid zullen vinden?"

"Misschien." De ruimte had Ileas nieuwsgierig gemaakt – dat had hij met alles wat achter een deur of muur verscholen lag.

Op bijna alle kopse kanten van de kasten hingen tegeltjes met spreuken als: 'De koek is altijd al op nog voor hij gebakken is; bak geen koek', 'Zolang een deur naar buiten zwaait moet ge er niet achter gaan staan', 'Een flinke duit in den zak stelt men op straat weinigh gemack', 'Geen grootmeester uit Zuriel is z'n zilvern pruik weardig zolang niet elke haar geteld zyt' of 'Zoals hotsen knotsen en knotsen hotsen zal men nooit botsen'.

Nieuwsgierig bestudeerde Ileas de kaften van de boeken. "Missies 981 tot 983, hier missies 1273 tot 1274, en daar 2310 tot 2401. Hier liggen allemaal missieverslagen en aantekeningen."

Araks houding veranderde en hij kwam iets dichterbij. "Missieverslagen?"

"Slikstreek, Boogjeskwartier – het zijn blijkbaar gebieden die Moed en Daad beheert."

"Beheerde," corrigeerde Arak hem snel. "Dit gilde doet niet zoveel meer."

Ileas sloeg het boek weer dicht. "In dit archief liggen alle belangrijke aantekeningen en missieverslagen van dit gilde."

"Om te worden vergeten. Hylmar had dit archief verscholen achter een kast." Arak liep verder. "Waarom zou je een archief verbergen?"

"Er zullen vast privézaken in de missieverslagen staan beschreven, die niet zomaar met iedereen gedeeld kunnen worden. Bovendien wil je natuurlijk niet dat de concurrent er met jouw plannen vandoor gaat."

Ileas keek rond en zag dat er vanaf een bepaald punt geen kasten meer stonden en de ruimte open was. Hij liep erheen en nam een kijkje.

Er stond een machine.

Ileas hield zijn pas in. Zo'n reusachtig ding had hij nog nooit gezien. Roerloos stond het daar verankerd in de glanzende houten vloer, misschien wel erop hopend dat iemand het vinden zou. Een onzichtbare bries bespeelde de honderden kabels, buizen en stangen die uit de rug van het gevaarte staken, zodat de ruimte zich vulde met zachte metaalachtige klanken. Mechanorganisch koperwerk was ter plekke in een vorm gegroeid als basis waaraan grote tandwielen en overbrengingen waren opgehangen.

"Dit is waanzinnig!"

"Het is een imposant gevaarte," zei Arak koeltjes.

"Wat doet een machine hier?"

"Inderdaad: wat moet een gilde met zo'n machine?" Arak had de interesse in het apparaat alweer verloren en geeuwde uitgebreid.

"Hij moet van groot belang zijn geweest. Zoiets als dit wordt niet voor niets geheim gehouden." Ileas liep rond de machine en ontdekte aan de zijkant een bedieningspaneel met hendels en knoppen.

Zijn aandacht werd getrokken door een symbool rechts bovenin: een omgekeerd sleutelgat. Hij was gewend aan het feit dat een sleutelgat de sleuf aan de onderkant had, maar bij dit symbool zat het ronde gat aan de onderkant.

Kalm liet hij zijn hand op de machine neerkomen. Er trok een tinteling door zijn vingertoppen, alsof er een connectie ontstond, en de haartjes van zijn onderarm kriebelden licht, alsof er iets langs streek.

Deze machine moet een keer worden opgestart.

Hij schrok van die plotselinge gedachte, alsof het apparaat die hem influisterde. *Opstarten?*

De machine had iets in hem aangeraakt wat hem een beetje in de war maakte. Hij wist dat je jezelf met een machine kon verenigen, zoals mensen met M-klik dat konden, maar het besef dat een connectie zo eenvoudig ging schokte hem. Voor zijn gevoel liet hij de machine dan ook geschrokken weer los, hoewel hij eigenlijk zijn hand heel beheerst terugtrok, als een soort afscheid.

Arak zei: "Dit ding heeft iets weg van een oven. Misschien wordt het pand hiermee verwarmd. Geen gek idee om er een beetje warmte in te brengen, want het is me toch kil beneden."

"Huh, wat?" Ileas schudde zijn hoofd. "Ik vind het een machtig apparaat en ik zou het graag zien bewegen."

"Dit apparaat is zo dood als het gilde zelf," zei Arak.

Of slaapt het alleen?, dacht Ileas.

"We dwalen af van onze opdracht. Vergeet dit ding." Arak liep naar de trap. "Deze machine aan de praat krijgen doen we wel in een volgend leven, nadat het levende systeem ons verslonden heeft."

"Niet grappig."

"Ik ben hier met de intentie zo snel mogelijk iets goeds te doen!" riep Arak. "Wij zijn nu vredebewaarders, officieel in dienst van dit gilde. Laten we dan ook handelen als echte helden en de problemen in deze wijk verhelpen."

Langzaam voelde Ileas de tinteling afnemen en leek het contact met de machine weg te vloeien. Ook de stem kwam niet meer terug in zijn hoofd. Hij zei tegen Arak: "Het is vreemd, deze machine... Het lijkt alsof hij moet worden opgestart."

"Daar hebben we echt geen tijd voor."

"Nee... Toch, het is alsof hij ons van dienst kan zijn. Waarom zouden de witte vlinders anders ons deze toren in hebben geleid?"

Hij keek om zich heen en besefte dat hij alleen was. Verderop hoorde hij de voetstappen van zijn vriend, die de afdaling op de ongelijkmatige trap allang begonnen was. Hij snelde achter hem aan en net voor hij het archief verliet, viel zijn blik op een kat die schichtig toekeek van achter een verweerd bankstel.

De tocht omlaag verliep sneller en het leek haast wel alsof er minder traptreden waren. Toch werd Ileas bij elke bocht duizeliger. De overgang naar recht vooruit lopen in het kantoor van Hylmar Arlas viel hem omgekeerd ook zwaar en hij liep prompt tegen het bureau aan. Op het met leer bedekte schrijfblad geleund ademde hij een paar maal diep in en uit.

In een reflex stak hij zijn arm naar voren en hield Arak staande. Hij rook een geur die er kort daarvoor nog niet was. "We zijn hier niet alleen," fluisterde hij.

8
WIJ ZIJN MOED EN DAAD

Er ritselde iets tussen de hoge palmen achter in het kantoor. Ileas zakte snel door zijn knieën achter het bureau en gluurde met ingehouden adem over het schrijfblad heen. Arak bleef gewoon staan kijken, maar hij werd al snel door zijn vriend omlaag getrokken.

Om duidelijk te krijgen waarmee ze te maken hadden zocht Ileas naar een geur. "Het is geen dier..." Geuren waren soms arrogant en bedonderden hem geregeld. Daarom concentreerde hij zich goed, met zijn ogen gesloten. Hij negeerde stuk voor stuk de dingen die hij herkende, zoals het stof op de muffe palmen, de grijze vochtplekken op het gepleisterde plafond, het beschreven perkament, het vet van de dierenhuiden en het verbrande hout in de haard. Tussen die vleugen hield zich iets angstvallig verborgen. Alles zwierde in zijn hoofd samen en vormde een beeld: het was een harde, complexe geur, rechtlijnig en saai en van grijze slierten. "... het is een mens."

Er werd geklopt – of nee, het was het holle geluid van stampende voetstappen vanuit het andere einde van het kantoor.

"Wat krijgen we nou?" fluisterde Ileas.

"Iemand met een affectie voor planten?" antwoordde Arak en hij sprong op. "Wie dat ook is, ik vind het tijd voor antwoorden."

"Laat ik het nou met je eens zijn."

Gelijktijdig kwamen de jongens achter het bureau vandaan. Verderop zwiepten de bladeren van de hoge palmen heen en weer, alsof een stel vogels een paringsdans opvoerden. En het ging er tamelijk ruig toe.

Arak riep met een veel lagere stem dan normaal: "Jij daar, laat jezelf zien, welk gebrek je ook mag hebben."

Een paar zware plantenbakken werden omgegooid en kwamen dreunend op de vloer terecht. Gehaaste voetstappen gingen van links naar rechts en weer terug, het kamerscherm vloog van zijn plek, de deur van het kantoor knalde hard tegen de houten achterwand en werd daarna dichtgesmeten.

"Grijp hem!" Arak zette meteen de achtervolging in, om het bureau heen, langs de stoelen en lage kasten, tussen de rijen palmen door, stampend over het parket. Hij zwaaide de deur open en rende de gang in. Natuurlijk was hun prooi al gevlogen.

Ileas volgde zijn vriend en een geurspoor zweefde zomaar zijn neus binnen: goede haarlotion en scheercrème. "Het is een man van stand," zei hij.

"Precies de persoon dus die ons kan vertellen hoe de zaak hier in elkaar steekt," zei Arak.

Ze haastten zich de gang door en beneden in de grote hal troffen ze hem aan. Voor hen uit waggelde een soort van harnas van vale stof in de richting van de voordeur. Uit de rommelige naden staken hier en daar plukken stro.

"Heb jij ooit zoiets gezien?" vroeg Ileas.

"Er zijn weinig dingen die mij nog verrassen, maar toch. Het lijkt wel een pion of een boei." Arak sloeg meerdere treden van de trap over om de man in te kunnen halen.

De twee iele benen die onder uit de jas staken, hadden blijkbaar zelden zo hard gerend, want ze raakten uit de pas en in de knoop. De jas knalde frontaal op de vloer en gleed vervolgens meterslang door, richting de voordeur. Zelfstandig opstaan leek voor de man onmogelijk en zijn benen trappelden hulpeloos uit de onderkant.

"Zeg op, wie ben je?" Arak rende naar hem toe, ging met zijn benen aan weerszijden over hem heen staan en draaide de dikke jas ruw om. "Zeg het me snel, want mijn geduld is aan de dunne kant geraakt door wat mij de laatste tijd overkomen is!"

"Je wilt mijn vriend zijn geduld niet zien verliezen!" voegde Ileas, gebogen over de kijkopening boven in de jas, er terloops aan toe.

Door het geschud bestond het antwoord uit losse kreten. "Ben, hier, angst... Moed."

Met een handgebaar bedaarde Ileas zijn vriend. "Laat hem rustig praten."

"Van angst doortrokken soep is dit, doe toch rustig. Wij geldmensen zijn enorm kwetsbaar," bracht de man uit. Uit de opening boven in de jas openbaarde zich het van angst doortrokken gezicht van een man op leeftijd. Zijn zuinig behaarde hoofd leek proportioneel niet helemaal te kloppen met de rest van zijn lichaam in de jas. Hij glom van het zweet en zijn mondhoeken hingen troosteloos omlaag. Er zat een uitgesmeerde blauwe inktvlek op zijn wang.

"Vreselijk is het en pijnlijk, zoals het leven ons zo weet te kwellen. Menigeen zal er allengs uitgestapt zijn. Wij niet, wij moeten door, moeten door met de getallen. Mijn liefste getallen..."

Zijn laatste woorden stierven hobbelend weg zodra Arak weer aan zijn overdreven dikke jas begon te schudden. "Wie, ben, je?"

"Mo...ed... n Daad, moe...d den... daad," bracht de man uit, tamelijk murw van het schudden.

"Hij is Moed en Daad," zei Ileas tegen Arak. "Mooi is dat."

De man zei: "Nee, nee, nee: Dideron."

"Arak is mij naam en dit is Ileas." Arak deed een stap opzij. "Je bent op de juiste plek. Dit is het gilde Moed en Daad."

"Wees zuinig op mijn naam, weinigen krijgen die ten gehoor." Dideron hief een dikke mouw op, waaruit een hand met bruine handschoen tevoorschijn schoof.

Arak schudde de toegestoken hand en Dideron verbeet het van de pijn.

Een Maark, dacht Ileas verschrikt. *Heeft hij ook een Maark op zijn rechterhand?*

Dideron rolde wiegend op zijn zij, zwaaide wat met zijn benen als een biggetje, drukte zich met zijn armen op en krabbelde met een zucht overeind. Hij zei: "Ik kom zelden op straat, want de mensen zijn er kwaad en kunnen spontaan uitbarsten als giftige erupties. Je moet constant op je hoede zijn en je steeds bedenken wat je offer is zodra de demon voor je staat. Vandaar mijn beschermjas." En mompelend zei hij nogmaals: "Wat is je offer als de demon voor je staat?"

Van een afstandje vroeg Ileas hem: "Wat is er aan de hand met het gilde, waarom zitten hier alleen nog maar poppen achter de ramen?"

Dideron ontweek zijn blik en zonk terug in zijn jas. Alleen de bult van zijn bleke neus ving nog licht. "Voor je het weet word je geraakt door iets dodelijks dat omlaag komt zeilen. Hoewel ik ook genoeg dingen omhoog heb zien zeilen, net zo gevaarlijk trouwens. Als ik naar buiten ga, trek ik altijd mijn beschermjas of valbeschermer aan. Sterker nog: ik ga helemaal niet naar buiten, maar kruip in mijn bed, met wel tien dekens over elkaar heen, veiliger kan haast niet. Laatst begaf ik het bijna van de hitte, dit terzijde. Wat een pech, wat een vreselijk lelijke pech."

"Pech is het zeker," zei Ileas verbitterd en hij sloeg zijn armen over elkaar. "Dit gilde is totaal verlaten. En dat terwijl wij – "

" – wij zijn hier voor zaken," zei Arak snel.

Als een vogel die voor het eerst uit zijn nestje verscheen kwam het gezicht van Dideron weer tevoorschijn. Hij trok één wenkbrauw scheef op en zei: "Zaken? Iedereen is hier voor zakendingen. Het is het enige waar de mens tegenwoordig nog aan kan denken: zaken, zaken, zaakjes. Als het zaakje maar goed zit... ghh, ghh."

Arak slaakte een zucht. Met een zoetsappige stem, zijn smerende gladde, die hij gebruikte als er iets geregeld moest worden, vroeg hij: "Wat kan er toch gebeurd zijn met het vredesgilde Moed en Daad, beste man?"

"Ik haat stof, want daarvan moet ik niezen, en als je niest sterft er telkens een stukje van je hersens, wist je dat?" zei Dideron.

Er volgde een stilte, waarin alleen het tandenknarsen van twee jongens te horen was.

"Luister," zei Dideron ineens, "wat ik jullie ga vertellen zal onprettig in jullie frisse jonge oortjes klinken."

De jongens haalden hun schouders op en luisterden aandachtig naar wat hij te zeggen had. Het was beter dan niets, dus ze stemden in.

"Met dit gilde is iets merkwaardigs aan de hand," zei de man.

Ileas en Arak schoten net niet in de lach.

"Werkelijk?" zei Arak. "*Merkwaardig* in de zin van: er is geen dooie glibberpink in dit pand te bekennen, uitgestorven, dood?"

"Minnen, plussen, minnen, doffe ellende. Het is een kwestie van optellen en aftrekken, met als conclusie: vreemde cijfers onder aan de streep die zelfs ik niet begrijp."

"Wat is het toch met die getallen en minnen?" vroeg Ileas.

"Superioriteit der getallogica," antwoordde Dideron. "Heerlijk geluid, dat van klinkende munten."

"Hij is boekhouder," zei Arak kort tegen Ileas.

"Oh, bah," zei Ileas. "En al die poppen?"

"Poppen?" Dideron draaide stijfjes rond, met zijn armen enigszins uitgestoken.

"Hier valt weinig te boekdoen, boek te houden... boekhouderen, als je daarvoor gekomen bent," zei Arak.

Dideron kuchte. "Ik voel me er echt beroerd onder."

"Ik wil helemaal niet weten hoe jij je eronder voelt, kwast," antwoordde Arak.

Ondertussen werden de benen van Ileas week bij het besef van deze boze droomtoestand, en een vreemde duizeling rolde door zijn hoofd. Hij draaide zich om en kreeg het idee dat het plafond van de hal lager geworden was en dat de muren dichter bijeen stonden. Ze konden hem elk moment verpletteren. Zijn ademhaling ging moeilijk door de brok in zijn keel en een waas voltrok zich voor zijn ogen. *Onwerkelijk*, was het enige wat door zijn hoofd schoot: de Maark, de opdracht, het dode gilde, dit was niet zijn leven. Hij hoorde fluitend over straat te wandelen, aan een kade te vissen met de wind in zijn haren, of te luieren in de vele visnetten.

Wat ga je nu doen, dief?

"Elke soepbal vormt ons leven en al die ballen samen vormen de soep," mompelde Dideron in zichzelf.

"Wat is er met zijn soep?" fluisterde Arak tegen zijn vriend.

Ileas kon alleen maar zijn schouders ophalen.

Dideron zei: "Alleen maar getallen. Ik leef midden in de getallen: ik praat getallen, ik denk getallen en ik droom getallen. Ik weet altijd precies hoeveel ballen ik in mijn soep heb drijven. Is dat niet gek? Je vindt me gek, hè?"

Arak zei: "Ik hou niet van soep."

"Hier is iets angstig misgegaan, levensbedreigende mortaliteit. Dat staat ons ook te wachten. Dit is een hele poes of pas of poespas," zei Dideron.

Met zijn beide handen wreef Ileas de waas uit zijn prikkende ogen. Terwijl zijn blik door de ruimte gleed, besefte hij dat er naast de trap een gestalte stond, versmolten met de duisternis. Loerende ogen fonkelden in het schamele licht. Zijn neus attendeerde hem op de aanwezigheid van nog een persoon, die een zeer verrassende geur bezat naast die van het muffe pand. Een bijzondere samenstelling, waarbij iets aards, elegants, ronds en neutraals hand in hand door de lucht zwierden. Het was hoe dan ook een prachtige geur.

"Mag ik meedoen met jullie spelletje?"

Ze schrokken alle drie op van de onbekende, maar aardige stem uit de duistere hoek. Een meisje kwam tevoorschijn. Elke stap die ze zette was weloverwogen, ze zweefde haast. Ileas deed tegelijk een paar stappen naar achteren, meer om haar beter te beoordelen dan van de schrik.

Ze had schitterende ogen, lang blond golvend haar zoals alleen de vrouwen uit de zuidelijke streken bezaten, een getinte huid, een perfecte mond en een mooi, slank figuur. Tenminste – dat was zoals Ileas zich elk meisje in eerste instantie voorstelde. Van dit meisje kon hij alleen maar zien dat ze nogal bleek zag en heldere ogen had. Voor de rest hield ze zich goed verscholen onder haar ruim vallende capuchon en cape, die geleidelijk aan groen werd. Ongetwijfeld zou die in het maanlicht weer een heel andere indruk geven.

"Je bent nogal… eh, groenig," zei Ileas maar.

"Wat je zegt, Il," zei Arak.

"Ik ben hier voor *zaken*," zei ze. Met haar handen stijf in beide mouwen gestoken begon ze vrijwel geruisloos om hen heen te wandelen. "Ik heb jullie al eerder dit pand zien betreden."

Dideron zei: "Kind, je ziet zo bleek als een nonnenbil, is alles goed met je?"

"Ik heb een lange reis achter de rug en er is mij onlangs iets behoorlijk akeligs overkomen."

"Je hebt ook zo weinig om het lijf, straks vat je nog kou. Wist je dat een Jermarische Gnops tegen extreem lage temperaturen kan? Maar die heeft dan ook een dubbele laag haren en vet, en dat zou jou prachtige figuurtje – "

"Jij was er al die tijd al en je bespiedde ons," zei Ileas tegen haar.

"Het was voor mij vermakelijk om jullie zo te zien. Zoveel vragen als jullie hebben. Dideron liep hier trouwens ook al een tijdje rond."

Als een dobber zonk het hoofd van de boekhouder in zijn jas. "Ik wist het, ik trek dat soort dingen aan, ellende. Een getaldeskundige beseft ook zijn moment van zwakte," mompelde hij binnensmonds. Ondertussen wipten zijn mouwen kleine beetjes op en neer. "Die palmplanten, stofnesten zijn het, jeuk. Drie, twee, één, daar ging ik ervandoor. Mijn hart sprong geregeld over van geklop, zo hard ging ik. Ik ben een held met getallen, maar algemeen een lafaard, moet je weten. Jullie hadden mij wellicht beschouwd als slechterik en ter plekke gedood. Daarom ging ik ervandoor."

"Wij hebben nog nooit iemand gedood!" zei Ileas, en dat loog hij niet.

Arak stak zijn hand uit om zich voor te stellen. "Dus jij bent hier ook voor 'zaken'... eh..."

Ze negeerde zijn gebaar en deed alleen een dappere poging te glimlachen. Haar ogen hadden bij elke lichtval een andere kleur en ze observeerde het drietal aandachtig. Even kruiste haar blik die van Ileas, en meteen voelde hij zijn zorgen een heel klein beetje wegvloeien. Een heel klein beetje, want vertrouwen deed hij haar nog geen moment. Hij ging er wat stoerder bij staan om te laten zien dat hij alles prima onder controle had.

"Soep." Diderons hoofd was weer verschenen en keek naar de rechterhand van Arak.

Al die tijd wandelde het meisje bijna geruisloos in een ruime boog om hen heen; haar cape zwierde daarbij losjes rond haar lijf. Haar mouw schoof een klein stuk van haar rechterhand af, en die bleek omwikkeld te zijn met een glanzende groene stof met magische symbolen erop getekend.

Ze heeft ook een Maark, we hebben allemaal een Maark! dacht Ileas. *Wie zijn zij? Hebben zij net als wij deze veel te zware straf gekregen, of hebben ze echt kwaad gedaan?*

"Het ziet ernaar uit dat er bij dit gilde weinig zaken meer worden gedaan," zei Arak op nogal zakelijke toon, terwijl hij met zijn handen op zijn rug rondkeek.

Met langzame passen liep het meisje langs Ileas, haar geur als een hypnotiserende sluier achter haar aan. Ze zei: "Dat kan wel eens een groot probleem zijn. Tenzij we alle motten aan de praat krijgen, valt hier weinig zinvols te beleven."

Arak stootte zijn vriend aan en die knikte: het was tijd om te vertrekken.

"Waarheen?" vroeg Dideron, die zijn gebaar had opgemerkt.

"Terug naar waar wij vandaan komen." Arak was al richting de voordeur gelopen en zwaaide half over zijn schouder.

Dideron schoot in iets van een lach. "We willen allen terug van waar wij gekomen zijn. Helaas gaat dat alleen als de demon verslagen is die je zo lelijk in zijn greep houdt."

"Wij hebben allemaal onze eigen zaken, denk ik zo," antwoordde Arak. "De onze verschillen beslist van die van jullie. Wij hadden alleen een overleg gepland met het gildehoofd Hylmar Arlas."

"Schei toch uit met je kletspraat." Het meisje stak haar rechterhand op, met de palm naar voren gekeerd. "We zijn hier allemaal voor één ding."

"En dat is?" Arak liep voor haar langs om haar eigenwijze rondgang te doorbreken.

Ze stopte vlak voor hem en lachte schamper. "Hou je maar niet van de domme."

"Het is onbekend of we hier allemaal hetzelfde zoeken." Ileas negeerde zijn vriend en stak zijn rechterhand naar voren. "Ook al hebben we dan een Maark, ieders straf is beslist anders."

"Het is een donker pad, krom noch recht, dalend noch stijgend, maar zuigend in al zijn opzichten," zei Dideron, terwijl ook hij zijn rechterhand met bruinleren handschoen toonde. Hij wandelde naar de lange tafel en pakte een fles rum, die hij gretig begon in te schenken in een metalen kroes. "Zaken zijn zaken, goed of kwaad."

Ileas mompelde: "Alleen als de demon verslagen is die ons zo in de greep houdt. We gaan dood, ik weet het zeker."

Op dat moment zwaaide de voordeur bruusk open. Van schrik liet Dideron bijna zijn kroes vallen. De anderen keken verstijfd naar de twee die in de deuropening verschenen waren: een magere jongen en een lange man met een klein gezicht.

Door de opengaande deur was stof opgewaaid, en pas toen dat grotendeels neergedaald was zei de man met het kleine gezicht: "Kragh nash allat dokol. Is dit het gilde Moed en Daad?" Zijn stem was laag en doorleefd, en paste allerminst bij zijn iele omvang.

Niemand gaf hem antwoord.

"Het feestje is nog niet compleet," fluisterde Arak tegen Ileas.

"En niemand bezit meer de hoffelijkheid eerst even aan te bellen." Dideron nam met een trillende hand een slok van zijn rum om zijn schrik te koelen.

Voor Ileas was dit het moment om zichzelf te knijpen, maar helaas ontwaakte hij niet uit deze absurde schijnwerkelijkheid.

De jongen in de deuropening ondernam als eerste actie, gooide zijn vale tas aan de kant en stampte de grote hal binnen. Zijn kleding was verweerd, alsof hij een erg lange en ruwe reis achter de rug had. Ileas schatte hem net zo lang en oud in als hijzelf, iets jonger wellicht. Zijn haar zat warrig en er zaten zwarte vegen op zijn gezicht. Eenmaal midden in de grote hal bleef hij staan en keek rond, met een ongeruste blik in zijn ogen. Op zijn rechterhand zat een Maark, onafgedekt.

Hij zag Ileas kijken en zei: "Je moet hem niet afdekken, dan geneest de wond nooit."

"Ze zeggen dat geplette druif de pijn verzacht," zei Ileas terug.

"Allou, och larralat grarlargers," zei de lange man in de deuropening.

De jongen zei: "Laat hem maar, hij praat raar."

"Wat voor taal spreekt hij dan?" vroeg Arak.

"Weet ik veel," zei de jongen.

"Maar jullie reizen samen," zei Arak.

"Hij stond al bij de voordeur toen ik arriveerde," zei de jongen.

"Arch, hier ben ik welkom." De lange man stapte binnen, en bij elke stap die hij richting de tafel nam, werd hij een stuk korter. Het ongenoegen was van zijn gezicht te lezen, terwijl hij stap voor stap begeleid werd door een mechanisch geklik en geratel. Eenmaal bij het groepje in het midden van de ruimte aangekomen was hij nog maar een meter lang, en zijn lange jas dweilde achter hem aan.

De anderen grijnsden wat ongemakkelijk en meden elkaars blik.

De kroes met rum van Dideron glipte uit zijn hand en vloog regelrecht naar het linkerbeen van de gekrompen man, waar hij met een doffe 'klonk' aan bleef hangen.

"Magnetisch op de gekste momenten, dramr." zei deze, terwijl hij de kroes van zijn broek trok en teruggooide naar Dideron, die hem onmogelijk kon opvangen. "Mijn mechanische benen laten het na mijn lange tocht mietsie pietsie afweten. Drupje smaks zal wonderen doen." In plaats van zijn hand aan te bieden, stak hij zijn wijsvinger in de lucht en keek iedereen met een blikkerende glimlach aan. Wippend met zijn wenkbrauwen zei hij: "K'ben Rudarg Klats."

"Ik ben hier voor mijn goede daad," zei de jongen, terwijl hij de hal doorliep, kijkend, zoekend. "Het lijkt mij nogal stil hier, waar is iedereen gebleven?" Hij wandelde met getuite lippen aan zijn zwijgende publiek voorbij. "Een van jullie zal hoogstwaarschijnlijk Hylmar Arlas zijn. Die zoek ik zo snel mogelijk."

Ze stonden allemaal maar een beetje naar hem te kijken, in een ruimte die gevuld werd met een mengelmoes aan onbestemde geuren. Onhoorbaar piepte Ileas van verbazing. *Zes mensen met een Maark hebben heel toevallig op hetzelfde moment het hoofdkwartier van het gilde Moed en Daad betreden. Toeval bestaat, hoewel deze kans mij belachelijk klein in de oren klinkt.*

De jongen wipte op en neer en wreef in zijn handen. "Ik ben Ylly. Ik maak er geen geheim van dat ik veroordeeld ben. Nu ben ik hier voor mijn goede daad, wanneer kan ik beginnen aan mijn taak? Als een van jullie gildeleden mij een beetje wegwijs kan maken in de gang van zaken, kan ik meteen beginnen."

Het bleef stil, op de mot achter het raam na, die nog steeds aan zijn lot probeerde te ontsnappen.

"Jullie garlargers zijn van dit gilde, neem ik aan," zei Rudarg.

"Fout," zei Dideron. "Wij zijn ballen in de soep die niemand meer lust."

"Het is vooral een lastig verhaal," zei Ileas.

"Vooral een raar verhaal," zei Ylly, die de merkwaardige jas van Dideron van een afstandje bewonderde. Hij bukte een beetje voorover en articuleerde duidelijk richting de opening. "Is het gilde levend of dood? Wie zijn jullie? Stel je op zijn minst voor, want zo schiet het niet op. De tijd vliegt razendsnel voorbij en zo lang heb ik niet meer te leven. Volgens mijn brief," – hij haalde een stuk perkament tevoorschijn – "moet ik contact zoeken met ene Hylmar Arlas, het gildehoofd. Die kan mij meer uitleggen over mijn goede daad. Wie van jullie is meneer Arlas?"

Ileas zei: "Ik, eh..."

"Jij bent geen gildehoofd," viel Ylly hem in de rede. "Ik zie het aan je, zoals je eruit ziet, veel te gewoon, weinig gezag straal je uit."

"Ik ken Hylmar Arlas toevallig." Ileas rechtte zijn rug.

"Maar je bent geen gildehoofd."

Ileas trok zijn ene schouder op. "Ik weet wat hem overkomen is."

"Dat maakt je nog geen gildehoofd."

"Nee."

"Dat bedoel ik." De jongen keek naar de vele amuletten om Ileas' nek en zei: "Jij gelooft in een hoop dingen."

Ileas streek over zijn trofeeën.

De jongen vervolgde: "Behalve in jezelf."

"Dit gilde is zo dood als een glibberpink," benadrukte het meisje, terwijl ze om hem heen liep en hem veel te overdreven van onder tot boven bekeek.

"En jij bent?" vroeg hij.

"Vanaf nu een collega, neem ik aan," zei ze gemakkelijk. "Hoe oud ben je?"

"Gaat jou dat even helemaal niets aan." Ylly sloeg zijn armen over elkaar.

Ze stopte recht voor hem. "Wij zijn het gilde."

"Kraghnash vertel op dan: wie heeft hier de leiding?" zei Rudarg.

"Je begrijpt me verkeerd: wij zijn het gilde." Ze wees iedereen stuk voor stuk aan. "Wij zijn dankzij onze Maark gezel, en dus onderdeel van dit gilde."

Ylly zei: "Meer dan ons is het gilde niet meer."

"Precies," zei het meisje en ze gaf Ylly een duwtje tegen zijn schouder.

"Goed om te weten dat er nog wel een gilde is. Dan weet ik in elk geval zeker dat ik van mijn straf af kan komen."

"Ik ben hier voor de getallen... eh, zaken," probeerde Dideron nog.

Rudarg keek rond en zei: "Dradvram, dat dit gilde ook failliet is. En ik maar denken dat ik eindelijk voor een groots gilde mocht dienen. Hoe dan ook, een groot of klein gilde, wat maakt 't uit." Uit de schede aan zijn riem trok hij zijn kleine dolk van donker staal en begon daarmee in het luchtledige te steken. "Hurch, hurch, ze moesten es weten wie ze in dienst hebben. Hurch, hurch. Ik mag dan mietsie klein zijn... Auw, kloef dradvram."

Met een brul smeet hij zijn dolk aan de kant en deinsde achteruit alsof het ding hem gebeten had. Het duurde een momentje voor hij leek te beseffen dat iedereen hem met opgetrokken wenkbrauwen stond aan te kijken. Hij lachte luid en kort. Daarna raapte zijn dolk weer op, maar liet hem met een pijnlijke blik direct weer vallen. "Allou zeg," zei hij met een kuchje. "Het is met recht een zeer froemzale dag."

Met zijn linkerhand had hij blijkbaar minder last van wat hem stoorde. Snel stak hij zijn dolk weer in zijn schede, wachtte nog een momentje om er zeker van te zijn dat er geen rare dingen zouden gebeuren en hing daarna zijn lange jas eroverheen. Hij glimlachte breed en zijn ogen gingen iedereen stuk voor stuk bij langs. Onhandig zwaaiend met zijn armen zei hij: "Het zijn froemzale tijden, vinden jullie garlargers niet? Het is allemaal zonde dat de wold zo verandert."

"Wat verandert er allemaal dan?" vroeg Ileas.

"Je hebt werkelijk geen idee? Er is dreiging in verre streken: opstanden, oorlog, wreklemmerse zaken. Niemand die 't precies weet," zei Rudarg.

"Nou, als niemand het precies weet, is dit een heerlijke herbergroddel. Heb je het daar toevallig ook vernomen?" vroeg Ileas.

Rudarg zei: "Allou, het is dan ver hier vandaan, maar dat is geen reden om naïef te zijn. Indirect heeft het invloed op ons, de volledige wold."

"Een grote strijd in deze wold is kansloos, je komt geen steek verder, want je valt een dag later je eigen manschappen van achteren aan omdat je steeds in rondjes loopt," zei Arak. "Tenzij je een kaart hebt."

"Dat zou het tot een nog grotere catastrofe maken," zei Rudarg. "Kaarten zijn een vloek."

Dideron mengde zich in het gesprek en zei: "Iedere levende ziel kan het aan zijn sierlijk bewerkte houten klompen aanvoelen dat het de vooravond is van een groot gebeuren en niemand heeft het erover. Hier schrikt men pas in blinde paniek op zodra het probleem recht voor de neus staat, en dan nog wordt er getwijfeld of een openbaar referendum gehouden."

"Zie je," zei Rudarg, "hij begrijpt waar ik 't over heb."

Ileas zei: "Ons probleem ligt op dit moment helaas iets dichter bij huis."

Rudarg knikte en keek rond. "Al die gezellen weg. 'k Begrijp het wel, hoor."

"Hoezo?" vroeg Ileas.

"Iedereen gaat tegenwoordig voor het grote geld. Waarom zou je bij een armetierig gilde in dienst blijven als het geld van grotere organisaties naar je lonkt?"

Bij het woord 'geld' was de oprechte interesse van Diderons' gezicht te lezen. "Werkelijk?"

Rudarg zei: "Hoeft er maar één te vertrekken en met grootse verhalen van successen en verdiensten terug te keren. Dan volgt de rest al snel."

"De eer en trots verruild voor geld?" zei Arak.

"Duh, of alle gezellen zijn gewoon tijdens de missies om het leven gekomen, door dradvram aanvallen of beheksing," – Rudarg spuwde op de grond – "of alchemistisch gerommel. Gevaar in de wijken neemt alleen maar toe."

Ileas lachte schamper. "Jum, jum. Het lijkt erop dat hier sprake is van meer dan een heerlijke herbergroddel."

" 'k Zeg het je, dit gilde is op froemzalige wijze de afgrond ingezoefd," zei Rudarg Klats.

Ondertussen draaide Ylly rond, met zijn armen over elkaar geslagen. Hij zuchtte, mompelde en zei uiteindelijk: "Misschien moeten jullie er een kopje kruidenthee bij nemen en een versgebakken broodje. Ga bij de haard zitten, vertel dit soort geweldige verhalen en sla elkaar van tijd tot tijd op de knie als het echt leuk begint te worden. Dan doe ik intussen waarvoor ik hier naartoe gestuurd ben. We zijn toch zeker allemaal veroordeelden, en hier om onze straf te vervullen? Moeilijk gedoe, ik vind het al erg genoeg wat mij overkomen is. Als hier toch niemand is waar ik mij kan melden wordt het tijd om te gaan. Die goede daad vind ik wel ergens, wat jullie doen moet je zelf weten. Blijf vooral lekker raar met elkaar praten. Hoe eerder ik van deze ellende af ben, hoe beter. Dit bezorgt mij behoorlijke hinder." Op zijn hakken draaide hij zich om en hij liep richting de voordeur.

"Rustig aan, jongen." Het meisje kwam van haar plek en liep hem een stukje achterna. "Ik ben hier ook voor mijn goede daad."

Ylly draaide om en zei: "Weet ik."

"Is het goed als ik met je mee ga? We zijn nu beiden gezel van dit gilde."

"Mooi niet *dinges*. Ik weet hoe het met een goede daad gaat: iemand moet de finalezet doen om van zijn Maark af te komen. Het is niet zo dat iedereen met een Maark in de buurt dan geneest. Het is dus ieder voor zich, en als wij dit samen doen, kaap jij straks een goede daad voor mijn neus weg. Ik ga helemaal alleen, en over een uur ben ik van mijn vervloeking af. Kletsen jullie maar verder, ik heb wel wat beters te doen dan dit." Ylly glimlachte naar haar.

"Bleh, jij hebt zoveel haast in je leven dat je niet eens de tijd neemt om je gebit te verzorgen," zei het meisje, duidend op zijn gele en bruine tanden.

"Mens," zuchtte Ylly. Dit was voor hem het teken om rechtsomkeert te maken. Hij liep stampend door de open voordeur naar buiten en verdween.

De achterblijvers keken hem na en leken te begrijpen wat er te doen stond, maar niemand wilde als eerste laten blijken het eens te zijn met de meest halsstarrige mens in de wold, die zojuist het pand verlaten had.

Dideron nam nog een laatste slok, zonk weg in zijn beschermjas en waggelde naar de hoge voordeur. "Er is een hoop te doen. Ik vraag mij af waar ik mijn overuren kan declareren."

Eenmaal bij de voordeur ging zijn dikke mouw moeizaam op en neer als een soort zwaaibeweging, een afscheid. "Kwam laatst toch een kip tegen die zei: tok-ziens." Daarna verdween hij.

Rudarg Klats rommelde aan zijn broekspijpen en krikte zich met zijn mechanische benen op. Hij groeide piepend meer dan een meter langer en toen hij door de voordeur stapte moest hij bukken om zijn hoofd niet te stoten. Het meisje sloop achter hen aan, geruisloos, zoals ze al die tijd bewoog. Aan de voet van de schutspatroon Sebastiën bleven alleen Ileas en Arak achter. Boven hen keek een kat tussen de sierlijke balustrade door.

Staren naar de deuropening trok Ileas zijn wenkbrauwen op en zei: "Denk jij wat ik denk?"

"Zelden," zei Arak. "Waarschijnlijk vind je het net zo'n krankzinnig avontuur waarin wij terecht gekomen zijn als ik."

"Dit klopt van geen kanten."

"Juist wel," zei Arak kort.

"Is het dan werkelijk zo simpel?"

"Uiteraard." Arak liep ook naar de openstaande voordeur.

"Ik wou dat het simpel was."

"Laten we doen waarvoor we hiernaartoe gestuurd zijn. Dan zijn we er maar vanaf." Arak gebaarde zijn vriend, hem te volgen.

Ileas liep naar de voordeur. Opeens zag hij het lichte vlak van de buitenlucht een draai voor zijn ogen maken. Hij stopte even en schudde zijn hoofd.

"Wat doe je?" vroeg Arak. Hij had een sleutelbos ontdekt aan een haak naast de voordeur.

"Geen idee. Ga maar voor, ik volg je wel."

Arak probeerde een aantal sleutels en één daarvan paste in het slot. Het slot ging verrassend soepel. "Dicht of open?"

Zonder om te kijken liep Ileas naar buiten, het korte trappetje af. "Mij een zorg."

Na een blik langs de voorgevel zei Arak: "Iets zegt mij dat dit pand ons nog eens goed van pas kan komen. Het is toch verlaten. Dicht of open?"

Stug keerde Ileas zich om en keek hem fronsend aan. "Jij voelt werkelijk wat voor dit pand?"

Arak knikte.

"Op dit moment?" vroeg Ileas.

"Nu wij de gezellen zijn van dit gilde, de enige die nog iets van een organisatie vormen, maakt ons dat stiekem eigenaars van dit schitterende pand. We zouden er zuinig op moeten zijn."

"Er valt hier geen drol te halen. Er is al zo veel verkocht of geplunderd."

"Niet meteen daaraan denken. We hebben zelden een dak boven ons hoofd gehad. Een eigen dak. Er zijn hierbinnen vast slaapvertrekken, met zachte bedden en wat al niet meer."

Met een zucht sloeg Ileas zijn armen over elkaar. "Dicht dan. Voor het geval er opeens nog meer idioten verschijnen die met ons mee willen op missie."

Arak sloot de voordeur en draaide de sleutel om.

9
Jonge helden

Vlamstralen nogantoe! Zeliska schrok wakker van het gekraak en schoot overeind, waarbij haar klauwnagels zich in de muffe stoffering van het bankstel klemzetten. Muisstil en volledig verstijfd keek ze in het rond, met haar hart kloppend in haar keel.

"Is daar iemand?" Wachtend op antwoord speurde ze de zwak verlichte omgeving af. Opeens moest ze lachen en dat deed haar snorharen flink wiebelen. *Bij de loopse tellers, waar is iemand? Hoe kan ik me dat afvragen als ik niet eens weet waar ik zelf ben?*

Weer gekraak. Zij was het zelf, merkte ze, want de bank waarop ze had liggen slapen had zijn beste tijd gehad en kraakte zodra ze ook maar één spiertje aanspande. Ze schudde haar slaperige lijf wakker en zuchtte zodra haar vervelende herinneringen naar boven borrelden: hoe haar weetkundige uitvoering dramatisch geëindigd was, hoe haar collega Andras in handen was gevallen van die mannen in het paars, en hoe haar lab verslonden was door het zwarte Dat en die leider Draghadis met zijn afschuwelijke gelaat van kronkelende slierten. De beelden van de afgelopen tijd schoten weer zo helder aan haar voorbij dat ze er somber van werd.

Hoe lang heb ik geslapen? Een paar uur, een nacht, of misschien wel een hele dag?

Deze ruimte vond ze maar duf en ze veronderstelde daarom dat ze hier tamelijk veilig was. Ze rekte zich eens lekker uit, waarbij ze haar bek wijd opensperde en haar rug bolde. Nog een paar maal klauwde ze in de stoffering en de stof begon los te raken. Pluk, pluk, pluk.

Wat moet ik beginnen?

Ze werd zich pijnlijk bewust van de honger in haar maag, die berg zout lag er nog steeds in. Nooit eerder had ze zo'n vermoeiende tocht door Dizary ondernomen. Haar normale dagelijkse activiteit bestond uit het op en neer klauteren in de hoge installatie in haar lab, het heen en weer lopen tussen bedieningspanelen, en het rusten in het koele maanlicht. Activiteiten van niets, die weinig energie van haar vergden.

Ze had snel eten nodig, anders zou ze flauwvallen. De honger bracht haar van haar plek.

Een briesje werkte zich door de planken waarmee het venster dichtgetimmerd zat en bracht wat stof in beweging. Ze liep verder. Vlak onder het venster zat iets, en het bewoog zich schoksgewijs in de schaduw. Eten.

Lange tijd deed ze een standbeeld na en liet het dier zijn gang gaan. Opeens zag ze een kopje omhoog komen, gevolgd door een mollig lijfje. Het was een rat en hij kronkelde vlak langs de ruwe muur onder het venster.

Walgelijk, dacht ze. *Het zijn ideale diertjes om experimenteren op uit te voeren, maar opeten?*

Ze liet het beestje scharrelen en dichterbij komen, terwijl een aantal lastige overwegingen een gevecht in haar hoofd aangingen. *Ratten stinken,* dacht ze, en ondertussen liep wel mooi de kwijl haar in de bek. Ze moest het proberen, al was het maar een stukje vlees van een dijtje of zijtje. Alles om de pijn in haar maag te stillen. *Vooruit dame.*

Haar geduld werd danig op de proef gesteld: de rat nam de tijd en snuffelde een stuk verderop zorgvuldig de vloer af naar iets eetbaars. Hij ontdekte wat kruimels en had niet in de gaten dat ze stilletjes een paar passen dichterbij sloop.

Kruimel voor kruimel verwende het diertje zichzelf, maar het liep wel steeds verder bij haar vandaan. De spanning in haar lijf brak bijna haar botten van frustratie, alleen haar snuit kon ze bewegen. In gedachten zag ze zichzelf de meterslange sprong maken terwijl de rat toekeek. Nee, die gedachte maakte haar belachelijk, het was onmogelijk die rat te bespringen zo sloom als ze zich voelde. Zelfs besluipen was kansloos, maar ze weigerde nog langer te blijven staan, nu ze het gevoel kreeg dat de spinnen in deze ruimte al een web tussen haar poten begonnen te breien.

Ze waagde het erop, zakte door haar knieën en poot voor poot naderde ze de rat, zonder dat die stakker het doorhad. Opeens schoot het eigenwijze dier een totaal andere kant uit. Nu was ze het zat; ze kwam overeind, richtte zich op het vervelende beest en opende haar bek: "Ratje, kom dan."

Inmiddels was de rat verdwenen en dat begreep ze heel goed. Hoe ze zo dom kon zijn geweest, was haar een raadsel: hoe kwam het in haar op de rat te roepen? Ze was toch geen mens?

"Bliksemse deeltjeskijker nog an toe," miauwde ze, en ze trok met haar nagels grote houtkrullen van een zijpaneel van een kast. Toen ze het gevoel had, genoeg te hebben versplinterd, liep ze een andere kant uit.

De ruimte had iets weg van een bibliotheek, want er stonden immers kasten vol met boeken, mogelijk naslagwerken. Het intrigeerde haar zeer, omdat het haar deed denken aan de bibliotheek van haar academie. Die was weliswaar oneindig veel groter dan deze en beslist minder stoffig, maar net zo rijk aan informatie. Tijdens haar studie had ze altijd veel energie gehad om grote hoeveelheden informatie tot zich te nemen, en ze werd door haar medestudenten dan ook steevast als de grootste studiebol beschouwd. Iemand noemde haar zelfs een keer een orakel. Haar grote hoeveelheid kennis was in de afgelopen uren nogal verwaaid door haar wilde avontuur, en die leegte moest ze vullen. Ze was bijna vergeten om van zo'n beetje alles wat ze deed of tegenkwam een berekening te maken; misschien ook omdat het haar op dit moment enorm moe maakte.

Ze drentelde langs de kasten, waartussen de logica ver te zoeken was, omdat ze kriskras door elkaar heen stonden. De metalen plaatjes met afkortingen, nummers en richtingaanwijzers voegden weinig toe en ze had geen idee waar te beginnen met lezen. De hoog boven haar uittorenende kastenwand hield na wat afslagen op. Ze stak haar neus om het hoekje en gluurde de open ruimte in.

Daar stond een gigantische machine.

Ze moest haar kop helemaal optillen om de top ervan te zien. *Strekkende golven van ongetemde stoom, iemand heeft hier een mechanisch hoogstandje gepleegd! Andras, ik wou dat je dit kon zien. Je zou het geweldig hebben gevonden. Dit is een... tja, wat is het eigenlijk?*

Het bracht haar weetkundige brein aan het tollen en meteen probeerde ze te ontdekken waarvoor het ding kon dienen. Daarom begon ze eromheen te huppen en ineens besefte ze dat ze hupte. Dat had ze in de afgelopen tijd zelden gedaan, alleen als ze erg enthousiast werd van iets spectaculairs. Hoe dan ook, ze hupte rond het apparaat, dat er schoon uitzag, alsof het vrij recentelijk nog gewerkt had.

Haar poot ging richting het glanzende metaal aan de zijkant en ze raakte de machine aan. Meteen streelde er iets over haar vacht, als een aai van een onzichtbare hand. Geen vervelend gevoel in elk geval.

Hij moet een keer worden opgestart, dacht ze, en ze schrok ervan hoe gemakkelijk die gedachte zich aandiende.

Voetstappen! Verschrikt draaide ze haar kop om. Haar verbeelding had de laatste tijd nogal wat te verduren gehad, dus twijfelde ze een paar seconden. Haar oren hadden zich alweer gespitst en ze werkte systematisch de omgeving af. *Er is altijd geluid in Dizary, maar dit klinkt beangstigend dichtbij.*

Voor de zekerheid zocht ze haastig haar weg terug tussen de kasten door, naar die enige veilige stek die ze hier kende. Het viel haar tegen, want soms versperden de stapels van oude gevallen boeken en papierwerk haar de weg. Ondanks dat ze een totaal nieuwe route volgde, kwam dat krakkemikkige bankstel uiteindelijk in zicht.

Onderweg zag ze links een gapend gat in de wand waar de voetstappen vandaan kwamen. Er naderden meerdere personen, of iemand met veel benen. Een lange schaduw gleed over de muur. Ze sprong achter de bank en kroop er zo diep mogelijk achter weg. Stemmen betraden de ruimte. Schuw gluurde ze om het hoekje. Een van de personen stampte opeens erg dicht in de buurt van haar schuilplek, en meteen voelde ze de nagels van haar klauwen groeien. Onwillekeurig begon ze ermee uit te halen.

Pas maar op, want mijn kennis van de menselijke anatomie is groot. Eén haal en je weinig gespierde nekje heeft een gapende gleuf waar het bloed uit... Wacht eens even, jullie zien er niet onaardig uit.

Het waren alleen twee jongens, die nogal vreemd gekleed door het leven gingen, maar geen onaardige koppen hadden. De een droeg allemaal rommel aan zijn jas. De ander droeg een lange jas van lapjes, vele maten te groot voor zijn iele postuur. Ze hadden geen van beiden een lekker stevige torso – een beetje slapjanussen, zoals ze overkwamen.

Al kletsend over zaken die haar ontgingen, verkenden ze de ruimte nogal onwennig, speurend, zoekend en glurend met een weinig weetkundige insteek. Ook zij stonden versteld van de enorme machine, en ze bleven er een tijdje lummelig naar staan kijken. Een van hen raakte hem zelfs even aan.

Ja, ik weet wat jij nu voelt, jochie, dacht ze. *Doe dat maar niet nog eens, want zo te zien heb je de ballen verstand van machines.*

Naarmate ze de jongens beter bekeek, kwamen ze meer op haar over als jongemannen met weinig kwaads in de zin – de één net iets knapper dan de ander. Ze strekte haar rug en kwam kaarsrecht te zitten, met het slappe puntje van haar staart over haar schouder turend.

De een zei: "Vergeet dit ding, we dwalen van ons plan af."

Zijn blonde vriend zweeg en liet niet blijken wat hij dacht.

Zeliska kwam iets achter het bankstel vandaan. "Miauw." Ze waagde het om eventjes van zich te laten horen, maar kreeg geen reactie.

De eerste zei weer: "Kom, deze machine aan de praat krijgen doen we in een volgend leven, nadat het levende systeem ons verslonden heeft."

"Niet grappig," zei de ander.

"Ik ben hier met de intentie zo snel mogelijk iets goeds te doen," zei de eerste. "Wij zijn nu vredebewaarders, officieel in dienst van dit gilde. Laten we dan ook handelen als echte helden en ervoor zorgen dat we de problemen in deze wijk verhelpen."

"Ik kom al."

Beiden verlieten de archieftoren via de stenen trap omlaag; peinzend keek ze hen na. Voor het eerst merkte ze een zekere kalmte in haar hoofd en maakte ze niet meteen een berekening van bijvoorbeeld de frequentie van hun looppas.

Zijn dit de helden die ik zoek? zei ze in gedachten. *Die twee zeggen immers dat ze vredebewaarders zijn, gezellen van een gilde. Hoe mooi is dat?*

Het archief liet ze achter zich en ze daalde een ontzettend lange ongelijkmatige stenen trap af. Ze kwam uit in een bont ingericht kantoor. De jongens hoorde ze verderop brullend door een gang rennen.

Wat een heerlijke jongens zijn dit, hoor ze rennen. Dekselse kromstralen. Vooral die ene is me een driftkikker.

Haar nieuwsgierigheid was behoorlijk gewekt en ze liep een gang door die uitkwam bij een grote houten trap. Beneden hoorde ze luide stemmen in een kille hal, en een opening in de balustrade bood haar zicht op een gezelschap in discussie. Ze ving woorden op als 'zaken doen' en 'het gilde'. Alle aanwezigen maakten blijkbaar deel uit van een gilde genaamd Moed en Daad, dat in dit pand huisde.

De lompe voordeur zwaaide open en nog twee personen stapten de ruimte binnen om het team van helden compleet te maken. Ze leken elkaar te kennen of een zekere band te hebben. Zodra de woorden 'goede daad' en 'vredebewaarders' voorbijkwamen, wist ze het zeker: dit waren werkelijk helden! *Het toeval heeft mij bij een vredesgilde gebracht met alleen maar helden, die mij kunnen helpen Andras te bevrijden.*

Door de aanwezigen werd een plan gesmeed, waarna iedereen snel het pand verliet.

Klapstangen, mijn helden gaan ervandoor! dacht ze en ze sprintte de trap af, de grote hal door, en net voordat één van hen de voordeur afsloot, wist ze ongezien naar buiten te glippen. Buiten de poort splitste de groep zich op; de twee jongens die ze eerder in het archief gezien had bleven bijeen. Hen besloot ze te volgen, want ze had er vertrouwen in dat er goede dingen gingen gebeuren.

10
Een goede daad

De jongens besloten hun missie te voet uit te voeren en daarom parkeerden ze hun fietsen in de ongebruikte stal. Het stonk er naar het gebruikelijke stalleven. In de hoeken zaten vogelnesten verstopt en er bungelden vleermuizen aan de houten balken. Arak pielde zijn eigen ingewikkelde knopen uit de touwen van hun bagage en Ileas sleepte hun smoezelige tassen en andere handel achter een houten schot buiten zicht.

Kort geleden nog hadden ze hun spullen in een wijde kring gelegd – en dat werden flinke kringen – om te kijken wat ze bezaten en wat ze konden verhandelen. Daaruit bleek al snel dat Arak de meeste spullen bezat, met een ongegeneerde voorkeur voor bewerkt hout in de vorm van mokken, doosjes, schalen en kunst. Niets van zijn bezittingen bestond uit erfstukken of dingen uit zijn jeugd. Zijn verleden was zelfs voor Ileas een raadsel. Soms hadden ze het over hun jonge jaren, of wat ze zich daar nog van konden herinneren. Arak vertelde steevast hoe zijn ouders er in zijn geheugen uitzagen, meer niet. Het gaf niet, hun sterke vriendschap werd er niet minder door. Arak bezat voornamelijk functionele dingen en misschien was dat tekenend voor zijn zorgeloze leven: je hebt alleen functionele zaken nodig om te overleven, herinneringen en sentimenten passen daar niet bij. Ileas bezat wel spullen uit zijn jeugd. Die zaten opgeborgen onder in een linnen tas en niemand kreeg ze te zien. Hun niet-functionele zaken konden worden bestempeld als rommel, maar glimmende rommel. Veel Dizarianen waren gek op dingen die glommen.

Ileas graaide in zijn tas en trok een lichtkleurig wambuis tevoorschijn. Ze trokken beiden wat schoons aan, voorzover ze dat bezaten, sloten de stal goed af en vertrokken. Aan het einde van de Lindelaan zei Ileas: "Je was daarstraks nogal stil."

"Ik was een en al waakzaam oog," zei Arak kort. "Soms kan alleen observeren geen kwaad. Doe jij ook altijd."

Ileas zei: "Die anderen, denk je dat ze de waarheid spreken?"

"Het waren stuk voor stuk eigenaardige mensen, net als wij. Geen reden om ze meteen te wantrouwen. We hebben blijkbaar allemaal een straf te vereffenen," zei Arak, terwijl ze een trap beklommen van rommelige stenen.

Bovenaan bleef Ileas staan en hij gluurde met zijn bochtspotter om de hoek van de brede straat waaruit ze gekomen waren. "Het feit dat we lotgenoten hebben maakt mij nog kwader. Waarom is iedereen opgeroepen om naar Moed en Daad te komen terwijl het gilde dood is? Er zijn genoeg andere gilden waar ze ons heen hadden kunnen sturen."

"Wat sta je nou te doen?" vroeg Arak.

"Zien of ze ons volgen. Er zit iemand bij met heel andere intenties."

Arak greep Ileas bij zijn kraag en gaf hem een duw om verder te lopen. "Wij hebben nu een *intentie* en het is beter dat wij ons daarop concentreren. Vergeet die anderen, die zien we na vandaag toch nooit meer terug."

Ileas borg zijn bochtspotter weer op. Nog steeds spookten er tientallen vragen door zijn hoofd. Hardop denkend zei hij: "Een wandelende jas, een stiekeme sluiper, een dwerg en een rotjoch. We zouden aantekeningen moeten bijhouden."

"Oh ja, die Ylly. Die zou ik spontaan de haren uit zijn kop trekken."

"Zes mensen precies op hetzelfde moment op dezelfde plek. Is dat niet erg toevallig?"

"Je weet hoe traag berichten zich verspreiden en wat eruit komt als ze van mond tot mond gaan. Die nieuwsrenners van tegenwoordig zijn ook niet meer wat ze waren. Aan het begin van de lijn zei vast iemand: 'wij kunnen geen gezellen gebruiken', halverwege is het bericht dan: 'wij vinden alle gezellen ruiken', en aan het einde is het: 'stuur maar snel een paar stinkende gezellen'. En de melding dat het gilde nog plek had voor een stel *delinquenten* als wij was uiteraard al maanden oud. Dat het gilde inmiddels dood was kon rechter Zoren nooit weten toen hij ons naar Moed en Daad stuurde en de magie van kracht liet worden."

"Ik vat het wel even voor je samen: wij zijn de kneuzen. Voor het leven getekend."

Met een boze blik liet Arak zijn vriend doorlopen. "Wij moeten maar eens laten zien waartoe we in staat zijn. Zo makkelijk krijgen ze ons niet klein."

Weer kon Ileas het niet laten even achterom te kijken. "Wat zou er onder die jas zitten... Misschien is Dideron wel helemaal geen mens. Een boekhouder... bizar. Wat moet die uitgevreten hebben om een Maark te verdienen?"

"Boekhouder zijn," zei Arak.

"En wat was er met de dolk van Rudarg Klats aan de hand?"

"Die dwerg stond graag in de belangstelling, dat was toch onmiskenbaar? Met z'n mechanische benen stal hij de show. Oh, kijk mij eens klein worden. Drol. Vijf tellen later groeide hij weer en ging ervandoor toen zijn publiek hem afwees. Een beetje pover."

Ileas antwoordde: "Zijn dolk stootte hem af. Houdt dat in dat de magie van onze Maark ons verbiedt een heus wapen ter hand te nemen?"

Arak veegde het zweet van zijn voorhoofd. "Na vandaag zijn wij klaar met dit probleem. Een beetje doorlopen kan geen kwaad."

"Iets zegt mij dat we nooit meer naar ons oude leventje terugkeren."

"Iets zeg mij dat dit een stap is in de richting van echte mannen worden."

"Niet dat weer..."

"Denk positief."

"Ik tintel van de positieve vibraties."

Samen struinden ze door de straten, waarbij Arak de weg leidde. Hij nam een gebogen brug en passeerde een huizenblok linksom, waarna ze uitkwamen op een klein pleintje met een gazon met paddenstoelen en in het midden een klaterende kristallen fontein. Ze dronken er wat uit.

Ileas zei: "Een goede daad, een goede daad, wat zal worden gezien als een goede daad? Hoe goed is goed, is goed genoeg? Is het redden van een kat uit een boom al voldoende?"

"Je vraagt jezelf teveel af, we moeten doen en maar zien of het voldoende is," zei Arak en hij zocht naar een straat om door te lopen. "Eens zien: linksaf of rechtsaf?"

De rechterarm van Ileas schoot in de richting van een steeg en bleef zo als een dolle wegwijzer uitgestrekt staan.

Arak liep de aangewezen steeg in. "Vooruit dan, daarheen."

"Dit wil ik niet, ik... Wacht, dit is gek," zei Ileas, terwijl hij zijn arm bekeek die perse wilde dat ze naar links gingen.

"Waarom wijs je dan de weg?"

"Ik..." Ileas trok zijn eigenzinnige arm weer omlaag. "Laat maar."

Arak ging naar rechts. Volledig toegespitst op hun goede daad liepen ze in stevig tempo door de slingerende straten van Kromwyl. Er stonden eenvoudige, hoge, witgeschilderde bouwsels. Watervallen van klimplanten en struiken hingen vanaf de daktuinen omlaag. Op de daken lagen frisse groene tuinen met wuivende bomen; er echode gejuich van kinderen die zich vermaakten in het water van de vele dakmeren. Soms plonsde het water zo hoog van plezier dat het over de dakrand golfde. Vogels floten volop en vanuit elke richting klonk wel een opgewekte lach of gezellige muziek.

Arak struikelde geregeld over een kat die constant tussen zijn benen doorkronkelde, verdween en een tijd later weer opdook.

En er waren mensen, heel veel mensen. Het was wonderbaarlijk dat er bij zoveel volk per vierkante meter er zo weinig misging. De verdraagzaamheid was enorm, althans in dit deel van de wold. Iedereen had elkaar nodig en de bewoners leunden en steunden op elkaar, net als de constructies en bouwsels waarin ze leefden.

Voor bijna elke woning lag een flinke stenen trap die kinderen gebruikten om op te spelen, aan de reling werd wasgoed gedroogd, vrouwen bereidden er op hun gemakje het eten en bespraken de dagelijkse beslommeringen.

Zoveel mensen, dacht Ileas. *Zoveel ogen*. Hij kreeg weer dat holle gevoel van eenzaamheid in zijn lijf. *Niemand die ik ken, niemand die ik ooit vertrouwen zal.*

Zoals in heel Dizary was geen straat helemaal verlaten, overal waren mensen of dieren op de been. Waterdragers, straatartiesten, koeriers, verkopers, lokkers, bedelaars, heiligen, arbeiders, onderhoudsmensen, dagjesmensen, sensatiezoekers, prostituees, rijkaards met M-klik en wanstaltige toestelletjes of wat nog meer, zochten allen hun eigen weg. Een kudde schapen, opgejaagd door een stadsboer, stoof een helling op richting een dakweide.

Ergens anders staken bakkers hele lange smalle geurige broden door scheuren in muren. Dat was de enige manier om vers voedsel van a naar b te krijgen zonder er dagen voor om te moeten reizen. Uit een opening in een andere muur rolde een papieren lint, waarvan de postbeambte het bericht oplas aan de persoon die daarvoor betaald had.

En er was het zeer aanwezige fenomeen van de leentrap. Een volledig uit de hand gelopen rage waar mensen tegen betaling al te graag gebruik van maakten. De trappen brachten hen over een muur, of over een kloof, zodat ze geen dagen hoefden om te lopen. Handig als je haast had, maar het waren vaak in elkaar gekunstelde creaties die de neiging hadden in te storten.

Bij een kraam bleven de jongens staan. Ileas zocht wat ruilspulletjes in zijn jaszak en zei tegen de verkoper: "Twee maalballen graag."

De verkoper pakte er twee en stak ze naar voren. Ileas haalde zijn rechterhand uit zijn jaszak om te betalen toen de verkoper bevroor. Hij staarde hen wezenloos aan en na enkele seconden trok hij de maalballen terug, in het tempo waarin hij ze vanochtend waarschijnlijk ook uit zijn oven getrokken had. De maalballen belandden op zijn kraam en de verkoper begon een gezellig praatje met zijn buurman, alsof de jongens totaal niet bestonden. Met geklemde kaken keek Ileas hem aan, zijn ogen prikten, zijn Maark jeukte, of was het lachen? Arak trok zijn vriend mee en ze liepen door.

Na een wandeling door vele straten ging Arak ergens op een stenen verhoging staan om over de menigte heen te kijken. Ileas weigerde naast hem plaats te nemen, omdat mensen hem dan beslist zouden gaan aanstaren. Hij verstopte zijn handen achter zijn rug.

Arak zei: "Dat gilde Moed en Daad heeft in de afgelopen jaren van deze wijk een vreedzame samenleving gemaakt."

"Ik zie hun schildjes zo'n beetje op elke hoek van de straat hangen. Ze hadden een behoorlijk grote regio in bescherming genomen. De mensen leven hier nu in harmonie en ik zie nergens een broeihaard van kwaad. Het enige kwaad dat hier rondloopt zijn wij," zei Ileas.

Arak boog zich voorover in de richting van zijn vriend en zei: "Als mensen zelf geen kwaad in de zin hebben, blijven er toch nog de ongelukjes over."

"Jij kwast, een ongelukje is precies wat wij nodig hebben. Wij zijn creatief genoeg om een plan te bedenken met onfortuinlijke afloop, tenzij echte helden ingrijpen. Wat dacht je van die oude kar daar verderop, die zo onheilspellend aan de rand van de aflopende straat staat, wachtend tot hij door de zwaartekracht omarmd wordt en al rijdend beneden te pletter zal slaan tegen de muur? Slachtoffers: velen." Ileas telde de mogelijkheden na op zijn vingers. Opeens sloeg zijn rechterhand hem in zijn gezicht.

Arak was al een stukje doorgelopen en zei: "Nee, we moeten echt naar iets ernstigs op zoek – een catastrofe. Hoe meer levens we daarbij redden, hoe beter. Dan zijn wij beiden tenminste in één klap van onze Maark af."

"Fijn om er in één klap vanaf te zijn," zei Ileas, die zijn wang masseerde.

Ze liepen langs de houten kar. Een mechanische lepel hevelde de inhoud bruusk over. De kar kraakte en wiebelde aan alle kanten. De jongens liepen de aflopende straat omlaag.

Arak zei: "Laten we onze ogen en oren openhouden en onze creativiteit, die we de afgelopen jaren tijdens ons straatleventje hebben opgedaan, de vrije loop laten."

"Misschien is het naar huis dragen van de etenswaar van een oud vrouwtje al goed genoeg," zei Ileas.

"Naaah, wij zijn creatiever dan dat."

Halverwege de hellende straat werden de jongens van achteren genaderd door een onheilspellend denderend geluid.

"Kijk uit daar!" werd er nog geroepen.

Arak keek om en drukte Ileas snel een paar meter opzij. Zelf sprong hij net op tijd achteruit voor de voortdenderende houten kar, die tien meter lager lelijk in botsing kwam met een muur en te pletter sloeg. Een paar geschrokken bewoners hadden net op tijd weten weg te springen, niemand was gewond. Een explosie van verse groenten vulde de straat. Dit tot grote vreugde van een paar bedelaars, die dankbaar met hun handen in de lucht opvingen wat ze konden. De eigenaar van de kar snelde schreeuwend voorbij en begon beneden zijn groenten bijeen te scheppen.

Ileas zat tegen een voordeur in een nisje geplakt en wreef over zijn kaak. "Auw!" Hij richtte zich tot Arak en zei: "Bij alle goden."

Arak krabbelde overeind en begon driftig zijn vriend schoon te kloppen. "Ben je oké?"

Ileas hield hem tegen en zei: "Ik ben in orde, hou daarmee op."

"Goed, goed." Toch bekeek hij zijn vriend voor alle zekerheid van top tot teen.

"Dat scheelde een haar." Ileas volgde nog eens de afgelegde route van de houten kar, van boven naar beneden. Ineens ademde hij diep in en greep de rechterhand van zijn vriend beet. "Jij hebt een goede daad verricht, man."

Met een ruk trok Arak zijn hand terug. "Het redden van je medeveroordeelde werkt kennelijk niet. Ik voel die vervloekte..."

Een stalen band trok zich strak rond Ileas' borst en hij kon maar met moeite ademhalen. Hij voelde zich wee en zijn lichaam was ineens zo hol als een vat. Als vanzelf hing zijn rechterhand een heel stuk lager dan zijn linker, nu de wold er steeds harder aan begon te trekken. En dan was er de pijn, die onverbiddelijke pijn, die als een wellustig beest zich een weg door zijn hand omhoog vrat.

Zou het helpen als ik mijn hand afhak?

Geschrokken keek Ileas zijn vriend aan, die blijkbaar met een soortgelijke gedachte speelde. Arak kneep in zijn eigen pols om de pijn tegen te houden, of was het om te bepalen waar hij moest hakken?

"Het zit verweven in die verrekte magie van het teken," zei hij.

De maag van Ileas maakte eén draai.

"Ik wil jullie mijn groenten aanbieden."

Ze schrokken beiden op van de stem uit het niets. Achter hen stond de eigenaar van de groentekar, met zijn handen vol groenten, die hij opdringerig hun kant uit duwde.

"Groenten, voor de schrik. Jullie hadden dood kunnen zijn," zei hij.

"Vandaag nog even niet." Arak reikte naar de groenten, maar de man trok ze ineens weer aarzelend terug. Het was Arak die harder trok en won.

Ileas knikte slechts beleefd. De man zei nog iets, maar dat drong niet tot hem door.

De jongens zwaaiden vriendelijk en verlieten de straat via een poort aan de rechterkant. Daarbij keken ze over hun schouder bij elk miniem geluid dat hen achtervolgde.

"Ken je die brillen van Willonus Steark? Die schijnen met spiegeltjes te zijn uitgevoerd, zodat je minder vaak achterom hoeft te kijken," zei Ileas terwijl hij wat groenten opat.

Arak zei kauwend: "Die staat zeker op je verlanglijst?"

Ze kauwden en liepen verder. Wat ze aan groenten overhielden borgen ze op in hun jaszakken en schoudertassen. Ze sloegen af naar een steil, smal straatje, en daar hield Ileas halt.

"Wacht, deze straat hebben we al gehad."

"We lopen de hele tijd al naar het westen, lijkt mij," zei Tarak met zijn blik op de hemel. "Deze straat komt mij allerminst bekend voor."

"Zie je die gekleurde gevels, die passeerden we een half uur geleden ook," zei Ileas, wie het in zijn vrije bestaan op straat nooit was opgevallen dat het verrekte lastig was de weg te vinden als je iets belangrijks te doen had. Met zijn zonsteen keek hij naar de lucht om zich te oriënteren.

Arak zei: "Ik zie de gekleurde gevels, maar de huizen daarstraks waren veel groter. En hier staan kramen voor de deuren, als een soort bazar."

"En toch..." zei Ileas.

"Gaan we nou ruzie maken om een straat waar we al doorheen gelopen zijn?" zei Arak. "Ik baal er ook van dat we geen problemen vinden om te verhelpen. Misschien moeten we ons een kaart aanschaffen."

"Niet grappig," zei Ileas, die maar al te goed wist dat het bezitten van een kaart je ongeluk bracht: wie de wold op een stuk perkament zag werd krankzinnig. Hij vond het in elk geval vreemd dat ze een woordgemeen kregen om zo iets onbenulligs. Hij zei: "Laten we hier rusten en de rest van onze groenten eten, daar zijn we geloof ik wel aan toe."

In een zijstraat gingen ze zitten en aten hun groenten. Bij de laatste hap van zijn aardwortel keek Arak langs de gevel naar boven. Een tijdje bleef hij met geopende mond zitten staren, waarbij een stuk wortel naar buiten viel.

"Weinig intelligent zo," zei Ileas.

"Wel verdraaid!" zei Arak en hij keek Ileas blij aan. "Brand."

In paniek stond Ileas op en keek rond.

"Nee, nee, nee, niet nu," zei Arak.

"Daarmee stel je mij nog steeds niet gerust!"

"Misschien is hier straks brand en dat zou ons erg goed uitkomen."

"Dat is een heel gruwelijk plan." Ileas zwaaide afkeurend. "Je weet hoe vreselijk gevaarlijk een brand is."

"Het wordt een kleintje. Net genoeg om mensen een beetje in gevaar te brengen, zodat we hun het leven kunnen redden."

"Een beetje in gevaar? Dan is er toch op zijn minst sprake van flink wat vuur, om mensen in gevaar te brengen."

"Jaah, dat weet ik ook wel." Arak had opeens een ongewone blik in zijn ogen en hij begon langzamer te praten. "Wat doet dat ertoe. Voor nu moeten we van onze Maark af zien te komen. Daarna wijden we ons leven aan het herstellen van deze woondingen die door ons schade hebben opgelopen, wat ik met alle plezier zal doen."

Ileas' morele besef kwam spontaan in botsing met een grimmige schaduw die hem overviel. Hij verdrong zijn herinnering aan de brand in zijn ouderlijk huis veel te gemakkelijk. Als geen ander kende hij de gevaren en gevolgen van een brand in deze opeengepakte wold, en toch bood dit roekeloze plan hem hoop, hoe verkeerd het ook was. De schaduw van wanhoop overwon en hij schoot in een lach die niet van hemzelf was.

"Ah, jij sluwe oeileker."

In het zijstraatje lag een flinke stapel vers afval, zoals houten kratjes, beschreven papier en stro van een nabijgelegen stal. Handenwrijvend liep Arak erlangs. "Al met al een behoorlijk brandbaar geheel, en toevallig naast een bewoond pand. Hoeveel mensen wonen hier die wij het noodlottige leven gaan redden?"

Met een grijns zei Ileas: "Via de deur aan de straatkant waarschuwen wij de mensen, loodsen hen naar buiten en redden hun zo het leven."

"Hé, wat is dat?" Arak deed alsof er iets voor zijn voeten lag en hij vooroverbukte om het op te rapen. In werkelijkheid ketste hij zijn vuursteentjes samen en stak met de vonkenregen het afval in brand. Er ontstond dikke rook en al hoestend kwam hij weer overeind. "Het brand lekker snel, zeg."

De vlammen vraten aan het droge afval als wilde beesten. Slierten rook kringelden alle kanten uit.

Ileas knauwde snel nog één hap van een wortel en borg toen zijn rauwe groenten op. Zijn rechterhand leek flink zwaarder geworden te zijn en hij had moeite om zijn bladappel in zijn jaszak te frommelen.

Arak knikte door zijn knieën.

"Wat doe je?" vroeg Ileas met volle mond.

"Geen... idee." Arak stond ineens met zijn rechterhand om zijn keel geklemd.

Ze keken elkaar een momentje aan.

"Brand!" riep iemand vanaf de straatkant, wapperend met de handen voor het gezicht tegen de rook.

Iedereen in Dizary had een neus voor brand, want dat betekende een grote, levensbedreigende catastrofe, zodat er bij het minste of geringste alarm werd geslagen. Vaak beschikte een wijk over een 'orde der gekruiste ladders ende water'. Alleen waren die over het algemeen te wijd verspreid en kon het soms uren of dagen kon duren voor ze ter plekke waren om iets aan een brand te doen.

De jongens hadden geen boodschap aan die noodkreet, want hun Maark bracht hen op geheel eigen wijze op andere gedachten.

Arak trok zijn hand los van zijn keel en vond het een geschikt moment om uit de zijstraat naar voren te stappen. "Mensen in nood, vrees niet, want..." Nog voor hij zijn zin kon afmaken stoven de aanwezigen alle kanten uit en lieten onverhoopt hun harken, hooivorken, scheppen, lange vissen, takkenbossen, en zelfs een heksenketel waar de bodem uit ontploft was, achter, midden op straat.

"Waar gaan die nou heen?" zei Ileas.

"Wat maakt het uit – hen hebben we niet nodig," zei Arak. "Het gaat om de bewoners in dat woonding die we gaan redden."

Ileas draaide zich om naar de brand. Het vuur sloop langs een gevel omhoog, krulde rond de balkonbalken, knipte de wapperende waslijnen door, speelde met de zonneschermen en klauterde hoger en hoger op zijn dodelijke rooftocht. De hitte prikte als spelden in Ileas' huid. Zijn poriën schoten open, het zweet stroomde over zijn gezicht, hij kreeg tranen in zijn ogen. Het drong diep tot hem door, bracht herinneringen boven, en hij herkende er zoveel beelden uit een boze droom in, van een monsterlijk beest van vlammen dat verstikkende rook braakte.

Dit is zo fout.

Daarna was er water, de hoeveelheid van een volledig dakmeer dat als één kolom omlaag stortte en in de steeg uiteenspoot. Door de kracht werden de jongens van hun voeten gelicht en tegen een stenen wand achter hen geworpen. De golf keerde om en sleurde de jongens mee alle kanten uit.

Arak greep Ileas beet en duwde hem naar de oppervlakte van de wild kolkende rivier die door de straat raasde. In paniek trappelde Ileas met zijn benen, en heel even kon hij luchthappen voor hij weer kopje onder ging. Hij tolde rond, onder of boven leek niet meer te bestaan, hij verloor de hand van zijn vriend, voelde de enorme druk van het water op zijn borst drukken. Ooit hadden ze leren zwemmen, maar tegen deze kracht kon hij niet op.

Het koude water kolkte in een van de vele afvoeren en sjorde de jongens mee de duisternis in. Daar volgde een traject door kronkelende buizen, en na nog wat gedraai voelde Ileas stenen over zijn rug schuren. Uiteindelijk kwam hij tot stilstand. Het water rondom hem was verdwenen in de vele sleuven en scheuren die de wold rijk was. Volledig doorweekt lagen de jongens ergens midden op straat.

"Auw," zei Ileas en hij braakte nog wat water uit. "Dat ging geweldig."

Arak bleef liggen met zijn armen en benen gespreid. "Een dakmeer, we hadden beter moeten weten."

"Een bewoner moet de sluisdeur op het juiste moment hebben opengezet."

Met zijn handen tegen zijn gezicht gedrukt zei Arak: "Ik heb geen idee wat mij zo wanhopig maakte dat ik dat heb gedaan. Brandstichten!"

"Hier zit er nog zo een." Ileas wees naar zichzelf. Prompt verslikte hij zich. Eerst dacht hij een lading vliegen te hebben ingeslikt, maar toen werd hij zich bewust van een ongekende stank. Knipperend met zijn ogen, die brandden van de zure lucht, keek hij om zich heen, en zijn mond ging open en dicht bij het uitspreken van onhoorbare woorden. Hij schudde zijn vriend door elkaar.

Arak volgde zijn bezorgde blik en zei: "Hier willen wij niet zijn. Vlucht, weg hier, weg!"

11
Schaduw of het lied

Het water had hen door een glijgang gespoeld, ver weg van waar ze eerst waren. Deze omgeving had niets meer te maken met de vredigheid van Kromwyl.

Arak was de eerste die half slippend op zijn natte schoenen overeind kwam. Zijn kleding voelde twee keer zo zwaar door het water. Zijn met water gevulde jaszakken dropen langzaam weer leeg. Hij trok zijn vriend op de been en ze gingen dicht tegen elkaar aan staan. Ze bevonden zich tussen de ruïnes van wat ooit statige huizen waren geweest, maar waar nu enkel kaarslicht achter de gebroken ramen scheen.

"Wat hier binnen zit komt nooit meer buiten," fluisterde Arak terwijl hij zijn natte haren uit zijn gezicht veegde. "Ik heb mensen over deze plek horen vloeken en zo te zien terecht."

Elk district had zijn schandvlek, waar je je zelfs als straatdief nooit moest laten zien, en Grimklauw was er één van. Zelfs vredebewaarders zouden deze plek mijden, laat staan de goden. Er deden geruchten de ronde dat er straatdieven terecht waren gekomen waarvan alleen de hoofden waren teruggevonden, zonder ogen en tanden. Deze wijk werd niet voor niets door een magische grens in toom gehouden. Wat er binnen zat mocht nooit meer naar buiten.

De zon had alle plezier verloren er te stralen. Schimmels en mos verdrongen elkaar, en opgehoopte troep in hoeken en kieren maakte alles tot één uitgesmeerd vies geheel. Een duidelijke straat was er niet, omdat er zoveel enorme gaten in zaten. De weinige wind die er stond, loeide tussen de bouwvallige torens en gevels door als een ongestemd instrument, met de naargeestige klank die paste bij de dood.

"Deze buurt kan een opknapbeurt gebruiken," zei Arak met zijn handen in zijn zij.

"Zelfs zonder naambord begrijpt elke zot dat dit Grimklauw is. Niemand komt hier vrijwillig." Ileas's ogen werden klein en hij trok wit weg. "Dit kon er ook nog wel bij."

Arak walgde van de bedorven lucht die er hing en begreep dat zijn vriend het moeilijk had met deze geur. Dit had hij nooit eerder geroken; het lag het dichtst in de buurt van de geur van de dood. "Laten we zorgen dat we hier wegkomen. Het is hier grauw, lelijk en smerig."

Hij draaide zich om en wilde weglopen toen een man in lompen hem de weg versperde.

"Grauw, lelijk, smerig." De stem klonk als uit een lange pijp. Terwijl hij dichterbij sjokte, werd er steeds meer van hem zichtbaar in het schamele licht. Zijn vadsige menselijke lichaam werd gedragen door twee bijna dierlijk gehoefde poten, die bij nader inzien bijeengeraapte mechanieken bleken te zijn. Op zijn misvormde hoofd pronkten twee metalen roestige horens.

"Een mechanist," zei Arak en hij ging voor Ileas staan.

Er schoot iets voorbij en van alles ritselde nerveus in de schaduwen rondom hen.

"Het spijt ons als we u beledigd hebben," zei Arak zo vriendelijk en vleiend mogelijk.

In zijn handen wrijvend zei de mechanist monotoon: "Dat doe je al gauw in deze wijk door je te vertonen zoals jullie erbij lopen. Goed gekleed, verzorgde huid, haartjes geknipt. Drijven jullie de spot met de mensen hier?" Stampend met zijn hoeven kwam hij naar voren.

Arak bleef met geheven kin staan, toen ineens de straat onder zijn voeten begon te schudden. Net op tijd wist hij Ileas naar achteren te duwen, want op de plek waar ze gestaan hadden was een flink gat verschenen. Met lage stem zei Arak tegen de mechanist: "Wij zijn ook maar eenvoudige jongens van de straat, moet u weten." Hij keek voortdurend over zijn schouder om contact met Ileas te houden en vooral om te zien waar ze nu liepen. "Ik ben van Moed en Daad."

"Ik weet niet van wie jij de samenstelling bent, maar het zit je niet mee," zei de mechanist.

Van alle kanten kropen er opeens mechanische geluiden in de schaduwen dichterbij. Het klakte, ratelde, knisperde, bonkte en kraakte rondom hen. De jongens kropen weer dicht tegen elkaar aan.

Arak keek rond. "We moesten de weg naar huis maar eens opzoeken en uw tijd niet langer verdoen. Enig idee waar wij..."

"Misschien horen jullie hier wel thuis."

"Wij zijn onterecht veroordeeld en hebben een Maark," probeerde Ileas nog in een laatste poging tot redelijkheid en hij toonde zijn rechterhand. "Wij zijn op missie... voor een goede daad... De magie zal ons doden... We hebben nog maar een paar dagen."

"Met zo'n straf hoor je beslist hier thuis, bij jullie broeders in de schaduw, schaam je maar niet."

Ileas stapte achter Arak vandaan en zei tegen zijn vriend: "Hij... heeft gelijk."

"Ben je gek, Il!" Arak duwde zijn vriend weer naar achteren. "Door onze baldadigheid horen we heus niet ineens hier in Grimklauw thuis."

"Wij hebben het verdiend om hier te eindigen. Die brand van daarstraks was de druppel."

"Nee," zei Arak kort.

"Boe, hoe, hoe. Het is dat ik geen tranen meer kan maken," zei de mechanist. "Het leven zit nou eenmaal raar in elkaar. De één gaat linksaf, de ander rechts, en het wordt nooit echt duidelijk wat nou de juiste weg is."

Ileas zei: "Het lijkt erop dat wij onze plek gevonden hebben, hier in de schaduw."

"Luister naar je vriendje," zei de mechanist.

"Onze weg is nog lang niet ten einde" Arak zette nog wat passen achteruit.

"Niet zo gehaast. Ik snak al maanden naar nieuw vlees en wellicht dat ik nog een keer volledig echt word zodra ik genoeg mens tot mij neem. Voor nu heeft mijn inwendige klokje alleen maar honger." De mechanist begon te lachen en dat klonk als een valse fluit.

Er gebeurde zoveel tegelijk in Araks hoofd dat hij geen idee had of de schaduwen werkelijk omlaag dropen en tot leven kwamen of dat het verbeelding was. Uit de duisternis kropen mismaakte schepsels tevoorschijn, en hij wist zeker dat hij hun aanzicht zelf bedacht. Zijn hoofd voelde als een vat waarin van alles voorbij dreef, en het kwam beslist door zijn Maark dat hij zich dingen begon in te beelden. Pas nadat hij Ileas had horen gillen wist hij zeker dat het geen illusie was. Spinachtige wezens met tientallen armen en benen kropen dichterbij en tartten daarbij de zwaartekracht. Vreselijke koppen, waarvan de schedels uitpuilden van mechanieken, op halve rompen, schuurden met hun stalen kaken en trokken zich voort aan haakachtige klauwen. En er zweefden zielen die geen keuze meer konden maken tussen leven of dood. Dit waren scheppingen die de wold vreesde, dit waren duistere dromen die opgesloten hadden moeten blijven.

Het karakter van Grimklauw werd Arak steeds duidelijker: dit was de afvoerput van misschien wel de hele wold. Hier dreef alle ellende naartoe en voor een laatste maal werd het samengesteld tot iets monsterlijks voor het definitief afgedankt naar de oorsprong verdween.

Hij begon te beven en de paniek begon grip op hem te krijgen. In de meest gevaarlijke situaties bleef hij altijd koelbloedig en kon hij precies inschatten wat er te doen stond, maar nu bewoog alles en kwam hem veel te snel dichtbij. Uit de schaduwen bleven creaturen tevoorschijn druipen, als olie uit een lekkende machine.

Opeens was er een helwitte flits midden in de massa tegenstanders. Elk stukje duisternis werd verlicht en alles wat zich daarin nog verborgen hield, schrok op. Deze creaturen waren niet gewend aan zoveel licht en het bracht hen danig van de wijs. Snerpend en krijsend werden dingen die leken op handen voor dingen die leken op ogen geslagen.

De plotselinge ontstane paniek kwam volmaakt uit. Ook de jongens waren geschrokken, maar lang niet zo heftig als hun tegenstanders. Arak knipperde even met zijn ogen en zag zijn kans schoon. Hij greep Ileas bij zijn kraag en samen sprongen ze over een gat in de straat. Buiten adem renden ze tussen de brokstukken, waar schamel verlichte vensters aan hen voorbij schoten. Soms viel het licht op de bestrating, zodat ze konden zien waar ze liepen. Overal lag troep, en bovendien grote regen- en olieplassen waar ze doorheen stampten.

Ileas minderde vaart en zei: "Wat heeft dit voor zin? Wij zitten opgesloten in deze wijk, door die magische grens. Misschien moet het gewoon zo zijn."

Arak duwde zijn vriend hardhandig voor zich uit – ze moesten blijven rennen. "Ik ken de verhalen. We moeten eerst een veilige plek opzoeken, daarna overwegen we ons plan om hier weg te komen. Doorlopen."

De smoezelige steeg eindige bij een splitsing. In dit soort situaties dacht Arak nooit aan wat er om de hoek zou komen: iets goeds was mooi meegenomen, iets slechts was later zorg. Tijd verdoen aan beslissingen zou hen in de problemen brengen, dus vlug duwde hij zijn vriend linksaf, net voor er achter hen weer een helwitte explosie plaatsvond.

Een wankele trap leidde hen omlaag. Er volgde een smalle tunnel, of eigenlijk een doorgang tussen de ineengezakte huizen. Rennende voetstappen achter hen naderden sneller dan dat zij ze konden ontlopen.

Er volgde weer een trap omlaag. Araks hart bonkte in zijn keel bij elke tree die hij deels afstuiterde. Hier waren geen leentrappen of hijsbakkies om hem op weg te helpen, hier ging alles dieper en dieper de duisternis in. *Grimklauw is niet zomaar een gezwel, maar een poort regelrecht naar Nedorium,* schoot door hem heen.

Eén achtervolger, die duidelijk fit genoeg was en er nog redelijk als mens uitzag, zat hen dicht op de hielen. Soms negeerde hij de trappen en gleed via roestige pijpen meters omlaag. Zijn grommende ademhaling, die uit een stalen vat kwam, klonk heel dichtbij.

"Deze kant uit," klonk een meisjesstem van rechts. Het was als een vriendelijk, zachtaardig lied in deze grauwe omgeving.

Arak twijfelde geen seconde en sloeg rechtsaf, Ileas meesleurend aan zijn kraag, een aflopende passage in, waarna hij vaart minderde.

Zijn vriend knalde tegen hem aan omdat hij zo plotseling halt hield. Haastig liep Arak nog een paar passen verder, zoekend naar een uitweg. Maar de muur aan het eind van de passage leek onvermijdelijk.

"Het loopt hier dood!"

Ze werden omgeven door wanden, glanzend van de straatdrek die in klodders omlaag droop.

"Geen eindsteeg!" brulde Ileas meteen.

"Onzin, niets loopt dood." Arak speurde de omgeving af, terwijl hij ondertussen steun zocht aan het stukje touw met knopen in zijn jaszak. Knop na knoop liet hij door zijn vingers glijden. Hij zei: "Die stem, hoorde jij die ook?"

"Die stem leidde ons verdomme hierheen," zei Ileas. "Deze eindsteeg in!"

"Dit is geen eindsteeg," klonk de meisjesstem uit een onbestemde richting.

Hun achtervolger zou binnen een paar seconden de hoek om komen, want vanuit de steeg klonk het breken van dingen die hem blijkbaar in de weg zaten.

"Er zit niets anders op." Arak stapte met geheven vuisten naar de hoek van de passage.

Ineens werd hij ingehaald door het meisje dat ze eerder die dag in het hoofdkwartier hadden ontmoet. Met haar armen gespreid en in haar wijde gewaad zag ze eruit als een roofvogel die in deze omgeving thuishoorde.

Hijgend en stoom blazend stapte hun achtervolger tevoorschijn. Hij grijnsde. Zijn tanden bestonden uit rijen afgebroken boren. "Welkom in mijn wijk, Grimklauw."

"Ha, haah." Het meisje brulde uitgelaten en smeet iets op de grond, wat een felle flits veroorzaakte. Ze stond op het punt hun achtervolger te bespringen, maar de mechanist was haar voor. Terloops sloeg hij zijn pezige vingers rond haar nek.

"Flitsies doen me niks, rotkind." De woesteling schudde haar heen en weer als een pop.

Uit alle macht probeerde ze de hand los te wrikken, waarbij haar gekreun steeds gesmoorder klonk. Haar handen werden al slap en ze zou haar strijd om los te komen gauw moeten opgeven. Haar geknelde hoofd liep rood aan en ze snakte niet eens meer naar adem.

Vreemd genoeg leidde haar gewaad een eigen leven, en het had zich aan de onderzijde rond haar aanvaller gewikkeld. De rafels leken wel plantenwortels en klommen over zijn benen omhoog.

De jongens snelden op de woesteling af, maar zijn logge lijf begaf het spontaan en hij zakte schokkend in elkaar. Het meisje kwakte naast het lijf op de grond, sperde haar mond open en liet al hoestend de zuurstof weer in haar longen stromen. Ze betastte haar hals.

Hoe heb je dat gedaan?, vroeg Arak zich af.

Een paar stuipen schoten door het lijf van de mechanist en zijn benen worstelden tegen zijn plotselinge dood, voor zover hij nog dood kon gaan. Het levende systeem ontfermde zich niet over het levenloze lichaam. Deze eerste aanvaller was de snelle renner, de rest van de horde kwam eraan. Een vloedgolf van angstaanjagende geluiden echode om de hoek.

Ileas boog voorover, pakte de gore arm van de mechanist, drukte zijn neus ertegenaan en rook met diepe teugen.

Totaal onthutst keek Arak toe en zei: "Je moet helpen, Ileas. Er moet een uitweg zijn, een hendel, trap, gang, buis of geheime tunnel."

Het meisje kwam moeizaam overeind en wees al hoestend naar het einde van de passage. Haar stem piepte iets.

"Hé." Arak draaide zijn oren in haar richting, zijn hart sloeg steeds vaker over. "Wat bedoel je, ik zie niet waar je naar wijst, lieverd."

Ze wees harder.

"Het loopt hier verdomme toch dood! Kan je wel lopen wijzen..."

Gebrul en geratel galmden uit de steeg, alsof er een horde staalstieren naderde.

Arak zei tegen zichzelf: "Het welbekende geluid der achtervolgende voetstappen."

Het was in deze situatie krankzinnig om te zien dat zijn vriend nog steeds aan de gore arm rook. Arak wist dat hij de geur van vriend en vijand tot zich moest nemen, maar hij had zijn onbezonnen gedrag nooit begrepen. "Ileas, kom op nou, we moeten echt een uitweg vinden!"

Zijn vriend reageerde niet, maar ademde heel diep in, snoof en sloot zijn ogen om zich beter te concentreren. Daar kon Arak niet op wachten en haastig doorzocht hij de steeg, springend en bukkend. Ondertussen voelde hij de duisternis grip op hem krijgen en hij wist sinds kort wat daarin verborgen kon zitten. Hij besloot stil te staan en zijn ogen te sluiten. De vele onrustige geluiden in zijn omgeving werden tot een waas. "Dus zo voelt het om in een eindsteeg te eindigen. Ik had altijd een vrediger beeld daarbij."

Elk moment konden de aanvallers om de hoek komen. Hun slepende ledematen over het steen klonken heel dichtbij, als het geluid van een schrapend scheermes over een wang.

Nee, niet zo. Arak opende zijn ogen en stapte op Ileas af, klaar om hem uit zijn droom te slaan. *Genoeg van deze flauwekul.* Hij zou hem overeind rukken, ze waren verdomme in gevaar! Maar zijn hand landde zachtjes op Ileas' schouder en hij zei: "Laat het gaan." De rest van zijn woede slikte hij door.

Ileas schrok op en liet de gore arm uit zijn handen glijden. Arak stak zijn hand toe en trok zijn vriend overeind.

"Als jullie klaar zijn, kunnen we beter mijn uitweg nemen," zei het meisje schor.

Ze gaf Arak een duw, zo plotseling en hard dat hij onmogelijk overeind kon blijven staan. Zijn hand glipte uit die van Ileas en hij viel languit in een regenplas waarin hij geen bodem voelde. Voor hij er volledig in verdween, zag hij de wanhopige blik in de ogen van zijn vriend.

12
Tochtdiep

"Nee!" brulde Ileas tegen haar. "Wat doe je nou, tuthola?"

"Volg mij vlug, als je wilt blijven leven." Ze stapte zelf ook in de regenplas en weg was ze.

Wat ga je nu doen, dief? Ileas keek verslagen naar de plas en twijfelde. Nee, hij twijfelde niet, hij liet zich toch niet zomaar in twijfel brengen door een meisje! Het was alleen dat zijn benen niet in beweging wilden komen. *Als zij erin kunnen verdwijnen, kan ik dat ook.*

Hij waagde de sprong en merkte dat de plas helemaal geen bodem had. Eronder lag een brede tunnel. Na drie meter vrije val raakte hij het wateroppervlak, en dat voelde hard als een stenen straat. Hij schoot met heel zijn hoofd onderwater en zijn longen persten zich verkrampt samen van de kou. Uit alle macht spartelde hij om boven te komen en daar ademde hij voorzichtig in en uit. Omdat het er naar verrotting rook, wilde hij beslist geen water in zijn mond krijgen.

Het duurde even voor hij aan het groene schemerduister van de tunnel gewend was. Onfris ruikende damp ontsnapte uit het borrelende water, drab gleed in een constante stroom uit gaten in de ruw stenen wand en er dreef overal troep. Aan de zijkanten lagen aangekoekte hopen afval, bevolkt door ratten, waarvan de snerpende alarmkreetjes in de duistere gewelfde gangen echoden.

Dit is hun domein, dacht Ileas.

Verderop balanceerden zijn vriend en het meisje op een berg rommel.

Arak stak zijn hand toe. "Hier, laat me je helpen."

Hij klom uit het water, zijn kleren voelden zwaar. Terwijl hij op adem kwam, tolde zijn hoofd nog na van daarstraks. Het voelde alsof hij nog steeds die arm in zijn handen had en de geur ervan in zich opnam. Er was een druk proces in zijn hoofd gaande, waarbij alle elementen van de geur door elkaar draaiden. Nu pas kon hij het een plekje geven: de geur die hij geroken had, hoorde niet thuis in zijn archief van geuren.

Het meisje was op haar knieën bezig met het verzamelen van afval uit het water. Ze vlocht het handig samen tot een flink vlot, waarop de stroming hen kon meevoeren. Haar groene cape was weg, en waar ze die opgeborgen had was Ileas een raadsel. Nu droeg ze alleen haar wambuis en een donker hesje.

Hij keek over zijn schouder naar het gat in het plafond waar hij doorheen was gevallen en dat bleek te zijn overspannen door een soort vlies. "Ze volgen ons niet eens," zei hij.

"Het watervlies, waar je daarnet doorheen gevallen bent, is een grens voor die griezels," zei ze zonder hem of Arak aan te kijken. "Niemand van hen zal het wagen een vlies te doorsteken. Ze weten donders goed dat er water onder ligt en mechanisten haten water. Ze zijn wanhopig, en banger dan je denkt."

"Ik weet eigenlijk niet of ik je moet bedanken," zei Arak. "Het is mij onduidelijk of we van de ellende af zijn."

"We zijn van de ellende af," zei ze zelfverzekerd.

"We zitten er nog middenin, niemand ontsnapt uit Grimklauw," zei Ileas.

"Jawel," zei ze.

"Gelukkig was het niet onze eindsteeg," zei Arak tegen Ileas.

"Daar was je daarstraks niet zo zeker van," mompelde ze.

"Er is altijd een uitweg te vinden."

Ileas zei: "Ik dacht dat ik je voor altijd ging kwijtraken."

"Gelukkig ben je er nog."

Arak had Ileas bijna omhelsd toen het meisje zei: "Misschien moeten jullie elkaar een dikke zoen geven."

Ileas kuchte en duwde zijn vriend van zich af. Ze keken wat om zich heen. Het meisje had in korte tijd een tamelijk stevig vlot gemaakt, alsof ze dat vaker had gedaan. Ze was klaar met haar vlechtwerk en ging er gemakkelijk languit bij zitten. Ze voelde aan haar rechterhand.

Arak snoof toen hij dat zag. "Ah ja, je Maark. Wij zijn al tot de ontdekking gekomen dat het redden van een medeveroordeelde niet werkt."

"Verdomd," zei ze en ze vloekte binnensmonds.

"Je was in Grimklauw zeker heel toevallig ook voor *zaken*?" vroeg Ileas.

"Ik was er meteen naartoe gegaan omdat ik wist dat er pure ellende heerst. Kwade bedoelingen vinden is hier eenvoudig, het oplossen ervan had ik onderschat. Ik begrijp er niets van. Waarom heb ik deze veel te zware straf gekregen? Ik wilde alleen maar mijn oude leven achterlaten. Ik vertrouwde daarbij de verkeerde mensen."

"Heb je mensen gedood voor je vrijheid?" vroeg Ileas.

"Nee, natuurlijk niet." Ze siste als een kat.

Waarom heb je dan een Maark? dacht Ileas.

Vanaf het voorplecht van hun rommelvlot duwde ze hen langs de gewelfde tunnels in de juiste richting.

"Ken je de weg?" vroeg Ileas.

Ze knikte en stuurde het vlot. Op een gegeven moment raakte ze wat in paniek bij een aftakking. "Dat ging net goed, linksaf was regelrecht onze dood geweest. Daar waren we in een afvalmaler terecht gekomen."

"Goed dat je de weg weet," zei Ileas, naar de linkerafslag kijkend.

Ze voeren gestaag verder. Soms verbreedde het kanaal en op een aantal plaatsen werden ze vergezeld door anderskleurige stromen. Na een aantal afslagen werd het gewelf een heel stuk wijder en het plafond stukken hoger, en dat omgaf hen met een laag, galmend geluid. Ileas stond op om over de rand te kijken en zag dat ze verder dreven via een aquaduct, dat een grimmige duistere ruimte overbrugde van minstens honderd meter breed.

Hij zei: "Dit moet Nedorium zijn."

"Nee, dit zijn de parallelgangen: een systeem uit de oudheid om water in op te slaan en te zuiveren. De gangen lopen onder een groot deel van Dizary door. Mensen noemen het nu Tochtdiep, omdat het meeste water verdwenen is en plaats gemaakt heeft voor tocht. De wind dwaalt hier door de gangen en trekt wezens en schimmels aan. Ook worden hier nare dingen gedaan, waarover ik wil zwijgen. Het ware Nedorium is ver, ver hieronder."

Tochtdiep was een gapende diepte waar een wirwar van zwevende kanalen afval en andere goederen doorheen transporteerde. Sommige kanalen eindigden bij gloeiende muilen, waar het water tot stoom verging en het afval vermalen en verbrand werd door stampende machines. Er lagen hopen rommel die leefden.

"Het zal tien keer erger zijn in Nedorium," zei Arak.

"Nee, er is geen vergelijking mogelijk met Nedorium. Het is daar onwerkelijk triest, duister en onheilspellend. Geloof mij, het zou meteen duidelijk zijn als je in Nedorium bent beland. Je zult er direct willen vertrekken – helaas is dat vrijwel onmogelijk," zei ze.

"Hoe komt het dat je er zoveel over weet?" zei Arak. "Als niemand ooit uit Nedorium is ontsnapt, zijn er ook geen verhalen over bekend, alleen herbergroddels."

"Daarom zei ik ook: vrijwel onmogelijk. Wijsneus," zei ze geprikkeld. "Je komt er weg als je vreselijke offers brengt, weet wat je doet en verstand hebt van magie."

"En hier?" Met een weids gebaar wees Ileas om zich heen.

"Oh, hier komen we wel uit," zei ze. "Ik ken de weg, maar zoals je weet zegt dat weinig in Dizary. Dan kun je alsnog tot het einde der tijden zoeken naar de juiste weg, omdat alles elke dag anders is."

"Het lijkt erop dat je hier vaker bent geweest, maar er niet meer wilt zijn," zei Ileas.

"Jij bent het slimpie van het stel," zei ze. "Tochtdiep was mijn wold en ik behoor tot de Morturie."

"Die naam zegt mij iets," zei Ileas, en met een zwaaiend vingertje vroeg hij om meer bedenktijd. Uiteindelijk zei hij: "Ja, na de splijting van de wold ontstond er totale chaos en het duurde eeuwen en eeuwen voordat de mens weer in harmonie met de labyrintwold kon leven. De mens had al die tijd onder de grond geleefd en er koloniën gesticht. Er ontstonden veel grote families, een ervan was Morturie."

"Zo, zo," zei Arak, "wanneer heb jij je in de geschiedenis verdiept?"

"Ik lees nog wel eens een boek, in plaats van ze te gebruiken voor het stoken van een theeketel."

Arak grijnsde. "Zware lectuur brandt zo goed."

Het meisje zei: "Mijn volk leeft hier inderdaad al sinds de tijd die de oudste liederen en legenden van deze wold beschrijven. Ik kan je zeggen dat ik zelf niet zo oud ben, want wij Morturie zijn net zo sterfelijk als jullie. Wij leven nog steeds graag in de duisternis. Niet dat het zonlicht mij kwaad doet, maar in de duisternis ligt onze sterke kant. Ik zie bijvoorbeeld in het donker beter dan bij daglicht."

"Ik zie hier ook van alles, hoor." Ileas keek om zich heen. "Ik begrijp waarom je dit hier verlaten hebt."

Woest draaide ze zich om. "Waarom zo minachtend? Wat voor omgeving het ook is waar je opgroeit, het is je thuis. Of dat hier in de parallelgangen is of ergens in een verwend nest in Eteria, je zult het altijd liefhebben. De reden dat ik ben gevlucht heeft niets met deze grimmige omgeving te maken. Deze parallelgangen hebben meer te bieden dan je zo op het oog kunt zien. Er groeien hier voedsel en geneeskrachtige kruiden, als je maar weet waar je moet zoeken."

"Sorry," zei Ileas.

"Het was mijn familie, maar hun normen en waarden stonden mij tegen, en dat is waarom ik ze de rug toegekeerd heb."

"En wat voor normen en waarden zijn dat dan?" vroeg Arak.

Bij een splitsing stuurde ze het vlot weer de juiste kant uit. Zonder Arak aan te kijken zei ze: "De wold van het straatniveau fascineert mij nu. Ik beschouw hem als mijn nieuwe thuis. Telkens als ik er door de straten loop, sta ik versteld. Jullie hebben je soms op eigenaardige wijze aan je leefomgeving aangepast."

Ileas zei: "De uitvindingen bedoel je? Zoals de leentrappen en hijsbakkies? Daar proberen wij zo min mogelijk gebruik van te maken, want het blijven eigenaardige bedenksels. Voor je het weet zit je klem of stort er iets neer. Mijn tip: vermijd zoveel mogelijk uitvindingen en machines."

"En het gilde, wat is daar de bedoeling van?" vroeg ze.

Ze zwetst maar wat om de tijd te doden, dacht Ileas en hij zei: "Misschien helpt het als wij ons op een fatsoenlijke manier voorstellen: dat is Arak en ik ben Ileas."

Ze twijfelde, maar stak vervolgens haar hand uit. "Ik ben Jinasum. En niet zo hard in mijn hand knijpen, als je wilt."

Ileas hield koeltjes zijn lach onder controle en schudde voorzichtig haar hand. Haar geur zweefde langzaam zijn neus binnen en veraangenaamde de omgeving zeer. Ook Arak schudde haar hand voorzichtig en voor het eerst liet ze een schamele glimlach zien. Echt lang wilde ze hen echter niet aankijken en al snel draaide ze zich weer om. Met een stok stuurde ze hun vlot verder onder een roestig valhek door.

"Als Morturie heb je soms een onweerstaanbare drang om iemands ziel te onttrekken," zei ze.

De jongens schrokken op.

Ze keek over haar schouder. "Geen zorgen." Ze liet nauwelijks merken dat ze dat meende. "De reden dat ik mijn oude leven achter mij heb gelaten, zijn de regeltjes waar ik mij nooit aan heb kunnen houden. Om die honger te stillen is alleen het nemen van een ziel geoorloofd. Ik beperkte mij nooit alleen tot iemands ziel, maar bestudeerde de lichamen, omdat het mij fascineert wat er in de mens omgaat. Bestuderen was ten strengste verboden, want dat vergruisde onze normen en waarden en bracht de puurheid van onze cultuur in gevaar. De grootste angst van de Morturie was, onze eigenwaarde te verliezen door externe invloeden. Er is geen familiebloed dat mij ervan weerhoudt mijn eigen keuzes te maken. Op een gegeven moment vond ik dat ze er maar zielige rituelen op nahielden."

"Eh, rituelen?" Ileas kroop langzaam een beetje naar achteren, maar het rommelvlot bood hem weinig gelegenheid daartoe.

"Ik zal jullie de details van mijn cultuur besparen." Ze lachte en keek uit over het water. "Nu ben ik wel nieuwsgierig naar waar jullie vandaan komen."

"Wij? Van overal en nergens, het is niet precies te zeggen," zei Ileas. "Wij hebben leren leven op straat. Wij zijn nomaden."

"Nomaden?" vroeg ze.

"Wij zijn Wraendal, dolers, reizend gezelschap, met nergens een vaste woon- of verblijfplaats. De wold is ons thuis."

"Dat is ook lastig."

"Nee, het is heerlijk."

"En jullie ouders dan? Reizen die ook ergens rond?"

"Ik heb geen ouders," zei Ileas.

"Ik ook niet," zei Arak kort daarop.

Ileas keek hem even aan. Het was gek om dit te horen, zelf hadden ze het er nooit over. Zijn eigen ouders waren omgekomen, en Arak had waarschijnlijk nog ergens ouders die hij om onduidelijke reden verlaten had. Als Ileas ernaar vroeg, was dat voor Arak altijd het moment om snel thee te gaan zetten of wat anders te gaan doen. Het was zijn geheim en dat respecteerde Ileas. Er kwam ongetwijfeld een dag waarop Arak het vertellen zou.

"Ook nooit je ouders gekend?" vroeg ze.

"Nee," zei Arak.

Ileas voegde toe: "Mijn moeder heb ik nooit gekend, want die overleed vlak na mijn geboorte."

"Ze had die knuffelgiraffer voor je gemaakt." zei Arak. "Die onder in je tas zit, toch?"

Ileas keek hem boos aan en ging verder: "Mijn vader had haar portret in hout gezet, zodat ik me haar gezicht in elk geval kon herinneren. Mijn vader was houtbewerker en kwam om bij een brand in ons huis toen ik een jaar of drie was," zei Ileas.

"Vier," corrigeerde Arak hem en dat werd hem niet in dank afgenomen.

"Als Wraendal moeten jullie vast veel beleefd hebben," zei ze.

"Zeker, grootste verhalen in overvloed," zei Ileas. "Ik probeer ze op te schrijven, in de hoop dat iemand ze ooit lezen wil."

"Ik?" vroeg ze.

"Later misschien. Mijn schrijfsels zijn alleen ruwe herinneringen en ik moet ze nog larderen."

"Dit verhaal met je Maark en het gilde past er mooi bij. Hoewel het te idioot voor woorden is. Mijn straf is een goede daad te moeten verrichten bij een vredesgilde, terwijl ik geen idee heb wat een gilde doet."

"Moed en Daad is bijvoorbeeld een vredesgilde," zei Ileas. "Opgericht voor het behouden van de vrede in de wijk. Ze komen in actie zodra een bewoner melding maakt van een vergrijp of kwalijke zaak. Het is verstandig om het slechte voorbeeld zo snel mogelijk uit de wijk te verwijderen. Slecht voorbeeld doet immers slecht volgen. Een gilde wordt beloond door de bewoners zodra een taak erop zit, soms in de vorm van geld, soms van een wederdienst of goederen. Elk gilde beheert zijn district en het is aan de bewoners om te oordelen welk vredesgilde hun bevalt. Als je in de ogen van de bewoners je werk niet goed doet, zul je moeten vertrekken. Soms worden gebieden door gilden geclaimd, maar dat is niet echt hoffelijk te noemen."

"Zijn er meerdere vredesgilden?"

"Elk district heeft er een. Sommige gilden kunnen het goed met elkaar vinden, anderen staan elkaar naar het leven en bevechten elke vierkante meter die ze claimen. Ik moet zeggen dat dat laatste behoort tot de wilde verhalen in herbergen."

Ze stopte even met sturen en zei bedenkelijk: "Nou, ik geloof dat ik laatst toch twee gilden met elkaar in conflict zag."

"Kan," zei Arak.

"Er waren mannen in paars kostuum, die zwaar in de meerderheid waren. Ze verdrongen op hardhandige manier een andere groep gezellen uit een straat. Het ging er heftig aan toe," zei ze.

"Als het om macht gaat wordt er altijd gevochten," zei Arak.

"Is een gilde nooit iets voor jullie geweest om je bij aan te sluiten?"

"Als Wraendal koester je de ongebondenheid," zei Ileas. "Bij een gilde moet je je aan zoveel regels houden en dat is niets voor ons."

"Ik herken dat," zei ze.

"Leaver dea as sleaf," zei Arak. " 'Liever dood dan slaaf' is een befaamde spreuk die menig Wraendal op een tegeltje heeft."

"Dan zal die Maark jullie wel gek maken."

Arak zei: "We komen hier wel uit. Ik weet dat het tijdelijk is."

"We hebben ontdekt dat er weinig te doen valt in Kromwyl, en Grimklauw moeten we beslist vergeten. Ik geloof dat wij daarvoor te onervaren zijn," zei Ileas.

"Het hoofdkwartier weet wellicht raad," zei Jinasum.

"De muren zullen er heus niet gaan praten," zei Ileas.

"Mensen in de omgeving van het hoofdkwartier kunnen ons helpen. Zij weten vast wel een probleem dat wij mogen verhelpen," zei ze.

Hij keek haar nog eens goed aan, voor zover dat kon omdat ze steeds over het water tuurde. Zo op het oog vond hij haar een leuke meid: ze was attent en meegaand, maar tegelijkertijd had ze iets weg van een roofdier dat je elk moment kon bespringen als je even niet oplette. Zo eentje dat je bij je ballen greep als je te dicht in de buurt kwam. Ze keek soms sluw en was waakzaam, en zich in elk geval heel goed bewust van haar omgeving. Hij wist dat ze direct zou toeslaan als er een goede daad voorbijkwam. En dan – wat zou ze daarna doen, hen vrolijk blijven meehelpen want we zijn immers allemaal van het gilde? Hij dacht van niet.

Ze had een paar bruine kleiachtige bolletjes uit haar zak gehaald. "Hier, neem dit."

"Wat is het?" vroeg Ileas.

"Tegen de pijn."

"Maar wat is het?"

"Weet ik veul." Ze haalde haar schouders op.

Ileas pakte een bolletje aan. "Je weet niet wat je slikt."

"Drakenkeutels."

"Gatver," hij was geneigd het weer terug te geven. Arak had de zijne al op.

"Ik zeg maar wat. Op dit moment maakt het mij niets uit wat ik moet slikken om de verschrikkelijke pijn van mijn Maark te verdrijven."

"Ik weet het. Nou, vooruit dan." Ileas slikte het bolletje door.

Ze slikte ook haar bolletje in en zei: "Oh, en je kunt er groen haar van krijgen."

"En dat zeg je nu!" galmde het door de gangen.

Na een uur kwam het ondergrondse kanaal uit in de maanverlichte open lucht: ze hadden veilig de stadswal van Kromwyl bereikt. De weg terug naar het hoofdkwartier kenden ze vanaf hier.

Het was alsnog een lange nachtwandeling om de, in stilte gehulde, Lindelaan te bereiken.

Arak versnelde zijn looppas en zei: "Eindelijk, daar is de poort van ons hoofdkwartier."

Ileas zei: "Terug bij af."

"Je had het gezegd, en nu blijken we inderdaad hier weer uit te komen," zei Arak gemaakt verbaasd. "We hadden hoe dan ook een keer onze fietsen moeten ophalen."

"Dat had ik met alle plezier gedaan," zei Ileas. "Gek genoeg zie ik nu liever het hele hoofdkwartier in vlammen opgaan."

Jinasum zei: "Ik hoopte ook dat ik dit pand nooit meer terug zou zien. Ik ging vandaag beslist slagen in mijn goede daad."

"Ik word helemaal druilerig van jullie gemijmer," zei Arak.

"Je verbaast me," zei Ileas. "Nooit eerder hebben wij ons ergens thuis gevoeld."

"Misschien komt het doordat ik me in het hoofdkwartier veilig voel. Het ziet eruit als een vesting, en wie wil er nou niet in een vesting wonen? Kijk, in het leven ga je door bepaalde fasen…"

"Hè, wat?" vroeg ze.

Ileas antwoordde: "Hij zit in de fase dat hij man denkt te worden en zich ergens te moeten vestigen en zo. Laat hem maar, hij praat soms hardop, kan verwarrend zijn, niet op reageren."

Jinasum grinnikte en zei: "Jullie zijn nog jongens."

"Wacht," riep Ileas, terwijl hij zich achter een linde verschool.

"Ik wist niet dat je meteen kwaad zou worden," zei ze.

"Dat is het niet." Hij gluurde om de bast heen en wees in de richting van het hoofdkwartier.

Daar stond iemand schichtig om zich heen te kijken en aan het poorthek te rammelen.

13

KRASSENDE NAGELTJES

Observeren was haar ding, en dus was Zeliska Ileas en Arak gevolgd. Op gepaste afstand keek ze toe. Vooral die ene, wat dikkere jongen die Arak heette, vond ze wel wat. Hij had humor en een heel eigen kijk op de wold. De blonde was wat haar betreft een veel te serieus kereltje, wie behoorlijk wat dwarszat.

Ze volgde haar helden uren achtereen en probeerde hen zo goed mogelijk bij te blijven. Via de daken was het soms lastig, en bovendien werd ze geregeld afgeleid door kokette dames beneden op straat, waarvan ze het 'dame-zijn' afkeek. Ook al had ze het hoofdstuk van vrouwzijn al afgesloten, toch keek ze gefascineerd toe. Dat heerlijke getut, dat staren naar mannen, giechelen, constant de haren in model duwen.

Ze moest door. De twee jongens vond ze gelukkig terug in een zijstraatje, waar ze hun groenten zaten te eten. Hoe gezond en verstandig is dat? Twee heerlijke stakkers, die toch zo dapper waren het avontuur op te zoeken. Ze had zelf ook enorme honger gekregen en was geneigd naar voren te stappen om te bietsen.

Opeens liep alles anders. Het was alsof een duister kwaad de jongens overviel. Arak was opgestaan en stak afval in brand, terwijl zijn vriend nogal eng lachte. Vrij snel liep het uit de hand, want de vlammen lustten het droge afval maar al te graag, terwijl de twee er nonchalant naar stonden te kijken. Ze vond het maar raar en het paste totaal niet in haar verwachtingspatroon.

Net als alle bewoners wist ze wat vuur voor schade kon aanrichten, dus wat die twee ook probeerden te doen, ze gingen veel te ver. Ze moest ingrijpen om een ramp te voorkomen.

Terwijl het luttele vuurtje zich ontwikkelde tot een fikse brand was ze via de daken van de naastgelegen panden hoger en hoger geklommen, tot ze op het punt kwam waar ze wezen moest: alle woonconstructies bezaten immers hun watervoorziening op het dak in de vorm van een diepe plas, sloot of meer. De deurtjes aan de zijkant van een kade waren er speciaal voor dit soort noodgevallen.

Beneden was de straat door de rookontwikkeling al onzichtbaar geworden, en in die rook klonken de angstkreten van de bewoners als verdwaalde geesten. Zeliska bleef er koel onder, zoals ze dat ook tijdens haar weetkundige experimenten was. Daarbij gebeurden gemiddeld tien dingen tegelijk en moest ze op diverse punten kunnen ingrijpen zonder in paniek te raken. Elke handeling moest altijd precies zijn.

Ze sprong.

Aan de overkant van het dak greep ze de hendel van de sluisdeur stevig beet. Met al haar kracht, en die was op dat moment furieus groot, wist ze de grendel in beweging te zetten. De sluisdeur zwaaide door de kracht van het water meteen open. Bungelend aan haar nagels keek ze het water na, hoe het in de steeg neerstortte en het vuur doofde. Het water spoelde de jongens weg. Klaar.

Zucht uit een diepe pijp ellende, wat een teleurstelling waren die twee, dacht ze.

Inmiddels lag ze weer languit op het muffe bankstel in de archieftoren van het hoofdkwartier en wist eigenlijk niet hoe ze liggen moest. Daarom ging ze uit frustratie de stoffering te lijf en al snel trok ze flinke scheuren. Hele lappen bleven aan haar nagels hangen.

Rats, rats, rats.

"Als ik muzikant was geweest, had ik vanaf nu alleen nog de meest treurige liederen gecomponeerd. Nu kan ik alleen maar zingen alsof mijn buik heel zeer doet, miauw. En dat doet hij eigenlijk ook, vlamstralen, hij doet vreselijk zeer. Mwauw!

En m'n dag was zo goed van start gegaan met die mooie helden. Het waren van die heerlijke jongens. Ze waren zo lekker bezig, ze straalden een ongekende moed uit en bezaten de straat. Nooit eerder had ik jongens met zoveel zelfvertrouwen meegemaakt... Nou moet ik toegeven dat er in Eteria ook nooit van die lekkere jongens waren. Weetkundigen zijn nou eenmaal een beetje... tja, saai. Niets stond die twee in de weg voor een goede daad. Ze waren werkelijk op zoek naar onraad, bereid om het leven van mensen te redden en daarvoor hun eigen leven op het spel te zetten. Helden... miauw. Loopse tellers. Gelukkig kon ik een ramp voorkomen en dat maakt mij tot de held."

Rats, rats, rats. Er bleef weinig van de stoffering over, de voering was nu aan de beurt en hele plukken katoen vlogen rond. Haar frustratie werd aan de andere kant van het archief beantwoord met een krassend geluid over metaal. Ze negeerde het. Ze had immers buikpijn en die pijn was een mix van wanhoop en teleurstelling. Er waren geen helden waar ze op kon rekenen en Andras zat op een plek die ze onmogelijk terug kon vinden. En nu haar kans om hem te vinden steeds verder wegdreef, vervaagde ook haar liefdevolle verlangen om een mens te zijn.

Ze geeuwde flink – wat had ze anders te doen?

Misschien moest ik maar eens flink lang gaan slapen, ik voel me zo verrekte moe, dacht ze. *Ik blijf op dit bankstel tot mijn lichaam oud en stijf geworden is en het levende systeem mij komt halen. Laat het dan maar zo zijn. Oh, ik ben een totale mislukking. Dat krijg je ervan als je het plannen, berekenen en organiseren zomaar laat vliegen.*

Ze draaide op haar rug en liet haar kop over de rand omlaag bungelen. De ruimte was donker en dat stelde haar in staat na te denken. Duisternis was leegte, een ruimte waarin niet veel gebeurde, zodat ze haar brein kon laten rusten. Alleen in duisternis kon haar brein ontspannen. Het deed haar denken aan de ontelbare momenten dat ze op het dak van haar laboratorium in de nachtelijke uren op de meest ingenieuze zaken was gekomen. Duisternis gaf ruimte om te ontdekken.

Zoals ze nu ondersteboven de wold om haar heen bekeek, kreeg ze een vreemd beeld van het archief en de gigantische machine die ze tussen de kasten door kon zien. Op de een of andere manier leek het haar of zijn kopse kant iets weg had van een gezicht. Niet direct een mensengezicht, maar er waren bepaalde elementen samengegroeid die met een beetje fantasie zomaar een gezicht zouden kunnen vormen.

Voor het gemakt draaide ze op haar buik. *Vlamstralen, wat fijn dat er toch nog iets is waar ik mijn weetkundige brein op kan loslaten,* dacht ze. *Zoveel mechaniek bijeen heeft duidelijk een functie, maar waarvoor? Dit apparaat zit te fraai in elkaar om alleen maar een stookketel te zijn voor het warm houden van dit pand. Ook voor het vernietigen van papierwerk is het systeem veel te complex.*

Bedachtzaam sprong ze van het bankstel, liep naar de machine en ging er recht voor staan, met haar staart kaarsrecht omhoog. *Hij moet een keer worden opgestart.* Ze schrok er weer van hoe automatisch die gedachte zich opdrong.

Ergens kraste er iets over het metaal van het apparaat. Ze besloot te ontdekken waar het precies vandaan kwam en rustig liep ze rond de machine.

Opstarten? Er is hier al een tijd niemand geweest om je op te starten. Je bent een eenzaam ding en je hebt mijn hulp nodig? Is dat waarom wij met elkaar verbonden raakten? Laat maar eens iets zien, beweeg dan, druppend drukvat.

Buiten zoefden windvlagen over het dak en daardoor leek het of de machine ademhaalde, diepe teugen in en uit. Ze smulde van zijn perfectie, zoals alles in elkaar stak en geen onderdeel teveel of onregelmatig was. Het was een kunstwerk dat met precisie, liefde en monnikenwerk in elkaar gezet was, net zoals zijzelf haar eigen weetkundige opstellingen zou uitvoeren. Ze zag het al voor zich, hoe alle uitvinders hier uitzinnig door het archief renden om deze machine tot leven te wekken. Er moesten tientallen arbeiders, ingenieurs en uitvinders in het grootste geheim aan hebben meegewerkt, want dit ding kon niemand alleen in elkaar hebben gesleuteld.

"Heerlijk," zei ze hardop, "een systeem naar mijn hart. De werking zal er sensationeel uit hebben gezien, want hij zit vol techniek die graag in beweging is. Het zal voor spektakel hebben gezorgd en deze archieftoren ongetwijfeld op zijn grondvesten hebben doen schudden. Zoals het hoort. Opstellingen dienen zo te gonzen van ongekende energie dat menigeen het ervan in de broek doet. Oorverdovend stampend, denderend, machtig mooi."

Er kraste weer iets tegen het metaal. Nageltjes van iets wat graag naar buiten wilde.

"Je kunt klagen wat je wilt, maar dan moet je wel bekennen wat je hier doet," zei ze.

Het was alsof de machine naar haar loerde. Kalm liet ze haar poot erop neerkomen, en dat kriebelde. Meteen was er weer die tinteling in haar klauw, dat gevoel van verbinding. Met gemak kon ze wegzakken in een mooie droom, als het geluid van het gekras haar maar niet afleidde.

Nu hoorde ze het goed. Dat geluid kwam ergens van achter in de machine, aan zijn uiteinde, meters verderop. Ze liet de machine los en liep rechtsom naar achteren, waarbij ze zich ondertussen vergaapte aan al het mooie koper en houtsnijwerk – er was nog zoveel wat ze bestuderen moest aan dit ding. De gigantische houten trommel in het achterstuk viel haar nu pas op. Die was zo groot dat hij boven het apparaat uitstak en leek nog het meeste op een rad van een watermolen. Iemand had hier op primitieve wijze iets aan deze machine toegevoegd wat overduidelijk niets met het originele ontwerp te maken had. Dit was eenvoudig in elkaar geknutseld.

Het is wanstaltig knutselwerk en ik hou daar niet van, want dat is nooit bedoeld om te verduren. Wat een verminking. Op deze manier had ik het zelf nooit gedaan.

Op ooghoogte zag ze een grijs deurtje in de zijkant, en achter dat deurtje hoorde ze dat krassende snerpende geluid van nageltjes. Iets wilde heel graag naar buiten. Nou had ze vandaag al eerder aan een deur gehangen en toen volgde er enorm veel water. Ditmaal voorzag ze een ander soort stortvloed die naar buiten zou golven zodra ze die deur opende.

14
Hereniging

Van achter de dikke linde keken de jongens en Jinasum in de richting van het hoofdkwartier, naar de persoon die zich er ophield en aan het poorthek rammelde.

"Ik had het hek afgesloten," zei Arak en hij trok de sleutelbos tevoorschijn.

"Handig, Ar," zei Ileas.

Nogal schichtig keek de onbekende rond en stak toen de Lindelaan over, in de richting van de herberg Mikkel en Moes. Daarbij varieerde zijn lengte meerdere malen, alsof hij het niet eens kon worden wie hij op dat moment wilde zijn.

"Dat is onze beste Rudarg Klats met zijn mechanische toverbenen," zei Arak.

"Onze beste Rudarg heeft zo te zien ook zijn Maark nog. Waarom zou hij anders bij het hoofdkwartier rondhangen?" zei Ileas.

"Net als ons is het deze man duidelijk niet gelukt," zei Jinasum.

"Man? Hij is toch gewoon een dwerg?" vroeg Arak aan niemand in het bijzonder. "Een stalen harnasje en zo'n stenen hamer zouden hem goed staan."

"Als je dat tegen hem zegt zal hij je ongetwijfeld tot moes slaan, met of zonder hamer," zei Jinasum.

"Hij zal het makkelijk hebben met zijn lengte. Met ingeschoven benen kun je handig zakkenrollen, en als je over een menigte heen wilt kijken, schuif je jezelf uit."

"Als klein mens heeft hij het in deze wold niet eenvoudig."

"Ach, welja. En hij praat ook dwergs, heb je dat gehoord?"

Ze zei: "Dwergs bestaat niet."

"En dat weet jij natuurlijk ook."

"Ik kom van beneden en dan vang je nog wel eens iets op over dwergen en hun taal. Wat hij spreekt is allesbehalve Dwaargs."

"En Dwaargs is wel een woord?"

"Hij spreekt eerder een taal van hierboven," zei ze.

"Nou ja, wat dan ook; ik blijf hem maar een rare vinden," zei Arak. "Die knakker heeft mij anders wel op een idee gebracht: eten."

Jinasum trok ineens een bezorgde blik en Arak maakte daaruit op dat ze geen geld had om ergens te gaan eten. "Geen zorgen," zei hij.

Ze zei meteen: "Als je het maar laat om eten te stelen!"

"Waar zie je ons voor aan?" zei Arak, onschuldig met zijn handen tegen zijn borst aan. "Ileas en ik bestellen iets en dan eet jij met ons mee. In een beetje herberg wordt er meestal overdadig geserveerd."

"Als er dan maar iets van groenten bij zit. Daar heb ik enorme trek in."

"Dat zullen we speciaal voor jou…" Arak werd afgeleid door Rudarg, die op dat moment de Pinus Oldenkaesstraat inliep en de herberg links liet liggen. "Zo te zien heeft hij toch andere plannen."

Ileas zei: "Laten we hem volgen."

Het drietal stak de Lindelaan over en ze volgden de kleine man de zijstraat in. Rudarg was al uit beeld, alleen zijn schaduw gleed door een achterdeur de herberg binnen. Een metalen deur drensde achter hem dicht en met een zwaar geluid schoof binnen een grendel op zijn plek.

"Hij is er toch naar binnen gegaan, alleen via een ongebruikelijke ingang." Arak nam de leiding en stapte op de metalen deur af. Hij klopte aan en wachtte geduldig.

Een diafragmaluikje opende zich met een vlijmscherp geluid en precies in het midden verscheen een oog. "Ja?" zei iemand op verwelkomende toon.

"Wij wensen uw herberg te betreden," zei Arak.

"Zo, zo," zei de stem. "Jullie lijken mij nog een beetje jong."

De jongens staken gelijktijdig hun rechterhand op. Hun doeken en banden waren een beetje doortrokken van bloed en pus. Dit gebaar werkte wonderbaarlijk, want het diafragma sloot, en de deur werd ontgrendeld en geopend. Binnen stond een vrouw in een strakke gouden jurk. Ze gebaarde de drie binnen te komen.

Arak fluisterde tegen zijn vriend: "Ze laten je alleen binnen als je een echte man bent."

Ileas bromde.

De drie betraden de schemerig verlichte herberg via de minder gebruikelijke ingang. De vrouw schuifelde voor de jongens en Jinasum uit door de smalle gang, die eindigde bij een velours gordijn. Zodra ze die open schoof, begon het hart van Arak heviger te kloppen.

Er bevond zich daar een glanzende ruimte van donker marmer. Overal zaten mensen comfortabel onderuitgezakt op ruime stoelen en op witte kussens en verbonden zich door middel van hun aangehechte M-kliksieraden met hun stenen omgeving, terwijl modderige tentakels kronkelend en ratelend over hun ontblote lichaamsdelen gleden. Er werd de nodige Klap Tok-tabak gerookt en op de achtergrond klonk zachte zoemende muziek. Hier en daar zweefden sliertige lichtkwallen door de ruimte, die de sfeer nog dromeriger maakten dan hij al was. Niemand sprak, of had oog voor de veel te jonge mensen die zojuist de ruimte betreden hadden.

Araks rechterhand rees vanzelf een stukje en het was alsof de wold aan hem trok, hem wilde hebben. Hij mompelde: "Vrijwillige hereniging met het levende systeem."

Er passeerde een klant, nog volledig in trance verkerend. Zijn ontblote bovenlijf was bezweet en hij had een mechanorganisch ding op zijn achterhoofd. Zodra hij de ruimte verliet, hing een andere vrouw een dikke kamerjas over zijn schouders en dekte zijn M-klik op zijn achterhoofd af met de kap.

"Wat mag dit voorstellen? Dit heb ik nog nooit eerder gezien," zei Arak. Wel had hij eerder mensen met een aangehecht toestelletje gezien, maar hij was altijd in de veronderstelling geweest dat M-klik puur sier was, een modegril, net als de pruiken in Zuriel. Nu werd hem duidelijk dat je met M-klik jezelf kon verbinden met het systeem. *Waarvoor?* Hij zocht steun aan het touwtje met knopen in zijn jaszak en liet het door zijn vingers glijden. Af en toe wikkelde hij het rond zijn vingertoppen. "Mechanisten," stamelde hij.

"Dat zeg je gelukkig zacht genoeg," zei de vrouw, terwijl ze haar vinger met een ontzettend lange nagel afkeurend heen en weer bewoog. "Deze mensen verbinden zich vrijwillig met het systeem, terwijl een mechanist een mislukking is. Een mechanist is een verdoemde, die nooit volledig herenigd is geraakt en daardoor half mechanisch geworden is. De ziel is vaak wel al gedeeltelijk overgegaan. Ook het levende systeem heeft zijn voorkeur, en blijkbaar geen behoefte aan bepaalde mensen. Mechanisten ontwijk ik meteen als ik ze tegen het lijf loop."

"Vertel mij wat," zeiden de drie vrijwel gelijktijdig.

"De mensen die je hier ziet, zijn welgesteld, veelal uit een gefortuneerd milieu. Hun aanhangsels zijn tot een kunstvorm verheven en veel meer dan mechaniekjes. Het zijn mechanorganische sieraden, zo mooi als ze zijn. Kijk maar."

"Waarom maken ze verbinding?" vroeg Jinasum.

"Jullie weten er nog weinig van." Ze glimlachte even en sprak geduldig verder. "Omdat ze het prettig vinden. Hier zorgen we ervoor dat mensen zich op een veilige manier met het systeem verbinden zonder zich er volledig mee te herenigen."

Jinasum keek wat beteuterd naar haar rechterhand.

"Iedereen met een Maark kan verbinding maken, er zijn ook mensen die zelf magische symbolen hebben laten aanbrengen, en met M-klik kan het. Verbinden bezorgt hun een plezierig moment; willen jullie een plezierig moment?"

"Eh, ik, eh..." zei Ileas.

"De eerste keer is altijd een spannende ervaring, het is best... opwindend."

"Waarom word je niet volledig herenigd als je verbinding maakt?" vroeg Arak.

"Het levende systeem is geen monster en zal je niet verslinden. Als je er lief tegen bent, krijg je die liefde terug. Met zilverzand is de verbinding in toom te houden en blijft het slechts bij een korte hereniging. Een verbinding schuwt zilverzand en zal zich meteen terugtrekken.

Dan keer je terug in de werkelijke wold, vol van mooie nieuwe ervaringen."

"Zilverzand?" vroeg Arak.

"Ja, van de zilverberg. Ach, zal ik iemand erbij halen die jullie kan introduceren?"

"Nou, eh..." Arak draaide onzeker op zijn hakken en wist even niet waar hij kijken moest.

"Dramrg garlargers, kijk es aan." Rudarg Klats kwam de hoek van de ruimte om gelopen, hij had zijn jas al uitgedaan. "Dacht al bekende stemmen te horen. Da 'k jullie hier tref. Jullie *zaken* zijn zeker ook onvruchtbaar geweest, hè?" Hij gaf een kort knikje naar de rechterhand van Arak. "Had eigenlijk verwacht dat het jullie lukken zou, zo sluder als jullie overkomen," grapte hij. Toen merkte hij dat ze een beetje beteuterd naar de ruimte stonden te kijken. "Hier worden veel *zaken* gedaan, geloof mij. Zin?"

"Nee... dit ken ik niet," zei Ileas.

"Wij hebben ons nooit eerder..." zei Arak.

"Allou, je weet niet wat je mist. Ochdanno het is aan een ieder om te beslissen."

"Waarom doe je dit?" vroeg Jinasum.

Rudarg lachte beduusd om haar directe vraag en wreef over zijn onafgedekte Maark. Hij stroopte zijn mouw op en onthulde zijn arm, die vol tekens zat. Krullen en symbolen in diverse kleuren liepen zelfs onder zijn mouw verder, waaruit viel op te maken dat zijn volledige lichaam wellicht een kustwerkje was. "Ik heb soms een hereniging nodig."

"Je bent verslaafd?" vroeg Jinasum.

"Ik ben een slaaf." Weer lachte Rudarg nogal onzeker. "Een slaaf van dit levende systeem, zoals wij allen. Met dradvram magie ben ik ooit behekst," – hij spuwde op de vloer – "waardoor ik mietsie klein geworden ben. Vervelend genoeg heb ik dan weer magie nodig in de vorm van tekens om de oekele pijn te verdrijven. De beheksing is een te krachtige magie, die nooit meer uit mijn bundar verdwijnt. De pijn aan het idee dat ik ooit een mens van normale omvang was en de pijn aan het verlies van een hoop dingen nemen af als 'k mijzelf herenig. Half uurtje bevrijding voor mijn froemzalige brein."

Arak zag dat de blik van de kleine man op hem bleef rusten.

" 'k Zie het verlangen in je ogen. Had ik ook de eerste maal," zei Rudarg. "Je ben d'r een met pit, dat had ik meteen gezien tijdens onze eerste ontmoeting."

Ileas zei: "Geen sprake van. Nu niet, straks niet, nooit, Ar!"

"Nou," zei Arak afwezig.

Rudarg lachte hartelijk. "Arch, voorzichtigheid kan geen kwaad, 'k begrijp je. En jullie zijn zo jong nog. Ik wil je een gift aanbieden." Rudarg duwde Arak een flesje in zijn hand. "Neem dit als teken van onze vriendschap."

Vriendschap? Arak hield het flesje omhoog. Het was klein, zat afgesloten met was en een kurk, en bevatte een zilverachtig glimmend poeder, dat zelfs een beetje licht gaf. "Dit is... zilverzand."

"Kraghnash, stop het maar snel weg, voor je vriend je op andere gedachten brengt."

Met een gevoel van schaamte liet Arak het flesje langzaam in zijn jaszak glijden. Hoe had hij deze oprechte man daarstraks nog een dwerg kunnen noemen? Als hij ooit de kans kreeg zou hij zich verontschuldigen, en hij gaf hem alvast een dankbaar knikje.

Een vrouw in een eenvoudige jurk met een schort voor betrad de ruimte en zei: "Ik krijg het idee dat deze jonge mensen alleen iets willen eten."

"Wellicht hebben ze na het eten nog zin in iets meer," zei de vrouw in de gouden jurk en ze lachte. "Probeer het eens. Het kan je diepste leed wegnemen."

Bij die woorden betrad Arak slaafs de ruimte en wreef ondertussen zachtjes over zijn Maark. *Het ziet er tamelijk beheerst uit. Wellicht zal het ook mijn zorgen wegnemen. Hoe zou het zijn om verbinding te maken met deze nieuwe, onontdekte wold?* Hij keek weer naar de aanwezigen en hun mechanorganische aanhangsels. Het zag er idioot uit, belachelijk, het kon niet. Hij schrok op uit zijn waandenkbeelden. *Wat een krankzinnig idee om nu al te denken aan een hereniging!*

"Het kan je ook dromen bezorgen," fluisterde de vrouw plagend in zijn oor.

"Dat moet geweldig zijn!" Arak voelde zich overtuigd en liep nog een paar passen de marmeren ruimte door, toen Ileas hem terugtrok.

"Wij hebben nogal wat om over na te denken en te bespreken," zei hij. "En dat kan niet op een lege maag."

"Verstandige vriend heb jij," zei de vrouw, en ze leidde alleen Rudarg naar zijn plek.

Rudarg zwaaide nog even en zei: "'k Zie jullie garlargers hoogstwaarschijnlijk zo. We hebben immers *zaken* te bespreken."

Arak knikte instemmend en tegen zijn vriend zei hij: "Je hebt gelijk."

Ileas bleef hem nog even heel indringend aankijken, met een blik die naar iets zocht, maar het blijkbaar niet vinden kon. Hij draaide zich om en Arak volgde hem de ruimte uit. In zijn jaszak liet hij het flesje zilverzand door zijn vingers rollen.

15
DE VLOEK VAN VIER

Via een kronkelende gang betraden de jongens en Jinasum het normale gedeelte van de herberg aan de voorzijde. Dat was standaard ingericht, met eenvoudige houten stoelen, tafels, en kandelaren aan het plafond. Zelfs aan de rokerige sfeer was gedacht. Alles was eraan gedaan om de indruk weg te nemen dat zich een gang verderop een curieuze ruimte bevond waar mensen aan hun verslaving toegaven.

Slechts een handjevol bezoekers zat verspreid door de ruimte; niet verwonderlijk op dit nachtelijk tijdstip. Links achterin werd een spelletje Y gespeeld en achter de toog poetste de waard traag zijn mokken, want dat was het enige wat je als waard hoefde te doen, naast het geld van de klanten in ontvangst nemen.

"Ik ben Kabibe," zei de vrouw die hen daarheen geleid had. "Neem deze tafel, dan zal ik jullie eten bezorgen. Jullie kunnen zo te zien een drendie verslinden, zo hongerig als jullie eruit zien. Dat komt goed uit, want ik serveer het beste eten in de regio." Het was een temperamentvolle vrouw en haar donkere ogen straalden een kracht uit waarmee ze de waard achter de toog weer tot leven wekte. Meteen schoot hij in actie en begon druk de glazen te wassen, met een ongemakkelijke grijns op zijn gezicht. Daarna dwong ze hem met weer die strenge blik naar de keuken.

"Ik ben de eigenaresse van deze gelegenheid," zei Kabibe met een mooie glimlach, en ze liep weg om de andere klanten te bedienen.

Ileas en Arak namen aan een smalle tafel tegenover elkaar plaats en Jinasum ging aan het hoofd zitten. Ze staken er nauwelijks boven uit en hun benen zaten elkaar danig in de weg. Al snel verzonken ze in een stilzwijgen.

Alles is opeens zo gecompliceerd geworden, dacht Arak. Zijn hoofd voelde zwaar en hij had behoefte aan eten en slapen. Er trokken steken door zijn hand en arm, maar anders ditmaal.

Verrekte Maark.

Het duurde even voor er opgediend werd, zodat hij de tijd had om onder tafel de linnen band van zijn rechterhand af te wikkelen. Het litteken bobbelde onder zijn vingers toen hij er langzaam en zachtjes overheen wreef. Het reageerde op zijn aanraking: heel even kronkelden de symbolen, wat aanvoelde alsof er mieren onder zijn huid marcheerden.

Het magische symbool leeft.

De magie had zich een weg gevreten tot op zijn vingerbotjes en kroop steeds een stukje dieper en hoger, zodat hij hem uiteindelijk in zijn ziel zou raken. *Vandaag neemt de magie mijn arm, dan mijn schouder, gevolgd door mijn nek en mijn brein als laatste. Dan zal ik volledig krankzinnig worden en mijzelf nog meer kwaad aandoen.*

Langzaam kneep hij zijn hand tot een vuist, klemde zijn kaken op elkaar en gromde. Na een blik recht in de holle ogen van Ileas voelde hij dat hij iets moest zeggen. "Het heeft me uitgeput, ik voel me waardeloos, alsof mijn motivatie spontaan gevlucht is naar een aangenamer oord."

"We zijn in een nachtmerrie beland, geloof me," zei Ileas.

"Geen idee wat je bedoelt," zei Arak.

"Hoezo niet?" vroeg Jinasum.

Arak sputterde en zei: "Omdat ik niet kan dromen, nooit gedaan voor zover ik weet. Dus ik heb geen idee wat een nachtmerrie is."

"Zoals dit nu is, zo is een nachtmerrie," zei ze.

Ileas schudde bezwaard zijn hoofd en bonkte op tafel. "Ik voel me zo ontzettend stom."

Jinasum snoof. "Jullie houden er wel van om jezelf schuld aan te praten. Hou toch eens op."

Arak zei: "De dag dat wij onze Maark kregen, waren wij een beetje onstuimig, en in een vlaag van pure baldadigheid hadden wij twee vredebewaarders overvallen."

"Hoe wanhopig kun je zijn," zei ze lachend. "Dan begrijp ik waarom je jezelf stom vindt."

"We hadden hun kostuums buitgemaakt en hen in een wagen van een karavaan laten afvoeren. Dwaas als wij waren trokken we hun gildekostuums aan en deden ons voor als de vredebewaarders die de dief Fromus Klymstreat hadden ingerekend. Zonder erop te rekenen dat de bewoners van de wijk Halimot er zo blij mee waren dat ze ons als echte helden gingen beschouwen. Er werd een feest gehouden, met ons als eregasten. Tot wij ontmaskerd werden."

"De rest kun je zelf invullen," zei Ileas.

Ze moest lachen. Eerlijk gezegd had Arak verwacht dat ze nu het verhaal op tafel zou leggen hoe zij aan haar Maark gekomen was, maar ze beet alleen peinzend op haar onderlip, terwijl ze over haar rechterhand wreef.

"Stom: ja, terechte straf: nee," zei ze. "Wij zijn onstuimig en dat hoor je te zijn als je jong bent."

Arak leunde gemakkelijk achterover en zei: "Rechter Zoren bewonderde trouwens wel ons talent. Vredebewaarders zijn altijd goed georganiseerde en getrainde gezellen, en het is ons gelukt die te overmeesteren. Op zo'n niveau zitten wij inmiddels: handig, slim, dapper, beter dan vredebewaarders."

Ze geeuwde. "Sorry, komt door de honger."

Kabibe smakte drie bierpijpen op tafel en zei: "Jullie zullen wel dorst hebben."

Arak zei: "Dat is erg attent van je, maar voor het eten zat ik te denken aan een heerlijke wijn."

Kabibe trok haar wenkbrauwen op en zei: "Werkelijk? Hebben jullie geld te verbrassen?"

"Doe maar iets lekkers." Arak knikte, hij wist exact wat hij deed. Wijn betekende immers een grote uitdaging voor Ileas. Hij wachtte af.

"Iets lekkers." Kabibe verdween en kwam kort daarna terug met een paar glazen en een wijnfles. Behendig verwijderde ze de was, wrong de kurk eruit, schonk in en hield het glas omhoog. "Wie heeft de eer om voor te proeven?"

Arak knikte naar Ileas. "Ruik jij eens waar we hier mee te maken hebben."

Ileas zette zijn neus over de rand van het glas, sloot zijn ogen en ademde diep in. "Ah, ik ruik een diepzinnige geur. Een streek die ver hiervandaan ligt, de Mistroosten, waar de druiven lang van Luza kunnen genieten omdat de gaarden hoog op de daken van de bouwsels liggen. Er zit een vleugje frambraam in en als ik dieper ruik merk ik een dampend bos als in Gesmér."

Fronsend bekeek Kabibe het handgeschreven etiket van de wijnfles en zei: "Deze wijn komt van het westen: de Halmstreek om precies te zijn, en hij heeft een droge afdronk met een vleugje aardbes."

Met een brede glimlach op zijn gezicht keek Ileas haar aan en zei: "Oh?"

Arak knikte naar Kabibe dat het goed was, waarna ze de glazen volschonk en de fles op tafel achterliet. Ze werd bij een andere tafel geroepen.

De jongens schoten in de lach zodra ze weg was en die lach was precies wat Arak wilde zien.

Ileas zei tegen Jinasum: "De geur die ik rook was van de wijn die gisteren in dit glas gezeten heeft. Deze wijn is afkomstig van Huize Vleek. Perfecte wijn als je het mij vraagt."

"Opschepper." Arak verbaasde zich telkens weer over het reukvermogen van zijn vriend. Dat hij zoveel geuren kon herkennen en onthouden was fenomenaal. Ergens in zijn hoofd was blijkbaar een apart stukje hersenen uit zijn verband gegroeid voor zijn bijzondere gave.

Intussen waren er twee mannen binnengekomen en aan de toog gaan staan, of eigenlijk een beetje nonchalant ongepast gaan hangen. Ze droegen een keurig paarskleurig kostuum met bijpassende cape en hoed. Een van hen bekeek de ruimte inspecterend.

Kabibe kwam de keuken uitgelopen met het dienblad vol dampend eten: gerookte worst, stevige rode soep, versgebakken brood, aardwortelen, mals vlees en groenten. Ze nam de mannen aan de toog snel op en serveerde daarna het eten. Dit beviel het jonge gezelschap goed en ze vielen direct aan. Er werd gekloven, geslurpt, gekauwd en geen woord gesproken.

Toen ze zo een tijdje hun buiken vol zaten te eten, schoof Kabibe onverwachts aan en zei: "Ik weet wat er werkelijk met jullie gilde aan de hand is."

"Oh, echt?" Ileas verschool zijn gezicht achter zijn wijnglas.

Ze boog voorover, om te voorkomen dat er nieuwsgierige oren in de herberg mee zouden luisteren, want die waren er beslist. Ze zei zacht: "Als je beste klanten opeens wegblijven is er serieus iets mis. Mogelijk verkiezen ze een andere herberg, maar aangezien ik de enige in de wijde omtrek ben die echt bier en echt vlees serveert, is dat uitgesloten. Daarnaast hebben wij als een van de weinigen een vermaakruimte, en Moed en Daad en Mikkel en Moes hadden al jaren een goede overeenkomst. Dan blijft er maar één conclusie over: de klanten zijn gewoon weg. De avontuurlijke verhalen over geslaagde missies bereikten allang deze deuren niet meer, zodat we het moesten doen met de tirade van Rinus die zijn sierlijk bewerkte houten klomp gebroken had, en niet te vergeten de wisselvalligheid van het weer, of de zogenaamde onlusten in streken die niemand kent. Ik mis de verhalen van moed en daadkracht."

Arak knikte beschroomd en zei: "Je hebt gelijk."

"Ik weet zeker dat het avontuur voor jullie nooit lang op zich laat wachten. Mag ik nog een onbeleefde vraag stellen?"

De jongens knikten haast synchroon.

"De Maark op jullie handen..."

Ileas verslikte zich in zijn wijn.

Arak boog voorover en zei zachtjes tegen haar: "Ons is een kans geboden iets goeds te doen voor de gemeenschap, en ik beschouw het als een eer om dat voor ons gilde te mogen doen."

Kabibe keek boos en zei: "Het is wreed om iemand een Maark te geven, zeker op jullie leeftijd. Als ik in jullie ogen kijk, zie ik gewoon dat het een veel te zware straf is. Waarom hebben jullie dat laten gebeuren?" Voorzichtig pakte ze Jinasums hand. "Het moet je vreselijke pijn bezorgen."

Jinasum knikte.

Kabibe zei: "Het is walgelijk gemakzuchtig. Wat jullie ook gedaan mogen hebben, ik steun jullie in de taak die je te wachten staat." Ze knikte oprecht en uiteraard hoopte ze dat alles weer goed kwam met Moed en Daad, omdat ze altijd meer klanten gebruiken kon.

Met een zorgeloos air leunde Arak achterover in zijn stoel. "We zullen onze *straf* redelijk snel aflossen, daar ben ik van overtuigd."

"Doe het vooral met je verstand. Ik ga jullie helaas alleen laten, want wie hulp biedt aan maarkdragers wordt vaak met de nek aangekeken." Ze stond op en liep naar een andere tafel.

"We betekenen graag iets voor de gemeenschap," zei Ileas haar achterna.

De twee mannen aan de toog schoten in de lach.

"Hoe denk je dat te doen als veroordeelde, als je een Maark bezit?" zei één van hen. Hij had zich naar hen toegedraaid en had duidelijk staan luisteren.

De man naast hem draaide zich met een overdreven beweging om, waarbij zijn cape een wijde boog beschreef door de lucht, om vervolgens weer samen te vallen met de rest van zijn smetteloze kostuum. Dat was gemaakt van paars velours, afgezet met een fraai randje van crèmekleurig bont. De man links had een strak getrimde snor, waarvan de punten in een krul eindigden. Hij deed Arak denken aan een varkensstaart. De ander had enorme tanden, die ook nog eens ver naar voren stonden, als bij een drendie. Grootsheid was het woord dat bij Arak opkwam, en verwaandheid, want dat was wat de mannen uitstraalden.

Veroordeelden, herhaalde hij in zijn hoofd. Die opmerking moest hij nog tot zich laten doordringen, waardoor hij misschien iets te onstuimig zei: "Wij zijn bereid ons leven te beteren en grijpen elke kans met beide handen aan. Daar moeten jullie toch respect voor hebben?"

"Voor een goede daad moet je lef hebben," zei de andere man smalend.

"Inderdaad, en een verkleedpartij helpt niet," zei Jinasum.

Arak moest om haar opmerking lachen. Ze had pit.

De gezichten van de mannen betrokken tot donderwolken en met een paar grote passen stonden ze aan hun tafel. Bij nader inzien bleken ze pas een jaar of twintig, zo niet jonger.

"Jij wilt iets zeggen over mijn kleding, terwijl je zelf blijkbaar geen spiegel bezit om af toe eens een blik in te werpen," zei de man met de snor. "Je ziet eruit alsof je in het riool leeft."

Hun voorkomen bracht bij Arak het zuur naar boven.

Ileas nam nog een hap en spoelde hem weg met een slok wijn. "Mijn eten smaakt ineens een stuk minder lekker. Heb jij dat ook, Arak?"

"Ik dacht voor een moment dat ik die worst in mijn maag weer hoorde praten," antwoordde deze.

"Is dat slechte adem wat ik ruik? Dat is toch wel het laatste wat je wilt hebben," zei Jinasum.

"Ha, ha, jolig stel. Ik zou me grote zorgen maken als Maarkdrager," zei de snordrager.

Drie handen met een Maark verdwenen onder tafel.

De tandenman zei: "Ik begrijp het wel hoor, zo jong als jullie zijn, zo naïef. Maar bedenk wel dat het uitvoeren van een taakstraf voorbereiding en planning vergt. Een taak wordt meestal alleen gedaan door goedgetrainde en welgeorganiseerde mensen als wij."

De man met de snor hield zijn bierpijp op, zijn maat tikte de zijne ertegenaan en ze dronken.

Arak zei: "Misschien moeten wij jullie bevrijden van die gedachte, want laatst nog hebben wij eigenhandig met twee goedgetrainde en welgeorganiseerde mannen afgerekend. Dus ik zou een beetje op je woorden letten." Hij was erbij gaan staan, hoewel hij eigenlijk geen zin had in een handgemeen. Daarom wachtte hij even en liet vervolgens een scheet. "Laat het gaan."

Ileas, Jinasum en Arak schaterden het uit. De wijn had hen flink los gemaakt.

"Wat brengt jullie in een eenvoudige herberg als deze? Zijn jullie dan zo laag gevallen met jullie mooie pakkies?" zei Jinasum.

De twee mannen begonnen met de vuisten op tafel te leunen en bogen voorover. Ze keken in drie lachende gezichten.

Een van de mannen zei: "Jaloezie valt altijd meteen op. Jij hebt waarschijnlijk in je armetierige bestaan nog nooit van een goed leven geproefd. Anders had je wel beter geweten."

"Het is maar net waar je denkt dat het geluk zit," zei Jinasum.

De ander boog nog verder voorover en zei: "Jullie hebben blijkbaar weinig geluk in je leven."

Je hebt geen flauw idee. Arak verstijfde en kneep zijn wijnglas kapot.

Ileas schoot overeind. "Arak!" Zijn stem piepte. Hij legde zijn hand op Araks schouder.

Een van de mannen kwam weer overeind en zei luchtig: "Laat het gaan, jongens. Ik, Stefanis, ben afgezant van Emperio, het broederschap der goedbedoelde dingen. Doil uth des."

"Nou en?" zei Jinasum.

De laatste woorden van Stefanis waren in een taal die Arak al tijden niet gehoord had. Alleen in een verre streek, waar de dagen lang en warm waren, had hij deze taal voorbij horen komen. Zoals de man sprak klonk hij als zeer onderlegd, hoewel Arak van zijn woorden walgde. 'Doil uth des' betekende zoiets als: ik geef, opdat jij geve. *Als je iets geeft hoeft daar niet iets tegenover te staan.*

De andere man zei: "Wij zijn hier voor de uitbreiding van ons district en we gaan daarvoor vriendschappelijke overeenkomsten aan met alle vredesgilden. De wijk Taren hiernaast valt al volledig onder ons bewind en zo te zien kunnen ze in Kromwyl ook de nodige sturing gebruiken."

"Deze wijk is prima op orde," zei Jinasum.

"We hebben gezocht naar het verantwoordelijke vredesgilde, maar dat is hier nergens te bekennen. Waarschijnlijk is het al ter ziele, en dat betekent voor ons een eenvoudige kans om ook in deze wijk orde op zaken te stellen; onze veldheer Draghadis zal trots zijn. Als één grote organisatie is het behouden van de vrede vele malen gemakkelijker dan met al die losse vredesgilden. Dat is gewoon niet meer van deze tijd. Wat jij, Stef?"

"Beslist helemaal met jou eens, Gid."

Arak zei: "Het bekrompen keurslijf van een vredesgilde past jullie uitstekend."

Stefanis zette zijn gelaarsde voet op de tafel en zei: "Elke zichzelf respecterende gezel bezit de gildesok als blijk van eer en waardigheid van zijn gilde." Hij trok zijn broekspijp op om een paarse sok met witte ruit en gouden stiksel te onthullen.

"Ach, dat moet een ramp zijn met wassen," zei Arak. "Voor je het weet komen ze roze uit de tobbe."

Stefanis zei onbewogen: "Het leven bij een vredesgilde is iets wat in je moet zitten, en dat geldt eigenlijk voor elk gilde waar je deel van uitmaakt. Het is zeker niet iets voor straatschoffies of eenvoudige dieven. Jullie Maark zal je weliswaar veranderen, maar toch: eens een schooier, altijd een schooier. Ha, ha, ha. Ik heb geen idee hoe jullie denken van je Maark af te komen, maar ik wens jullie leermeester het allerbeste. Wat hebben jullie voor taakstraf gekregen: strontveger bij de locale stallen, rioolontstoppers bij het waterschapsgilde, kantensteker in de staalovens? Ha, ha, ha."

"Wat jullie naar deze wijk brengen is bederf," zei Arak.

"Alleen maar orde," zei Stefanis. "En orde kan deze wold prima gebruiken."

"Orden eerst eens je snor maar, voor je deze wijk denkt te kunnen bezitten," zei Arak.

"Dat is geen snor," zei Ileas, "het lijkt wel een rattenstaart. Hi, hi. Blijft hij zo in de krul door je testosteron? Het lijkt er een beetje op dat je linkerkant..."

Stefanis sloeg zo hard met zijn vuist op tafel dat de borden en het bestek opsprongen. Het zag er naar uit dat hij nooit meer zou bedaren. Zijn bloed was duidelijk aan de kook geraakt en dat bezorgde hem rode vlekken in zijn nek en op zijn wangen. De roddel die hieraan gekoppeld de wold in zou gaan, zou ongetwijfeld reppen over de stoom die uit zijn oren kwam en de ongetemde vlammen die hij braakte.

Er werd op zijn schouder geklopt door Kabibe, die hem met een dodelijke blik aankeek. Haar uitpuilende ogen lieten hem niet los. Hij begreep haar boodschap, bedaarde en knikte. Terwijl ze steeds dichter in zijn buurt ging staan, graaide hij in zijn jaszak en haalde een paar rinkelende munten tevoorschijn.

"Laat mij zo vriendelijk zijn de drank te betalen." Vanaf enige hoogte liet Stefanis een muntje op tafel vallen, en een tweede volgde al snel. Na de derde dor verscheen er een gore grijns op zijn gezicht. Vinger voor vinger opende hij zijn hand volledig, zodat er nog een muntstuk naast de andere op tafel rolde. Vier muntstukken, vier!

De herberg raakte in een vacuüm van absolute stilte, waarin iedereen zelfs wenste dat zijn hart niet zo luid klonk. Niemand waagde het om de vloek van vier hardop te benoemen, en voor dit eenvoudige akkefietje ging het wel erg ver.

Het deed Arak weinig, want hij was ongevoelig voor dit soort lotsbepaling. Hij kreeg de indruk dat de macht de jongens naar het hoofd gestegen was, want wat ze deden was eerder roekeloos dan zinnig. Hij kon ze hun geestdrift vergeven omdat het hem deed denken aan zijn eigen streken.

Vlot draaide Stefanis zich om en vertrok, met zijn maat in zijn kielzog. Bij de buitendeur keek hij nog eenmaal om en riep: "Denken dat je van je Maark afkomt is een dwaze vorm van optimisme: het wordt jullie regelrechte dood. Is het je nooit verteld dat niemand zijn Maark kwijtraakt? Dat is het hele principe van de straf, zo zit de magie ervan in elkaar. De tijd tikt weg en daarna ga je dood, wat je ook probeert te doen."

Hij kletst!, dacht Arak. Toch maakte zijn maag een draai bij die woorden, en de grote berg eten die hij naar binnen had gewerkt dreigde in één worst weer naar buiten te komen.

Kabibe dwong de mannen met haar blik de deur uit, en keek hen na om zich ervan te verzekeren dat ze nooit meer terug zouden komen.

Met één hand veegde Arak de restjes van zijn bord, keerde het om en dekte de vier muntstukken af. De herberg kwam weer tot leven, alsof er niets gebeurd was.

Ileas en Jinasum sprongen van hun stoelen en snelden naar het dichtstbijzijnde venster. Arak volgde hen, en ze gluurden tussen de gehaakte gordijntjes door naar buiten. Voor de deur klommen de twee van Emperio met moeite op hun drendie, en ze reden op hun gemakje de Lindelaan uit zonder op of om te kijken.

"Hoe dom kun je zijn," zei Ileas, "om recht tegenover het hoofdkwartier van het vredesgilde dat je zoekt te zeggen dat je dat gilde niet vinden kunt?"

"Ze hebben flink gedronken en dat maakt ze zo te zien nog dommer dan ze al zijn," zei Arak.

Jinasum zei: "Ik heb dat soort mannen in het paars eerder gezien, dat heb ik je al verteld. Ze sluiten helemaal geen vriendschappelijke overeenkomsten, ze dwingen op hardhandige manier elk gilde zich bij hen aan te sluiten. En elk verweer, elke opstand tegen hun aanwezigheid wordt hardhandig de kop ingedrukt. Ze komen nu wel erg dicht bij ons in de buurt. We hebben geluk dat ze dom en bezopen genoeg zijn om ons hoofdkwartier voorbij te lopen, maar het zal niet lang meer duren voor ze te horen krijgen waar het werkelijk ligt."

"Zolang ze ons hoofdkwartier over het hoofd blijven zien is er niets aan de hand," zei Arak.

Ileas keek naar zijn Maark. "Er is wel iets aan de hand."

"Laat ze toch kletsen." Arak merkte hoeveel moeite het kostte om dat te zeggen. Ook bij hem bleven de laatste woorden van Stefanis in gedachten hangen. *Niemand komt van zijn Maark af, zo zit de magie ervan in elkaar.*

Hij zei tegen Ileas: "Wij gaan gewoon de geschiedenis in als de eersten wie het wél gelukt is van een Maark af te komen. Stel je voor hoeveel roddels en vreugdeliederen vol dapperheid dat zal opleveren." Hij betrapte zichzelf op de weinig overtuigende manier waarop hij dit zei.

Langzaam knikte Ileas met zijn hoofd. Hij wist het.

Arak zakte een beetje in elkaar. "Oh, Ileas. We zitten zo diep in de drendiedrek. Sorry dat ik je dit heb aangedaan."

"Dit is óns avontuur." Ileas' stem sloeg over, maar hij bleef dapper overeind. Hij wikkelde de verweerde lap van zijn Maark; het laatste laagje was verkleefd met de korstjes. Hij negeerde de pijn toen hij de lap lostrok. "Na morgen zullen wij onze goede daad verrichten en zal Moed en Daad worden herboren. Die gasten van Emperio gun ik gewoon het plezier niet."

Arak legde zonder aarzelen zijn rechterhand op die van Ileas. Jinasum wikkelde het groene band van haar rechterhand en ook zij legde de hand met haar Maark op die van de jongens. Hij voelde warm.

"Doe altijd datgene wat je bang bent te doen," zei Ileas.

Arak slikte moeizaam en kreeg kippenvel toen hij zijn vriend zijn eigen lijfspreuk hoorde zeggen.

16

SPREEK!

Dat metalen deurtje achterin de machine dus. Met gespitste oren en zwiepende staart ging Zeliska er languit voor liggen. Dat krassende geluid klonk zo wanhopig, ze voelde het haast over haar rug schuren. Deze machine was allesbehalve een levend organisme, en toch zat achterin iets van leven verstopt.

"Mew!" Haar kreet maakte het gekras alleen maar wilder.

Klapstangen, wat kan het zijn daar binnenin? Ze knorde wat en verzamelde al haar moed. Het deurtje bezat geen deurklink, alleen een koperen trekring. Ze schuifelde over de vloer dichterbij alsof ze een prooi besloop, kwam overeind, pakte de trekring beet en gaf een rukje aan het deurtje, dat na een lichte 'klik' helemaal openklapte door de druk van binnenuit.

Honderden ratten golfden naar buiten over haar heen.

Gruwel! Van schrik zwaaide ze met haar poten in het rond en stoof achteruit.

In een mum van tijd krioelde de archiefruimte van de beestjes, die snerpend door en over elkaar heen wegvluchtten. Ze zagen er mager en gehavend uit, met kale plekken en aangekoekte poep in hun vacht. Sommigen ratten schoten vlot door kleine openingen onder de kasten of zochten de duisternis op tussen de boeken. Anderen bleven versuft zitten voor ze besloten de rest te volgen. Er waren er ook bij die op hun dooie gemakje voorbij wandelden, alsof ze de dag doornamen.

Krijg het heen en weer, wat een chaotische bende. Vol afkeer had ze toe zitten kijken hoe de levendige stoet aan haar voorbij schoof. Uiteraard was ze gewend aan deze beestjes, aangezien ze ze regelmatig gebruikte bij haar experimenten, maar zoveel tegelijk overweldigde haar. Ze mocht van geluk spreken dat ratten niet zo slim waren om een gemeenschap te stichten die zich op de hoogte bracht van de experimenten in haar lab. Anders hadden ze haar beslist al die dode familieleden betaald gezet.

De geur van poep kwam uit de deuropening zetten. Zodra ze haar poten uitstak om het deurtje te sluiten, kropen er nog meer ratten uit de opening over haar heen, die met hun nageltjes in haar huid prikten.

Scheve calculaties, hoeveel van die krengen zitten er opgesloten?

Walgend trok ze zich weer terug en op veilige afstand bleef ze staan. Haar blik ging van het zojuist geopende deurtje naar het reusachtige houten loopwiel, dat een flink stuk boven de machine uit stak. "Zo te zien heb ik je aandrijving laten ontsnappen."

Op de rand naast het wiel stond een aantal kleipotten met kruimels, en ook de jutezakken zouden daar ongetwijfeld mee gevuld zijn.

Voer voor die ratten.

Door de consternatie met de ontsnappende beestjes was het houten loopwiel een klein beetje in beweging gekomen en dat bezorgde de machine een impuls. Vooraan lichtte hij zwakjes op.

Hij moet een keer worden opgestart, herhaalde ze in haar hoofd. Ze zag zo gauw geen andere mogelijkheid om haar wens in vervulling te laten gaan. De machine onttrok duidelijk nergens anders zijn energie aan, dus besloot ze de ratten achterna te gaan en weer te verzamelen in het loopwiel.

Dat werd een hele opgave, maar wat had ze anders te doen? Soms wist ze er meerdere tegelijk te grijpen en dat scheelde tijd. Sommige verlieten de machine in volle verwarring en die kon ze zo weer pakken. Een paar hadden het trapgat ontdekt, maar ook die wist ze in hun nekvel of aan de staart te grijpen voor ze de vrijheid tegemoet konden rennen. "Mewww," mompelde ze, terwijl ze een rat met haar klauw over de vloer rolde en op tijd weer greep voor hij er vandoor kon gaan.

Hoewel ze erg haar best deed vloog de tijd voorbij. Ze had het volledige archief al meerdere malen doorzocht, en toen in de ochtend een schamel licht door de witte vensters viel, zat de laatste rat op zijn plek. Deurtje dicht, klaar. Uit protest krabden de ratten nog harder dan eerst.

Even geduld, ik zal jullie eens goed verwennen.

Ze zette zich af en sprong op de rand van de machine, vlak naast de voorraadpotten en zakken met kruimels. De volledige inhoud van een zak kruimels smeet ze in een goot die langs het loopwiel liep.

Meteen stopte het gekras op het deurtje, om over te gaan in trippelend geluid van nageltjes op het hout. Langzaam kwam de gigantische trommel in beweging en al snel draaiden de ratten op een flink toerental.

Dit wanstaltige knutselding doet het nog ook! En het lijkt zelfs alsof dit ding nog niet zo heel lang geleden gedraaid heeft, zo soepel als het loopt. Ze gooide nog een paar flinke klauwen met kruimels in de goot. *Dat kan harder, jongens.*

De machine kwam tot leven.

Meerdere van zijn mechaniekjes bewogen opgewonden en het bedieningspaneel lichtte op, met hoogstens het licht van een kaars die bijna op was. Een machtige trilling gonsde door de houten vloer toen zijn zware tandwielen bovenop in beweging kwamen. Staalkabels spanden zich aan, buizen begonnen te trillen en aan alle kanten klonk geratel en gezoem.

Dampend sulfaat, Andras, ik wou dat je dit kon zien, het is geweldig.

Ze hupte euforisch naar de voorkant van de machine en keek van een afstandje toe hoe hij volledig tot leven kwam. *Wat heerlijk.*

Schotten verplaatsen zich en transformeerden de kopse kant tot iets wel heel erg herkenbaars. Oogleden gingen traag open en onthulden twee glazen bollen met iris en pupil. Een bijna menselijke blik keek haar aan.

"Spreek!" bulderde de machine.

17
CONTENTIMUS

Er was vuur, een ondraaglijke hitte brandde in op zijn huid. Een zelfde droom kwam geregeld voorbij, waarin Ileas door de sterke armen van zijn vader uit zijn bed werd getild. Ze moesten rennen voor hun leven, opgejaagd door wellustige vlammen die hun huis verteerden alsof het een eenvoudige maalbal was. Dromen waren vaak verdraaiingen van de werkelijkheid, met opgeklopt spektakel, afhankelijk van je gesteldheid. Toch was het merendeel hiervan de waarheid: het vuur, de dood. Er was toen geen water in de vorm van een dakmeer om het vuur te temmen.

Geleidelijk aan vervaagde zijn droom en ging over in de resterende vlammen van het haardvuur in de grote hal van het hoofdkwartier. Een sintel knapte. Terwijl hij de ruimte verkende, bleef zijn blik steeds vaker haken aan die akelige scherven van de teleurstelling die hem van een pijnlijke werkelijkheid bewust maakten.

Wat ga je nu doen, dief? Hij kwam overeind; de stem had zo dichtbij geklonken alsof iemand het recht in zijn oor zei. *Ik ben geen dief.*

Natuurlijk was er die pijn in zijn hand. Hij wreef over zijn Maark. Er lagen mensen om hem heen bij de lauwe haard en dat was nieuw voor hem. Normaal gesproken was het alleen Arak die in zijn buurt lag, en dan maakten ze vaak muurtjes met hun tassen om tussen te slapen. Nu lagen rondom hem ook nog de snurkende Rudarg Klats en de woelende Ylly, die ergens halverwege de nacht terug was gekomen. Alle gezellen hadden dit enige warme plekje in het hoofdkwartier opgezocht en waren op een kluitje gaan liggen. Ook lagen er de opzij gegooide dekens van twee beslapen plekken. De warrige boekhouder Dideron, of wellicht was het alleen zijn beschermjas, zat verderop al aan de lange tafel. Zelfs vanaf die afstand overheerste zijn lotiongeur de ruimte.

Hij had Ileas blijkbaar gehoord en mompelde: "Als je uitslaapt, vermindert je eetlust en verkort je levensduur aanzienlijk."

"Natuurlijk," antwoordde Ileas.

Jinasum was verdwenen, maar Ileas' gevoel zei hem dat ze niet heel ver weg kon zijn. Het was geen verrassing voor hem dat alle Maarkdragers er nog waren.

Een trilling doorvoer het hoofdkwartier, maar Ileas besteedde er geen aandacht aan. Dizary schudde wel vaker.

Zo knus bijeen – hij keek of hij niet per ongeluk tegen iemand aan gelegen had. Hier en daar trok hij zijn deken naar zich toe. Ondanks de tijdsdruk van het strafteken op hun handen had iedereen besloten rust te nemen. Hij was zelf zonder moeite in slaap gevallen, nadat hij de avond tevoren zo veel wijn geroken en geproefd had. Na het slechte nieuws dat niemand ooit van zijn Maark af zou komen waren de glazen als vanzelf naar binnen gegleden.

Met knakkende botten stond hij op. Zijn schoenen stonden naast hem bij de haard, en dat was niet alleen om ze op te warmen: hij had er ook een berichtje in gedaan voor de goden. Volgens de legenden dwaalden de goden bij nacht weleens over de daken, en zoekend naar de warmte uit een haard konden ze zomaar je gebeden lezen. Ileas hoopte in elk geval op een goede afloop. Het briefje zat nog steeds in zijn schoen, hij had geen idee of het gelezen was en daarom schonk hij zijn wens maar aan het vuur.

Voorzichtig trok zijn schoenen aan: als hij het te onstuimig deed, schoot beslist zijn schoenzool los. Geeuwend, met de deken over zijn schouders geslagen, liep hij bij de haard vandaan en wierp een blik door het venster naast de voordeur. Het was half donker buiten. Maanwachter Epis loerde tussen de hoge bouwsels door boven de binnenplaats en maakte er lange schaduwen.

Jinasum was buiten. Met gesloten ogen draaide ze langzaam rondjes in het maanlicht, alsof ze de energie ervan in zich opnam. Haar zo te zien draaien voelde magisch, en een tijdlang bleef hij naar haar kijken. Ook hij kon de nacht waarderen vanwege de vredigheid, de serene rust, de eenzaamheid en de mystiek. Zelf had hij nog nooit rondjes gedraaid in het zilveren licht, maar Jinasum zou hem er zomaar toe kunnen aanzetten. Toen ze haar ogen opende, kruisten hun blikken. Spontaan keek hij een andere richting uit en liep weg van het raam.

Ondertussen was ook Rudarg wakker geworden, evenals Ylly. Arak sliep door en zoals altijd heel vast. Daarbij maakte het niet uit waar hij lag, want hij kon makkelijk uren achtereen slapen op een overvol marktplein of in een smidse. Dat vond Ileas vreemd, want hij kon zich moeilijk voorstellen hoe iemand zo lang droomloos kon doorbrengen. Dat zou vreselijk saai moeten zijn, of was het juist heel vredig?

Na een tijdje, toen de slaap uit de ogen gewreven was en de slaapkrullen zo goed als mogelijk waren getemd, zat iedereen gereed aan de lange tafel in de grote hal, alsof het zo hoorde. Het was alsof het gilde opeens weer leefde en deze trotse gezellen zich aan het voorbereiden waren op hun dagtaak als vredebewaarder. Alleen viel bij deze gezellen grote teleurstelling van het gezicht te lezen. Behalve bij Rudarg, omdat die zich de avond tevoren getrakteerd had op een vrijwillige hereniging met het levende systeem, wat voor plezier je dat ook mocht bezorgen. Al die tijd was er geen woord gesproken. Het was Ylly die de stilte doorbrak.

"Ik heb maalballen, iemand?"

"Ballen?" vroeg Jinasum.

"Maalballen, gevulde deegbollen. Goed om zo'n beetje de hele dag op te teren." Ylly klonk milder, vergeleken met zijn fanatisme van gisteren. Wat hij ook ondernomen had om van zijn Maark af te komen, zijn kleding vertoonde nog meer gaten en was nog smeriger geworden. "Ik heb er genoeg. Iemand?"

"Ach ja, wij hebben nog wat groenten," zei Ileas die zijn tas opende en wat groenten aan zijn vriend gaf. "Ons laatste beetje."

Boven het haardvuur werd een ketel water aan de kook gebracht voor kruidenthee. Iedereen genoot van het ontbijt.

"Smaakt goed, zo'n maalbal," zei Jinasum.

"Tub Hovenaer was een beroerde bakker," begon Ylly. "Zijn deeg wilde nooit rijzen en het enige dat hij ermee wist te maken waren half gerezen plakkerige broden. Op een dag liet hij zijn avondeten in de pot met deeg vallen, en toen hij het er weer uit probeerde te vissen, was het idee voor de maalbal geboren. Zijn half gerezen plakkerige meel met voedzame inhoud werd ongekend populair. Toch had hij nog meer dan drie jaar en honderden pogingen nodig om de perfecte maalbal te maken. Nu kan bijna iedereen dat, en ik moet zeggen dat sommigen er goed in slagen," zei Ylly smakkend. Hij veegde met zijn linker handpalm over zijn mond. Zijn rechterhand lag plat op tafel.

Ileas vermoedde dat zijn eigen Maark er op dit moment net zo uitzag: een donker teken op een rood ontstoken huid. Rudarg en Dideron droegen beiden leren handschoenen. In zekere zin paste dat wel bij hun voorkomen. Jinasum had haar Maark weer netjes verbonden, met schoon groen windsel, en er een paar symbolen op getekend.

Een moment gonsde het hoofdkwartier. Iedereen keek op. Het beeld van Sebastiën trilde licht op zijn sokkel, de lamp boven de tafel schommelde en tussen de kieren van de plafondbalken dwarrelde stof omlaag. Het geluid hield een tijdje aan en stierf toen weg. De aanwezigen haalden hun schouders op.

Rudarg zei: "Arch, zo kom ik ze zelden tegen, een maalbal hoort zo te zijn: plakkerig en goed gevuld. Doet mij denken aan homnster, thuis. In Ogimilat was er slechts één die de perfecte maalbal maken kon en... homster." Hij kapte peinzend zijn zin af en stopte vlug zijn laatste stuk maalbal in zijn mond.

"Het leven is hier goed," zei Arak en hij dronk zijn thee.

Ze aten zwijgend verder; op de achtergrond knisperde het haardvuur.

Ileas verbrak de stilte en zei: "Als jullie echt iets moois willen zien, moet je beslist een keer naar de wouden van Gesmér gaan. Wij zijn daar lange tijd geleden geweest en het is er betoverend mooi – verwarrend, maar mooi. Je hebt er enorme bomen, die wel tientallen meters de lucht in reiken. Mensen leven daar in de toppen in hutten, midden in de natuur, hoe mooi is dat?"

"Getallen zijn pas mooi, ze zijn pure poëzie," klonk het uit de opening van de beschermjas. "Het zijn wolkenlandschappen, stadse vergezichten, regenboogkleuren, mist in de vroege ochtend."

Niemand zei meer iets en er werd gegeten. Ondertussen trilde het pand weer even.

"Een warm bad," mompelde Ylly kauwend.

Met een klap liet Jinasum haar mok op tafel neerkomen en dat geluid galmde nog even na. Ze zei nogal nors: "Wat brengt ons hier?"

De meeste aanwezigen zaten nu overeind door die klap, niet zozeer vanwege haar vraag.

Ileas had haar nog niet eerder zo indringend aangekeken. Hij zei: "Om ons duidelijk te maken hoe dom wij zijn. Door ons bijeen te brengen ontstaat er nog een beetje competitie. Het is een krankzinnig spel, dat is alles."

Zij antwoordde: "Zes gezellen met een Maark, die binnen zeven dagen een goede daad moeten verrichten en héél toevallig bijeengebracht zijn bij een gilde dat niet meer bestaat. We komen allemaal uit verschillende regio's, hebben allemaal een andere achtergrond, en als ik jullie bekijk zijn we beslist geen bekenden van elkaar."

"Neuh," zei Ylly.

Weer schudde het hoofdkwartier. De lamp boven de tafel zwaaide nu zo heftig dat een aantal vuurvliegjes, waaruit hij voornamelijk bestond, ervandoor ging. Nu hield het gegons langer aan en in de rechtermuur trok een scheur van springend pleisterwerk van boven naar onder. Na een kleine minuut keerde de rust terug.

"Wat is er bij de goden met dit hoofdkwartier aan de hand?" vroeg Ylly aan niemand in het bijzonder. Hij keek Jinasum aan en zei: "Wat maakt het mij uit waarom we hier zijn. Ik ben hier nog steeds om zo snel mogelijk een goede daad te verrichten. En wel vandaag."

"Dan heb ik enorm slecht nieuws voor je," zei Ileas.

"Als je maar niet denkt dat je mij kunt tegenhouden."

"Ik hoef je niet tegen te houden. Wij hebben gisteren van twee mannen van een ander vredesgilde, Emperio, vernomen dat je nooit van een Maark af komt. Zo zit de magie in elkaar: hij is bedoeld om je te doden."

Ylly liet prompt het restant maalbal in zijn mok vallen. De hete thee spatte op zijn kleding, maar daar had hij geen erg in.

Rudarg vroeg aan Ileas: "Jij hebt dat froemzalige nieuws gehoord in de herberg Mikkel en Moes, van twee hurners van een ander gilde? Drong 't niet tot je door dat ze je plaagden? Natuurlijk komen wij van onze Maark af." Hij legde zijn armen over elkaar en lachte schamper, maar kreeg geen bijval.

Ylly knipperde vol ongeloof met zijn ogen en zei: "Wat... wat waren dat dan voor flauwe grappenmakers?"

Nu kwamen er stukken verrot hout en een paar verontruste spinnen omlaag. Het gegons hield aan en Ileas voelde het doortrillen tot in zijn botten. Het was alsof het pand door een gigantisch apparaat bewerkt werd; overal trilde en schudde wel iets.

"Stof, ook dat nog," zei Dideron, en hij probeerde met zijn handen het omlaag dwarrelende stof bij zich vandaan te duwen. "Een instortend pand maakt onze soep compleet."

"Weg hier." Ylly was al opgestaan en rende naar de voordeur.

Rudarg vroeg: "Garlargers 'n idee wat dit kan veroorzaken? Een beest in de kelder, geesten in de keuken, draken op zolder."

"De geest van het gilde is ontwaakt," zei Dideron.

Het begon Ileas te dagen. Tijdens zijn eerste bezoek had hij iets ervaren: een connectie met een eenzame machine die een keer moest worden opgestart. Maar dat ding zag er doods uit en hij kon zich moeilijk voorstellen dat iemand het in de tussentijd aan de praat had weten te krijgen. Hij woelde door zijn haar en zei: "Eh, ik geloof dat ik het weet..."

Ze beklommen de oneindig lijkende trap van de archieftoren, en eenmaal in het archief werd lang de tijd genomen om uit te hijgen. Ileas en Arak leidden de groep gezellen tussen de vele hoge archiefkasten door naar de machine, die er nu anders uitzag dan toen ze hem ontdekt hadden. Hij maakte geluid, gaf licht en had overduidelijk een gezicht gekregen.

De groep stopte op een paar meter afstand. Niet alleen vanwege de indrukwekkende machine, maar ook omdat ze werden opgewacht door een onverwachte gast. Vlak voor de machine zat Zeliska; haar staart kronkelde trots over de vloer. Het was alsof ze hen allen stuk voor stuk goed observeerde, of welkom heette, waarna ze tevreden knikte en naar de zijkant hupte waar het bedieningspaneel zat. Ze haalde hendels over, waarna het archief begon te schudden. De gezellen schoven bijeen zonder elkaar echt aan te raken.

"Wie, zijn, jullie?" bulderde de machine. Zijn stemgeluid was een combinatie van klanken uit pijpen aan de zijkant, trillende kleppen voorop, snaren die werden aangeslagen door kleine hamers en samenpersende luchtbalgen.

Samen maakte dat een laag geluid, dat Ileas in zijn maag voelde doordreunen. *Dit is te vreemd voor woorden: een pratende machine die wacht op antwoord.*

Arak stapte naar voren en zei: "Ik eh... ik ben Arak en dit is Ileas en..."

"En?" De machine overstemde hem met gemak.

"Wij zijn gezellen van dit vredesgilde, Moed en Daad," zei Jinasum.

"O ja?" vroeg de machine.

Een slim apparaat, dacht Ileas gefascineerd. *Heb je dan een brein, of zoiets?*

De twee glazen bollen van ogen draaiden en namen hen op. Na verscheidene klikgeluiden binnenin zei de machine: "Contentimusss..." Het woord eindigde in een langgerekte sis en toen viel de machine, die zichzelf blijkbaar Contentimus noemde, weer stil.

Zeliska haalde een laatste hendel over. Het apparaat begon opgewekter te draaien en te ratelen en het gestamp ging over in een rustige trilling. Ze haalde opgelucht adem, alsof het eindelijk gelukt was de machine op de juiste manier te laten functioneren.

"Die kat... waarom heeft die de machine opgestart?" vroeg Ileas.

"Het is een zeer bijzondere poes," zei Jinasum.

"Bij de heilige Myriad, dit is een zeer bijzondere machine," zei Ylly. "Zo'n meesterlijke mechanorganische creatie heb ik nog nooit gezien. Deze machine staat beslist los van het levende systeem, zo hoog als hij in deze archieftoren verstopt zit. Anders was hij allang ontdekt en misschien wel vernietigd."

Ho even, a*ls jij maar niets aan gaat raken,* dacht Ileas. *Ik heb hem gisteren als eerste ontdekt.* "Boeiend hè?" zei hij.

"Heel boeiend," zei Ylly en hij mompelde: "Het is een rebel."

"Raak hem dan maar niet aan," fluisterde Ileas.

Ylly antwoordde: "Ik zou hem voor de rest van mijn leven willen bestuderen, en aangezien mijn leven nog maar vier dagen duurt, lijkt mij dat een mooi einde. Ik weet niet wat jullie gaan doen, maar aangezien ik mijn Maark niet meer kwijtraak, kan ik net zo goed mijn tijd hier spenderen. Dit is geweldig."

Voor het eerst moest Ileas toegeven dat hij gelijk had: het was wellicht het laatste fascinerende ding dat hij in zijn leven zou zien. Dan konden ze er maar beter het beste van maken en eens zien waartoe het apparaat in staat was.

"Wat eh, bent u?" vroeg Arak zo duidelijk mogelijk in de richting van de hoorns.

De machine antwoordde: "Scriptlezer. Analist."

Ileas stootte Ylly expres even aan omdat hij dreigde met zijn tengels ergens aan te zitten. Hij zei: "Ik begin het te begrijpen, jij ook? Dit is een archief, vol belangrijke informatie die het verzameld heeft."

"Over wat dan?" vroeg Rudarg.

"De missieverslagen en aantekeningen van alle medewerkers door de eeuwen heen," antwoordde Ileas. "Het is een geweldige bron van informatie over dit stukje van de wold."

"Jaren, achtereen, alles, geanalyseerd." Contentimus eindigde met een opgewekte fluittoon.

"Zo'n grote hoeveelheid informatie bijeen," verzuchtte Ylly. Hij wilde Contentimus aanraken, maar Ileas was hem voor.

Hij legde zijn hand op een koud zijpaneel, en opnieuw schoot die tinteling door zijn hand en arm. Zorgde zijn Maark voor deze snelle verbinding? Konden ze samen één worden, iets als de hereniging met het levende systeem die mensen met hun M-klik bewerkstelligen?

Ik ben eenzaam.

Hoewel de stem weer plotseling voorbijschoot, maakte dat Ileas niet bang. Hij had geen idee of het zijn eigen gedachte was of die van de machine, maar hij vertrouwde hem.

Ik ben eenzaam, hoorde hij. *Dat ben ik ook,* was zijn antwoord.

Wij kunnen elkaar helpen.

Nu wilde Ileas dat de machine even uit kon gaan. Volledig onthutst zakte hij neer op de vloer, omdat hij meer informatie op dit moment niet verwerken kon. Hij was overdonderd door een machine, en dat was wel het laatste wat hij had verwacht mee te maken.

"Hylmar Arlas is dood," zei Jinasum.

Na een diepe zucht, die een aantal kleppen deed ratelen, zei Contentimus: "Goede, Hylmar, beste, man, lief, mens, goed, hart." Zijn stem zong, en de samenstelling van geluiden klonk nu duidelijk triest, alsof er een volledig ontstemd orkest aan te pas kwam om die triestheid te componeren.

"Hylmar zal een goed mens geweest zijn," zei Ileas.

"Hij heeft ons dit schitterende gilde nagelaten," zei Arak.

"Dan, moet, hij, jullie, zeer, vertrouwen."

Rudarg zei: "'k Ben trots en vereerd dat wij dit gilde mogen voortzetten."

"Eer, en, trots."

Ylly was weg en Ileas trof hem aan de andere kant, waar hij de machine van top tot teen bestudeerde, gelukkig zonder hem aan te raken. Zijn ogen bleven hangen op het bedieningspaneel en in het bijzonder op het symbool van het omgekeerde sleutelgat.

Ylly zei met een enorme grijns op zijn gezicht: "Dit is een... prachtig... waanzinnig... wat een vondst! Ik ken maar een paar mensen die het ooit gelukt is om mechanorganische systemen in alle perfectie te laten groeien – maar nooit tot zoiets groots als dit." Hij draaide voor de machine langs, observerend, metend, denkend. "Om zoveel informatie te verwerken en op te slaan is een gigantisch brein nodig. Het mechaniek voor spraak moet al meer in beslag nemen dan deze ruimte."

Aan de zijkant van Contentimus klonk gesis en er klapte een manshoog paneel omlaag. Ylly was er als eerste bij, tot ongenoegen van Ileas, en keek de donkere ruimte in. Een voor een floepten binnenin lichten aan en onthulden een glanzende metalen trap, die minstens tien meter schuin omlaag liep en de zoldervloer doorsneed tot vele etages lager. Het zichtbare gedeelte van de machine in het archief bleek slechts een klein percentage te vormen van zijn werkelijke omvang.

"Zijn brein zit over deze volledige archieftoren verdeeld, briljant!" Ylly daalde een stuk in de machine af.

"Kijk je uit?" Ileas volgde hem op de voet. Links en rechts zag hij duizenden minuscule mechanieken. Zeliska perste zich tussen zijn benen door om ook te kijken.

"Dit is uw brein!" stamelde Ylly. Zijn stem echode de diepte in.

"Correct, elk, tandwiel, stukje, brein," antwoordde Contentimus. Op het ritme van zijn stem draaiden de duizenden tandwielen rond.

Op hetzelfde ogenblik voelde Ileas zijn eigen brein gelijksoortige bewegingen maken, en alles danste hypnotiserend voor zijn ogen. Een moment zweefden zijn gedachten door het binnenste van het apparaat en hij leek dit brein zelfs te begrijpen.

Ylly zei: "Dit is meer dan gewoon een machine: het is een levend systeem."

"Een levend systeem? Ga weg," zei Ileas, half afgeleid door het gevoel dat hij ervoer. Binnen in de machine werd hun verbinding sterker dan daarvoor en heel zijn lijf tintelde.

Wij kunnen elkaar helpen.

Hoe dan? Daarop kwam geen antwoord.

"Dit apparaat kan lezen, spreken, horen, en dingen begrijpen en opslaan," zei Ylly. "Hoe?"

"Geheugensteen," sprak Contentimus.

Nu stortte Ylly haast ineen van ongeloof. Een geheugensteen moest wel iets van de goden zijn, zo mooi. Hij denderde de metalen trap verder af, en ook Ileas wilde ontdekken wat de machine precies bedoelde. Arak riep nog van boven dat hij moest uitkijken.

Zeliska holde achter de jongens aan. Dieper in het binnenste werd de machine verlicht door een gouden schijnsel. Omgeven door dingetjes, die Ileas nog het meest deden denken aan M-klik, hing een kristal.

Ylly raakte door het dolle heen en wist zich in de beperkte ruimte geen houding te geven. Hij was volledig geobsedeerd door de pracht van het kristal. "Zijn geheugen, zijn ziel, zijn werkelijke brein zitten gevat in dit gouden kristal. Wie dit voor elkaar gekregen heeft mag zich een waar genie noemen."

Zijn vingers schoten naar het kristal.

Zeliska krijste en krabde hem bijna met haar klauw.

Ileas hield hem tegen en zei: "Zie je, als ik deze kat begrijp moet je dat niet doen. Respect voor deze creatie lijkt mij op zijn plaats."

De jongen knikte begrijpend.

De verlichting begon te flakkeren en Ileas zei: "We moeten energie besparen, want ik krijg de indruk dat dit apparaat op zijn laatste beetje kracht loopt."

Zeliska ging hen voor en ze verlieten samen het binnenste van Contentimus. Hij doofde zelf binnenin zijn licht zodra iedereen gekeken had en sloot zijn brein af met het zijpaneel.

"Ik zou Contentimus uren kunnen bestuderen," zei Ylly euforisch. Hij stond met zijn handen in zijn zij, zijn ademhaling ging snel en hij had enorme zweetplekken onder zijn armen gekregen. "Mijn verrekte Maark zal toch nooit meer verdwijnen."

"Maark?" zei Contentimus, verbaasd klinkend.

"Wij allemaal moeten een goede daad verrichten," zei Arak. "Daar hebben we nog vier dagen de tijd voor, anders zal onze Maark ons doden."

"Vervelend," zei Contentimus.

"In de afgelopen dagen is geen van ons geslaagd."

"Bekend, verhaal."

"Waarom dat?"

"Niemand, is, ooit, gelukt, Maark, kwijt, te, raken."

"Dradvram, dus het is waar!" Rudarg balde zijn vuisten. "Niemand is er vanaf gekomen."

Bij die woorden zweeg iedereen en ze keken elkaar onthutst aan.

De angst die Ileas al die tijd eronder probeerde te houden kwam nu in alle hevigheid op hem af. Er liep een koude rilling over zijn rug en hij begon te trillen. De pijn van de Maark werd hem eventjes de baas en het duizelde in zijn hoofd. Arak kwam bij hem staan en ze omhelsden elkaar. Ileas waardeerde zijn troost enorm.

Contentimus zei: "Vrijwel, onmogelijke, straf."

"Niemand," stamelde Ileas vol ongeloof.

"Echt helemaal niemand, niemand?" vroeg Ylly. "Niemand?"

Jinasum zei: "Horen jullie niet wat Contentimus zegt: vrijwel onmogelijk."

"Nou, dat was mij al opgevallen," zei Rudarg die naar voren stapte.

"Er, is, hoop," siste de machine.

De mond van Ileas viel open. *Wij kunnen elkaar helpen.*

Ze kropen allen dichter naar de machine toe en luisterden aandachtig. Zeliska ging op een rand bovenop zitten. De machine stampte een paar maal en een aantal tandwielen knarsten over elkaar heen. Hij liet ergens lucht ontsnappen en zei: "Juiste, informatie, ontbrak."

"Voor wat?" vroeg Ylly.

"Missie." Even zakte de energie van de machine weg en zijn oogleden gleden half dicht. Hij zei: "Niemand, kon, goede, daad, volbrengen, door, gebrek, aan, kennis. Ik, beschik, over, genoeg, informatie, voor, missie, waarmee, Maark, verdwijnen, zal."

De groep klaarde opeens op en ze keken elkaar blij en opgewekt aan. Er was weer hoop.

"Zien jullie garlargers wel!" bruide Rudarg blij.

Contentimus zei: "Op, de, markt, van, Raakwater, is, een, charlatan, actief: Gregor, Assertan. Neem, hem, als, team, onderhanden."

"Dat gaan we meteen doen," zei Ylly. "Op een markt?"

Het verbaasde Ileas dat niemand meteen opsprong en het op een rennen zette naar Raakwater. Deze tip was immers hun leven waard.

Maar er de algemene tendens binnen de groep was blijkbaar dat ze het met elkaar moesten doen – als team van Moed en Daad.

"Wacht!" bulderde de machine. "Slechts, een, van, jullie, kan, finale, zet, doen, en, magie, van, Maark, verbreken."

18
YLLY

Een mist gleed in van die lange slierten over de Lindelaan tussen de brede linden door en bedekte de bodem als een rafelige deken. Daardoor leek het of het hoofdkwartier van Moed en Daad in de wolken zweefde, toen een ongeordende stoet gezellen het pand verliet. Het merendeel van hen moest de slaap nog uit de ogen wrijven en al geeuwend liepen ze onder de stenen poort door, de Lindelaan op. Zeliska trippelde achter hen aan.

De rechterarm van Rudarg schoot zomaar naar links. "Kraghnash!"

Gelijktijdig schoot de arm van Ylly naar rechts en die van Dideron pal vooruit.

"We kunnen maar één kant op, mannen," zei Jinasum.

Geen van de gezellen wilde uiteraard toegeven dat hun rechterarm langzaam maar zeker een geheel eigen leven was gaan leiden, dus werd er ongemakkelijk gelachen en gekucht.

"Daarheen," zei Ylly.

"Als ik Contentimus goed begrepen heb is Raakwater rechtdoor," zei Jinasum.

Dideron zei al wijzend: "Heel vroeger liepen hier nog beren rond, daar ergens."

Ylly slaakte een zucht. Hij stak de Lindelaan over en liep rechtdoor.

"Die jongen weet de weg, ik vertrouw hem," zei Dideron en hij volgde.

"Dradvram, dus hij is opeens de leider," zei Rudarg.

"Niemand is de leider, driftbibber," zei Jinasum. "Voor nu moet er iemand de knoop hakken en dat heeft Ylly blijkbaar goed begrepen."

Ze volgden en liepen noordwaarts door de Anhie Lepelsteeg. De meeste Dizarianen sliepen nog, dus kon het team moeiteloos de meeste straten door. Normaal zou er hysterische drukte heersen en kon je eventueel tegen betaling gebruikmaken van de hangende straat erboven. Rudarg Klats liep op een afstandje mee, alsof hij buitenstaanders wilde laten merken dat hij niets van doen had met de groep stumpers die hem voorging.

Ylly hield het tempo erin. Natuurlijk had hij ineens weer enorme haast gekregen, want over vier hele dagen zou de magie van zijn Maark hem doden. Daarnaast werd hij toch al gekenmerkt door een ongekende haast, en Ileas begreep daaruit dat zijn Maark hem bijzonder ongelegen kwam.

Toen ze een metalen brug overstaken, in balans gehouden door twee trollen die een potje Y speelden, zag Ileas zijn kans schoon om met Ylly voorop te lopen. Hij zei: "Ze zeggen dat geplette druif de pijn van je Maark verzacht."

"Echt waar? Dat zou geweldig zijn," zei Ylly, met zijn blik vooruit in hoog tempo doorstappend.

Ileas knikte en zei: "Contentimus fascineerde je enorm. Jij hebt iets met uitvindingen, heb ik het idee." Hij had de geur van smeermiddel, olie, koperwerk, vleugen van soepel mechaniek en bewegende complexe systemen allang bij hem geroken.

"Uitvinden zit in mijn bloed, moet je weten, en voor mijn ouders ben ik hun grootste uitvinding."

Dat klinkt nogal griezelig, dacht Ileas, maar hij zei enkel: "Is er een creatie van jou die ik ken?"

"Je hebt vast wel eens een leentrap gezien."

"Die... dat is jou idee? Wat geweldig." Het compliment kostte hem moeite, want hij haatte die krengen, vanwege het geldzuchtige karakter van menig eigenaar.

"Het idee van een leentrap is al heel oud. Ik ben de bedenker van de zelfbewegende stoomversie waarbij je niet hoeft te lopen, daarom noem ik hem de loltrap. Dikke pret als je niet moe wordt van traplopen."

Dikke lol als je er met je poten tussen komt, dacht Ileas.

Ylly zei: "Ik kom oorspronkelijk uit Pling Ploing, het uitvindersdistrict. Mijn hele familie komt er vandaan. Ze voorzien heel Dizary van hun grootse bedenksels."

"Ik heb van Pling Ploing gehoord, hoewel ik nooit in de gelegenheid ben geweest er een bezoek aan te brengen. Het moet er verbazingwekkend zijn."

"Zeker. Alles is er in beweging. Er zijn wandelpaden die jou vanzelf voortbewegen, machines die het huishouden voor je doen, snufjes waarmee je uren onder water kunt blijven, afstandbeeldkijkers, klimaatorgels, voortprutters, steekweters, vruchtenwringers, vlosklossers, zwevende bruggen, vliegmachines – er zijn zelfs gescheiden looppaden voor de nieuwsrenners. Verzin het en het wordt er uitgevonden."

Het klonk als een makkelijk verhaal, alsof hij het veel te vaak aan mensen had voorgekauwd. Om de jongen bij te houden moest Ileas flink doorlopen en hij vroeg hem: "In Pling Poing is niet toevallig iets uitgevonden om van je Maark af te komen? Of hebben ze iets bedacht als een kaart, zodat je weet hoe je moet lopen?"

Voor het eerst op deze tocht stopte Ylly. Had Ileas hem geraakt met zijn vragen? Maar de jongen bleek alleen maar op zoek te zijn naar een geschikte straat om verder te lopen.

Ondertussen was iedereen met elkaar in gesprek geraakt en er heerste een ongedwongen stemming. Na wat snelle passen liep Ileas weer aan Ylly's zijde. Hij wilde niet langer om zijn vraag heen draaien en daarom vroeg hij zo losjes mogelijk: "Hoe ben jij eigenlijk aan je ellendige Maark gekomen?"

De jongen verzonk in diep gepeins. "Hé, wacht even." Hij wees een richting op, keek naar de lucht en liep weer verder. "Ja, volgens mij gaan we de goede kant uit." Hij verdween een smal steegje in.

Ileas volgde hem en liep prompt tegen hem op.

Ylly stond stil en keek hem nors aan. "Ik ga jou heus niet vertellen hoe ik aan mijn Maark kom." Hij stootte Ileas aan terwijl hij de steeg weer verliet, terug waar ze vandaan gekomen waren.

"Dat geeft niet," zei Ileas hem achterna. *Als je niets te verbergen hebt.*

Ook hij liep de steeg weer uit en voegde zich bij de anderen. Het Anderswatplein werd overgestoken en via de Zustersraamstraat ging het team verder. Aan het einde van de middag arriveerden ze in Raakwater bij de markt, die er anders uitzag dan ze hadden verwacht.

19
SLAAFS

In plaats van een marktplein lag er een gigantische armada van honderden aaneengemeerde handelsschepen aan een stenen kade. Op wonderbaarlijke wijze pasten alle schepen als een ingewikkelde puzzel in elkaar, en met hun kleurige dekzeilen vormden ze een kunstig palet. Het publiek had het moeilijk, want een frisse wind zorgde geregeld voor golven op de rivier de Struin en dan kraakten, schuurden en deinden de boten op en neer. Op de plek waar de Struin aftakte in de Gra en de Trom lag aan het uiteinde van de landstrook dit fenomeen: de zaruza.

Op de kade stond het team van Moed en Daad in de vorm van een kluitje brandend gewas, dat zich ernstig afvroeg wat het hier te zoeken had.

"Kloef dramr kraghnash," mompelde Rudarg in zichzelf.

"Moet *dit* een markt voorstellen?" zei Ylly.

"Het is nog erger dan de wold zelf," zei Jinasum.

"Het is iets groter dan ik had verwacht," zei Arak.

"Dit is krankzinnig," zei Ileas.

"De mensen lijken hier gemiddeld langer, en dat komt wellicht doordat ze meer vis eten. Wist je dat?" zei Dideron.

Zeliska miauwde triest.

"Zo veel mensen." Ileas snoof met gesloten ogen en ademde diep in. Een typerende zilte havenlucht kroop zijn neus binnen en dat was even geruststellend. De geur werd aangevuld door de heerlijkste exotische luchtjes van kruiden, gebakken voedsel, handelswaar en nieuwe kleding. Hij droomde weg naar een stille plek, waar hij kon genieten van een goed gekruid maal en heerlijke verse vruchtensappen.

Wat ga je nu doen, dief? Hij opende zijn ogen weer en woelde door zijn haren. "Enig zinnig idee hoe wij deze missie moeten aanpakken?"

Arak antwoordde: "Hebben wij in ons leven ooit iets gepland? We moeten het maar gewoon doen en zien wat er gebeurt. Vredebewaarders doen dit soort gekke dingen."

Ileas gebaarde kort naar de anderen achter hen en fluisterde: "Deze mensen kunnen we onmogelijk vertrouwen, Ar."

"Deze mensen gaan je nog eens verrassen, let maar op," zei Arak.

"Alleen als team gaan wij in deze missie slagen, maar uiteindelijk is er maar één die de finale slag kan slaan om de magie van zijn Maark te verbreken. Hoe voorkomen we aan het einde dat het harentrekken wordt?" vroeg Ileas.

Arak antwoordde niet.

Ileas draaide zich om en keek tegen twee enorme benen aan. Rudarg had zich tot extreme lengte uitgeschoven en met zijn hand boven zijn ogen tuurde hij over de zaruza.

Hij zei van boven: "Laten we gaan, garlargers. Hoe langer we hier staan te klabassen, hoe drukker 't lijkt te worden. 'k Ga alvast naar links."

"Nee, nee, nee. Laten we vooral bij elkaar blijven," zei Arak met stemverheffing. "Wij vormen een team, wij zijn elkaars ogen en oren om ons doel te vinden. Iedereen waakt over elkaar en bij gevaar zoeken we elkaars bescherming. Alleen dan komen wij veilig door deze missie heen. Je moet elkaar vertrouwen als vredebewaarders."

Onder zwak gesis begaf Rudargs linkerbeen het. Hij kwam eerst wat schuin te staan en zakte vervolgens naar beneden tot normale lengte. "Wijze taal, spedried. Handboek gelezen?"

"Het lijkt mij gewoon handig om het zo aan te pakken," zei Arak.

Jinasum geeuwde en zei: "Sorry, slecht geslapen."

Ylly zei: "We moeten ons verspreiden, dan vinden we die charlatan het snelst."

"Geen sprake van," zei Jinasum. "Je weet wat Contentimus gezegd heeft: als een team gaan wij Gregor Assertan vinden en berechten."

"Maar het is inefficiënt," zei Ylly.

Jinasum sperde haar ogen wijd open en porde tegen zijn schouder. "Die Gregor Assertan is een gevaarlijk man en tot alles in staat. Dit moeten wij samen doen, dus wen er maar aan dat je vanaf nu in een team werkt."

Ylly liet blijken dat hij zich niet zomaar liet porren en met geheven kin zei hij: "Rustig maar, ik doe mee."

Ileas waardeerde haar invloed, maar aan de andere kant begreep hij de zorgen van Ylly. Hij verkeerde zelf ook in een enorme tweestrijd: moesten ze werkelijk als team ten strijde trekken, moest hij dit zelf uitzoeken – hoe egoïstisch ook – of moest hij er gewoon ontzettend hard vandoor gaan nu het nog kon?

Na een mompelend 'oké' uit de beschermjas van Dideron besloten ze de kade te verlaten en via de dichtstbijzijnde loopplank de eerste schuit te betreden. Ze verplaatsten zich wat ongemakkelijk op een kluitje, omdat ze dachten dat een team er zo bij hoorde te lopen. Links en rechts werden ze gepasseerd door de ervaren zaruzabezoekers, die totaal geen moeite leken te hebben met de enorme drukte. Die kletsten voluit en balanceerden met gemak op de smalste plankieren, zelfs hun lastdieren volgden probleemloos. Een paar mensen dronken een drankje uit blauwe flesjes dat tamelijk populair leek te zijn en bespraken uitgebreid hoe heerlijk het was.

Arak struikelde bijna over Zeliska, die rond zijn benen draaide. Door het publiek werd ze haast onder de voet gelopen en daarom nam ze plaats boven op de beschermjas van Dideron, die daar toch niets van merkte.

Jinasum zei: "Wat dapper van die poes dat ze ook meegaat."

"Ik krijg een beetje de kriebels als die kater steeds zo dicht in mijn buurt loopt," zei Arak. "En ik begrijp niet zo goed wat hij van ons moet hebben."

"Let een beetje op je woorden: het is geen kater, maar een poes."

"Oei, ik had geen idee."

"Dat zie je toch zo? Wat is ze lief," zei Jinasum. Zeliska sprong op en ging achter aan de groep lopen toen ze haar wilde aanhalen.

Boot na boot over treeplanken, ladders en tijdelijke bruggen kwam het team steeds dichter bij hun doel – althans, dat hoopten ze. Ze realiseerden zich al snel dat ze in deze drukte beter dicht bij elkaar in de buurt konden blijven.

Zon Luza was op haar retour toen het team al minstens twee uur lang de zaruza doorzocht had. Ondanks dat het tegen de avond liep, bleef de drukte aanhouden. De aandacht voor de missie verslapte danig onder de gezellen, en Rudarg verliet de groep om bij een kraam een heerlijke worst te kopen.

"Scheer je weg, rekel," kon er nog net van af bij de slager.

Met geklemde kaken liep Rudarg weg, maar ook bij een volgende kraam werd hij bits verwelkomd. Rudarg was naar voren gesprongen, maar de verkoper deed iets van 'poef' en was verdwenen.

"Magische kneus," riep Rudarg in de lucht.

"Niemand wil iets met Maarkdragers te maken hebben," zei Arak.

"Het is al goed, het is al goed, garlarger," verzekerde Rudarg hem met een vriendschappelijke knik, en hij ging op een wijnvat zitten.

"Zijn we de zaruza al overgestoken? Ik begin het publiek behoorlijk beu te worden," zei Ylly. Hij had ergens druiven vandaan gehaald en stond deze fijn te pletten en uit te smeren over zijn Maark. Tegen Jinasum zei hij: "Ze zeggen dat geplette druif de pijn verzacht."

Jinasum vroeg: "Hoe kom je daar nu bij?"

Rudarg schoot omhoog en keek over de gekleurde tentdoeken van de duizenden kramen heen. Van boven riep hij: "We zijn ver over de helft, bijna aan de buitenrand."

"Wat is het nut van zo'n idioot grote zaruza?" vroeg Jinasum. Meteen daarop werd ze ondersteboven gelopen door een marktbezoeker die de handen vol had met boodschappen. De opening die nu ontstond, vormde opeens voor meer mensen een ideale doorgang. Jinasum werd haast opnieuw onder de voet gelopen, maar wist brullend van woede weer overeind te komen. De passanten merkten niet wat er gaande was en liepen kwebbelend aan haar voorbij. Meerdere van hen dronken het populaire drankje uit blauwe flesjes.

"Gaat het?" vroeg Ileas.

Ze negeerde hem en keek de passanten ontsteld na. "Zijn wij werkelijk zo dom?" Ze klampte een voorbijgangster aan en vroeg: "Dame, ik wil ook zo'n populair drankje. Enig idee waar ik het verkrijgen kan?"

Een tersluikse blik was het gevolg en de vrouw deed een stapje naar achteren. "Ik denk dat jij daar zo aan de buitenrand van de zaruza zult vinden wat jij werkelijk nodig hebt." Ze sloeg haar omslagdoek voor haar mond en liep met haar groentemand tegen zich aan gedrukt verder.

"Dank u beleefd, vrouwe," riep Jinasum haar na, en tegen de rest zei ze: "De drankjes van onze charlatan zijn populairder dan wij vermoedden. Op naar de buitenrand van de markt. Zo makkelijk kan het zijn, *heren*."

"Je bent geweldig. Vooruit, laten we gaan," zei Rudarg.

Dideron zei: "Wist je dat als je een pen tussen je tanden klemt, je je automatisch blijer voelt? Je hersens denken dan namelijk dat je lacht."

"Nog een paar dagen en dan vergaat je het lachen gegarandeerd," zei Rudarg. "Vooruit, lopen."

"Wist je dat lopen een vorm van vallen is?" vroeg Dideron hem.

Nogmaals trotseerden ze het publiek en de aanklampende verkopers, en zoals Rudarg voorspeld had bereikten ze binnen een kwartier de buitenste rand van de zaruza, alsof ze zeer ervaren bezoekers waren geworden.

"Het voelt alsof we de rand van de wold bereikt hebben," zei Jinasum. "Hierna is er alleen nog maar diep donker water."

"Gelukkig is het hier net zo druk," zei Arak, die zich met moeite staande wist te houden.

Als een poort week de flinke stoet mensen voor hen uiteen en onthulde verderop een uitbundige verkoopstand: een tent met een podium ervoor. Er stond een man met een tulband op en in een kleurige jas nogal houterig te dansen, op de maat van de muziek uit zijn draaiorgel. De zijkant van zijn verkoopstand bestond uit linnen doeken met een groot lachend portret van hemzelf, en volgens het onderschrift was hij al meer dan tweehonderd jaar oud, dankzij zijn elixers.

"Kijk eens aan." Rudarg schoot spontaan een stuk de hoogte in.

"Dat is hem," zei Ileas. "Het is maar een simpele kwakzalver."

Arak zei: "We kunnen hem makkelijk aan. Het lijkt me verstandig als we..."

Rudarg en Ylly stoven al op het podium af. Achter hen viel de doorgang in het publiek meteen dicht. De overige gezellen kon hen onmogelijk volgen.

"Je teennagels groeien harder dan die van je vingers," zei Dideron kort. Hij denderde als een stormram door de menigte heen en de mensen sprongen geschrokken aan de kant voor het vreemde wandelende ding, dat hen zo bruut tegen de benen trof. Ileas, Arak, Jinasum en Zeliska profiteerden van de doorgang die hij maakte en renden achter hem aan, in de richting van de verkoopstand van Gregor Assertan.

Rudarg Klats stond al vooraan op het podium en wisselde pittige woorden met de charlatan. "Kraghnash, nou moet jij eens goed luisteren," zei hij, terwijl hij met een belerend vingertje zwaaide. "Die elixers van jou zijn je reinste rommel."

Het publiek was het daarmee niet eens en ze duwden hem aan de kant. Gregor had zijn kopers met zijn uitbundigheid, zijn flitsende verkoopstand en zijn muziek volledig in de ban. Het bezeten publiek wilde elixers tegen hun kwalen en telde daar zonder probleem veel geld voor neer.

"Voor een Maark bestaat geen elixer, dwerg," zei een toeschouwer.

Rudarg bolde zijn ogen en perste zijn lippen samen om zijn meest gruwelijke scheldwoord ooit te smeden. Ylly stond in zijn buurt en bereidde zich voor om klappen te gaan uitdelen.

Het publiek stond te dicht opeengepakt en het lukte Ileas niet om Rudarg en Ylly weg te trekken, aan hun neusharen als hij had gekund.

Gregor Assertan huppelde ongeveer op de maat van de muziek die uit zijn draaiorgel tegen de achterwand klonk, en zei luid: "Mijn elixers zitten vol eh... geneeskrachtige kruiden."

Rudarg keek smalend. "Zie je nou, je zegt het zelf: geen eens krachtige kruiden."

"Nee joh. Hij zeg geneeskrachtige kruiden," zei een klant.

"Ik versta toch duidelijk 'geen eens'," bevestigde Ylly.

"Geneesss," herhaalde Gregor voorovergebogen.

"Dradvram kloef zankar," bromde Rudarg.

"Ha, ha, je ziet er uit als een dwerg, maar je praat heksch," zei Gregor.

"Is dat heksch wat jij praat?" vroeg Ylly. "Waarom praat je heksch?"

"Hij lijkt wel verkouden," zei iemand anders. "Zo klink ik ook als ik verkouden ben."

Een man zei tegen Rudarg: "Meester Gregor heeft beslist een elixer voor je oortjes, ze zijn zo klein. Meeste Gregor heeft een oplossing voor alles."

Met een enorme vaart schoot Rudarg de lucht in en stortte zich op hem. Er ontstond een worsteling en dat vond het publiek alleen maar vermakelijk. Gregor ging doodgewoon door met de verkoop en profiteerde daarbij van dit opstootje, want het trok immers aandacht. Ylly werd onder de voet gelopen en probeerde zich aan de rand van het podium weer overeind te hijsen. Dat viel zwaar tegen, met al die voeten en knieën die hem steeds onderuit stootten.

"Ik heb een idee." Ileas stapte het podium op en op zijn gemakje liepen hij en de rest langs het draaiorgel naar een gordijntje in de achterwand van het decor.

Gregor zag het en brulde: "Hé, hé daar, nou zeg! Dat is ongeoorloofd!" Ondertussen wapperden de bankbiljetten voor zijn neus en het publiek joelde. Zijn hoofd schoot heen en weer tussen de belofte van mateloze rijkdom en de ongenode gasten die zijn tent betraden.

Binnen in de tent was het erg donker. Ileas wandelde tussen de houten voorraadkasten door. "Hij heeft een behoorlijke verzameling."

Arak bekeek de tientallen flesjes op de planken en hield zijn vinger tijdens het lezen bij de etiketten. "Mortubloed, hangbrugaapjes op sterk water, drakenvuur."

"Het is zo'n beetje bijeengeraapt door iemand die weet hoe het niet moet," zei Jinasum.

Ileas snoof en zei: "Er hangt hier een geur van dingen die nooit met elkaar hadden mogen mengen."

"Hé, hééé!" klonk er vanaf het podium. Zware voetstappen klosten naar de achterkant van de tent en woest werd het rafelige gordijntje opzijgetrokken. "Wat heeft dit te betekenen?" Gregor keek alsof er een bedorven vis voor zijn neus bungelde. "Hier heb ik werkelijk geen tijd voor, verdwijn uit mijn tent." Hij smeet zijn tulband af; zijn hoofd was kaal op wat plukken haar na, geen enkel elixer had daar iets aan kunnen doen. Verbolgen zei hij: "Maak dat je onmiddellijk wegkomt, voor ik de hulpdienst erbij roep."

"Aha!" Arak stapte naar voren en op zakelijke toon zei hij: "Nou treft het dat wij vredebewaarders zijn van het gilde Moed en Daad, en wij zijn op precies het juiste moment op de juiste plek."

Ontsteld liep Gregor naar achteren en schoot door het gordijntje zijn podium op, na luid "ha, ha, ha," te hebben geroepen. De gezellen staarden naar het bungelende gordijn.

Buiten de tent werd het stil. Het leek wel of de zaruza in één klap verlaten was. Alleen het draaiorgel speelde nog en was net overgegaan op een wat dramatischer muziekstuk.

Ileas sloop naar het gordijn en legde zijn hand erop, om het een stukje opzij te duwen en ertussendoor te gluren. Woest werd het opengetrokken en van schrik gaf Ileas een gil. Rudarg en Ylly stormden de tent binnen. Ze hijgden en konden geen zinnig woord uitbrengen.

"Wat is er gebeurd?" vroeg Jinasum, terwijl ze Rudarg ondersteunde.

Die kon alleen maar wijzen en wees in paniek zo'n beetje in alle richtingen. Ylly zag wasbleek en stond raar met zijn ogen te knipperen.

Buiten was het nog steeds stil – en dat was beangstigend te noemen op een zaruza met duizenden bezoekers. Hier en daar klonk het geluid van krakende en schurende boten, en in de wind klapperende touwen tegen de masten.

De gezellen kropen bijeen, zonder elkaar echt aan te durven raken.

Buiten werd nieuwsgierig aan de tent gekrabbeld. Eerst aan één kant, al snel aan de andere zijde en in een mum van tijd krasten overal vingers over het tentdoek heen. De vingers werden handen en die trokken aan het doek en verscheurden het.

Dichter op elkaar staan dan de gezellen al deden was onmogelijk, en toch probeerden ze het. Vooral toen de eerste klauwhand door één van de scheuren gestoken werd en wild in de ruimte graaide. De tent schudde aan alle kanten, de voorraadkasten wankelden en een paar vielen om. Niemand van de gezellen had enig idee wat ze moesten doen en ze keken elkaar vragend aan. Grote lappen werden losgescheurd en aan de achterkant week de stof uiteen, zodat er een opening ontstond.

"Daar!" brulde Rudarg. "Naar het achterdek!"

De gezellen renden naar buiten, het achterdek op, en werden van alle kanten aangestaard door de duizenden ogen van het zwijgende publiek. Zo ver als Ileas kon kijken schuifelden de bezoekers starend hun kant uit. Hij kreeg het koud en begon te trillen.

De tent begaf het toen een zwijgende horde mensen het dek van de handelsschuit betrad en daarbij de vele glazen elixerflesjes onder hun schoenen kapot trapte. Het podium was er nog, en in het midden stond Gregor weer houterig te dansen, meegevoerd door zijn muziek.

Het publiek had graaiende klauwhanden gekregen, hun kaken waren op elkaar geklemd, hun tanden waren ontbloot en ze gromden. Slaafs bewogen ze, met wijd opengesperde hongerige ogen die geen moment knipperden, in de richting van de gezellen.

Showman Gregor klapte eenmaal hard in zijn handen – hij moest hebben geweten dat er net een pauze viel in de muziek – en het publiek bleef staan. De charlatan beschreef met zijn vinger een boog door de lucht, die eindigde bij de gezellen. Luid sprak hij tegen zijn onder zijn invloed verkerende publiek: "Zij zijn het elixer dat jullie zal genezen van *al* jullie kwalen." Hij likte zijn korstige lippen en grijnsde breeduit. "En speciaal voor jullie zijn ze vandaag gratisss. Dus grijp wat je grijpen kan, zuig ze maar leeg!" Hij jubelde.

Het publiek werd hysterisch, alsof het op de hele zaruza uitverkoop geworden was. Ze lachten en gilden ongegeneerd, klommen over elkaar heen, trokken de haren uit elkaars hoofd en scheurden elkaar de kleren van het lijf, om zo snel mogelijk het groepje op het achterdek te bereiken.

Op de achtergrond was de muziek weer begonnen te spelen en dat maakte het geheel tot een bizarre show. Het was alsof alles in de maat bewoog, in een krankzinnige wals van de naderende dood.

"Oh, drek," zei Arak met wijd opengesperde ogen, en hij greep een gebroken houten tentstok om zich te verweren.

Ook Ileas greep een stuk hout van een kapotte kist en sloeg met een onsmakelijk harde klap zijn eerste aanvaller van zich af. De gezellen bleven dicht tegen elkaar aan staan. De plek op het achterdek waar ze stonden werkte in hun voordeel, want hun aanvallers kwamen alleen van voren en via de schuiten aan de zijkanten – achter lag open water.

Een man zette zijn klauwen in Ylly en trok hem uit de groep. Jinasum zag het, maar schoot niet te hulp. Ze grijnsde. Toen de man hem leek te gaan opeten kwam ze pas in actie, en samen met de andere teamleden sloeg ze de belager weg. Ylly kon zich weer bij het team aansluiten, maar hij wierp zijn meest dodelijke blik tot nu toe naar Jinasum. Zij beantwoordde die net zo.

"Je moet zo en zo slaan. Dan raak je tenminste nog iets," zei ze, terwijl ze het handig voordeed.

"Ik ben niet achterlijk," zei Ylly.

Ze vochten gezamenlijk verder en wisten de hysterische aanvallers van zich af te houden. Degenen die ze neerhaalden werden meteen onder de voet gelopen door de volgende stroom. Jinasum zag er inmiddels uit als een roofvogel, met haar cape als vleugels en haar snelle pikkende slagen als een bek. Dideron deed geregeld een uitval en stormde dan langs de rand van de schuit, om met zijn beschermjas hele horden aanvallers het water in te botsen. Zeliska zat op het achterdek en kon weinig doen. Ze hield het bij haar eigen schijngevechten.

"We kunnen onmogelijk de volledige markt verslaan!" brulde Arak.

"Ylly is weg!" gilde Ileas ineens. Hij sloot zich bij de teamleden aan om het ontstane gat in de verdediging op te vullen. "Zien jullie hem? We moeten hem zoeken."

"Hij is zeker weer gegrepen," zei Jinasum. "Sukkel."

Rudarg veerde met zijn benen de lucht in en pakte de metershoge mast beet. Hij trok zijn benen meteen weer in en smeet met van alles uit zijn jaszakken naar de aanvallers beneden hem. Intussen keek hij in het rond. "Daar, ik zie hem!" brulde hij van boven, en hij wees naar iets wat zich kennelijk laag door het publiek bewoog, in de richting van het podium.

Het team werd voetje voor voetje naar achteren gedwongen en ze raakten steeds meer plek op het achterdek kwijt. Ze konden besluiten in het water te springen, maar dan zou het bezeten publiek hen ongetwijfeld volgen en bedelven.

Verderop klonk een gil boven alles uit. Gregor draaide wild in het rond: het was Ylly, die speeksel blazend rond zijn nek hing. Hij had het gepresteerd om op handen en knieën tussen het publiek door te kruipen en onder het podium door de charlatan te grijpen. De vlammende blik in zijn ogen maakte duidelijk dat hij Gregor nooit meer zou loslaten. Logisch: zijn leven hing ervan af en deze kans om van zijn Maark af te komen liet hij zich niet ontglippen.

Rudarg zag het, zette zich af, landde op het podium en sloeg ook woest zijn armen om Gregor heen. "Vuile hurner, ik ben geen dwerg, dat zet ik je betaald."

"Je praat heksch," jammerde Gregor nog.

Het publiek raakte nu in paniek en dacht dat hun gratis elixer hun ging ontkomen. Daarom begonnen ze nog meer over elkaar heen te klauteren, en dat belemmerde het zicht op het podium. In flarden van beelden zag Ileas dan weer de benen van Ylly, dan weer de uitgeschoven versies van die van Rudarg door de lucht zwaaien.

"Hier moet snel een eind aan komen," zei hij.

"Ze moeten Gregor uitschakelen. Dat zal de ban van het publiek verbreken," antwoordde Jinasum.

Dideron stootte het publiek aan de kant en zo ontstond een opening die zicht bood op het podium. Daar stormden Ylly en Rudarg van twee kanten op Gregor af en pletten hem met hun schouders. De charlatan draaide verdwaasd met zijn ogen en kwakte slap neer op zijn podium. Hij was uitgeschakeld.

"Jaah, jaah, ze hebben het geflikt," zei Ileas.

Opgelucht lieten ze hun verdediging vieren. Met de handen in zijn zij keek Ylly trots rond en wachtte af. Rudarg juichte.

De opening in de menigte sloot zich traag toen het publiek zich weer aaneensloot. Ze staarden nog steeds met dezelfde hongerige blik in hun ogen naar de 'elixers'. Ze bleven gillend en graaiend dichterbij komen, en onder hun gewicht zakte de handelsschuit een stuk dieper in de Struin. Aan één zijde liep het water al over het vlakke dek.

"Waarom stoppen jullie niet?" gilde Ileas, weer meppend met zijn stuk hout. "Hou toch op, ik wil jullie geen kwaad doen!"

"Ze stoppen niet omdat wij gratis zijn," zei Arak.

"Ze zouden moeten stoppen. Gregor is uitgeschakeld," zei Jinasum. "Om de magie te verbreken zouden we hem toch niet moeten..."

"Doden!" zei Ileas. "Dat druist nogal in tegen mijn principes."

Er was geen houden meer aan toen de gezellen stuk voor stuk werden gegrepen en boven de hoofden van het publiek alle kanten uit werden getrokken. De schuit schommelde heen en weer, maar dat deerde het publiek niet. Mensen vielen in het water en gingen kopje onder. Jinasum gilde schel en vormde zich om tot een cocon in haar groene cape. Dideron werd heen en weer geschopt als een bal. Alleen Zeliska wist te ontkomen toen ze het publiek met haar vlijmscherpe nagels liet kennismaken. Menige bloedende hand, gapende nekwond en opengereten buik keerde zich van haar af.

Ileas voelde zijn ledematen in de meest akelige standen getrokken worden en zijn botten knakten. Als ze hem niet in zijn geheel konden hebben, dan maar in stukjes, dachten ze blijkbaar. De kaken van de wellustige kopers klapperden en knarsten vlak naast zijn oren, en hun ogen floepten bijna uit hun kassen van bezetenheid. Toen voelde Ileas een zorgzame hand in de zijne: Arak. Hij had in zijn buurt weten te komen.

Ileas brulde: "Laten we uiteindelijk maar genieten van deze fantastische muziek."

"Ja, jaaah," brulde Arak terug.

De hand liet hem los en Ileas kon zijn vriend met moeite zien. "Wat doe je?"

Arak antwoordde: "Dideron probeert een doorgang naar het podium te maken, leid mij erheen, vlug, ik weet wat ik moet doen!"

Op het juiste moment was Dideron op zijn buik gerold en toen weer op zijn benen gaan staan. Hij zette zich af, stormde door de menigte en beukte de mensen links en recht zo hard aan de kant dat een aantal door de lucht vlogen. Arak wist zich uit de handen van zijn aanvallers los te worstelen en rende, met een belager aan zijn broekspijp knagend, op het podium af.

"Ik mag hopen dat je weet wat je doet," zei Ileas, die nog meer botten voelde knakken. Iemand zette zijn tanden in zijn schouder en begon te zuigen. Ileas sloeg hem weg en zei: "Ik ben geen elixer, houd toch op, jullie zijn onder invloed!"

Met bezweet hoofd stormde Arak op het draaiorgel af en ramde zijn gebroken tentstok in het apparaat. Het instrument braakte zijn opgewonden mechaniek in alle richtingen uit, zijn hypnotiserende muziek protesteerde en stopte meteen.

Kalmte daalde neer over de gehele zaruza.

20
DE BRONSTEEN

Het publiek ontwaakte uit zijn hypnose. Woestheid maakte plaats voor enorme schaamte, zodra ze beseften dat ze onder invloed waren gebracht door de drankjes van de charlatan. Mensen hielpen elkaar gebroederlijk overeind en verontschuldigingen vlogen over en weer. Van alle kanten klonken spijtbetuigingen. Als heiligen werden de gezellen van Moed en Daad op handen gedragen en boven de hoofden naar het podium geleid. Ze namen naast elkaar plaats en het team was weer compleet. Een aantal bezoekers hielp hen met het verzorgen van hun verwondingen, en daar kwam geen enkel elixer aan te pas. Voor hun voeten lag Gregor, met gesloten ogen en opgetrokken benen. Iemand begon te applaudisseren en al snel liet iedereen op dezelfde manier zijn waardering aan de gezellen van Moed en Daad blijken.

"Ik wist het wel, die Gregor was volledig zijn steegje kwijt, van zijn platje af," werd er opgemerkt.

Een ander zei: "Die elixers van hem waren bedrog, smerig ook." "Je reinste rommel, dat kan ik je wel vertellen." "Geneeskrachtige kruiden, ik hoor het die kleine man nog zeggen. Ha ha."

Toch klonk ook een stem: "Ik ben er wel aardig van opgeknapt, moet ik zeggen. Mijn haar danst weer als nooit tevoren."

"Het is troep."

"Mijn haren?"

Ylly liet zich op zijn knieën vallen en pakte de charlatan beet. "Iemands dood op mijn geweten hebben is wel het laatste wat ik nu kan gebruiken."

Ileas ging naast hem staan en zei: "Voel of hij nog ademt."

"Ja, hij ademt nog. Zwakjes, dat wel."

Ze zetten Gregor overeind en lieten hem bijkomen, met zijn rug steunend tegen een houten krat. Zijn oogleden gingen voortdurend open en dicht en toonden zijn tollende ogen.

Geschrokken greep Ileas Araks rechterhand. "Je Maark! Laat zien." Hij stond snel op en wikkelde de linnen band van de hand van zijn vriend. Er zat geen Maark meer onder, alleen een ongeschonden handpalm.

"Allemachtig!" zei Ylly, die erbij was gaan staan.

"Allat, kerel. Je hebt jezelf een moedig mens getoond," zei Rudarg oprecht.

"Dus het is mogelijk," zei Jinasum dankbaar knikkend.

Grijnzen was het enige waar Arak op dat moment toe in staat was.

Ontsteld liet Ileas de hand van zijn vriend los, omdat hij diep vanbinnen iets voelde breken. Hij deinsde achteruit en hapte naar adem vanwege het gevoel van enorme eenzaamheid dat hem overviel. Een moment was er op de volledige zaruza geen mens meer te bekennen dan Arak, op een schuit ver bij hem vandaan. *Ik ben blij voor je*, schreeuwde hij in gedachten naar hem. *Heus, ik ben echt blij voor je.* Zijn lijf voelde intussen als een leeggeroofde honingraat. Hij ging binnenkort sterven, maar dat zou hem lang niet zoveel pijn bezorgen als zijn gevoel van dit moment.

Wat ga je nu doen, dief?

Een edelman in een zware paarse jas, zonder franje maar met bontkraag, stapte met zijn volgelingen uit het publiek naar voren. Hij zei afkeurend in de richting van de charlatan: "Gregor Assertan. Eindelijk is het afgelopen met deze vreselijke mens."

"Dank u," zei Arak euforisch. Hij nam de eer in ontvangst, aangezien de rest van het team nog het laatste kwartier stond te verwerken.

"Gregor stond al een tijdje op mijn lijst van ongewenste verkopers, moet je weten," zei de edelman verrassend opgewekt, alsof hij zelf niet onder de invloed was geweest en aan de hysterie had deelgenomen. "Ik had er echter geen idee van dat zijn invloed al onder alle bezoekers verspreid was. Wie weet wat voor vreselijks hij had kunnen aanrichten als jullie niet op tijd actie hadden ondernomen. Om mij te assisteren in deze kwestie had ik een tijd geleden een bericht verzonden aan diverse vredesgilden in de omgeving, zoals Fermitas, Rinrith, Moed en Daad, Emperio, maar er kwam geen reactie op, dus ik had de hoop al opgegeven. Gelukkig zijn jullie vrome vredebewaarders toch gekomen." De man stak zijn hand uit. "Mijn naam is Dranstim Klaarwijk, de organisator van deze zaruza. En met wie heb ik het genoegen?"

"Ik ben Arak." De handen werden geschud. Arak richtte zich tot het publiek en zei luid: "Wij zijn het team van het vredesgilde Moed en Daad en wij zullen ervoor zorgen dat Raakwater en de wijken rondom worden gezuiverd van schorem als Gregor Assertan. Verspreid alstublieft het goede nieuws voor ons."

Het publiek begon te applaudisseren.

Aan de rand van de markt pakte een aantal verkopers hun boeltje bijeen, hakte met bijlen de flinke trossen los en voer er haastig met hun handelsschuiten vandoor. Een boot verhief zich met drie mechanische benen uit het water en liep met grote stappen weg.

Dranstim zei tegen Arak: "Je ziet wat jullie losgemaakt hebben met jullie goede daad. Blijf toch, een zaruza trekt nou eenmaal veel volk aan van diverse pluimage, en sommigen met minder vriendschappelijke bedoelingen."

"We hebben helaas voor nu een andere planning," antwoordde Jinasum. "Als wij hier konden blijven, hadden we dat wel van onze opdrachtgever vernomen."

"Heer Klaarwijk, we zetten uw zaruza in elk geval in onze toekomstige planning," zei Arak.

"Dank daarvoor, wij rekenen op jullie daadkracht." Dranstim spreidde zijn armen wijd uit en riep: "Dames en heren, wees dankbaar voor de goede daad van de helden van deze dag: de gezellen van het vredesgilde Moed en Daad."

Bij die woorden dook Ileas ineen en het voelde alsof er nog een Maark op zijn hand werd gezet. Zijn Maark lachte en kneep hem venijnig in zijn arm. De pijn kroop als stroperige teer onder zijn huid omhoog, tot aan zijn schouder. Morgen zou zijn nek aan de beurt zijn, daarna zijn hoofd en dan...

"Gaat het, Ileas?" vroeg Jinasum.

Zonder haar aan te kijken zei hij: "Ik wil vluchten, ver weg van hier. Misschien zijn er in de buitenste regionen wel plekken waar de magie van mijn Maark mij vergeet."

"Als je de pijn wegdenkt, in hoeverre is het dan nog een straf te noemen?"

Ileas mond viel open toen hij dat hoorde. "Hoe kan ik die wegdenken? Je vergeet bovendien dat we over een paar uurtjes nog maar drie dagen over hebben en dan zijn we dood! Als ik voor die tijd zelf al niet een radicale beslissing genomen heb."

"Kijk eens om je heen, zie al die blije en gelukkige mensen," zei ze.

Ileas keek niet en zei: "Ik wil ook blij en gelukkig zijn."

"Die mensen bezaten geen Maark, maar ze waren blijkbaar al lange tijd onder de invloed van Gregor en bleven van hem kopen. Wij hebben hun zorgen weggenomen en dat geeft mij in elk geval een goed gevoel."

Ileas keek rond en zag de blije gezichten. Het was waar: ze hadden mensen gelukkig gemaakt, dit was waar een gilde als Moed en Daad toe in staat was. "Ze zijn werkelijk blij," zei hij. "En toch zou het echt veel beter voelen als ik mijn verdomde Maark niet meer had."

"We weten nu dat het mogelijk is om er vanaf te komen," zei ze. "En ik ben blij voor Arak dat hij verlost is."

"Ik gun het hem enorm. Er zullen vast liederen over hem worden geschreven en iedereen zal de verhalen willen horen van de gelukkige die zijn Maark heeft weten te temmen. Het zal menig herberg weer vol krijgen."

"Je moet gewoon denken aan de dingen die je hierna gaat doen."

"Ik kan nergens anders aan denken dan de komende drie dagen," zei Ileas.

Op de achtergrond gebaarde Dranstim naar zijn gevolg. "Zoals hoort bij een geslaagde missie moeten wij als gemeenschap jullie daad met een gelijke waarde terugbetalen. Daarom bied ik als dank dit geschenk." Hij nam een kistje aan van één van zijn mannen en opende het plechtig. "Moge zijn kracht jullie verrijken en voorzien van de pit die jullie verdienen."

"Wat is dat?" vroeg Arak, starend naar de blauw gloeiende steen in het kistje.

"Heb jij in je leven nooit eerder een bronsteen gezien, beste gezel?"

"Ik ben bang dat dit de eerste keer is dat ik zoiets blauwigs zie."

"Dan zal de magie ervan je zeer verrassen."

"Is het waardevol?"

Dranstim knipperde met zijn ogen. Hij beëindigde zijn optreden en stapte van het podium. Aarzelend kwam het publiek weer in beweging en ging zijn weg, zwijgend, sommigen zich afvragend wat ze helemaal aan deze kant van de zaruza te zoeken hadden.

De charlatan kwam bij en vroeg duf aan een voorbijganger: "Waar ben ik precies?"

"Morgen zal hij weer op de been zijn, zoekend naar zijn geheugen," zei Jinasum tegen Ileas. "Hij zal gelukkig nooit meer de oude zijn. Helaas is dat maar beter zo."

"Inderdaad." Ileas keek een beetje bezorgd in de richting waaruit ze eerder die dag waren gekomen. "We moet terug, weer over de zaruza."

Arak was naast hem gaan staan, met de kist met de bronsteen onder zijn arm geklemd. "De grijns op mijn gezicht vertelt wellicht anders, maar ik ben mij bewust van de situatie en wil niets liever dan hier vandaan."

"Er is geen andere mogelijkheid dan dezelfde weg over de markt weer terug," antwoordde Ileas. "Laten we opschieten. Tenzij jij hier nog even een feestje wilt bouwen?"

"Er valt geen overwinning te vieren zolang jullie nog een Maark bezitten," zei Arak.

"Ylly is weer weg," zei Jinasum.

Ileas wees en zei: "Zie je dat bootje aan de rand van de markt?"

Achter het roer stond Ylly. Hij wenkte met grote gebaren naar hen, en aan zijn rood aangelopen hoofd was te zien dat hij al een tijdje verwoed had staan wuiven.

Zonder iets te zeggen trok Ileas Arak mee aan zijn arm richting het bootje, aangehaald en bejubeld door het publiek. Ze kregen als dank diverse zaken in handen geduwd: drank, eten en kleding.

Eenmaal bij het bootje zei Ylly tegen hen: "Wees gerust, dit bootje mogen we lenen."

Als eerste klom Ileas aan boord, gevolgd door de rest van het team. Onbewust – of misschien bewust – hielp hij iedereen aan boord, behalve Arak. Ze weigerden elkaar nog aan te kijken. Zodra alle gezellen aan boord waren gooide Ylly de trossen los en voeren ze de Trom af met de ondergaande zon in de rug. Het bootje liet een vrolijke pruttel horen. Verderop naar links volgden kleinere kanalen die hen weer terugvoerden naar Kromwyl, terug naar hun hoofdkwartier.

"Wat doet die poes nou?" vroeg Arak aan niemand in het bijzonder.

Het kistje met de bronsteen had hij even neergezet en Zeliska bleef eromheen draaien. Ze legde koesterend haar poot erbovenop.

21
ENERGIE VAN DUIZENDEN

Zeliska draaide als een bezetene rond het geopende kistje met de blauwe bronsteen, dat Arak op tafel in de grote hal gelegd had. Het blauw was schitterend. Het maakte haar niets uit dat Arak op een gegeven moment gek werd van haar gedraai en probeerde haar weg te jagen.

Dampend sulfaat, je moest eens weten wat je in je bezit hebt, jongetje. Niemand bekommert zich erom, maar met deze steen zullen jullie meer voor elkaar krijgen dan je kunt vermoeden. Begreep die Dranstim floepstraal zelf wel wat hij weggaf? Had ik er zelf maar een gehad tijdens mijn laatste uitvoering, dan had mijn toestand er heel anders uitgezien.

De tocht terug naar het hoofdkwartier had de nodige uren in beslag genomen en nu zat iedereen onderuitgezakt rond de tafel. Menigeen wreef over zijn rechterarm en -hand. Sommige handen wilden niet geaaid worden en stribbelden tegen.

Ileas masseerde met beide handen zijn slapen en mompelde: "Het bonkt zo. Het is diep in mij... en het bonkt en kruipt en eet."

Zeliska had geen idee wat hij bedoelde. Op Arak na waren de gezellen verzonken in zorgelijke gedachten en ze begreep eigenlijk niet waarom. Hun prestatie op de drijvende markt had haar aangenaam verrast en ze zouden blij moeten zijn. Het was immers een levensbedreigende situatie waar ze samen uit waren gekomen en ze hadden veel mensen gelukkig gemaakt. Dat gaf haar een sprankje hoop. *Ze kunnen het. Is dit dan het team dat ik zoek? Zouden ze mij kunnen helpen?*

Ineens sprong Rudarg op en begon rond de tafel te lopen. Zijn mechanische benen piepten en kraakten, en zo maakte hij haast een ritme dat bij een leuk lied zou passen. Zodra hij met zijn ellebogen begon te wiegen en een vreemde stem opzette, werd het iedereen duidelijk:

"Vooruit gezellen, jullie zijn koen
In deze wold is zoveel te doen
Veel te lang in bed verpozen
Doet alleen de meisjes blozen
Wij zijn hier voor dapper streven
Bewoners schenken wij goed leven
Moedig trekken wij ten strijde
Slechte zielen gaan wij bevrijden
Spies het schorem op een staak
Dit is onze verwoede taak
Er is alleen sprake van trots
Wij tonen nooit geprots
Een schenking is wat wij vragen
Met eer zullen wij die dragen
De wold blijft door ons in toom
....
Hoewel, nu doen we toch wat sloom."

En tegen Jinasum zei hij: "Excuses spediet voor de herenversie van dit lied. De woorden schoten mij momenteel te kort om het beter te maken."

Ze glimlachte. "Het klonk geweldig." Zijn lied had de stemming iets verbeterd.

Rudarg liep naar de trap. "Wat ga je doen?" vroeg Arak.

"Wij zijn hier voor dapper streven, garlargers. Bewoners schenken wij goed leven..." Hij wiegde nogmaals met zijn ellebogen.

Ylly stond op, moe knikkend in zijn knieën, en liep ook naar de trap. "We moeten Contentimus weer om raad vragen. Voor hetzelfde geld scheidt hij er straks mee uit."

"Je lied is misschien wat te optimistisch," zei Arak.

"Een nachtje ergens over slapen helpt alleen als je daadwerkelijk vroeg naar bed gaat, wist je dat?" zei Dideron, die zijn gezicht voor het eerst sinds lange tijd weer liet zien. Hij zag grauw en had donkere lijnen rond zijn ogen gekregen.

Met kleine ogen keek Ileas iedereen aan behalve zijn vriend, en zei: "Ik voel me nog zo fit als wat. Laten we zo snel mogelijk als team weer op pad gaan. Dan reizen we in rustig tempo en komen morgen op onze nieuwe locatie aan, voor onze volgende goede daad."

"Over een paar uurtjes zijn er nog precies drie dagen over," zei Ylly. "Dat zijn er veel te weinig om op ons gemakje ergens naartoe te reizen. We moeten serieus haast maken."

Het besluit was genomen en ze liepen de trap op naar de archieftoren. Arak bleef met hangende schouders staan en keek ze na. Pas na een paar tellen had hij voor zichzelf een keuze gemaakt. Voorzichtig haalde hij de blauwe steen uit het kistje en liep de rest achterna.

Tevreden sprong Zeliska van de tafel en trippelde achter hen aan. *En de steen gaat precies naar de plek waar hij wezen moet. Ze zullen eens wat beleven.*

"Die vervloekte trap," zei Ileas, terwijl hij met de rest van de gezellen de trap naar het archief opslenterde. "Bedenken ze helemaal bovenin zo'n technisch hoogstandje en dan vergeten ze de trap ernaartoe."

"Dat is om ongenode gasten te ontmoedigen," zei Jinasum.

"Ze hadden best iets kunnen bedenken om sneller boven te komen *en* ongenode gasten te weren uit het archief," zei Ileas.

"Dankzij deze toren is Contentimus lange tijd aan ieders aandacht onttrokken geweest. Toch geef ik toe dat deze trap anders had gekund. Als ik er ooit de tijd voor heb, zal ik er wat op bedenken," zei Ylly.

"Geen hijsbakkie," zei Ileas.

Ze bereikten moeizaam het einde van de spiraaltrap, schuifelden het archief binnen en bleven hijgend voor de machine staan.

Ylly zei geschokt: "Zie je wel, de fut is eruit."

"Bij mij ook," zei Dideron buiten adem.

De grote wielen op de rug van Contentimus draaiden traag rond en zijn ogen zaten half gesloten. De gons die altijd zo stevig door het pand trok was verdwenen.

De ratten hebben geen broodkruimel meer, dacht Zeliska, *anders zouden ze nog steeds als bezetenen rondrennen in het wiel. Gelukkig voor hen verandert dat binnenkort.*

Ylly was recht voor Contentimus gaan staan en vroeg: "Contentimus?" Toen er geen reactie kwam, liet hij moedeloos zijn armen hangen. "Zie je, hij reageert niet meer."

"Misschien heeft hij ook rust nodig," zei Arak achter hem.

Driftig draaide Ylly zich om. "Het is een machine! Machines hebben nooit rust nodig, je moet er alleen voldoende energie in douwen en dan blijven ze net zo lang lopen tot die op is."

Dit is mijn kans, dacht Zeliska en ze sprong op Arak af. Ze stak haar nagels uit en haalde uit naar zijn hand. Hij gilde, liet de bronsteen op de vloer vallen en tevreden gaf ze die een tik met haar poot. De steen gleed richting Contentimus.

"Verdomde maniak!" brulde Arak.

Ileas schoot in de lach.

Zeliska had alleen nog oog voor de lichtgevende blauwe steen, die over de houten vloer stuiterde in de richting van de muil van Contentimus. Vlak voor hij de machine in gleed, hield Ylly de steen tegen met zijn door gaten ontsierde schoen.

Lampijp. Hij weer.

"Wacht eens even!" werd er geroepen. Ylly keek om.

Dideron zei: "Laat die steen gaan. Die kat weet donders goed wat ze doet."

"Volgens mij speelt ze een spelletje," zei Ylly. "Is zij soms verantwoordelijk voor deze hele catastrofe waarin wij terecht zijn gekomen?"

"Een poes die ons een Maark bezorgt: jij hebt echt veel fantasie," zei Jinasum. "Je hebt gezien waartoe ze in staat is. Ze heeft voor ons deze machine aan de praat weten te krijgen. Dankzij haar kunnen wij allemaal van onze Maark af komen. Realiseer je je dat?"

Langer kon Zeliska niet op dit geleuter wachten. De echte maniak ontwaakte in haar en luid krijsend, met haar bek wijd open, stormde ze op Ylly af. Het sterkste hart zou daar niet tegen bestand zijn geweest. De jongen werd lijkbleek en dook opzij. "Die kat is werkelijk een maniak."

"Zei ik toch," zei Arak.

De bronsteen lag vrij en eindelijk kon ze hem in de muil van de machine duwen. Binnenin stuiterde hij tegen van alles aan en er klonk geratel. *Diametrale transitie rond de spectrale moleculaire kern, met afstoting van klare deeltjes wisselend met atomaire... Oh, dit gaat sneller dan verwacht.* Ze nam voor alle zekerheid toch maar wat afstand.

Met zijn laatste restje energie bemerkte Contentimus exact wat hem geschonken werd en de energie uit de bronsteen kwam meteen tot zijn recht. De machine begon aan alle kanten te trillen en te schudden, een lichtblauwe waas trok over hem heen en knetterende vonken sloegen alle kanten uit. Wielen begonnen te draaien met een snelheid die Zeliska nooit eerder bij een apparaat gezien had. Stangen sloegen op en neer, tandraderen draaiden op volle toeren en de zijpanelen klapperden. Er trok een lage, constante gons door de archieftoren. Contentimus klopte soepel, met slagen als van een reusachtig hart.

Bij de goden van de muur! Zeliska's adem stokte en haar emotie vloog haar naar de keel.

"Dit, voelt, goed." Contentimus klonk laag en vele malen krachtiger dan voorheen. "Precies, wat, ik, nodig, had."

Verbaasd bekeken de gezellen het lichtgevende apparaat, dat voor hun ogen op onbevattelijke snelheid draaide. Ylly stak zijn hand uit om hem aan te raken, maar Ileas hield hem weer tegen.

"Pas op, straks word je getroffen door dat blauwe... dinges."

De jongen liet zijn hand weer zakken.

Jinasum zei tegen Zeliska: "Je weet werkelijk wat je doet."

De poes miauwde trots.

"Verrijkt, met, met, de, energie, van, duizenden," zei Contentimus, opgewekt klikkend en ratelend. "Dank, hiervoor."

Ergens aan de achterkant van de machine schoot het luikje open en de honderden ratten vluchtten naar buiten, hun vrijheid tegemoet – ditmaal voor altijd.

Trots ging Zeliska midden in de ruimte zitten, met haar staart kronkelend over de vloer. Ze wachtte opgewonden op wat Contentimus voor hen in petto had. Zijn hoeveelheid informatie was enorm en kon dankzij deze ongekende energie volledig worden aangesproken.

"Onze missie was geslaagd," zei Ileas en hij raakte heel voorzichtig Contentimus aan. Het bracht hem even in trance.

Jinasum voegde toe: "Arak is de allereerste die zijn Maark is kwijtgeraakt. Gregor Assertan, de charlatan, is door ons uitgeschakeld, en de drijvende zaruza van Raakwater is een stuk veiliger geworden."

"Ik verkeer nog steeds in ongeloof dat ik de eerste ben die er ooit in is geslaagd," zei Arak. "Het voelt goed, ik voel me anders – niet alleen vrij, maar ook blij voor de mensen die van Gregor af zijn."

"Goed, om, te, horen. Tevreden."

Ylly stapte naar voren en zei: "Uw team staat tot uw beschikking en is bereid de volgende missie te aanvaarden. Waar mogen wij heen?"

"Ik, heb, missie, in, Klosterwoarde," zei Contentimus. "De, eigenaren, van, daktuinen, worden, tijdenlang, geteisterd, door, monster, van, Marbled... monster, van, de, nacht."

Helder, dacht Zeliska, en ze twijfelde of ze wel mee wilde.

"Monster?" zei Ileas langzaam.

"Een, mot," zei Contentimus en liet ergens wat lucht ontsnappen.

De inhoud van de missie had even tijd nodig om te bezinken, maar al snel begrepen de gezellen wat er te doen stond. Er werd een soort plannetje gesmeed, dat erop neer kwam dat ze binnen een uur weer op pad wilden gaan, als iedereen iets gegeten en gedronken had. Links en rechts ontstonden gesprekjes.

Arak vroeg Rudarg: "Vanwaar is het dat je heksch praat?"

Rudarg keek hem lachend aan en zei: "Ik ben ooit in Ogimilat door een dradvram vervloeking zo mietsie klein geworden. Die kwam van een heks," – hij spuwde op de vloer – "naar wie ik nog steeds op zoek ben. Die vervloeking heeft mij aangespoord me hun taal eigen te maken. Zo kan ik ze begrijpen als ik er een tegen het lijf loop."

"En wat doe je als je de bewuste heks tegen het lijf loopt?" vroeg Jinasum.

"Geen idee, spedried. Misschien heeft de tijd mijn ergste froemsel inmiddels verjaagd. Ik accepteer allang dat ik ben zoals ik ben, en klein zijn heeft in deze wold soms zijn voordeel."

Het werd tijd voor Zeliska om zich in de groep te mengen, maar had ze haar kansen goed bekeken? *Qua mogelijkheidscurve is het goed te doen,* dacht ze, *betrouwbaarheidsfactor is nog een herberekening waard, ongrijpbaarheidswaarde van dertig procent, minus de omgevingsfactoren en...* Flats! Daar lag de kaart die ze eerder had voorbereid, met alle letters van het Dizariaanse alfabet, uitgespreid op de vloer, en voor ze het wist had ze letters aangewezen: haar naam om mee te beginnen.

"Oh, kijk die kat eens," zei Rudarg.

"Poes," zei Arak.

"Ze wijst lettertjes aan op die kaart," zei Ileas.

"Betekent dat dat ze onze taal spreekt?" vroeg Arak.

Jinasum boog dichterbij en sloot de letters aaneen. "Zeliska."

"Ja dus," zei Ileas.

"Ze heet blijkbaar Zeliska, maar dat kan net zo goed een andere taal zijn," zei Arak.

"Wacht, ze doet nog meer," zei Rudarg.

Het was weer Jinasum die de letters aaneensloot. "Weetkundige poes uit Eteria. Laboratorium verzwolgen door zwarte Dat, collega ontvoerd, geen idee waar hij is. Beetje de weg kwijt. En nu ben ik hier sinds een paar dagen beland."

"Dat verzin je ter plekke!" zei Arak tegen Jinasum.

Neu, dacht Zeliska, en ze keek hem strak aan terwijl ze de kaart gladstreek.

"Dit is wat ze aan ons vertellen wil," zei Jinasum.

Daarna wees Zeliska nog zoveel letters aan dat ze op een gegeven moment een verdoofd gevoel in haar poot voelde – ze had ook zo'n lang verhaal te vertellen. Het was fijn om in elk geval duidelijk te maken dat ze volledig aan hun kant stond. Het was gewoon erg toevallig dat ze samen met hen hier beland was en de machine aan de praat had weten te krijgen. Dingen lopen nou eenmaal soms zo, daar kon geen kansberekening tegenop. Haar kennis en kunde kwamen de gezellen erg goed van pas en ze waren haar daarom zeer dankbaar.

Zo makkelijk was het: ze had vrienden gemaakt. Vanaf nu zou ze hen gaan volgen bij alles wat ze deden, gewoon omdat ze het fascinerend vond waartoe deze mensen in staat waren. Arak in het bijzonder had haar aandacht, en vanbinnen moest ze giechelen.

22
Het monster van Marbled

Zijn lichaam droeg hem door de straten, maar in gedachten lag Ileas ergens in een lekker bed.

Druilerige ellende viel uit de lucht en daardoor waren er gelukkig weinig mensen op straat. Hun reis naar Klosterwoarde verliep voorspoedig. Bij iedereen begon de Maark zwaarder te wegen en dat putte hen sneller uit dan verwacht. Daarom besloten ze om ruim halverwege hun tocht onder een boogbrug te schuilen en uit te rusten. Aan weerskanten van de brug kletterde de regen op de rotsige oever van een modderig riviertje. De wold was donker, maar een nabijgelegen pakhuis wierp een abrikooskleurig licht uit zijn venster.

 Ze kropen onder hun dekens dicht tegen elkaar aan om het warm te krijgen.

Eerder had Arak eten ingekocht, en nu hij van zijn Maark af was ondervond hij geen weerstand bij de verkoper. Uit de jutezak trok Ileas een stuk brood om een flinke hap te nemen, maar hij liet het weer in de zak glijden.

"Geen trek?" vroeg Arak hem. "Ileas?"

Ileas liep een eind bij de anderen vandaan de regen in en zei zacht tegen zijn vriend: "Ik ben werkelijk blij voor je dat jij als eerste van je Maark af bent, maar het heeft tegelijk een enorme afgunst in mij doen ontwaken."

Arak kwam naast hem staan en zei: "Dat spijt me erg."

"Ik herken het gemak waarmee jij nu als vanouds door het leven gaat. Dat wil ik ook terug, en wel zo snel mogelijk."

"Ik ken je langer dan vandaag, en je moet iets eten, anders word je sacherijnig. Dit soort dagen vraagt veel van je lichaam en geest. Eet iets," hield Arak vol.

"Mijn eetlust is verdwenen," zei Ileas.

"Waarom krijg ik het idee dat dat aan mij ligt?" vroeg Arak.

"Ik ben toch degene die niet eet. Het ligt aan mij, mijn maag zit vol zuur. De volgende missie lijkt alweer zo'n onmogelijke taak."

"Je gaat niet bij de pakken neerzitten, kop op. Om te leven zoals wij moet je meer zijn dan gewoon een stel jongens: je moet bikkelhard zijn. Weet je nog hoe wij een keer de vlekkenpest hebben doorstaan en onszelf in leven wisten te houden met modderwater uit de goot? We hadden al zicht op onze eindsteeg. Ooit hebben we dagen alleen maar kunnen kruipen door de afranselingen die we kregen van Zalwilm. We hebben weken geleefd op restjes brood en rottend fruit vol vliegen, in duistere steegjes, rillend van de kou. We hebben een complete catalogus van ziekten en ellende doorstaan; wij zijn overlevers."

Het waren dit soort wijze woorden die Ileas zo kon waarderen van zijn vriend. Hij had gelijk: zij waren overlevers. Ileas knikte opgebeurd en fluisterde: "Bemerk je de spanning in de groep? Iedereen lijkt op zijn hoede nu ze weten dat het mogelijk is om van een Maark af te komen. Ik zie hun loerende ogen, ze houden met moeite hun ware zelf verborgen. Vind je iedereen niet een beetje te meegaand?"

"We zijn allemaal gewone mensen, die een veel te zware straf hebben gekregen."

"Misschien," fluisterde Ileas. "Wat mij dwarszit is de vraag wie ditmaal naar voren zal springen om de finale slag te slaan."

"We moeten gokken," zei zijn vriend.

Ileas keek op. "Ik weet dat jij graag gokt, maar dat is wel het laatste waar ik nu aan denk."

Arak, die altijd een rood dobbelsteentje in zijn jaszak had zitten, keek hem verbaasd aan en zei: "Dat... is niet wat ik bedoel."

Hij rechtte zijn rug en sprak tegen het hele team: "Laten we bepalen wie de finale zet doet tijdens onze volgende missie door te gokken. We kiezen allemaal een getal en dan dobbelen we. Gooi je als eerste jouw getal, dan win je."

"Huh, wat? Leg dat nog eens uit," vroeg Rudarg, die al was weggedommeld.

Ook anderen wreven de slaap uit hun ogen.

"Vooruit, ik ben voor een eerlijke missie," zei Ylly.

Rudarg zei: "Als wij zweren elkaar bij te staan tot we van onze Maark zijn verlost."

"Zweer ik." Ylly stak verrassend snel zijn hand op, waarschijnlijk omdat hij dit achter de rug wilde hebben om weer verder te kunnen slapen.

De rest volgde zijn voorbeeld.

"Laten we nu dan dobbelen." Arak warmde zijn rode dobbelsteentje op in zijn vuist.

Er werden hardop getallen genoemd en het dobbelen begon. Ronde na ronde stuiterde de dobbelsteen op de stenen, zonder winnaar. Toen pakte Ileas hem van Rudarg over en drukte hem eerst stevig in zijn hand voor hij hem liet gaan. Hij gooide.

Drie, drie, drie, laat het drie zijn. In gedachten zag hij de drie witte stippen al voor zich. Hij keek zijn vriend aan en dacht: *Geef mij eens een beetje van het geluk dat jij altijd hebt.* De dobbelsteen rolde en tot zijn grote verbazing kwam hij op de juiste zijde tot stilstand: hij had drie gegooid!

"Ileas mag bij deze missie de finale slag slaan. Het is beslist," zei Rudarg.

Er verscheen een enorme grijns op Ileas' gezicht. Hij voelde zich opgetogen, klaar om verder te reizen. Arak gaf hem een bemoedigend knikje.

Dit gaat lukken!

"Bedaar jongen, je Maark zit er nog." Rudarg wikkelde zich in zijn deken en ging slapen. De rest volgde zijn voorbeeld en er werd een paar uur achtereen geslapen.

Door de enorme pijn in zijn hand schrok Ileas wakker. Het was alsof het gewicht van de volledige wold erop drukte. Zijn vingers waren kromgetrokken als die van een invalide oude man. De palm van zijn rechterhand was naar de stenen gekeerd en die bewogen rommeling op en neer, alsof ze strijd voerden wie als eerste contact mocht leggen met de Maark onder die besmeurde linnen lap van hem. Ileas liet het ditmaal toe, gewoon om te zien wat er gebeuren zou, hoe het levende systeem hem vond. Het eerste steentje raakte hem aan en snufte. Dat was wat Ileas betreft genoeg en hij schoot overeind.

Terwijl Rudarg zijn deken stond op te rollen zei die tegen hem: "Het levende systeem weet heus niet dat jij 't bent. Zijn huid ruikt alleen jouw Maark, zoals het ook M-klik leuk vindt, of magische symboliek."

"Gelukkig maar," zei Ileas.

Het was inmiddels droog, maar nog wel donker. Er werd aan het brood geknaagd en de tassen werden over de schouders gehangen. Via de Jaklo Drodostraat, die begroeid was met hoog gras en bloemen, gingen ze verder.

Klosterwoarde lag in een wijk met brede grachten en pakhuizen, en was veel groter dan nodig was. De waard was ooit een gesloten kloostergemeenschap geweest, waar de Monneki de dienst uitmaakten en het woord van de heilige Myriad verspreidde, omgeven door al hun protserigheid. Hun onderkomen was een cluster hoge panden met sierlijke torens, afgetopt door glanzende koperen bollen. Zo gesloten als hun gemeenschap ooit was geweest, zo open stonden de grote houten poorten nu, want elk geloof was welkom, mits je wat te geven had. Op elke hoek van het complex was wel een beeld van een god of godin te zien.

Ileas herkende een aantal van de goden aan hun symbolen, die hij zelf op talismannen en amuletten om zijn nek had hangen. "Vanaf hier moeten we het hogerop zoeken," zei hij. Arak staarde naar zijn schoenen.

"Vooruit blijven kijken, dat is de truc," zei Jinasum, "nooit naar beneden. En blijven ademen, in, uit, in, uit."

"Dat weet ik," zei hij. "Het is de missie waar ik mij op concentreer. Dat maakt dat ik minder aan de hoogte denk. De groene omgeving scheelt enorm."

"Ik vind het dapper van je dat je erbij bent," zei ze.

Ze bracht Ileas in verwarring, want ze glimlachte naar Arak zoals ze ook steeds naar hem lachte. *Uiteraard speelt ze een spel, zoals iedereen in de groep*, dacht Ileas.

Ylly vroeg Arak: "Waarom ben je er eigenlijk bij?"

"Jullie bijstaan," zei Arak. "Was jij er al vandoor gegaan als je van je Maark verlost was?"

"Absoluut."

"De Maark heeft mij veranderd," zei Arak. "Voor het eerst in mijn leven heb ik een goed gevoel aan iets overgehouden, iets wat er werkelijk toe doet, ik heb mensen gelukkig gemaakt. Heb jij dat gevoel weleens ervaren?"

"Tuurlijk, ik ben uitvinder. Alles wat wij bedenken maakt de mens gelukkig."

Zelfingenomen drol, dacht Ileas en zijn vingers jeukten om hem zijn onderlip over zijn oren te trekken.

"Weet je," zei Ylly tegen Arak, "je geeft mij eigenlijk wel een goed gevoel als je in mijn buurt loopt: ik kan vanaf vandaag jou het leven redden, want je bent immers weer een fatsoenlijk burgermens en geen medeveroordeelde meer."

Kalm antwoordde Arak: "Als ik jou straks van de daktuin blikwerp, hoef je weinig meer te redden en ben je in één klap van al je zorgen verlost." De term blikwerpen werd tegen stakkers gebruikt die door een straatbende over een brugrand werden gesmeten, de diepte in: 'Zo, werp jij je blik maar eens op de bodem daar.'

Bij die woorden bedaarde Ylly en veranderde ineens weer in die onschuldige jongen die van uitvinden hield.

Dideron zei: "Als je met open mond van een gebouw springt, eet je minstens vier insecten op, schijnt het. En ook nog vogels, maar daar zijn de feiten dan weer mistig over."

Ileas draaide zich om, keek naar boven waar de trap heen leidde en liep verder, nagekeken door het aanwezige straatvolk. Dat dunde aanzienlijk uit zodra de groep de tocht naar boven aanvaardde. Mensen pakten haastig hun boeltje bijeen en vluchtten de straat uit. Ze schudden afwezig het hoofd en iemand bracht gebeden over op de gezellen.

Dezen beklommen de eerste steile trap die tussen de bouwsels door omhoog slingerde. Ergens halverwege namen ze een touwbrug en maakten daarna weer gebruik van een volgende trap. Hoe hoger ze kwamen, hoe vaker ze op dichtgetimmerde huizen stuitten, waar enorme strengen knoflook langs de kozijnen hingen. De verlaten indruk maakte iedereen waakzaam: dit was het domein van het monster van Marbled.

Met geen mogelijkheid kon Ileas zich voorstellen hoe groot het monster in werkelijkheid moest zijn, omdat hij steeds het bruine motje achter het raam in het hoofdkwartier voor zich zag. Hardop zei hij: "Een mot die het gewicht van een volwassene kan dragen moet gigantisch zijn."

Jinasum antwoordde: "Formaat doet er niet zoveel toe, het gaat om de intelligentie. Vaak zijn heel grote beesten niet bijster slim."

"Grote beesten zijn doodeenvoudig gevaarlijk, en naarmate de omvang toeneemt heel erg gevaarlijk. En bij wat ik mij zo kan voorstellen moet die mot enorm in omvang zijn."

"Om een held te zijn moeten nou eenmaal monsters worden verslagen."

"Ik wil geen held zijn, dus als je daarop valt heb je bij mij pech." Ileas liep stevig door.

"Elke gezonde jongen van jouw leeftijd wil een held zijn," zei ze hem na.

"Echt niet."

Ze bleven trappen bestijgen. Zeliska had er weinig moeite mee en bleef bij elke aftakking wachten op de groep, met een staart die kaarsrecht omhoog gestoken was. Het uiteinde ervan hing slap en leek soms een eigen leven te leiden.

"We zijn er bijna," zei Ileas.

"Ben je hier vaker geweest?" vroeg Rudarg.

"Nee, ik hoef alleen de geur te volgen. Ik wou dat ik kon zeggen dat het hier hoger in Dizary frisser rook dan op straatniveau, maar helaas is het andersom."

"Ik ruik wat je bedoelt, garlarger," zei Rudarg.

Via een gebroken poort kwamen ze op een enorme daktuin uit. Een dergelijk weids uitzicht had Ileas verwacht nooit meer te zien. Maanwachter Epis stond hoog in de heldere lucht en scheen in een kabbelende beek die de daktuin doorsneed. Aan beide zijden flankeerden knotwilgen de afbrokkelende kade.

Ileas zei: "De maan staat prachtig, maar dat neemt niet weg dat het hier iets heeft van een begraafplaats, zoals waar de oosterlingen hun doden ter aarde bestellen en vereren."

Uitgedroogde en geknakte maïskolven krasten langs elkaar heen op het ritme van de wind, en verderop draaiden in verval geraakte molens. Kale bomen stonden met hun takken wijduit als enorme klauwen.

"Deze plek bezorgt mij een froemzalig gevoel. Geef mij een dolk, een degen. Dramg Maark," zei Rudarg.

"Horen jullie dat?" vroeg Jinasum ineens.

Verschrikt keken ze in het rond en Ileas zei: "Nee."

"Het is volkomen stil," zei ze.

"Ja, het is nacht," zei Ylly.

"Het is veel te stil," zei ze.

"Maak me nou niet gek," zei Ylly.

Ineens was het alsof iemand 'klaar voor de start, af!' geroepen had. Ylly, Jinasum, Rudarg en Dideron zetten het op een rennen en schoten tussen de droge maïskolven door uit beeld, allemaal een eigen kant uit.

"Hé," zei Ileas, en hij voelde zich opeens een klein kind waarvan straatschoffies de lievelingsbal hadden gejat en ervandoor waren gegaan. Hij mocht dan de finale zet doen, maar daar had iedereen blijkbaar ineens maling aan gekregen. Daarom zette hij het ook op een rennen. Achter hem hoorde hij Arak nog iets zeggen; hij had niet beseft dat zijn vriend er nog wel stond. Zeliska huppelde achter hen aan.

"Verdomme, verdomme," bromde Ileas. Al rennend duwde hij de droge maïsstengels aan de kant en probeerde zo goed mogelijk het geluid van zijn voorgangers te volgen. De geluiden gingen alle kanten uit en hij vermoedde dat Jinasum ergens links was, Ylly en Rudarg recht voor hem en Dideron rechts schuifelend. Zelf besloot hij rechtdoor te gaan. Arak en Zeliska volgden hem.

Het maïsveld ging over in bedorven koren, een uitgedroogde boomgaard en een doorgeschoten kruidentuin. Lange tijd had geen mens zich hier laten zien om onderhoud te plegen. De daktuinen lagen op verschillende niveaus, door bruggen verbonden met het stadsleven tientallen meters lager.

Aan de rand van de kruidentuin bleef Ileas staan en tuurde rond of hij zijn teamleden ergens kon ontdekken. Verderop zag hij Rudarg overduidelijk rennen, want de kleine man had zich uitgeschoven en stak met kop en schouders boven een maïsveld uit.

Heel even verdween de maan achter een dikke wolk, en dat vond Ileas vreemd in deze onbewolkte nacht. Geluidloos gleed een schaduw over hem heen en stoof op Rudarg af. Die had het door en zakte vlug omlaag. De schaduw leek het restant maïskolven woest te doorzoeken, gleed door en verdween een heel stuk verderop.

"Rudarg!" zei Ileas en wilde naar hem toe rennen, maar Arak hield hem tegen.

"Stil, we vormen een prooi," zei Arak. "Vlug, daarheen."

Zo'n dertig meter westwaarts kwamen een aantal omliggende bouwsels samen en vormden een duistere overwoekerde hoek, waar het maanlicht onmogelijk komen kon. Ze staken het kruidenveld over en gingen er met zijn drieën op af.

"Oempf!" Opeens lag Ileas languit op de droge aarden grond. Hij wrong zijn schoen los van de stugge wortel waar hij achter was blijven haken. Zijn blik ging meteen naar de lucht om te zien of de schaduw in de buurt was. Niets.

"Lukt het?" vroeg Arak, die was toegesneld.

"Het gaat uitstekend." Ileas keerde zich om om weer op te staan, toen een walgelijke lucht zijn neus binnensloop. Er waren maar weinig geuren die hij direct kon duiden, maar dit was er een van. Hij was zwaar, dreigend en omgeven door een sluier van duisternis: onmiskenbaar de geur van de dood.

Hij drukte de kruidenplanten met beide handen aan de kant en zijn maag maakte een draai. Nu wenste hij dat hij niet zo nieuwsgierig was geweest. Het aanzicht van het lijk dat op nog geen meter bij hem vandaag lag, brandde in op zijn netvlies. De geur van de dood zweefde als een geest rond het levenloze kinderlichaam.

"Oh, fijn hoor."

Zeliska zag het ook en miauwde zorgelijk.

Qua lengte was het duidelijk nog een kind, maar het was onmogelijk te zien of het een jongen of een meisje betrof, want de schedel was volledig doorboord. Alle ledematen lagen in een verkrampte houding van de angst die de arme ziel de laatste seconde van zijn leven doorstaan had.

"Werk van het monster," zei Arak, die Ileas op de been trok. "We zijn hier om dit in de toekomst te voorkomen."

"Dat is juist," zei Ileas, en samen renden ze zonder op of om te kijken verder in de richting van de donkere hoek.

Daar botsten ze tegen Jinasum op.

"Het lijkt alsof daar iets vliegt," zei ze zachtjes, naar de lucht turend.

"Ga pakken dan!" zei Ileas. "Je had net toch zo'n haast."

"Ik sloeg op de vlucht," zei ze. "Ik vind het hier doodeng."

"Laten we het daarop houden," zei Ileas. Hij wees in de richting van een dampende composthoop dertig meter verderop, waarvandaan de boekhouder Dideron naderde. De wandelende jas wist zich prima staande te houden en met zijn kleine pasjes aardig snelheid te maken. Zonder ook maar eenmaal te struikelen bereikte hij de donkere hoek.

Intussen speurde Ileas de nachtelijke hemel af, maar de schaduw hield zich verborgen. Het duurde even voor hij aan de duisternis gewend was van de ruimte waar ze stonden. Aan de zijkant van het gebouw zat een enorme krans van gecorrodeerd metaal, die de opening van een luchtschacht omringde. Hij had een doorsnede van zeker vijf meter en dat verontrustte Ileas. Er had ooit een rooster voor gezeten, maar de dikke spijlen waren opengebroken.

Jinasum zei: "Er liggen een hele hoop huidschilfers rond de ingang. Ongetwijfeld van de mot."

"Dan is dit dus zijn verblijfplaats," zei Ileas, die zich vergaapte aan de enorme opening. Ineens zag hij zichzelf in paniek rennen, door de kruidenplanten, over de bruggen, door de boomgaarden, de trappen af, weg van hier. Hij beheerste zich, hij moest immers de finale zet doen – als niemand hem voor ging zijn.

De maan verduisterde weer en alle blikken schoten meteen de lucht in. De schaduw suisde geluidloos tussen de bouwsels door, en die hielden het werkelijke voorkomen van het monster verborgen.

Voorzichtig sloop Ileas naar de hoek van het gebouw. Hij wilde wel eens zien hoe indrukwekkend die mot was die hij moest verslaan. Voet voor voet naderde hij de hoek, terwijl hij zich angstig tegen de muur aan drukte. Hij ademde diep in en gleed met zijn blik langs de muur. Iets kwam snel op hem af en hij gaf een brul. De rest van de groep schrok zich wild. Maar het was Ylly die het gepresteerd had de tuin over te steken zonder gegrepen te worden.

"Wat doen jullie hier? Feestje?" vroeg hij.

"Die schaduw!" zei Ileas.

"Welke schaduw, man?" vroeg Illy oprecht verbaasd. "Jullie doen een beetje vreemd. Zeg, we moeten die mot zien te vinden en snel ook. Hebben jullie deze hoek doorzocht, dan zal ik daar verderop gaan kijken."

"We moeten hier wachten tot de mot zich laat zien." Ileas keek rond.

"Laten we genoeg herrie maken, dan komt hij misschien vanzelf," zei Ylly.

"Dan gaat hij er geschrokken vandoor," zei Jinasum.

Arak zei: "Ik stel voor dat we afwachten."

"Ja, dan wachten we af," zei Ylly. "Dat monster is op jacht, dus het kan nog de hele nacht duren voor hij terugkeert. Geeft niets, we wachten gewoon. Net zo lang tot de zon opkomt en weer ondergaat, tot de dagen voorbijvliegen, onze Maark ons doodt en het levende systeem ons herenigt. Ja, laten we geduldig afwachten. Tomtiedom."

Jinasum sloeg hem hard in zijn gezicht. De pets echode over de daktuin en trok meteen de algemene aandacht. Normaal zou iemand na zo'n klap verontschuldigend opschrikken, omdat hij harder was geweest dan bedoeld. Jinasum niet. Ze zei: "Hou toch eens op, klein kind!"

"Geen ruzie," zei Arak streng, maar uit zijn knipoog bleek waardering.

"Geen stemverheffing graag," zei Ileas. "De mot is dichtbij."

Ylly stampte al wrijvend over zijn rode wang weg bij de groep, uit de schaduw het volle maanlicht in. Verderop begon hij in zijn handen te klappen. "Motje, motje, motje!"

De maan werd weer verduisterd en een fractie van een seconde verkeerde de daktuin in grimmige duisternis. Als een vogelverschrikker bleef Ylly ineens met gespreide armen staan, starend naar de verdwenen maan. Razendsnel suisde de schaduw over hem heen en hij werd door iets de lucht in getrokken. Gillend spartelde hij tegen, de greep van het monster leek wat onhandig en Ylly werd losgelaten. Enkele meters tuimelde hij door de lucht en kwakte neer op de droge aarde, waar hij roerloos bleef liggen.

"Zo, dat moet zeer doen," zei Jinasum.

Aan de rand van de daktuin verrees het monster van Marbled in het maanlicht, en het deed zijn naam beslist eer aan. Ileas had zich een grote mot voorgesteld en die in gedachten nog eens tien maal vergroot tot een verontrustende afmeting. De mot die naderde overtrof dat beeld: dit was geen gewoon monster, maar de koning van de nacht.

Zijn grauwe, met patronen bedekte vleugels bezaten zo'n enorme spanwijdte dat ze geschikt zouden zijn voor een driemaster die een woldreis voor de boeg had. Het harige lijf had de omvang van een reus, de kop was zo groot en woest als een os, met bovenop hoornachtige antennes. Aan zijn bek hing zijn van bloed druipende meterslange angel, waarmee hij de schedels van zijn slachtoffers doorboorde. Zijn zes iele behaarde poten graaiden hun kant uit. Zijn brul echode door de nacht en deed het groepje bevriezen.

"Jij mag het doen," zei Dideron tegen Ileas en hij gaf hem een duwtje in de rug.

Ileas voelde zijn benen week worden en zijn armen slap. Kort daarvoor was hij nog zo euforisch geweest na het winnen met het dobbelen. Bij dat gevoel kon hij zich niets meer voorstellen, en het was alsof de wold zo hard aan zijn hand trok dat hij er elk moment door kon worden verslonden.

"Bekijk het maar." Hij rende richting de opengebroken luchtschacht.

Arak greep hem bij zijn jas. "Wacht, dit is je kans."

"Maar hoe?"

Het maanlicht scheen door de vleugels van het monster en dat maakte de patronen nog indrukwekkender. De antennes op zijn kop kronkelden; zo speurde hij de omgeving af, hij moest beslist al weten hoeveel mensen er in zijn territorium rondstruinden. Hij krijste schel; het geluid sneed als een ijzig mes door de trommelvliezen van de gezellen.

"Ahhg." Ileas drukte zijn handen tegen zijn oren. Ook de anderen stonden met hun handen tegen hun oren gedrukt, behalve Dideron, die zijn beschermjas had.

De klapwiekende vleugels veroorzaakten zo'n sterke wind dat Ileas haast onderuit ging en de rest van de gezellen in de hoek gedreven werd. Het stof van de droge aarde waaide wervelend op en uit die wolk kwam de angel tevoorschijn, recht op Ileas af. Hij zakte net op tijd onderuit, niet omdat hij zo'n fantastische gevechtskunstenaar was, maar omdat zijn benen het begaven van de angst. Gelukkig – want daardoor beukte de angel over zijn hoofd heen in de bakstenen muur achter hem.

Waarom moet dat beest mij hebben? dacht hij. *Weet het dat ik de finale zet mag doen of ruikt het mijn angstferomonen?*

De mot trok zijn angel krijsend terug. Stukken baksteen vlogen in het rond en hij stak nogmaals toe. Ditmaal had Ileas wel de moed verzameld om adequaat te reageren en hij rolde zijdelings weg toen de angel naast hem in de aarde stootte. Zo rolde hij nog een paar maal heen en weer om de aanvallen van de angel te ontwijken, maar veel energie om dat te blijven doen had hij niet meer. De mot gebruikte nu zijn friemelende poten om hem op zijn plek te houden en Ileas kon geen kant meer uit. Hij wenste dat de mot maar snel ging toesteken.

Dit is het dan, dacht hij. *Eindelijk, dus zo voelt het werkelijk om te gaan sterven.*

Maar er kwam iets heel anders naast hem neer in de aarde. Hij keek op en zag de volle maan door een enorm gat in de tere vleugel van de mot schijnen. Het monster was geraakt door een metalen schoffel.

De mot gaf weer een krijs, ditmaal van narigheid, en liet Ileas los. Zijn kop en antennes schoten woest heen en weer, zoekend naar zijn aanvaller.

"Gooi iets, gooi iets!" schreeuwde Ylly, die weer was bijgekomen, van verderop. "Raak zijn vleugels, die zijn teer."

De stofwolk was gaan liggen en de andere gezellen verschenen met hun handen vol tuingereedschappen. Ze gingen tot de aanval over.

"Hij kan mijn hark krijgen." Arak wierp stoer. Zijn hark zwiepte wat onhandig door de lucht, maar had een groot effect. Een flink stuk vleugel werd losgeslagen en hing er nu fladderend bij.

De mot sprong op hem af, zwiepte zijn angel zijdelings door de lucht en raakte Arak in zijn ribben. Arak vloog door de lucht, viel hard neer, maar kwam snel overeind om opnieuw toe te slaan. Jinasum smeet vanaf de zijkant een paar vlijmscherpe heggenscharen en wat zware spullen naar het beest. Dideron miste met alles wat hij gooide.

Het meest vernietigende wapen trof de mot van achteren. Rudarg was weer verschenen en had een zeis gevonden, waarmee hij een grote ravage maakte van de vleugels. De mot danste rond en beukte Dideron aan de kant, terwijl zijn angel een paar maal rakelings langs hem in de muur beukte. Nog meer tuingereedschappen schoten door de vleugels en al snel veranderden die in een enorme gerafelde massa. Het monster kon onmogelijk nog de lucht in en spartelde kermend over de droge aarde.

"Zo tem je een draak, garlargers," zei Rudarg Klats trots.

Woest hief de mot zijn kop en zijn bolle ogen fonkelden in het maanlicht. Hij gaf zich nog niet gewonnen en stak Rudarg in zijn schouder. De kleine man gilde het uit en de mot smeet hem aan de kant.

Dideron draaide rond als een kip zonder kop. "Haal mij hier weg, ik wil hier niet zijn, haal mij hier weg. Hier is toch niemand die ons met klinkende munt belonen zal voor deze daad."

Razendsnel keek het monster rond en schoot dichterbij op zijn iele behaarde poten, zijn gescheurde vleugels achter zich aan sleurend. Zijn angel was recht vooruitgestoken in de richting van zijn eerdere prooi.

Ileas keek er scheel van toen de punt ongekend snel op hem afkwam. Zijn mond gleed open voor een laatste gil, die wegbleef van de schrik. Zijn schedel zou binnen één seconde in een bloederig gat zijn veranderd als die groene cocon niet voor hem was opgedoken. Het was in deze situatie belachelijk om te zien, en hoewel hij zich op een daktuin bevond, had hij zo'n grote groene vrucht nooit verwacht. Dit avontuur had hem ongetwijfeld krankzinnig gemaakt.

De angel van de mot ketste af op de cocon. Beduusd kroop het monster naar achteren en bereidde een volgende steek voor.

In een sierlijke beweging ontvouwde de groene cocon zich en tot Ileas' grote verbazing was het Jinasum die voor hem stond. Ze spreidde haar armen en vormde met haar cape een stel vleugels in hypnotiserende kleuren. Zelfs Ileas werd er een beetje duizelig van.

Voor dit wezen had de mot respect en zijn nieuwsgierigheid was genoeg gewekt om zijn aanval uit te stellen. Mot en Jinasum maakten samen een minimale dans, waarbij ze elkander uitdaagden. Schoksgewijs probeerde de mot met zoekende antennes dichterbij te kruipen, terwijl zij hem met haar zwaaiende vleugels steeds weer terugdrong.

De dans vormde een perfecte afleiding, want vanaf de rafelige onderkant van haar cape liet Jinasum een dunne zwarte draad in de richting van het monster kruipen. De kronkelende draad drong uit zichzelf het mottenlijf binnen. Kort daarna begon de mot te stuiptrekken – ze had hem in haar macht. Al krijsend rolde hij door de kruidenplanten, waarbij droge aarde en planten in het rond stoven. Terwijl het monster zich verzette tegen zijn eigen bezetenheid, rolde het richting de opengebroken luchtschacht, waar Dideron stond.

De boekhouder zag het beest op zich af komen en brulde: "Haal me hier weg!" Met haastige tred dribbelde hij voor het monster uit. De stuiptrekkende mot gaf een laatste geluidje en samen stortten ze in de luchtschacht.

23
Perkadent

De inspanning had Jinasum verzwakt en met een zucht zakte ze in elkaar. Ileas ondersteunde haar en merkte al snel dat het niet gespeeld was, zo slap als ze aanvoelde. Haar cape was nu weer minder indrukwekkend en bungelde als een vod over haar schouders. Van die losse zwarte draad aan de gerafelde onderkant was niets meer te zien.

Opeens vouwde haar cape zich samen en Ileas verwachtte dat hij van haar schouders op de grond zou vallen. In plaats daarvan slonk hij en verdween in een langgerekte opening in haar rug. De plooi sloot zich rimpelend. Wat restte was alleen een flauw litteken, waar je normaal gesproken de bulten van een ruggengraat verwachtte. Haar wambuis had op dezelfde plek een mooi afgewerkte naad, die kon worden dichtgevlochten met zigzaggende koordjes.

Ileas hield haar met moeite vast, want hij vond haar opeens heel erg vreemd. Bovendien kon hij zich niet herinneren wanneer hij voor het laatst met een meisje in zijn armen gezeten had, en dat kwam feitelijk neer op nooit.

"Het spijt mij zo," mompelde ze.

"Je... je cape!?" zei Ileas, nog steeds zoekend naar een prettige houding om haar goed te ondersteunen.

"Mijn cape is een orgaan," zei ze.

Dat maakte het voor hem niet minder gek, en hij vroeg zich af waarmee hij in zijn armen zat. *Zo menselijk en toch eigenlijk een dier?* Hij had geen idee wat hij haar moest vragen en daarom zei hij: "Je hebt mijn leven gered. Daar ben ik je erg dankbaar voor."

"Het heeft zo zijn voordelen om een Morturie te zijn." Ze veegde met haar hand over haar voorhoofd. "Ik had zo gezworen nooit meer mijn draad te gebruiken. Nu kon het niet anders, de mot zou ons hebben gedood. De ziel van de mot vertelde mij dat hij geen monster was, moet je weten. Mensen hadden een monster van hem gemaakt door hem met geweld te verjagen."

"Wat mij betreft was het een vreselijk monster. Ik ben je heel erg dankbaar."

Ze kwam overeind en ging weer moeizaam op haar eigen benen staan. Ileas hielp haar, en ergens was hij blij dat ze even uit zijn armen was. Het was in elk geval een aardige oefening geweest en hij zou het beslist nog eens willen proberen, onder andere omstandigheden.

"We moeten Dideron helpen," zei ze ferm en helemaal weer de oude.

Arak voegde toe tegen de andere gezellen: "De mot zal onze boekhouder verslinden als we hem niet te hulp schieten."

Vanuit de luchtschacht klonken doffe echo's van vallende dingen.

Rudarg Klats stond met zijn hand op zijn schouder gedrukt, want die bloedde nog door de aanval van de mot. Hij keek in de luchtschacht en zei: "Die mot hebben we mooi even verslagen. We zijn een heus team aan het worden."

"Wij...team!" zei Ileas. "Jullie gingen er verdomme allemaal vandoor. Wat had dat te betekenen? We hebben gedobbeld en ik zou de finale zet doen."

"Neem het niet zo hoog op," ginnegapte Rudarg, maar toen verstomde zijn lach en oprecht zei hij tegen Ileas: "Het spijt mij enorm garlarger. Geen idee wat mij zo overviel, daarstraks."

"Het is je Maark, die je soms vreemde beslissingen laat maken," zei Arak.

Met vooruitgestoken hand Ylly ging voor Jinasum staan en zei: "Ik neem aan dat ik je moet feliciteren?"

Ze wikkelde langzaam de groene band van haar rechterhand. Haar handpalm zag er ongeschonden uit. Trots stak ze hem naar voren en iedereen raakte hem even aan, behalve Ylly.

"Oh," zei Arak. "We hebben een tweede overwinnaar. Je hebt niet alleen Ileas het leven gered, maar ook het monster van Marbled verslagen. Dat was een dubbele goede daad."

"Dat levert vast niets extra's op," zei ze.

"En Ileas dan?" vroeg Ylly. "Je hebt hem zijn moment ontnomen."

"Ze heeft mijn leven gered," zei Ileas.

"Daar denk je morgenochtend heel anders over, als de magie van je Maark weer een stuk verder omhoog gekropen is en je hele arm verrekt van de pijn," zei Ylly.

Dat begreep Ileas wel, maar hij verkeerde in een verwarrende tweestrijd. Aan de ene kant was hij Jinasum enorm dankbaar en voelde hij een aangename kriebel in zijn lijf. Aan de andere kant kon hij haar vervloeken om wat ze gedaan had.

Rudarg zei: "'k Ga de luchtschacht in, die dradvram boekhouder moeten we zien te vinden."

Het donker binnen in de schacht was van het schemerige soort, waarin je nog wel dingen kon onderscheiden maar niet werkelijk wist wat je zag. Je angst kon er zomaar mee aan de haal gaan en je van alles laten inbeelden, wat je kippenvel bezorgde.

Ileas zei tegen Jinasum: "We moeten afdalen, ga je mee?"

Ze knikte en liep naar de opening, terwijl ze handig haar wambuis op haar rug dichtstrikte. Al die tijd kon hij zijn ogen niet van de naad op haar rug houden.

"De wanden van de schacht zijn smurrig, maar ik denk dat de klimsels voldoende steun bieden," zei Rudarg. Trekkend aan een van de plantenslingers schoot hij de diepte in.

Vlak bij de opening liep de schacht recht omlaag, maar daarna ging hij tamelijk vlak verder. De gezellen klauterden voorzichtig langs uitstekende stukken metaal en hout naar beneden, de klimplanten als houvast gebruikend. Jinasum zette Zeliska op haar schouder en samen maakten ze de afdaling.

"Kom je?" zei ze tegen Ileas.

Hij keek haar van boven na. *Moet ik je nou dankbaar zijn of vervloeken?* Zijn rechterhand en -arm wogen zwaar en zijn Maark lachte zich rot. Een spiertje in zijn nek begon nerveus te trekken en protesteerde pijnlijk bij elke beweging die hij ermee maakte. De enige manier om het te ontspannen was zijn hoofd een beetje schuin houden. Hij greep een stuk klimplant, zette zijn voeten tegen de wand van de schacht en klom voorzichtig omlaag. Tijdens de klim weigerde zijn rechterhand mee te werken.

Eenmaal beneden verzamelden de gezellen zich op enkele meters afstand van het karkas van de mot. Zijn gescheurde vleugels deden denken aan weggegooide pagina's van een ontzettend groot boek. De warrige boekhouder Dideron, in zijn onverslijtbare beschermjas, was nergens te bekennen.

Rudarg zette zijn hand aan zijn mond en brulde de diepe luchtschacht in: "Dideron! Die dramrg boekhoeder, boekenman moet hier ergens zijn. Dideron."

"Dieper de schacht in, hoe bezeten moest hij zijn geweest om daar helemaal heen te rennen," zei Arak. "Niets voor hem, lijkt me."

Verderop zat Zeliska en miauwde.

"Zeliska heeft iets ontdekt," zei Jinasum.

Dieper in de luchtschacht klonk gedempt geluid van machines.

"Dideron?" zei Arak en hij liep de schacht verder in. "Een andere richting kan hij niet opgegaan zijn. Laten we hem gaan zoeken."

"Ik zweer het je," zei Ylly, "ik doe die kerel wat aan als ik hem vind. Hij bezorgt ons veel meer ellende dan nodig. Met zijn stomme tegeltjeswijsheden."

"Voor het eerst kan ik het met je eens zijn," zei Jinasum.

Ze liepen de flauw aflopende luchtschacht verder in. Na dertig meter werd het tamelijk schoon in vergelijking met de ingang, die duidelijk dienst had gedaan als het nest van het monster. Naarmate ze het einde naderden, werd de gang steeds smaller en naast een aantal roosters zat een dubbele deur die half openstond.

"Dit is de enige uitweg," zei Arak.

Achter de metalen deur bevond zich een hoge ronde ruimte, waar ze een korte trap afdaalden. Hoewel het een klamme ruimte was, die deed denken aan een kerker, was het er opmerkelijk licht. Dat kwam doordat het maanlicht door het plafond werd aangevoerd in de richting van manshoge apparaten, die nog het meest leken op weefgetouwen. Binnenin zoefde er constant iets heen en weer en aan de achterkant persten ze in constante snelheid velletje na velletje papier uit. Aan het plafond hingen volle drooglijnen, waar vlinders tussendoor fladderden. Het papier was zo dun alsof het gemaakt was van hun witte vleugeltjes.

Ileas pakte een velletje van een stapel – hij voelde het nauwelijks tussen zijn vingers. Het was glad, zacht en licht en liet zich niet kreuken.

"Wat een schitterende ruimte is dit," zei Jinasum. "Dat licht, die vlinders, er hangt een onbeschrijfelijke magie."

"Dit is duidelijk een werkplaats," zei Ileas, starend naar het papier in zijn hand. "Dit papier is wonderbaarlijk, heb je het gezien, Arak?"

"Dideron!" schreeuwde zijn vriend.

Ileas schrok en siste: "Ben je gek! Wij zijn hier min of meer aan het inbreken."

"En dat heb jij nog nooit in je leven gedaan?" mompelde Ylly.

Arak zei: "Die vervloekte boekhouder is hier niet."

"D'r zijn nog een paar zijgangen. Misschien dat 'r een uitgang is." Rudarg liep naar de dichtstbijzijnde gewelfde gang links.

Ileas bewonderde het velletje papier, dat zelfs van heel dichtbij geen vezeltjes vertoonde. Er klonk gerommel uit een gebogen gang links van hem en hij zei: "Hallo, is daar iemand?"

Een vrouw kwam hem tegemoet. Ze maakte de groep gezellen flink aan het schrikken door haar plotselinge verschijning en merkwaardige voorkomen. Ze was lang, zeker drie meter, en haar lijf kronkelde razendsnel tussen de apparaten door. Eerst maakte ze een paar rondjes om hen heen en dreef zo de gezellen bijeen in een kring. Daarbij was ze moeilijk te volgen, omdat ze overal tegelijk was. In haar strakke jurk zag ze eruit als een worm. Ondertussen brulde ze zorgelijk, en omdat ze zo rond rende klonk dat als een sirene.

Plotseling kwam ze op Ileas en Arak af en drukte hen met haar vrije hand tegen een weefgetouw. In haar andere hand hield ze een mes geklemd en richtte dat om beurten op de jongens.

Zeliska kroop blazend naar voren en wilde uithalen met haar enorme nagels, toen Arak haar met zijn been naar achteren duwde. Ze kalmeerde. De rest van het team bleef alert staan, klaar voor de aanval.

"Wie mogen jullie dan wel niet zijn?" vroeg de vrouw. Haar stem was zwaar en aanstellerig, en terwijl ze sprak tuitte ze haar knalrode lippen. Ze was bleek gepoederd en rechts boven haar lip zat een sierwratje. Terwijl ze sprak deinde de enorme witte haarmassa op haar hoofd mee. Qua formaat was het een pruik waar ze in Zuriel een puntje aan konden zuigen. Het was een flinke klittenbos met hier en daar pluizige bolletjes. Bij nadere beschouwing bleken dat cocons te zijn. Bij een ervan kroop net een witte vlinder naar buiten en bleef daar bungelen.

Ze zei: "En jullie dachten mij zomaar te kunnen inrekenen?"

"Geen idee waarom wij dat zouden doen," zei Arak.

Het mes zakte. "Jullie zien er feitelijk niet uit als..."

"Als wat?" vroeg Arak.

"Echte mannen?" vroeg Ileas.

"Nee, nee, nee, *nee, oh nee*. Ordestichters, van die akelige. Met mooie kostuums, je herkent ze in feite direct. Ze komen mij halen," zei ze. "Gut oh gut, pas op." Ze dwong de jongens weer een stukje naar voren. "Pas op voor mijn wever. Kom, iets naar voren, vooruit."

De jongens deden gehoorzaam een stap vooruit.

"Zo is het goed."

Rudarg stond op het punt aan te vallen, maar Arak schudde langzaam zijn hoofd.

"Wij zijn Ileas en Arak en dit zijn onze collega's." Arak ging voor Ileas staan.

De vrouw zweeg een moment, met het mes nog steeds op de jongens gericht. Nadat ze hen van top tot teen had opgenomen, strekte ze zich uit in haar volle drie meter. De reden dat de ruimte zo groot en hoog was, werd meteen duidelijk. "IK ben de weledelgestrenge en verhevene tot de orde der lichtwevers Pernille Marbled Polynde van Chersonesia tot Hasora Machaen."

"Ik had zo'n vermoeden," zei Ileas, met zijn hoofd in zijn nek om haar aan te kijken.

Pernille draaide rond en bekeek alle gezellen die om haar heen stonden. Ze klemde het mes weer stevig vast en hield het op de jongens gericht. "NIET tegen mijn machine leunen. Lieve hemeltje, dat begrijpen jullie toch wel. Jullie stinken naar straat en pijpvuil en jullie vuiligheid brengt mijn delicate proces van slag. Mijn machines werken met meer dan alleen de dingen die je kunt zien."

"U vermoedt vredebewaarders in deze buurt?" vroeg Ileas. "Waarvoor?"

"Ik heb van uiterst vriendelijke buurtbewoners vernomen dat ze mij op het spoor zijn. Ze kwamen mij gisteravond waarschuwen, maar ik heb nog geen kans gezien te vluchten. Ik ben nog niet eens klaar met pakken... en mijn vlinders, mijn kinderen, mijn machines, mijn licht. Gut..." Pernille begon te trillen.

"Ze komen u halen? U ziet er tamelijk onschuldig uit," zei Arak.

"Geen vleierij, kerel," zei Pernille.

Ylly stapte naar voren en zei: "Wij zijn van het vredesgilde Moed en Daad."

Met het geheven mes brulde Pernille: "Dat is onmogelijk!" De vlinders in haar haardos schrokken op en stoven in paniek alle kanten uit.

"Dat vinden wij zelf ook," zei Arak. Zeliska kroop tussen zijn benen door en maakte weer aanstalten om Pernille te bespringen, maar het bleef bij sissen.

"U kent ons gilde?" vroeg Jinasum op vriendelijke toon.

Pernille antwoordde: "Moed en Daad is verleden tijd."

"Weet u wat er met ons gilde is gebeurd?" vroeg Ileas.

"Het gilde is geveld, zo simpel is het. Jammer, want Moed en Daad was een prettige cliënt," zei ze. Nu liet ze haar mes zakken en ontspande zich. "Geen gezellen meer, geen inkomsten, het zijn nou eenmaal zonderlinge tijden."

"Ons gilde nam dit papier van u af?" vroeg Ileas.

Ze boog vanuit haar heupen met kaarsrechte rug voorover, fronste haar wenkbrauwen en griste het papier met duim en wijsvinger uit zijn hand. Ze knipperde een paar maal, waarbij hij zou zweren dat hij de wind van haar lange wimpers voelde.

"Dit, jongeman is geen p... p... Hoe durf je!" Van ingehouden woede verstijfde ze en prikte Ileas haast met het mes. Ze zei: "Dit is perkadent, perkadent. Guts grote goedheid."

"Perkadent?" herhaalde Ileas. Geïnteresseerd keek hij naar het doorzichtige velletje in haar hand.

Ze zei: "Dit is gecreëerd dankzij mijn nobele kunst der lichtweverij. Alleen *ik* ben in staat het licht helemaal vanuit Eteria te vangen en te verweven met het zijde van mijn kinderen."

IJdel drukte ze haar klittenbos in model en ontspande. De vlinder die zojuist uit de cocon gekropen was, ging ervandoor. Ze keek het fladderende insect na. "Vlinders leven slechts één dag, maar moet je kijken hoe ze stralen van pracht, zo trots als ze zijn."

"Perkadent?" zei Ileas nog eens.

"Je kunt er haast doorheen kijken, zo dun als het is," zei Arak.

Ze hief haar kin en lachte minzaam. Met haar handen streek ze langs haar heupen en zei: "*Niets* is zo dun als mijn perkadent."

Er klonk geklop aan de andere kant van de werkruimte, waar een stenen trap omhoog leidde. Pernille schrok, net als de vlinders, die opstegen.

"Guts, ze komen," fluisterde ze tegen zichzelf. Ze besefte blijkbaar dat ze nog een hoop te doen had en begon heen en weer te zwaaien. "Zijn jullie gevolgd?"

"Nee," zei Ileas. *Wie zou ons willen volgen?*

Pernille kreeg een bijna menselijke lengte toen ze langzaam door haar knieën zakte en begon te snikken. Jinasum kwam dichterbij en legde haar hand op haar schouder.

"Het is goed," zei ze zacht.

Ze vervolgde: "Het is het regime van Emperio en die andere gilden, die overal oprukken en de wold verstikken met hun regels en wetten.

Het zijn gevaarlijke mensen, met die enge gedachteziekte genaamd macht. Ik heb vernomen dat ze weetkundigen, tovenaars en heksen ontvoeren, mensen met een andere kijk op de wold, mensen als ik."

"Emperio?" vroeg Ileas.

Zeliska miauwde, kronkelde onrustig met haar staart en kroop dichterbij.

Pernille haalde haar neus op en zei: "Lichtweven is geen zuivere koek en perkadent is een verboden materiaal, want het wordt gebruikt voor het maken van kaarten."

De gezellen schrokken.

"Kaarten zijn een vloek!" Ileas begon zich schoon te kloppen, alsof het woord als ziektekiemen aan zijn lijf kleefde. "Het bezit ervan vervloekt je tot levenslang dolen in je eigen ziel."

"Gekkigheid, geklets, nonsens," zei Pernille. "Dat is wat ze je laten geloven door roddels te verspreiden. Kaarten zijn een machtig middel tot vrijheid en beslist geen vloek. Ze zijn niet verboden, verboden is een verzonnen woord waar niemand in de wold macht over heeft. Als je niet beter weet zul je kaarten zien als een vloek, maar de kenners vechten om elk beschikbaar stukje. Er worden hele oorlogen om gevoerd. Wie de sleutel tot de wold in zijn bezit heeft kan zich pas een machtig mens noemen."

"Deze wold is moeilijk in een kaart te vatten," zei Ileas.

"Jullie gilde had blijkbaar een manier gevonden om perkadent te verwerken," zei Pernille.

Bijvoorbeeld met een machine?, dacht Ileas.

Het gebonk boven aan de uitgesleten trap werd heviger en ging over in het geluid van brekend hout. Pernille zei: "Ze slopen mijn voordeurtje! Ze komen voor mij, niet voor jullie. Stil, wees alsjeblieft compleet stil." Ze hield haar hoofd meelijwekkend schuin, waarbij haar haardos mee zakte. "Jullie zijn van die schatten."

Rudarg zei: "Wij zullen een hartig woordje met hen spreken, dan komt 't wel goed."

"Heel erg nobel idee, maar wat ik van buurtbewoners vernomen heb is dat Emperio voor geen enkele rede vatbaar is. Hun plan is om mij te arresteren, dat is een feit."

"Ga met ons mee," zei Jinasum.

Pernille knipperde weer flink met haar enorme wimpers en kneep in Ileas' kin. "Je bent een schat. Mijn licht zal mij bijstaan. Laat mij in alle rust afscheid nemen van mijn kinderen."

Er klonken voetstappen boven.

"Neem dit en verdwijn." Ze duwde Ileas, Arak en de rest stapels perkadent in handen. "Jullie gilde is de laatste eigenaar van dit wonderlijke materiaal. Doe er wat verstandigs mee." Ondertussen graaide ze het overige perkadent bijeen, trok het van de drooglijnen – haar volledige voorraad stond ze af. "Neem mee wat je dragen kunt. Och, mijn perkadent, mijn kinderen, mijn machines, oh, oh, oh."

Ze greep Ileas bij zijn kraag en duwde hem tamelijk hardhandig naar de achterkant van de ruimte, waar nog een deur zat, aan het oog onttrokken door grote voorraadkisten. Met een stevige uithaal opende ze de deur en ze duwde hem naar buiten. "Vooruit, door de achterdeur," zei ze tegen de rest en ze zwaaide nerveus. "Vort, vort, allemaal hierin. Laat maar dwarrelen kind, dat ene velletje maakt weinig meer uit. Kom maar, hierheen. Achter deze deur zijn jullie veilig."

Arak was de laatste die de werkplaats verliet, waarna de deur met een smak achter hem gesloten werd. Vrijwel meteen daarop klonken er voetstappen en luide stemmen in de werkplaats.

Pernille gilde gemaakt zorgelijk en kronkelde ongetwijfeld weer als een worm tussen haar machines door.

24

OVERMACHT VAN EMPERIO

Zo stonden de gezellen, met de handen vol perkadent, in een smal, laag gangetje van vijf meter lang, dat uitkwam op een brede handelskade langs een gracht. Buiten begon de zon op te komen.

Ileas wrong zich tussen de rest door terug naar de deur, want hij zag licht tussen spleten in het hout. Hij gluurde erdoorheen de werkplaats van Pernille in en zei: "Moet je kijken!"

Ook Arak en Rudarg werden nieuwsgierig en verdrongen zich bij de deur.

"Manschappen in het paars," fluisterde Arak.

"Overdreven machtsvertoon," zei Rudarg.

"Ze gebruiken een buigel," zei Ileas.

"Wat is dat?" Jinasum probeerde ook een plekje aan het deurtje te bemachtigen om te gluren, maar de jongens hielden alles bezet.

Ileas fluisterde zonder om te kijken: "Een buigel is een stalen krulveer die je tot slaaf van de eigenaar maakt zodra je hem rond je polsen krijgt."

Jinasum zei: "Zeker door een man uitgevonden."

Een van de mannen zei luid: "Pernille Machaen, ik ben Gideon Rondgang van het gilde Emperio. U staat onder arrest voor duistere praktijken. U zult worden meegenomen naar ons hoofdkwartier, voor ondervraging en berechting."

"Hij!" zei Arak.

"Ken je die hurner?" vroeg Rudarg.

"Wij hebben kort met hen kennisgemaakt in de herberg Mikkel en Moes," antwoordde Arak.

"Stelletje patsers zijn het," zei Rudarg.

"En jullie niet? We moeten haar helpen," fluisterde Jinasum.

Rudarg keek om en zei: "Het zal onze regelrechte mortus worden. Het zijn zwaarbewapende mannen: sabels, dolken."

"Wij zijn dappere vredebewaarders – waarom laten we Emperio dan deze dame arresteren?" Jinasum drukte haar handen in haar zij. Ze had voor het gemak haar stapel perkadent in haar buis tussen haar rondvaster weggewerkt.

Rudarg zei: "Als deze deur openzwaait en die dramsnikkels staan werkelijk voor je neus, dan zul je 't begrijpen. Soms moet je weten wanneer de aftocht te blazen."

"Trouwens, dit perkadent mogen zij beslist niet zien," zei Ylly.

"Wat maakt mij dat verrekte perkadent nog uit? We hebben verdomme missies te verrichten en die Dideron hebben we ook nog niet gevonden!"

"Dit perkadent is zo illegaal als wat," zei Ylly, over zijn stapel wrijvend.

"Arresteer jezelf dan lekker," zei Jinasum.

Ileas zei: "Voor het verrichten van onze volgende missies kan een kaart ons heel goed van pas komen. Daarmee kunnen we razendsnel naar onze locaties reizen."

"Het is kaal perkadent, hoe wil je dat tot een kaart maken?" vroeg Jinasum.

"Contentimus?" zei Ileas.

"Pernille wordt nu afgevoerd," zei Arak.

Het werd stil in de werkplaats.

"Ik wil hier geen minuut langer blijven, en we moeten die irritante boekhouder ook nog zoeken." Ileas liep het stenen gangetje uit, richting de handelskade.

Hij was nog maar net de hoek omgeslagen toen de scherpe punt van een degen tegen zijn borst werd gehouden. De degen was van een man in paars kostuum, die vlak om de hoek stond. Van de punt voelde Ileas weinig, want precies op die plek had hij zijn stapel perkadent onder zijn jas opgeborgen.

"Haai," zei de man. "Wel, wel, wat hebben we hier? Slim van ons om toch ook even de achteruitgang in de gaten te houden. Ben jij een dief... diefje?"

"Jij gaat wel heel erg hard van stapel; ik ben geen *dief*," zei Ileas bruusk.

Nog twee manschappen van Emperio kwamen over de handelskade aangelopen, met tussen hen in een bolle jas met daaronder trippelende voeten. Ze hadden Dideron te pakken.

Op dat moment stormden Rudarg Klats en de rest het stenen gangetje uit, en daar schrokken de mannen van Emperio toch wel van. De boekhouder Dideron zag zijn kans schoon en botste met zijn beschermjas tegen een van de mannen van Emperio, waardoor die in de gracht belandde. In zijn zware kostuum bleef hij met moeite spartelend boven water, of misschien kon hij gewoon wel niet zwemmen.

Zijn collega was kennelijk van lagere rang en nog niet bevorderd met een heus wapen, zodat hij met lege handen een beetje stond toe te kijken, terwijl zijn collega veel moeite deed om niet ten onder te gaan. Ergens vond hij het blijkbaar wel geestig wat er gebeurde.

"Dideron!" zei Arak. "Daar ben je."

Dideron zei, terwijl hij zijn vermoeide gezicht door de opening in zijn beschermjas liet zien: "De angst had mij in mijn greep, ik ben een held met getallen, maar in het algemeen een lafaard, moet je weten."

De eerste man van Emperio wist even niet of hij zijn blinkende degen alleen op Ileas gericht moest houden of op de hele groep vlak voor zijn neus. Aarzelend zwaaide hij heen en weer, en bij die laatste zwaai bleef zijn degen aan het linkerbeen van Rudarg kleven.

"Magnetisch, op de meest froemzalige momenten," lachte Rudarg. Hij begon te lopen en de degen veerde prompt uit de hand van zijn tegenstander.

"Hé, waar denk jij heen te gaan?" riep de man.

Rudarg wandelde naar achteren en trok een paar meter verderop de degen van zijn magnetische been. Echt lang kon hij het wapen niet in zijn hand houden, zijn Maark zou hem daarvoor straffen, en daarom gooide hij het meteen in de gracht.

"Nou, waar is dat voor nodig?" zei de man, terwijl hij beteuterd zijn zinkende wapen nakeek.

"Je bent een gevaar voor je omgeving."

"Het was zo'n mooie degen."

"Tja," zei zijn collega.

Het team van Moed en Daad vormde samen zij aan zij een muur. Een van de twee mannen sprong maar vast zelf in de gracht, toen hij merkte dat de merkwaardige dikke jas al brommend een volgende aanval plande.

"Wij moesten maar 's gaan," zei Rudarg tegen de resterende Emperiogezel.

"Weet je dat heel zeker?" vroeg de man. "Wat mij betreft zijn jullie behoorlijke ordeverstoorders. Ik moet jullie overdragen aan onze veldheer Draghadis en die zal een oordeel over jullie vellen. Hij weet altijd zeer goed raad met tuig als jullie."

Arak zei: "Wij waren alleen maar even op bezoek bij mevrouw Pernille Machaen."

De man zei: "Net wat ik dacht. Wat moeten jullie met al dat perkadent?"

Ylly hield zijn stapel vlug achter zijn rug.

"Ik kan jullie wel vertellen dat perkadent op de lijst van verboden materialen staat."

"Kerel, dat is precies de reden dat wij er nu vandoor gaan." Arak drukte met zijn hak een manschap, die het gelukt was de kade weer te bereiken, terug het water in. De rest van Moed en Daad liep al naar het einde van de handelskade, waar een stenen trap naar een hoger gelegen boogbrug leidde.

"Vaarwel dan," zei Rudarg.

"Ik wil mijn degen terug," zei de man.

"Dan moet je leren zwemmen," zei Rudarg, die achterwaarts de handelskade af liep.

De man wendde zich tot zijn twee spartelende collega's.

Eén van hen zei: "Ik ga hem heus niet voor je opduiken als je dat soms denkt."

"Halt!" Klonk een zware stem vanaf de brug verderop.

De gezellen keken gelijktijdig omhoog, naar nog twee van Emperio die waren verschenen. Dideron had als eerste de brug beklommen, maar dribbelde er in rap tempo weer vanaf. Ook klonken er stemmen uit het stenen gangetje en nog meer manschappen in het paars verschenen op de handelskade.

"Bij alle goden, hoeveel van die gasten zijn er?" zei Ileas.

"En dat om slechts één vrouw te arresteren!" zei Jinasum.

"En nu is er reden voor paniek," zei Dideron.

Als in een merkwaardige explosie schoten de gezellen alle richtingen uit. Van een team was ineens geen sprake meer. Ileas, Arak en Rudarg passeerden de twee die nog maar net uit het stenen gangetje verschenen waren. Dideron en Ylly stoven naar links onder de stenen brug door, en Jinasum wist handig langs de manschappen op de brug te glippen. Een zijsteeg verderop bood uitkomst en Ileas rende daar samen met Arak en Rudarg in, achtervolgd door meerdere van Emperio.

"Ah," zei Arak rennend, "de welbekende klank der achtervolgende voetstappen."

"Huh?" zei Rudarg.

"We hebben in ons leven al zo vaak rennende voetstappen achter ons aan gehad dat het ons gewoon in de oren is gaan klinken," verklaarde Ileas.

"Raar zijn jullie."

"Hoewel ik moet toegeven dat deze erg goed uitgeruste manschappen mij zorgen baren," voegde Arak er terloops aan toe.

"En is er 'n tactiek die jullie garlargers je eigen gemaakt hebben om snel van *de klank der achtervolgende voetstappen* af te komen?"

"Rennen," zei Arak.

"Voornamelijk dat," zei Ileas.

"Dramrg!" Rudargs' mechanische benen knarsten en piepten. "Mijn bundar is niet in de modus voor hard rennen."

"Je zult wel moeten," zei Arak.

Door een vroeg ontwakend landschap van openslaande raamluiken en duffe hoofden met slaaphaar van bewoners renden de drie, zo snel als ze konden, trappen op, smalle stegen door, trappen af, pleintjes over en uiteindelijk een wijde tunnel in.

Ileas kwam hijgend tot stilstand en zei: "We zijn ze kwijt."

"Zeker weten?" Rudarg bleef nog een stukje doorrennen, over zijn schouder kijkend.

Ileas zei: "Ik ken als geen ander het geluid van het wegsterven der achtervolgende voetstappen."

"Even op adem komen dus."

De drie leunden hijgend tegen de klamme tunnelwand. Arak wapperde koele lucht in zijn gezicht met de velletjes perkadent.

"Dat vervloekte Emperio duikt steeds vaker op," zei Ileas. "Hier in de Klosterwolde en zelfs bij ons aan de overkant in Mikkel en Moes. Ze zijn een ware plaag."

"Wat zullen we doen?" vroeg Arak. "Kijken of we de rest kunnen vinden? In de hoop dat iedereen heeft weten te ontkomen aan die klootzakken."

"Dramrg garlargers," bromde Rudarg en hij spuwde op de straat.

"Terug naar het hoofdkwartier lijkt mij de beste optie," zei Ileas. "In elk geval niet terug naar de werkplaats van Pernille. Ik weet zeker dat Emperio ons daar opwacht." Hij keek half om de hoek van de tunnel en vroeg: "Waar is Zeliska eigenlijk?"

"Ze zal met Jinasum zijn meegerend," zei Arak.

"Nee, ze was er niet bij. Ik heb haar uit het oog verloren sinds we de werkplaats van Pernille verlaten hebben," zei Ileas.

Opeens kroop een geur zijn neus binnen die hem alarmeerde. Had hij hem ergens eerder geroken? Door de consternatie kon hij alles maar moeilijk op een rijtje krijgen, en hij deed nog wat passen naar voren om iets beter om de hoek van de tunnel te kunnen gluren.

Een man in een paars kostuum dook voor hem op. "Hah!"
Geschrokken ademde Ileas diep in.

De man hief zijn sabel, maar in plaats van een scherpe snijkant zag Ileas het glanzend metalen heft met een vogelsymbool op zich af komen.

Klonk!

Het was een harde stoot aan de zijkant van zijn hoofd, zoals hij tijdens zijn leven vaker ervaren had. Dat bezorgde hem altijd een doffe pijn, en zijn omgeving werd er volledig wazig en zwart van. Hij kon in elk geval vertellen dat je werkelijk sterretjes ziet als je iets dergelijks overkomt. Hij knikte door zijn knieën en zakte duizelend in elkaar.

Het gebrul van Arak en Rudarg klonk dof als achter een dikke muur.

25
ALS AANWIJZER

Zeliska gonsde van de adrenaline terwijl ze de manschappen in het paars volgde.

Emperio, dus zo heten jullie. Nu heb ik jullie eindelijk gevonden. Mannen in het paars, er kleeft bloed aan jullie handen, stelletje lampijpen.

Van achter een wijnvat op de handelskade had ze toegekeken. Geen van de mannen had in de gaten dat zij ook deel uitmaakte van de groep gezellen van Moed en Daad. Op een handelskade, waar veel voedseloverslag plaatsvond kon je een straatkat verwachten.

Enkele minuten nadat de gezellen ervandoor waren gegaan, hadden de manschappen van Emperio zich weer verzameld. Een aantal van hen besloot verder te zoeken, de rest vertrok uit Klosterwoarde naar hun hoofdkwartier. Sindsdien had Zeliska hen straat na straat achtervolgd.

Nu of nooit: als ik Andras in dat verrekte hoofdkwartier van hen wil terugvinden, is dit mijn kans. Je bent er nog, Andras. Ik voel het.

Ze observeerde exact welke route ze liep, keek geregeld achterom en probeerde zoveel mogelijk details te onthouden. Daarmee hield ze zich voortdurend voor de gek, want zo veel straten leken hier op elkaar.

Oh, Andras. Ik zal je komen halen en ik hoop niet dat ze vreselijke dingen met je hebben gedaan. Ik ken gelukkig dappere gezellen die mij zullen helpen.

De manschappen van Emperio wilden kennelijk snel terugkeren, want ze hielden het tempo er stevig in, tot grote vreugde van Zeliska. Er reed een stoomrijtuig mee, met achterop een kleine kooi waarin Pernille Machaen opgesloten zat. Ze paste er alleen maar in met opgetrokken knieën. Haar spierwitte haardos stak boven tussen de tralies door. Ze leek redelijk bedaard na wat haar overkomen was. Een paar witte vlinders volgden haar.

Overal waar Emperio door de straten marcheerde maakten de mensen direct plaats, tot ineens een groep bewoners zich duidelijk heel bewust in het midden van de straat ophield. Ze vormden een muur, waar Emperio echter geen boodschap aan had. In volle vaart denderden ze door de opstand heen. Al gauw ontstond er een handgemeen, met harde vuisten en gemene knietjes. De goedgetrainde manschappen van Emperio hadden de boel al snel onder controle en duwden de verslagen mannen en vrouwen aan de kant. Ze lachten hen honend na en zetten hun tocht voort.

De opstandelingen krabbelden overeind en één van hen riep de ploeg na: "Jullie horen hier niet thuis! In deze wijk regelen wij alles zelf!"

"Wen er maar aan dat wij hier nooit meer zullen vertrekken," zei een van de Emperio-leden.

Voorzichtig passeerde Zeliska het verslagen groepje, wiens actie ze wel kon waarderen. De ploeg en hun voertuig waren al aan het einde van de straat, dus ze moest even een sprintje trekken. Linksaf, rechtsaf – en tot haar grote verrassing minderde het voertuig vaart, en niet vanwege weer een opstand of een geblokkeerde doorgang.

Vlamstralen, hun hoofdkwartier ligt werkelijk verrassend dichtbij. Of misschien wel verontrustend om de hoek. Ik herken zelfs straten van een paar dagen geleden.

De mars van de manschappen ging over de stoffige binnenplaats rechts rond het witte pand, en daar kwam de kar piepend tot stilstand. Enkele mannen stegen af en gingen via een stevige houten deur waarachter een trap omlaag leidde het kwartier binnen.

Er gebeurde buiten gelukkig zoveel tegelijk dat Zeliska ongemerkt de trap kon afdalen, hoewel ze geen idee had waar ze heen ging. Ze verbaasde zich over haar eigen zelfvertrouwen en miauwde trots. Ze was eerder beneden dan Pernille; het kostte diens twee begeleiders nog behoorlijk wat inspanning om de extreem lange vrouw uit de kooi te krijgen.

Beneden liepen een aantal door toortsen verlichte gangen, waar Zeliska ongezien verder kon sluipen. Ze had collega's horen vertellen over dit soort gangen: donkere kelders, waar mensen in konden worden opgesloten en vergeten.

Dit moeten kerkers zijn, wat afschuwelijk. Dit soort straffen heeft weinig zin, dacht ze. *Andras is hier, ik voel het.*

Zonder tegen te stribbelen werd Pernille de trap af geleid, de gang door, en op een houten krukje in een kooi gezet die met een metalen hekwerk werd afgesloten. Haar polsen zaten nog steeds met de buigel op haar rug gebonden.

"De meester komt zo," zei de begeleider en verliet de kerker.

Ondertussen sloop Zeliska langs meerdere kooien; in elk daarvan zat wel iemand opgesloten. Sommige van hen zagen er uitgemergeld uit, met versleten kleren en vale huid. Alleen aan hun gejammer kon je merken dat ze nog leefden.

Aan één hok sloop ze achteloos voorbij, omdat ze dacht dat daar één van de vele hulpeloze zielen zat. Ineens hield ze zich in, liep achteruit weer terug en keek nog eens goed tussen de donkere tralies door. De man die daar in de hoek in het losse stro weggedoken zat, had ze niet meteen herkend als Andras. Er lag daar geen nette weetkundige man, maar een zwerver. Maar hij was het.

Wat is hij in die paar dagen veranderd, hoe is dat mogelijk?

Ze liep moeiteloos tussen de metalen tralies door naar hem toe. Hij stonk vreselijk naar zweet, misschien wel angstzweet, zijn wangen waren ingevallen, zijn gezicht was vuil en met holle ogen keek hij haar aan.

"Zeliska!?"

Zijn stem bezorgde haar een rilling. Andras had moeite om te glimlachen. Alles in zijn lijf leek zeer te doen toen hij uit beleefdheid iets overeind kwam. Hij bleef haar aanstaren en zei: "Je... bent, eh, nog steeds een poes. Ik dacht al die tijd dat ik op het juiste moment de laatste fase had ingezet, voordat..."

Ze schudde haar kop en haalde een schouder op.

"Het spijt mij enorm dat jou wisselatie zo moest aflopen. Ik heb werkelijk met je te doen, je had er zo lang aan gewerkt."

En er zo lang naar uitgekeken. Ze hield haar kopje schuin. *Het is goed, ik weet het.*

Hij zei: "Hoe heb je mij gevonden?"

Omdat ik mijn hart volgde... meh. Ze miauwde tweemaal kort, wat zoveel betekende als: onbelangrijk.

Bij het dichtslaan van een deur ergens in het pand dook hij kwetsbaar ineen. Ze hadden hem blijkbaar al behoorlijk gekweld. Normaal was hij nooit zo snel van zijn stuk gebracht – een explosie zo nu en dan hoorde bij de weetkunde.

Hij keek bang om zich heen en zei: "Al deze mensen zijn met griezelige precisie geselecteerd voor hun kunde. Het zijn weetkundigen, tovenaars of heksen. Onzinnig, zou je zeggen, om juist die mensen op te pakken en vast te zetten. Wij worden hier letterlijk gebruikt als wijzer. Idioot is dat!" Andras zakte in, begon te huilen en wreef met zijn handen over zijn benige schouders, over de plekken waar hij kennelijk pijn had.

Ze kroop dichter naar hem toe.

Snikkend zei hij: "Ik werd aan een grote schijf geketend en verbonden met dingen die mij constant pijnlijke schokken bezorgden. Ik werd rondgedraaid, geslagen, er werd mij gevraagd me te concentreren, mijn energie te laten gaan, te voelen, te zien. Ik zag niets. Ik moest de weg wijzen met mijn gevoel, maar ik zag niets. Ik zei ze dat ik een eenvoudige weetkundige was zonder bijzondere gave, maar dat negeerden ze. Die schokken, die slagen."

Walgelijk om te horen. Ze kroop tegen hem aan en begon hem kopjes te geven. Dat waardeerde hij erg en hij aaide haar weer. Zijn hand door haar vacht, wat had ze die aai enorm gemist. *Jij moet hier zo snel mogelijk weg,* dacht ze, en ze liep terug naar de deur van zijn kooi. Het slot zag er te stevig uit voor haar, net als de scharnieren, om zomaar te saboteren. *Klampijpen nog an toe, hier zijn mensenhanden voor nodig.*

Aan het eind van de gang zwaaide een stalen deur open. Bij de knal die hij tegen de wand maakte, dook Andras opnieuw ineen. Een grote gestalte stampte al pratend de kerker binnen, met een onderdanig kijkende man achter zich aan. Zeliska herkende meteen zijn walgelijke stem: het was Draghadis, met zijn gezicht van krioelende modderige slierten. Vlug dook ze achter Andras weg, half verstopt in het stro.

"Ik weet wat je bedoelt, Zeliska. Hij is vreselijk," fluisterde Andras.

Ze kon alleen nog zwijgen en voelde haar hartje tekeergaan.

"... dan is het goed. Je weet wat er op het spel staat," zei Draghadis tegen zijn ondergeschikte, waarbij de slierten op zijn gezicht krioelden en ergens een gat vormden waar zijn stem uit klonk. Hij ging langzamer lopen en keek de ander niet aan. "Thimster de Jonghe kon niet tellen, het is ontzettend lastig in het dagelijks leven als je niet kunt tellen. In feite heb ik een ontzettende hekel aan mensen die niet kunnen tellen. Weet jij wat ik het liefst doe met mensen die niet kunnen tellen? De oogjes eruit lepelen, want die hebben ze toch niet meer nodig."

De paar seconden die hij nu zweeg waren voldoende voor zijn knecht om te begrijpen wat er te doen stond. Hij rende achterwaarts terug door de deur en verdween.

Zeliska miauwde zorgelijk. Ze herinnerde zich het moment dat ze Draghadis voor het eerst ontmoet had. In de binnentuin van dit kwartier was hij met die modderige sculpturen bezig geweest. *Hij is in staat het organisme van het levende systeem naar zijn hand te zetten. Magie van een duister soort.*

Gideon en Stefanis betraden de kerkergang vanaf de andere richting. Beiden schoten ze nederig in de houding zodra ze bij Draghadis kwamen. Hun hakken klakten.

"Heer." Stefanis knikte en staarde vanaf dat moment alleen nog naar de punten van zijn glanzend leren laarzen.

Gideon zei: "We hebben weer een nieuwe aanwinst voor het wijzerproject."

"Ach ja." Draghadis liep geïnteresseerd door en hield halt bij de kooi van Pernille Machaen. "Die zal goed van pas komen. Erg bijzonder. Waar hebben jullie haar opgeduikeld?"

"We hadden dankzij een tip van een goede burger vernomen dat ze een illegale werkplaats in Klosterwoarde had, waar ze perkadent vervaardigde. Ze is een lichtwever."

"Geweldig, een lichtweefster. Dat betekent gevoel voor de energie van het zilveren licht van Epis, en voor de dans van zijn kinderen aan de nachtelijke hemel. Ik zou er bijna poëtisch van worden." Draghadis sloeg zijn handen ineen en keek zijn twee officieren weer aan. "Jullie kunnen er beiden zo kneuzerig bij staan, waardoor ik meteen de indruk krijg dat er meer is dan alleen deze ontzettend lange vrouw."

Stefanis had het moment aangegrepen om de punt van zijn laars op te wrijven aan zijn broekspijp. Gideon rommelde aan zijn sleutelbos.

"Ken je de brug uit Sternwolde?" vroeg Draghadis.

"Heer?" stamelde Stefanis.

"Er is daar ooit een brug gebouwd door slechts één man, die steen voor steen aan de slag ging, zodat hij geen dagen om hoefde te lopen om zijn dochter aan de overzijde van de kloof te bezoeken. Om het geheel mooier te maken dan nodig was, een decoratief hoogstandje, gebruikte hij stukjes tegel die hij met zelfgemaakte honinglijm op de buitenkant plakte. Na tientallen jaren was zijn trots gereed, maar bij de eerste overtocht stortte hij volledig in. Ironisch, maar herken je de passie en het geduld van de man?"

De beiden heren tegenover hem knikten slechts.

"Ik zal nooit een dergelijke brug kunnen bouwen. Ik voel er meer voor om jullie vingers aan de honden te voeren, met of zonder jullie er nog aan vast. Dat schiet tenminste op en je boekt direct resultaat." Draghadis balde een vuist. Er trok een schok door de vloer, die de kerker liet gonzen alsof het levende systeem tegen de onderkant beukte. De tentakels van Draghadis' gezicht worstelden in de richting van Gideon en konden hem elk moment wurgen. "Spreek op!"

"Er waren andere mensen in de werkplaats van mevrouw Pernille Machaen. Wij hebben een van hen gevangen genomen, Phillip heeft de ondervraging uitgevoerd," zei Gideon in één adem.

Zeliska bevroor. *Wie van de gezellen? Toch niet Arak!*

Stefanis vulde zijn collega aan: "Wij zijn te weten gekomen dat ze van een vredesgilde zijn, Moed en Daad uit de wijk Kromwyl."

"Ik dacht dat we elk vredesgilde in deze regio onder de duim hadden!" zei Draghadis. "Kennelijk hebben jullie er één tussen je vingers laten doorglippen."

Vlug antwoordde Gideon: "De exacte locatie van hun hoofdkwartier is inmiddels bekend. Wij zullen ervoor zorgen dat hun gilde vandaag nog wordt verzwolgen."

Draghadis duwde de twee aan de kant, stampte tussen hen door en zei zonder om te kijken: "Laat het verzwelgen maar aan mij over." Hij balde zijn vuist en weer beefde de kerker.

Stefanis en Gideon zakten ineens tot hun enkels weg in de kerkervloer, die plaatselijk in zwart modder was veranderd. Vlug trokken ze zich uit de drek, stapten opzij op de vaste ondergrond en schudden hun besmeurde laarzen schoon.

Draghadis vervolgde: "Zij waren bij Pernille Machaen voor haar perkadent, lichtwevers maken perkadent. Dan zullen ze ook wel een machine hebben om het perkadent te verwerken. Perkadent en zo'n machine kunnen maar voor één ding worden gebruikt: om kaarten te maken."

Stefanis en Gideon slaakten een diepe zucht.

"Maak de manschappen meteen gereed voor vertrek," beval Draghadis.

"Hoeveel denkt u er nodig te hebben?" vroeg Stefanis.

"Allemaal," zei Draghadis. "We vertrekken zodra jullie klaar zijn met treuzelen."

"Beslist, beslist, heer," zei Gideon en hij sprong in de houding.

Samen met Stefanis schoot hij de trap op en de kerker uit. Draghadis vertrok door een deur aan het eind van de kerkergang.

Toen Zeliska zeker wist dat de kust veilig was, sprong ze achter Andras tevoorschijn en veegde midden in zijn cel het stro aan de kant. In de dunne laag stof op de vloer schreef ze alle letters van het alfabet wees ze om beurten aan.

Andras boog vooralver om haar zin te kunnen lezen: 'Wat weet je over Draghadis.'

Hij keek even om zich heen om er zeker van te zijn vrijuit te kunnen spreken, en zei tegen haar: "Emperio is hier om hun macht uit te breiden, en daar slagen ze geloof ik aardig in. Draghadis is de veldheer die het in deze regio voor elkaar moet krijgen. Er wordt gezegd dat hij een afgezant of belichaming is van het levende systeem, een slaaf. Dat hij iets met het levende systeem te maken heeft geloof ik beslist als ik zijn gezicht bekijk. Hij is een van de weinige zielen die uit Nedorium heeft weten te ontkomen, en daarbij heeft hij als prijs zijn oorspronkelijke gezicht moeten achterlaten. Of hij is een van degenen die door het levende systeem is uitverkoren om in de wold een oogje in het zeil te houden. Daarover zijn de roddels onduidelijk. De man naast mij wist veel over hem te vertellen, maar die is nu dood. In elk geval is die Draghadis met hele snode plannen bezig en lijkt hij er zijn eigen agenda op na te houden. Wat hij hier met die levende wegwijzer doet heeft weinig te maken met de ware plannen van Emperio."

Ze wees nog wat letters aan.

Andras keek haar eens goed aan en zei verbaasd: "Jij zit bij dat gilde waar die twee het over hadden? Waarom zit jij daarbij?"

Ze wees een volgende zin aan: 'Lang verhaal, er is enorm veel gebeurd.'

"Je moet je gilde dan maar snel gaan waarschuwen. Emperio zal er alles aan doen om hen uit te schakelen en dat zal er niet gemoedelijk aan toe gaan."

'Geen zorgen, het zijn dappere mensen.'

Onthutst zakte hij achterover. "Zorg er maar voor dat je gilde een veilig heenkomen krijgt voor Emperio voor de deur staat."

"Mauw." Ze stak haar staart in de lucht en wees nog wat letters aan.

'Er is een machtig grote opstelling in hun hoofdkwartier, een machine waar wij samen binnenkort aan kunnen werken.'

Andras glimlachte. "Wat er de afgelopen dagen ook met je is gebeurd, het heeft je veranderd. Ik bedoel, je bent nog steeds een poes, maar je doen en laten is anders. Stoerder dan ik van je gewend ben. Ben je stiekem toch een meisje geworden?"

Ach, kom nou. Ze zwaaide met haar klauw. Andras knikte terug. *Ik hoef het niet te zeggen, maar hou vol,* dacht ze, terwijl ze tussen de tralies door en naar het eind van de kerkergang liep. Bij de stenen trap naar boven stopte ze, maar ze had niet de moed om nog eenmaal om te kijken. In plaats daarvan haalde ze de herinnering boven aan de gedreven en bezeten weetkundige die Andras ooit was en beslist weer zou gaan worden. Wat moest ze zonder hem, hij was de enige die voorkwam dat haar hoofd op hol sloeg van alle berekeningen.

Ze rende de trap op; gelukkig stond boven de houten deur nog open.

Verroeste pijplagers, ik moet Moed en Daad zo snel mogelijk op de hoogte brengen, dacht ze terwijl ze de trap besteeg. Halverwege stopte ze. *En wie van de gezellen zullen ze hebben gegrepen?*

Er drong een hoop lawaai door de kerkerdeur naar binnen, dat haar aandacht trok. Voorzichtig sloop ze de trap op en stak haar neus om het hoekje. De haren op haar rug sprongen omhoog van schrik. Ze zag een woeste troepenmacht, die zich gereedmaakte voor het vertrek. Het leek er sterk op dat ze van de opruiming van het laatste vredesgilde in deze regio een heuse jachtpartij gingen maken. Er werden luide strijdkreten geroepen, er werd driftig moed ingeslagen op de leren kurassen en er werd gehijgd en gebruld, alsof ze een stel wilde honden waren die elk moment op een spoor konden worden losgelaten.

Tussen de manschappen door liepen Stefanis en Gideon en deelden commando's uit, maar de troepenmacht had daar nauwelijks een boodschap aan, want ze zaten te vol met ongetemde strijdlust. Hun drendie stonden paraat en de hoeven ploegden onrustig in de droge zandvloer van de binnenplaats.

Stefanis brulde: "Maak je gereed, we vertrekken binnen het kwartier!"

Bij de goden van de muur. Zeliska droop achterwaarts terug de kerker in. *Loopse teller, wat doe ik nou, niet hier terugkruipen, weg hier, weg en wel meteen!*

Met een wijde boog sloop ze om de troepenmacht heen en botste met haar hoofd tegen de buitenmuur, totaal van de wijs gebracht. De buitenmuur loodste haar gelukkig naar de openstaande poort. Eenmaal buiten rende ze zo snel als ze kon terug naar het hoofdkwartier van Moed en Daad, via de route die ze zich zo goed had ingeprent.

26
Vluchten

Ileas had de indruk dat hij kort geslapen, had zo vermoeid als hij zich nog steeds voelde. Bezweet werd hij wakker, hij zag nog onscherp, maar hij voelde dat hij in een heus bed lag. Zelden had hij in een echt bed gelegen met een warme deken over zich heen. Maar de twijfel sloeg meteen toe. Voor de zoveelste maal zag hij in gedachten het heft van de degen op zich afkomen en voelde hij een doffe pijn in zijn hoofd. Was hij gegrepen door Emperio?

Iemand drukte een koude vochtige doek tegen zijn voorhoofd en wat druppels liepen langs zijn neus omlaag. Er zat een flinke pulserende buil bij zijn linkerslaap. Hij tastte naar de hand die hem verzorgde en deze was zacht en koud. Hopende dat die hem nooit meer zou loslaten, drukte hij hem tegen zich aan. Natuurlijk wist hij allang van wie de hand was: de geur van Jinasum had hij dagen daarvoor al een speciaal plekje in zijn hoofd gegeven. Haar geur was even zacht als haar huid.

Een paar maal knipperde hij met zijn ogen en hij begon helderder te zien.

Jinasum kon hij niet ontwaren.

Hij keek in een flits het lege slaapvertrek door en even snel verdween het zachte gevoel tegen zijn voorhoofd. De verlaten ruimte was eenvoudig ingericht, met de noodzakelijke dingen als een bed, een bureau en een kast. Licht viel binnen door een venster met een stoffen luifel. Van de gordijnen werden de gaten bijeengehouden door draden.

Met moeite kreeg hij zijn gedachten op een rijtje: was hij dan toch bij Emperio beland?

Het venster draaide voor zijn ogen, ook toen hij iets overeind kwam. Hij schudde zijn hoofd en dat hielp niet mee om het beeld stabiel te krijgen. Het licht keerde zich binnenstebuiten, zodat de schaduw in een flits heel licht werd en de buitenlucht donker.

Jinasum stond leunend tegen de muur vlak naast het venster. Hij zag haar opeens en roerloos staarde ze hem aan zoals ze dat gedaan had tijdens hun eerste ontmoeting.

"Je hebt vast nog van die drakenkeutels tegen de pijn?" vroeg hij. Zijn keel was droog en zijn stem kraakte, maar dat vond hij eigenlijk wel stoer klinken. Het was ook al een behoorlijke tijd geleden sinds hij iets gedronken had, laat staan aan een bierpijp gelurkt.

Ze gaf hem geen antwoord – ze leek niet eens te ademen en alleen maar te staren. Zo vlak naast het lichte venster was ze niets meer dan een schaduw. Ze had haar cape om zich heen, met de capuchon over haar hoofd geslagen, zodat hij alleen haar ogen goed kon zien.

Om zich ervan te verzekeren dat ze geen waanbeeld was, wilde hij dat ze antwoord gaf op zijn vraag. "Ik neem aan dat je voorraad drakenkeutels beperkt was, jammer. Hoe... Is de rest ook oké? Hoe lang lig ik hier al? Hoe laat is het?"

Ze zei kalm: "Had je net een boze droom?"

Goed, dan hebben we het daarover. Hij antwoordde: "Iets uit het verleden. Er was brand in mijn ouderlijk huis. Ik was nog jong en mijn vader schepte mij op een nacht haastig uit mijn houten ledikant. Ons huis brandde volledig af, en mijn vader is daarbij omgekomen. Er waren monsters van vuur en rook. Ach, je weet hoe dat gaat met dromen: ze zijn meestal een mengeling van waarheid en verzinsels. De droom wordt steeds anders. De afgelopen dagen is me ook zoveel overkomen. Zou je denken dat de magie van mijn Maark me krankzinnig begint te maken?"

Ze snoof slechts.

Hij wreef over zijn Maark. "Het lukt mij steeds minder goed de pijn ervan te negeren. Het zal jou vast veranderd hebben dat je geen Maark meer bezit. Hoe voelt het, lucht het op? Ik wil er ook zo snel mogelijk vanaf en nu we weten hoe dat moet..." Haar stilzwijgend toekijken maakte hem bloednerveus en hij draaide wat in zijn bed. "Waarom doe je dit?"

Nogmaals snoof ze, duidelijk van afkeer.

Wat voor spelletje denkt ze met mij te spelen? Hij wilde naar haar toe lopen en haar eens duidelijk in de ogen kijken. Hij sloeg de kriebeldeken van zich af om op te staan. Hij schrok. Wat had ze met hem gedaan terwijl hij sliep? Hij had die draad van haar cape eerder vreemde dingen zien doen. Die mot had ze ermee in haar macht gekregen, en wie weet wat ze nog meer met die draad kon doen. Had ze zijn lichaam betreden terwijl hij sliep, had ze zijn ziel doorzocht, wist ze dingen van hem die hij zelf niet eens wist?

"Heb je het gedaan?" wilde hij weten.

"Als je niets te verbergen hebt, zul je niets te vrezen hebben," zei ze.

"Wat is dat nu voor waardeloos antwoord! Natuurlijk heb ik iets te verbergen, iedereen heeft wel iets te verbergen, zo zitten mensen nou eenmaal in elkaar. Iedereen heeft geheimen!" Zijn wangen voelden ineens warm; zich schamen was het laatste dat hij nu wilde. Hij moest zich niet zo gemakkelijk laten kennen, ondanks dat hij jaren geleden voor het laatst alleen zo dicht in de buurt van een meisje was. Vlug ging hij op zijn bed staan en nonchalant leunde hij tegen de muur aan. De beperkte ruimte van het slaapvertrek maakte hem benauwd en hij kon zich niet voorstellen dat iemand hier ooit prettig had kunnen slapen.

Van de slaap hield hij met moeite zijn ogen open. "Heb je die draad gebruikt om mijn ziel te bestuderen terwijl ik sliep?"

"Waarom zou ik dat doen?"

"Omdat jij net als ik geen mens vertrouwt."

Ze kwam in beweging. In een flits stond ze voor hem en drukte hem hard tegen de muur aan. Toch klonk haar stem nog steeds vanaf de plek waar ze al die tijd een schaduw was geweest, en daar stond ze tot zijn verbazing ook nog steeds. "Wat denk je nou?" zei ze.

Hij schudde verward zijn hoofd en de wold trok met enorme kracht aan zijn Maark. Hij kon op geen woorden komen en keek haar ontzet aan. Ze had opeens een woeste blik in haar ogen, die hij niet eerder bij haar gezien had. Vlug keek hij omlaag om te zien of ze ondertussen iets met haar cape uithaalde, maar er kroop niets uit de schaduw tevoorschijn.

Hij zei: "Je mag zoveel van mij weten als je wilt, als je het maar gewoon vraagt."

Weer snoof ze en zei: "Denk je dat jij de enige bent die niemand vertrouwt? Vanaf het moment dat wij allemaal dit hoofdkwartier betraden houd ik jullie stuk voor stuk in de gaten."

"Een heel gezonde gedachte lijkt mij, als je mensen nog maar een paar dagen kent. Dat doen wij allemaal bij elkaar."

"Als ik erachter kom wie mij dit geflikt heeft..."

"Je doet zielig, waar is dat voor nodig? Jij hebt niet eens meer een Maark om je zorgen over te maken."

"De reden dat ik mijn oude leven achter me gelaten heb, is dat ik juist wilde ontkomen aan mensen die mij keer op keer onrecht aandeden." Ze overpeinsde deze woorden en zei: "Mijn zusje en ik zijn Tochtdiep ontvlucht om een ander leven te gaan leiden, de onbekende wold te ontdekken. Maar we werden constant gekwetst door mensen, mannen in het bijzonder, en dat heeft mijn zusje uiteindelijk met de dood moeten bekopen. Sindsdien zette ik mij in tegen het onrecht dat mensen wordt aangedaan – niet wetende dat ik zelf buitengewoon gekrenkt zou worden met een Maark. Ik zal erachter komen wie mij dit aangedaan heeft en voor een laatste maal zal ik dan een ziel onttrekken."

"Om je zusje te gedenken?" vroeg Ileas.

"Liefde en haat liggen niet zo ver van elkaar verwijderd."

"Je vermoedt dat een van ons jou dit heeft aangedaan?" zei Ileas.

"Denk je nou werkelijk dat er toeval in het spel is, een samenloop van omstandigheden? Zes gezellen die op missie gaan voor een goede daad. Ze verdienen er een bronsteen mee en schenken die aan een machine die hem toevallig heel goed gebruiken kan."

"Onze missie met de mot heeft ons weinig bruikbaars opgeleverd," zei Ileas.

"Perkadent," zei Jinasum. "Om kaarten te maken."

"En jij hebt het idee dat alles een bedoeling heeft, zelfs dat perkadent?"

"De missies waren moeilijk, maar niet onoverkomelijk, en met een kleiner team waren ze net zo goed gelukt, mogelijk zelfs alleen. We gingen allemaal nogal mak mee. Deze hele zaak is vreemd, dit hele gilde is vreemd. En waar zijn de echte gezellen? Toch ook niet zomaar gevlucht of overgelopen? Zelfs niemand in de buurt weet waar iedereen gebleven is. Dat vind ik verdacht."

Met een eenvoudige knik vestigde ze zijn aandacht op de muur naast hem. Er stonden namen van gezellen in de steen gekrast en bijna allemaal waren ze doorgehaald. Verdwenen, vertrokken, gedood, Ileas vulde het zelf in.

Haar cape gleed van haar hoofd en schouders, maar in plaats van op de grond te vallen verdween hij achter haar rug. Ileas wist nog heel goed de plooi die ze daar had, waarin de cape verdween, het organische ding.

Hij voelde zich benauwd, alsof de hele situatie hem vastgreep als een grote klauw. Het ontstak een woede in zijn lijf die hij niet kende. Half tussen zijn tanden door vroeg hij: "En wat ben je al over mij te weten gekomen?"

Ze zweeg.

Is iedereen dan werkelijk de weg kwijt?, dacht hij en hij kreeg het heet. "Ik dacht dat je mij inmiddels beter zou begrijpen. Ik heb er geen belang bij om mensen te bedonderen. Had jij nog niet door dat ik gewoon een mens ben die het slachtoffer is geworden van een krankzinnige straf? Ik heb geen bijzondere krachten of magische eigenschappen, ben geen uitverkorene, gewoon een mens en daar moet ik het mee doen. Kijk, jij bezit dat, die dinges op je rug waarmee je, of... Wacht eens even! Is dit een truc van jou? Ben jij het die deze grap op poten heeft gezet en denk je zo de indruk te wekken dat je onschuldig bent?"

Haar ogen werden groot.

"Iedereen is gek geworden," zei hij kwaad en probeerde te slikken. Hij woelde door zijn haren en merkte nu pas hoe hij stond te zweten.

"En ik ben ook gek? Ik moet hier weg, deze kamer uit, dit pand uit, ik moet lucht..."

De kamerdeur zwaaide open en Arak verscheen in de deuropening.

Heb jij staan luisteren aan de deur?, dacht Ileas en keek zijn vriend aan. Maar nee, hij zag hem nahijgen van het korte sprintje dat hij waarschijnlijk hiernaartoe genomen had.

Arak moest even op adem komen voordat hij zei: "Het is Dideron. Hij is als enige sinds gisteravond nog niet teruggekeerd. Zeliska is er wel en zij doet nogal druk. De hele tijd loopt ze met haar kaart met lettertjes. Zullen we naar haar toe gaan om te kijken wat ze te vertellen heeft?" En zodra hij merkte dat er nog iemand in het vertrek was: "Oh, hallo."

Ileas hervond zich snel en zei tegen zijn vriend: "Had je niet kunnen kloppen, leeghoofd!"

"Nou zeg, ik meld alleen maar dat –"

"Ik heb je gehoord. Ik zag Ylly en Dideron gezamenlijk vluchten op de handelskade." Ileas stond op, raapte de rest van zijn kleren bijeen en negeerde Jinasum daarbij volkomen. Mopperend zei hij: "Waarom zijn die twee niet bij elkaar gebleven?"

"Als een echt setje, bedoel je?" vroeg Arak, dromerig naar zijn vriend en Jinasum kijkend.

Er viel een korte stilte in het slaapvertrek.

"Het blijft een zeer onvoorspelbare man," zei Arak met zijn hoofd schuddend.

"Zo hebben we allemaal wel wat raars," zei Ileas, terwijl hij zijn armen in zijn wambuis wurmde en zich verder aankleedde. Hij stootte Arak hard aan toen hij het slaapvertrek verliet en liep de gang op.

"Waar ga je heen?" riep Arak hem na.

"Wat denk je? Hiervandaan, weet ik veel, dit leven ontvluchten. Iedereen is hier hartstikke gek." Ileas stampte de gang door en ging de trap af. Daarbij draaide alles voor zijn ogen en hij miste een paar treden. Hij hield zich overeind door de leuning te grijpen. Lucht moest hij hebben, om zich heen en in zijn lijf.

Ergens had hij behoefte om iets alledaags te doen, gewoon iets simpels, zoals een bakje thee zetten in de vroege ochtend en zorgeloos knagen aan een versgebakken broodje met een dikke laag honing. Daarna een beetje klieren op straat, steentjes gooien naar voorbijgangers, vogels vangen om te verkopen en aan het eind van de middag ergens in een verlaten tuin in de zon dutten. Zoiets.

"Ik wil naar een plek waar ik rust kan vinden om mijn laatste paar dagen door te brengen zonder bedonderd te worden." Hij liep de grote hal door, rukte de voordeur open en liet de buitenlucht in zijn gezicht waaien. Het regende. Koele lucht omarmde hem en het was alsof hij gestreeld werd door honderden lieve handen. Een beetje verdwaasd stak hij de omheinde binnenplaats over, alsof hij er voor het eerst liep. Hij begon te rennen en voelde zijn kaak verkrampen, terwijl de tranen in zijn ogen opwelden. Halverwege stopte hij. Hij balde zijn vuisten, spande zijn armen, elke spier in zijn lijf stond strak en hij brulde hard. Van zijn gil schrokken de vogels op en vlogen ervandoor. Met een ruk trok hij aan de talismannen rond zijn nek. Ze kwamen niet meteen los, maar na een paar vloeken wel. Met een vuist vol zakte hij door zijn knieën en wenste hardop: "Maak van mij dan op zijn minst een man, een dapper mens, voor ik sterf."

De regen spetterde op zijn gezicht. Hij stond op en rende bewust voorbij de stallen waar zijn fiets stond en zijn tassen lagen opgeborgen, want hij wilde alles achterlaten. Zijn leven zoals het was geweest bestond toch al niet meer. Hij zou ergens heen gaan en in alle stilte ontzettend medelijden met zichzelf hebben.

Met de muis van zijn hand streek hij over zijn gonzende voorhoofd. Zijn blik gleed achter de metalen spijlen van het poorthek en in het midden van de Lindelaan zag hij iemand staan. Een paar maal knipperde hij met zijn ogen: het was niet de eerste keer dat zijn zicht hem vandaag in de maling nam. Uiteindelijk was hij ervan overtuigd dat het Dideron was die er kaarsrecht stond, alsof iemand hem daar neergeplant had. De arme boekhouder bloedde hevig.

Ik begin werkelijk gek te worden, wat ik nu allemaal zie.

27

KNOKKEN

Een schok trok door Ileas heen. "Dideron?" stamelde hij.
 Het gezicht van de warrige boekhouder zat vol bulten en verwondingen. De regen spoelde het bloed langs zijn wangen en nek omlaag op zijn kleding. De man bleek opmerkelijk mager, nu Ileas hem voor het eerst zo zonder zijn beschermjas zag. Het was alsof hij ontdaan was van zijn huid.
 "Kom toch binnen," zei Ileas. "Je ziet er vreselijk uit."
 Dideron bleef roerloos staan en knipperde niet eens met zijn ogen.
 Arak naderde achter Ileas over de binnenplaats. Zijn pas werd langzamer zodra hij Dideron zwaargehavend voor de poort zag staan. "Bij de goden."
 "Mew." Dat was Zeliska, die vanuit het hoofdkwartier was meegerend. Ze was de jongens voor de voeten gesprongen en voorkwam daarmee dat ze dichter bij het poorthek in de buurt zouden komen.
 "Wat is er, Zeliska? Waarom mogen we hem niet binnenlaten?" vroeg Arak.
 Ileas schrok van een stem vanaf de Lindelaan.
 "Eindelijk gehoor. Hallo daar." Het was Stefanis van het Emperiogilde, die van achter de buitenmuur tevoorschijn kwam. "Dit is dus het vredesgilde Moed en Daad." Hij leunde lui met één hand op het heft van zijn sabel en liet die tegen de spijlen tikken terwijl hij voorbijliep. "Een poort van titanenstaal. Zo zo."
 Arak zei: "Jij weer."
 "Oh nee... " stamelde Ileas toen hij op de Lindelaan de ongekend grote troepenmacht van Emperio zag staan, met oorlogszuchtige blikken in de ogen en wapperende paarse banieren. Het was alsof de hele laan zich gevuld had met een overvloed aan donkerpaars bloed.

Gideon, die ook tevoorschijn gekomen was en naast zijn compagnon ging staan, zei: "Voor dit soort belangrijke zaken zijn wij genoodzaakt met genoeg gezellen uit te rukken."

De twee voormannen van Emperio deden een stap naar achteren. Stefanis ging in spreidstand staan, met zijn handen op zijn rug, en sprak luid: "Beste gezellen van het vredesgilde Moed en Daad. Zoals jullie hoogstwaarschijnlijk al hebben opgemerkt is jullie gildegenoot nogal in de problemen geraakt. Mijn collega's troffen hem in Klosterwoarde, waar de goede man hen spontaan in de armen vloog."

"Beetje dom, als je het mij vraagt," zei Gideon.

Stefanis vervolgde: "Het kwam ons gelegen hem wat vragen te stellen."

"Dat hij constant tegen de vuisten van Phillip op moest lopen is zijn eigen schuld, hoor," grapte Gideon. "Hij bleek ook geen makkelijke prater te zijn."

"Hoe dan ook, wij hebben van hem bevestigd gekregen dat jullie de beschikking hebben over een aanzienlijke hoeveelheid perkadent," zei Stefanis.

"Verboden materiaal, dus," vulde Gideon snel aan.

Op de achtergrond brulde de troepenmacht en maakte kabaal door met hun wapengordels te schudden en op hun leren kurassen te slaan.

"Verboden?" zei Ileas. "Dat woord ontbreekt in mijn vocabulaire, dus."

"Wij gebruiken het perkadent om onze ketel mee te stoken," zei Arak, "want het is zo verdomde koud in ons hoofdkwartier."

Een aantal manschappen op de achtergrond hield het niet meer en kwam een stuk dichterbij, om zo min mogelijk van het gesprek bij de poort te missen.

Stefanis zei tegen Arak: "Stom dat je het perkadent verbrandt, want je kan er schitterende kaarten van maken." Hij zwaaide opeens gekscherend met zijn hand en zei: "Ach, nee. Jullie zijn wijs genoeg om dat te begrijpen, vooruit: je weet waar wij heen willen."

De manschappen hadden blijkbaar weinig met onderhandelingen en stonden te popelen om aan te mogen vallen. Ileas vroeg zich af wat hen tegenhield.

Gideon zei: "Laten wij elkaar een beetje helpen: jullie geven ons de kaarten en wij geven jullie je collega."

Stefanis zei: "Voor het maken van kaarten hebben jullie toch zeker een machine?"

Ileas' adem stokte. Had Dideron hen werkelijk alles verteld?

Arak zei kort: "Die machine bezitten wij en daar zijn wij zeer zuinig op. Stel je voor dat er iets mee gebeurt of dat het perkadent in brand vliegt, of beide."

Een van de Emperiomannen gaf een brul, en met een rood aangelopen hoofd en zijn enorme bijl in de aanslag stormde hij naar voren. Vlak bij de poort zwaaide hij zijn wapen naar achteren en met een flinke haal kleunde hij het tegen het hekwerk. De reactie van het titanenstaal was dat er een enorme gons door de omgeving trok. De bijl brak in duizend stukken en zijn eigenaar staarde beteuterd naar het resterende houten heft. De rest van de manschappen schaterde van het lachen.

Een boze blik van Stefanis naar een paar van zijn gezellen was voldoende om de man op te pakken en af te voeren. Stefanis trok zijn cape recht en zei: "Mijn welgemeende excuses hiervoor. Ik kom alleen voor die *verdomde* kaarten, die kaarten moet ik hebben, daar gaat het mij om. Kaarten en snel ook. Die machine kan mij geen donder schelen."

Dan ben je dommer dan ik dacht, dacht Ileas.

Arak zei: "Wij gaan binnen in overleg met de rest van ons team. Dan laten we jullie weten of we op dat voorstel ingaan."

Uit de troepenmacht stapten een paar gezellen woedend van hun plek en staken hun degens van alle kanten in de richting van Dideron, klaar om hem dood te steken.

"Neeeeh!" gilde Ileas.

Gideon en Stefanis keken elkaar verveeld aan.

"Democratie is ons streven, net als termijndenken," zei Stefanis. "Jullie krijgen een kwartier. Daarna ontfermen mijn mannen zich over jullie collega, slopen wij jullie pand en zal jullie hetzelfde overkomen."

Ileas fluisterde: "Wat doe je nou?"

"Tijdrekken," fluisterde Arak terug en hij liep weg bij de poort. "Het is gewoon machtsvertoon. Als ze gewild hadden, hadden ze Dideron allang gedood en ons pand aangevallen."

"En dat doen ze niet," zei Ileas. "Waarom?"

"Geen idee. We moeten Contentimus om raad vragen."

Ileas liep samen met Arak weg bij de poort en gaf Dideron nog een bemoedigend knikje, maar kreeg geen reactie terug. De boekhouder had een volkomen holle blik in zijn ogen. Ileas leefde enorm met hem mee, want hij wist hoe pijnlijk alleen een Maark al was. Nu had Dideron daar ook nog eens martelingen overheen doorstaan. Dit stond hun allen te wachten; de vraag was alleen wanneer Emperio besloot hun hoofdkwartier te bestormen.

Zeliska had al die tijd heel nerveus rondgedraaid en wilde steeds letters aanwijzen op de kaart de ze bij zich droeg. De jongens negeerden haar, liepen het hoofdkwartier binnen en gingen in de grote hal de trap op, richting de archieftoren.

Arak vroeg: "Als Dideron er niet zou hebben gestaan, had je ons dan werkelijk de rug toegekeerd en was je vertrokken?"

Ileas haalde zijn schouders op. "Waarschijnlijk wel. Of ik verder gekomen was dan het einde van de Lindelaan is de vraag."

"We komen hier wel uit, je moet alleen geduld hebben. Er komt steeds iets op ons pad wat ons helpt."

Onderweg in de gang kwamen ze Jinasum tegen en Arak verzocht haar, hen te volgen. In het kantoor van Hylmar namen ze de achter de boekenkast verscholen ongelijkmatige trap naar het archief.

De traptreden dansten stuk voor stuk voor Ileas' ogen, het leek wel alsof ze naar hem hapten. Zijn Maark spiegelde hem van alles voor en het kostte hem steeds meer moeite om niet in vreemde dromen weg te zakken. Hij hoopte van harte dat hij deze resterende dagen zijn geest helder kon houden en illusie van werkelijkheid kon blijven onderscheiden.

Rudarg en Ylly waren al in het archief aanwezig, waar nog steeds een stabiel gonzend geluid klonk. Contentimus draaide dankzij de bronsteen op een aangenaam toerental en de blauwe gloed sidderde over zijn buitenkant. Zodra het team bij elkaar was, ging Jinasum mijmerend verderop staan.

Arak zei tegen Contentimus: "Dideron staat voor de deur."

"Weer, terecht. Goed, zo." Contentimus liet wat kleppen ratelen.

Rudarg keek hem vragend aan. "Heb je de beste garlarger dan buiten laten staan?"

Ylly zei: "Had ik ook gedaan."

'Pets'. Het was inmiddels gewoonte geworden om Ylly te slaan bij elke ongepaste opmerking die hij maakte. Niemand die er meer van opkeek.

Arak vervolgde bijna in dezelfde beweging: "Er is een probleem, een heel groot probleem."

Rudarg vroeg: "Je bedoelt groter dan zoiets als een Maark?"

Ileas antwoordde: "Er staat een enorme troepenmacht van Emperio voor onze poort, iedereen als je het mij vraagt, en ze houden Dideron in gijzeling."

Er werd onrustig door elkaar gepraat.

Met zijn armen over elkaar zei Ylly voorzichtig: "Zie je nou wel. Die man is raar en niet te vertrouwen. Wij renden er in Klosterwoarde samen vandoor en toen besloot hij opeens terug te rennen. Het leek er gewoon op of hij zich over wilde geven, kort daarvoor was hij toch ook al in handen van Emperio gevallen. En waarom? Omdat hij iets te verbergen heeft."

"Je speelt weer dat vervelende jochie," mompelde Jinasum van verderop.

Hij reageerde: "Heb jij al eens een blik op zijn Maark geworpen? Is hij werkelijk veroordeeld?"

"Je moet een behoorlijke gek zijn als je ons zonder Maark vrijwillig volgt tijdens de missies die wij hebben ondernomen. Het klinkt nogal maf om dat te doen," zei Ileas.

"Ik wou het alleen maar opmerken," zei Ylly.

"Emperio wil kaarten hebben in ruil voor Dideron," zei Arak.

"Kaarten, krijgen, ze, van, mij," zei Contentimus met bulderend stemgeluid, sterker dan voorheen. "Ik, maak, kaarten, als, vanouds."

"Dramrg, als 'k het niet dacht," zei Rudarg en hij deed wat stappen naar achteren.

Ileas had ook afstand genomen en vroeg voorzichtig: "Zijn kaarten een vloek?"

"Wat, mensen, je, laten, geloven. Kaarten, zijn, sleutel, tot, de, wold. Beter, als, niet, iedereen, ze, bezit. Mijn, makers: Brister, Erstlaen, van, Dyla, en, Arlas, waren, er, druk, mee. Kaarten, verdwenen, in, boekwerken. Nooit, meer, terug, gezien."

Ylly zei: "Zodra Emperio kaarten in zijn bezit heeft, zal het deze regio en ver daarbuiten overmeesteren, met alle gevolgen van dien. Wij moeten nog steeds vier missies volbrengen en hun aanwezigheid is op dit moment heel irritant. Arch, dit is allemaal zeer hinderlijk."

Jinasum mompelde: "Misschien moet het zo zijn, we zijn vervloekt."

"Huh, wat?" vroeg Ylly. "Waar heeft ze het over?"

"Vertel jij maar wat dit allemaal is," zei ze zacht.

Ylly haalde zijn schouders op. "Je kletst."

Arak zei: "Emperio zijn een stel misdadigers, dat weet ik, maar we kunnen niet anders dan ze die kaarten geven. Ze weten dat wij perkadent bezitten en een machine om kaarten te maken. Ze weten blijkbaar nog niet *wat* voor machine. Ze wilden alleen de kaarten, om wat voor reden dan ook, en die kunnen ze krijgen. In de tussentijd verrichten wij onze missies en daarna zien we wel verder hoe we met Emperio omgaan."

"Ik weet in elk geval zeker dat ik na deze ellende heel ver uit de buurt van deze regio blijf," zei Ylly.

Jinasum stapte naar voren en zei: "Dideron heeft gezwegen over de ware aard van Contentimus. Dat was erg dapper van hem. Ze hadden meteen ons hoofdkwartier bestormd als het verhaal anders was geweest."

Rudarg zei: "Die hurners vallen niet aan omdat ze geen energie gaan verspillen aan Maarkdragers waarvan ze weten dat die spoedig doodgaan."

"Geef die gasten kaarten en laat ze ermee naar Nedorium zinken," zei Ylly.

"Wacht, wacht, wacht." Wild zwaaide Ileas met zijn handen. "Maar dat is geweldig! Laat ik opeens een briljant idee hebben."

Hij was de enige die er enthousiast van opkeek.

"Geen grappen nu," zei Arak knorrig.

"Vertrouw mij," zei Ileas. Hij liep met een flinke stapel perkadent naar Contentimus. Een tinteling gleed over zijn huid en deed de haartjes op zijn armen omhoogschieten.

Wij kunnen elkaar helpen. De stem, zijn stem of die van Contentimus, die ze samen deelden, schoot weer door zijn hoofd.

Natuurlijk helpen wij elkaar.

Ileas knikte. *Jij bent de enige die ik kennelijk vertrouwen kan.*

De machine liet zijn ogen loerend over de gezellen gaan.

Ik heb een plan. Dat weet ik; het is geweldig. Ileas stond nogal afwezig een tijdje bij de machine en fluisterde uiteindelijk iets in één van zijn horens: "Maak er wat moois van."

"En het is beter dat niemand van jou briljante idee af weet?" vroeg Arak. Hij zocht bijval bij de rest, maar de terneergeslagen groep gezellen vond het allang goed wat Ileas deed.

Velletje voor velletje voerde Ileas perkadent in de muil van de machine en na een aantal minuten werd het even stil, alsof Contentimus heel diep nadacht.

Ineens spoten de dunne velletjes als een fontein boven uit zijn rug en dwarrelden als vlindervleugels omlaag. Tegen het licht in had Ileas allang de dunne lijntjes herkend die Contentimus erop had afgedrukt. Na jaren van analyseren had deze wonderbaarlijke machine een ongekende massa informatie verzameld, die zich zelfs liet vertalen in een kaart met alle wegen en woningen. Tientallen velletjes dansten door elkaar heen en dwarrelden neer op de houten vloer.

"Er staan lijnen op," zei Ylly, die als eerst een velletje perkadent in zijn handen had. "Heel veel lijnen en symbolen. Ze vormen een stratenpatroon."

"Op deze ook," zei Arak.

"Leg, pagina's, over, elkaar, heen," zei Contentimus een beetje zingend, terwijl hij met perkadent bleef strooien.

Ze raapten de velletjes bijeen, en hoewel er tientallen over elkaar heen werden gelegd, ontstond er een stapel van nauwelijks een pink dikte. Ze konden het dunne perkadent blijven stapelen terwijl de stapel nauwelijks leek te groeien. Een blije opwinding schoot door de groep, behalve bij Jinasum, die al die tijd van een afstandje had staan toekijken.

"Een kaart in laagjes," zei Arak. "Dat is briljant."

"Daarom wordt er perkadent gebruikt: je kan er doorheen kijken en zo de verschillende lagen van de wold zien," zei Ylly.

"Ik zie doorgangen, straten en bruggen die mij nooit eerder zijn opgevallen," zei Ileas.

"Onontdekte, wold," zei Contentimus en er spoot een volgende lading perkadent uit zijn rug.

"En ik zie ons hoofdkwartier, kijk: onze binnenplaats is duidelijk te zien," zei Ylly.

"Dramrg, we hebben een binnenplaats," zei Rudarg.

"En we hebben zo te zien ook een achteruitgang," merkte Arak op.

"Spijtig om dit weg te geven," zei Ylly.

"Dideron heeft nu onze hulp nodig," reageerde Ileas.

Weer die trap af. Daarna verzamelden de gezellen zich beneden voor de deur en liepen gezamenlijk naar de poort. Het was gestopt met regenen. Ze duwden de kaart op een houten karretje, verdeeld over een aantal stapels, voor zich uit over de natte binnenplaats. Om te voorkomen dat de pagina's ervandoor zouden waaien, lagen er stenen bovenop.

Arak schreeuwde door het poorthek heen, maar hij op gepaste afstand: "Zoals afgesproken, de kaart in ruil voor onze vriend en collega Dideron!"

De manschappen hadden met de punten van hun degens de kleding van Dideron aan alle kanten gescheurd en speelden verveeld met de rafels.

Het was Stefanis die als eerste voor de poort verscheen. Hij zei: "Ah, dat is goed om te horen. Toch ook jammer. Ik moet bekennen dat mijn mannen zich erop verheugden om jullie collega onder handen te mogen nemen, mocht ons overleg tot een impasse leiden. Ik zal ze teleur moeten stellen, maar daartegenover staat die kaart en dat betekent eigenlijk veel meer."

Arak zei: "Jullie nemen afstand, zodat we jullie allemaal kunnen zien. Wij rijden de kar door de poort naar buiten en loodsen Dideron naar binnen. Zodra ons poorthek weer gesloten is, mogen jullie in beweging komen. Doe je dat eerder, dan steken wij de kaart in brand."

"Nee, nee, doe maar rustig. Jullie maken een gelukkig mens van mij." Stefanis maakte een buiging, nam al afstand en gebaarde naar de troepenmacht. De ruimte op de Lindelaan was beperkt en dus dromden ze stuntelig samen.

Gideon verwijderde de buigel van Diderons' polsen en zei van een afstand: "Doe je ding, maar houd ons niet voor de gek, anders vallen wij dit armetierige pandje aan."

"Kansloos," zei Rudarg.

Zodra ze op een meter of tien afstand stonden, waagde Arak het poorthek te openen.

"Dit is raar, vind je dit niet raar? Hét Emperio dwingen wij achteruit," zei Ileas. Hij drukte het hek verder open en keek heel bedachtzaam de laan door, van links naar rechts. "De kust is veilig. Ze zijn werkelijk zo dom."

Ze reden het piepende houten karretje onder de poort door, tot in het midden van de Lindelaan, naast waar Dideron stond. Jinasum ontfermde zich meteen over de boekhouder en bracht hem de binnenplaats op. Hij kon slechts kleine passen nemen, waarschijnlijk hadden ze zijn benen behoorlijk te pakken gehad. Ylly schoot ook te hulp en samen liepen ze richting de voordeur van het hoofdkwartier. De plotselinge behulpzaamheid van de jongen verbaasde iedereen.

Zodra iedereen weer veilig binnen was sloot Arak het poorthek af. Dat was voor Stefanis en Gideon het teken om meteen dolgelukkig op de kaart te duiken. Er stond een lichte bries en een aantal pagina's perkadent fladderden er gemakkelijk vandoor. De troepenmacht was gehoorzaam genoeg om ze achterna te sprinten.

De gezellen trokken achterwaarts het hoofdkwartier binnen, sloten de voordeur af en wierpen nog een blik door het venster ernaast.

"En dit is jouw briljante idee?" vroeg Rudarg aan Ileas. "Wat is er zo briljant aan?"

"Sla maar toe, sukkels," zei Ileas grijnzend. "Ga die kaart meteen maar snel gebruiken."

"Nou vertel je het mij," zei Arak streng.

Ileas zei trots en genietend van het momentje aandacht: "Ik heb Contentimus gevraagd om alle wegen op de kaart naar één speciaal punt te laten leiden."

"Hier ver vandaan, mag ik hopen," zei Arak.

"Alle wegen op de kaart leiden naar de plek waar ze nooit meer uit komen: regelrecht naar Grimklauw, waar de schaduwen en de mechanisten op hem wachten. Elke route zal hen uiteindelijk leiden naar hun eindsteeg. Wij zijn voorlopig van hen af."

Er werd hard gelachen, behalve door Jinasum en Ylly verderop in de grote hal. Die ondersteunden de zwaargewonde Dideron en liepen moeizaam met hem naar de haard. Daar legden ze hem op de berg dekens die ze er hadden gebruikt om op te slapen. Zij begon meteen met het verzorgen van zijn verwondingen, hij daarentegen begon aan de handschoenen van de boekhouder te sjorren.

"Laat eens eventjes zien!" zei hij driftig.

"Stop daarmee!" Jinasum probeerde hem tegen te houden. "Hoe haal je het in je hoofd om dat nu te doen!"

De rechterhandschoen van de boekhouder schoot uit, en met open mond van verbazing bleef Ylly ermee in zijn hand staan. Hij begon te blozen en smeet de handschoen op de vloer. "Vervloekt."

Met moeite hief Dideron zijn rechterhand, zodat iedereen hem goed kon zien. Zijn handpalm kende een merkwaardige markering, die helemaal niet leek op een gewone Maark. Het was een tikkend uurwerkje, dat op rommelige wijze met zijn vlees vergroeid zat.

"Een toestelletje," zei Ileas.

"Dit is mijn straf," zei Dideron zacht. "Zoals je ziet tikt mijn tijd weg, net als bij jullie Maark. Ik kan je verzekeren dat het mij net zoveel pijn bezorgt."

"Dat hoef je ons niet te laten zien," zei Jinasum. Ze deed zijn hand weer omlaag en drukte een doek tegen een snee op zijn gezicht.

Eigenlijk had Ileas dit ook wel willen zien, en het was dan ook niet de actie van Ylly op zich die hem razend maakte. Het was alles bij elkaar, de manier waarop. Hij kreeg het bloedheet en hij voelde zijn gezicht verstrakken. Zijn handen schoten recht vooruit door de lucht en klemden zich als vanzelf rond de keel van Ylly. Zijn knokkels zagen er wit van. Hij schudde de jongen heen en weer en duwde hem tegen de haardmantel. Ylly liep rood aan.

"Heb je het nu gezien?" brulde Ileas. Het speeksel vloog uit zijn mond.

De jongen probeerde zijn strakke greep los te wrikken en sperde zijn mond ver open, snakkend naar lucht. Er klonk gerochel uit zijn keel.

"Stop! Stop daarmee!" brulde Jinasum met Dideron in haar armen.

Arak en Rudarg snelden toe. Arak trok zijn vriend van Ylly af, maar Rudarg nam het over. Op zijn beurt klemde hij zijn handen stevig rond Ylly's nek.

"Jij gaat er aan, dradvram hurner."

Zeliska draaide onrustig voor de groep vechtersbazen langs. Ze hield haar kaart met de letters van het alfabet in de aanslag en besloot ermee naar Jinasum te lopen.

"Wat is er?" vroeg die.

Zeliska wees weer letters aan en Jinasum vormde haar zin. Ze schrok.

Rudarg schoot met zijn mechanische benen omhoog en omlaag en trok Ylly steeds mee de lucht in, zijn handen stevig in een wurggreep rond de keel geklemd. Arak schopte tegen zijn mechanische benen, zodat hij omlaag zakte en voorlopig niet meer omhoog kon.

Ylly raakte los uit zijn handen en rolde over de vloer, waarbij hij weer door Ileas gegrepen werd. Arak kreeg een klap van Rudarg. Daar liet hij het niet bij zitten en sloeg stevig van zich af.

Jinasum zei: "Stop daar toch mee! Zeliska heeft iets belangrijks te melden."

"Hou je mond, feeks," zei Rudarg.

"Wat?" Ze sperde haar ogen wijd open en als ze niet met Dideron in haar armen gezeten had, was ze ongetwijfeld opgestaan om Rudarg wat aan te doen.

Arak vuurde wat klappen op Rudarg af, maar de kleine man wist die handig te ontwijken.

"Ja, ik heb je wel door," zei Rudarg en hij spuugde vlak voor haar voeten op de vloer. "Je bent een heks."

"Nu ga je echt te ver," zei Arak en sloeg nu wel een paar maal raak.

Ondertussen was Ylly al zo verslapt dat Ileas gemakkelijk een paar flinke vuisten op zijn gezicht kon loslaten, en dat voelde goed. Nooit eerder had hij zich zo goed gevoeld als hij iemand sloeg en in feite had hij nooit eerder iemand zo afgeranseld. Het maakte een bevredigende energie in hem wakker en hij moest door blijven gaan om dat heerlijke gevoel vast te houden. Door de consternatie was ook het nodige van de tafel op de vloer gevallen en een ding in het bijzonder trok Ileas' aandacht: een broodmes. Zonder erbij na te denken greep hij het mes, maar meteen protesteerde zijn Maark met ongekende pijn. Zijn arm verkrampte, maar toch bleef hij het mes vasthouden. Deze macht voelde goed. Hij leidde hem af van de ellende in zijn lijf die hem zo in zijn greep hield. Met dit mes kon hij in één klap een einde aan dat rotjoch maken. Met dit mes ging hij diens ribben klieven en hij zou wachten tot hij kermend stierf. Hij keek hem recht in zijn grote zorgelijke ogen, met het broodmes in de aanslag.

Hij werd van achteren vastgegrepen door zijn vriend, die Rudarg al een stuk verderop had geduwd. "Laat hem gaan, zo ken ik je niet!" zei Arak. Hij trok het broodmes uit zijn handen en wierp het in de haard.

Ileas kwam overeind en veegde zijn lange haren uit zijn bezwete gezicht. "Schei uit. Je hebt toch gezien wat hij deed!"

"Dat is het niet," zei Arak. "Je gedraagt je als een bezetene."

Zou het werkelijk?, dacht Ileas. Hij bekeek zijn knokkels, die onder het bloed zaten, en het duizelde in zijn hoofd. Hij durfde zijn vriend niet aan te kijken, niemand.

"Laten we elkaar vooral niet afmaken, wij zijn een team, weten jullie nog wel!" zei Arak tot de hele groep. "We hebben zojuist Emperio verdreven en nu komt het erop aan dat wij als team de volgende missies volbrengen."

"Muh." Rudarg krabbelde moeizaam overeind.

"Eh, jongens. Als jullie klaar zijn met jullie ding, dan heb ik geloof ik iets belangrijks te melden," zei Jinasum.

"Nu even niet," snauwde Rudarg.

Jinasum snauwde terug: "Emperio is niet onze grootste zorg."

"Verzin je dat nou ter plekke, of is die kat weer bezig?" vroeg Rudarg.

Jinasum zei: "Vergeet die Stefanis en die Gideon met hun manschappen. Zij waren alleen maar bedoeld als afleiding. Het is hun leider Draghadis waar jullie je druk om moeten maken."

"Wie is Draghadis?" vroeg Arak.

Zeliska wees weer een aantal letters aan en Jinasum vertolkte haar zin: "De veldheer van deze regio is hier in ons hoofdkwartier en blijkbaar hebben wij hem daarstraks netjes de weg gewezen naar Contentimus."

Op dat moment viel de aangename gons die al dagen het hoofdkwartier doortrok even stil. De hapering van Contentimus ging iedereen door merg en been. De wijzer naar de uitweg voor hun Maark moest hoe dan ook in leven blijven.

28
Een verbrijzelde neus

Een voor een bestegen de gezellen de trap van de archieftoren, terwijl ze hun kledingstukken recht trokken, hun bloedige wonden betten en over hun blauwe plekken wreven. Het vormde allemaal een mooi excuus om elkaar niet aan te hoeven kijken.

Halverwege de klim zei Rudarg over zijn schouder tegen Jinasum: "Hier valt geen evrel, trots te bekennen. Sorry, 'k schaam me voor wat ik tegen je gezegd heb."

"Het is al goed," antwoordde ze.

"Hhhja," piepte Ylly, waarbij de rode striemen in zijn nek langzaam weg begonnen te trekken.

Hoe hoger ze kwamen, hoe vaker er moest worden uitgerust. Ileas leunde met zijn handen op zijn knieën en zei: "Die trap klopt niet, joh, hij wordt steeds langer."

Rudarg zei: "De beklimming van deze wenteltrap is als de beklimming van de Dromerstop, de enorm hoge berg in deze regio. Die kennen jullie garlargers vast... Eh, nou, weinigen zijn d'r in geslaagd de top te bereiken."

"Dat heb je natuurlijk in een herberg gehoord?" vroeg Ileas hijgend.

"Allui," zei Rudarg, "natuurlijk."

Verder werd er tijdens de klim vooral krachttaal gebruikt, gezucht en gesteund.

Eindelijk bereikten ze het archief. Ze bleven nog even twijfelend staan in de stenen deuropening, luisterend, kijkend, afwachtend, en vooral van het moment gebruikmakend om uit te hijgen.

Contentimus draaide nog. Maar niet voluit.

"Het voelt bijna als een eer om de veldheer van Emperio op bezoek te hebben in ons miezerige gilde," zei Ileas. Hij zette als eerste voet in het archief en dirigeerde de rest elk een eigen richting op. Ze begonnen hun ongenode gast te zoeken.

Uiteraard was Arak op zijn hoede, maar zijn aandacht ging vooral uit naar zijn vriend, die een aantal kasten verderop gelijk met hem optrok. *Ik laat je mijn leven redden, Ileas,* dacht hij, *want ik vind het vreselijk je zo te zien lijden. Ik verzin wel iets.* Hij fluisterde: "Links, rechts, er is werkelijk niemand te zien."

Ileas gaf geen antwoord.

Ook achter de volgende kasten die ze passeerden was niemand te bekennen.

"Natuurlijk zit hij hier niet tussen de kasten," zei Ylly van verderop. "Hij zit bij Contentimus."

Bedacht op een aanval hield Arak meteen zijn vuisten voor zich uit. Weer wenste hij dat hij een wapen tot zijn beschikking had, maar meer dan een dobbelsteen of een stukje touw had hij niet in zijn jaszakken zitten.

De paden tussen de kasten door kwamen uiteindelijk samen op één punt, waar de gezellen elkaar weer troffen. Er was nog één rij archiefkasten over, en daarachter lag hun geheim. De gezellen keken elkaar een moment aan.

Arak knikte. *Klaar voor de aanval?*

Ileas knikte terug en stapte de hoek om, toen er iets vreselijks op hem af kwam. Hij werd tegen zijn hoofd geslagen met een enorm groot boek. Meteen vloog hij naar achteren, maakte een draai in de lucht en kwakte ongelukkig op de vloer.

Draghadis verscheen. Het was een stevig gebouwde man, minstens twee koppen groter dan hij. Met gemak zwaaide hij het boek op Arak af, die op het juiste moment bukte. Het boek ging loeiend over zijn hoofd heen en raakte Ylly, die naast hem stond. Er klonk een zucht toen alle lucht uit zijn longen geslagen werd en hij viel languit op de vloer, waar hij roerloos bleef liggen.

Zeliska had siste eenmaal, bolde haar rug en hing vervolgens met haar nagels aan de zijkant van een boekenkast geklemd, om die voorlopig niet los te laten.

Met een luide schreeuw stortte Rudarg Klats zich op Draghadis. Opvallend dapper vloog hij hem naar de nek, en in toekomstige liederen zou dat beslist als de Klatsgreep worden bezongen. Zijn aanval was helaas van korte duur. Met een eenvoudige uithaal smeet Draghadis hem meters verderop tegen een kast, waarbij zijn mechanische benen alle kanten uit zwabberden.

Met open mond van verbazing keek Arak naar het glanzende, kronkelende gelaat van Draghadis. De kolos wierp het boek klakkeloos aan de kant en kreunde van plezier.

Hij spiegelde Arak, die met zijn gebalde vuisten gereed stond voor een knokpartij. Alleen leken zijn vuisten op insectenpootjes in vergelijking met de stalen mokers van Draghadis.

"Wie denk jij wel dat je bent!" zei Arak met zijn laagste stem. Hij hief standvastig zijn kin en zette zijn voeten iets uit elkaar voor een juiste balans, zoals hij dat geleerd had. *Het gaat altijd om de juiste balans, dat is het belangrijkste. Zo kan ik elke aanval ontwijken en zelf razendsnel toeslaan.*

"Ik ben Draghadis, beste heer." Het stemgeluid was rochelend, rauw, slepend en doortrokken van woede en angst.

Waar de klap opeens vandaan kwam was Arak een raadsel. Hij had de vuisten van Draghadis niet zien bewegen, of toch? Er schoot een enorme pijn door zijn hoofd en borst. "Vervloekt!" Hij zakte kreunend dubbel en kreeg nog een klap tegen zijn achterhoofd, waardoor het wit en blauw voor zijn ogen werd. Omdat ook de vloer steeds dichterbij kwam, concludeerde hij dat hij neerging. Hij was niet bewusteloos en probeerde dus snel weer overeind te komen, maar zijn vermoeidheid weerhield hem ervan. Het was best fijn om even te kunnen liggen.

Vanaf zijn lage standpunt was Draghadis veranderd in een reus, die voldaan neerkeek op zijn onderdaan. Een ongekende angst overviel

Arak. Hij trok automatisch zijn benen op en sloeg zijn armen eromheen.

Het masker sidderde en vormde een gat op de plek waar je een mond zou verwachten. Draghadis boog iets voorover en sprak: "Orlina Brister had een drendie, waarmee ze met ongekende snelheid door landschappen draafde. Van grote schoonheid was die drendie, met magische krachten naar men zei, met vuur in de ogen en pompende longen als een machine. Het ene moment zag je haar en het andere moment was ze weg. Menigeen wilde dat paard bezitten, niemand kon het grijpen.

Op zekere dag zag een eenvoudige boer hoe ze zijn land doorkruiste en viel – hield haar onsterfelijke paard ermee op? Het bleek een mechanorganische creatie te zijn. Zij was de eerste in heel de wold die het voor elkaar gekregen had mechanorganisch materiaal tot leven te wekken."

Ileas was bijgekomen en greep Draghadis bij zijn linkerbeen, maar het kon net zo goed een landvast zijn die hij omarmde. Eenvoudig zwaaide Draghadis zijn andere been naar achter en raakte Ileas in zijn buik. Kreunend dook hij in elkaar.

Stop, doe hem alstublieft niets aan, brulde Arak in gedachten, *hij heeft al zoveel te lijden!* Zijn keel was van steen en hij was te verlamd van angst om zich te bewegen.

Draghadis was nog niet klaar met Ileas en ging naast hem staan, op een metertje afstand. Hij haalde zijn been ver naar achteren en nam de tijd om goed op zijn hoofd te mikken. De punt van zijn leren laars zwiepte met enorme vaart door de lucht en raakte Ileas vol in zijn gezicht. Er kraakte iets. Ileas rolde kermend opzij, met zijn handen voor zijn gezicht.

"Nee!" Het was eerder een zucht dan een kreet. Arak trok zich over de vloer naar voren, maar brak daarbij alleen zijn nagels. *Sorry,* stamelde hij inwendig bij het zien van zijn gewonde vriend.

Draghadis trok zijn tenue recht en zei: "En er was Roderic Erstlaen, een man met de kennis en kunde van honderden geleerden. Wat hij in zijn briljante brein bedacht, kon hij vrijwel direct omzetten in werkelijkheid. Wat zijn ogen zagen konden zijn handen maken, met enorme precisie. Roderic bestond alleen niet als mens: hij was lucht; een samenstelling van restanten magie uit de oude tijd en knappe dolende zielen die elkaar gevonden hadden."

Draghadis draaide een paar maal rond om het archief in zich op te nemen. Uit zijn masker klonk opgewekt gehijg. Zijn blik eindigde bij Arak, zijn volgende doelwit.

Automatisch schoot Arak met zijn hand in zijn jaszak, in de hoop daar iets te vinden waarmee hij zich verweren kon. Eigenlijk deed hij het alleen maar, besefte hij, om het stukje touw met knopen te grijpen waarbij hij in lastige situaties altijd steun vond. Met dat touwtje kon hij nog geen vlieg doden, maar voor echt verweer was het nu toch te laat. Al tastend vond hij echter iets anders, iets veel beters.

"Farnak van Dyla kon bliksems vangen, zweven, dansen met zijn eigen schaduw en zelfs tegen de tijd in lopen," zei Draghadis, terwijl hij langzaam op Arak af liep. "Althans, dat werd van hem gezegd, maar misschien was hij gewoon wel een geweldige illusionist. In elk geval was hij tot dingen in staat die menigeen versteld deed staan. Tijdens zijn leven in Pling Ploing heeft hij geweldige uitvindingen gedaan. Maar de grootste rebel van allemaal was de jonge Hylmar Arlas, die hen allen een eeuw geleden samenbracht voor één groots idee: een onafhankelijk systeem bouwen.

Ze creëerden een schitterend instrument, zo machtig dat het in staat was zelf te denken, beslissingen te nemen en zich te verzetten, zoals zijn makers het bedoeld hadden. Om onduidelijke rede werd het opeens stil rond dit apparaat en Contentimus werd een legende. Totdat jullie mij de weg wezen naar dit archief en ziedaar: de levende legende." Draghadis leek dankbaar te buigen. Zijn glanzende leren laarzen kwamen bij zijn laatste stap met een bonk vlak naast Arak neer, klaar voor een enorm harde schop, of wat hij ook maar met hem van plan was.

"Meeew!" Zeliska suisde vanaf de zijkant van de kast met gespreide klauwen door de lucht en sprong op Draghadis af. Opeens zat ze overal, op plekken waar hij steeds te laat was om haar te grijpen. Ze klauwde rond, over zijn rug, zijn schouders, voor zijn borst langs, over zijn nek. Op elke plek liet ze een enorme haal achter. Draghadis bleek net zo goed mens te zijn, op zijn gezicht na. Het bloed sijpelde door zijn opengereten kleding en in zijn nek had hij een diepe snee waar het uit pompte. Zeliska's staart werd haar uiteindelijk noodlottig, want die greep hij. Voor ze het wist zwiepte ze door de lucht en kwakte met een harde bonk tegen de zijkant van een kast.

Deze afleiding bood Arak intussen genoeg tijd om tot de conclusie te komen dat hij wel degelijk een wapen in zijn jaszak had. Zijn hand sloot zich om het glazen flesje en met zijn duim wipte hij de kurk eruit. Het beetje zilverzand dat naar buiten viel voelde zacht aan tussen zijn vingers.

Draghadis bukte ver voorover, zijn sliertige gezicht bungelde vrij. Dat was het moment waarop Arak een wolk glitterend zand uit het flesje naar het slijmerige masker wierp.

Het zilverzand deed zijn werk. De kreet die Draghadis slaakte was oorverdovend, werd losgescheurd uit de diepste krochten van Nedorium. Hij was als het gedonder van een aanzwellende vloedgolf.

Wankelend liep hij weg, brommend, zuchtend, soms piepend als een klein kind, dan weer brullend als een god. Vervolgens klonk er een langgerekte kreun van voldoening. Draghadis leed vreselijke pijn, maar op de een of andere manier genoot hij er ook van. Hij raakte zijn gezicht niet aan om het zilverzand weg te vegen van zijn tentakels, maar wierp zijn hoofd in zijn nek, strekte zijn armen wijduit en aanvaardde de pijn zoals die was. Genietend draaide hij een paar rondjes.

Opeens greep hij niettemin haastig naar zijn slijmerige masker, dat al helemaal rood geworden was, en veegde ruw, paniekerig, klauwend in de drek. Schuddend met zijn hoofd wankelde hij ongecontroleerd door de ruimte. Klodders donkerrood bloed vlogen rond, terwijl zijn gekwelde kreten steeds heviger werden. Hij haastte zich naar een van de vensters, trapte het witgeverfde glas kapot en maakte zo een ruime opening. De wind blies zijn cape woest alle kanten uit toen hij erdoorheen schoot en verdween.

Arak trok zich over de vloer naar zijn vriend toe. *Ben je dood?* Ileas lag nog steeds met zijn handen voor zijn gezicht. Het bloed droop tussen zijn vingers door. Arak kwam moeizaam overeind en tilde Ileas in een stevige omhelzing tegen zich aan, om hem voorlopig niet meer los te laten. Het kostte hem veel moeite om zijn stem terug te vinden. "Ik... heb je," zei hij tenslotte. "Ik heb je."

Ze rilden beiden.

Bevend trok Arak een hand van Ileas opzij. Hij huiverde en een moment sloot hij zijn ogen; de neus van zijn vriend was een bloedige ravage. Hij stond scheef en klodders bloed hingen uit zijn neusgaten. Er was al een flinke paarse zwelling ontstaan, tot onder zijn ogen.

Om het bloeden te stelpen drukte Ileas zijn mouw tegen zijn gezicht, maar dat hielp weinig. Hij snotterde moeizaam en dat klonk akelig. Tranen maakten zijn ogen rood.

Weer omhelsde Arak zijn vriend en liet hem pas enige tijd later weer los. Voor het eerst sinds lange tijd keken ze elkaar echt in de ogen. Ileas' gezicht was van graniet, met diepe scheuren en tekenen van een versleten leven, en één sterk uitgesleten emotie: die van onbekende ellende.

Arak kreeg een brok in zijn keel en zijn ogen begonnen te prikken omdat ze zo droog waren. Hij herkende de blik van totale uitputting en radeloosheid, die wilde opgeven maar dat onmogelijk kon. Ileas moest hetzelfde bij hem herkennen: ze waren beiden kapot en terneergeslagen door alles wat er was gebeurd. Een eindsteeg was niet denkbeeldig en zag er zo uit.

Arak vond steun bij zijn touwtje met knopen en haalde het tevoorschijn. Hij wikkelde het rond zijn vingers tot zijn vingertoppen rood aanliepen.

Ileas legde zijn hand zachtjes op de zijne en liet hem het touwtje loshalen. "Doe jezelf geen pijn voor mij."

"Ik kan soms niet anders."

Ileas duwde hem van zich af. Het was geen ruwe duw, niet om snel van hem af te zijn, daarvoor bleven zijn handen te lang hangen. Dit was eerder een soort afscheid.

"Laat me los," zei Ileas.

"Wat bedoel je?" vroeg Arak.

"Haal die knoop uit ons leven."

29
DE BLOKKADE

Hoe ongemakkelijk de archiefvloer ook lag, Ileas had geen energie meer om overeind te komen. Elke beweging deed hem zeer, alsof hij glasscherven tussen zijn gewrichten had. Hij wachtte geduldig tot de vloer tot leven ging komen, zoals de straatstenen dat geregeld deden. Het levende systeem mocht hem hebben.

De vloer bleef stil.

Zit ik hier verdomme te hoog voor dat verrekte levende systeem om mij te vinden?

Tot voor kort waren er nog een paar plekjes in Ileas' lijf waar de magie van zijn Maark geen grip op had gekregen. Een daarvan was zijn unieke vermogen om geuren in zich op te nemen, te analyseren en te onthouden. Maar zelfs dat was nu vernietigd. Zijn neus was een ravage en zou nooit meer de oude worden. En dus wachtte hij geduldig af tot de dood hem overviel.

Ik zit hier. Ik geef het op.

Er werd een hand over zijn mond gelegd. Er zat iets in, wat zo naar binnen floepte. Van schrik slikte hij het door, zonder een kans om het te proeven.

"Goed zo." Het was Jinasum die achter hem stond en tevreden toekeek. "Een oppepper kan geen kwaad op dit moment."

"Wat flik je me nou weer? Ik zou werkelijk gaan denken dat je een heks bent," zei hij. Wat ze hem ook gegeven had, hij voelde zijn bloed warm worden en razendsnel door zijn lichaam pompen. Het zweet brak hem uit. Hij draaide zich plat op zijn rug en sperde zijn mond en ogen wijd open. "Ja, dit voelt goed!"

Vanuit ligstand sprong hij in één keer overeind en begon te dribbelen op zijn voeten. Ze keek hem peinzend aan en probeerde hem te doen bedaren. "Misschien heb ik je te veel gegeven. In de parallelgangen zijn de mensen iets meer gewend dan jullie straatvolk."

Hij keek haar aan, bolde zijn wangen en schudde zijn hoofd, terwijl hij de lucht liet ontsnappen. "Voelt goeddd."

"Hoe dacht jij dat ik al die tijd op de been bleef?" zei ze. "Doe wat je moet doen, red jezelf, doe het voor Arak. Jullie zijn broers voor elkaar en mogen elkaar nooit verliezen, begrijp je me?"

Ileas knikte druk.

Voor Contentimus stonden Arak, Rudarg en Ylly en overlegden. De boekhouder Dideron was met hulp van Jinasum helemaal naar het archief gekomen, want hij had geweigerd alleen beneden bij de haard achter te blijven. Nu lag hij bibberend op de bank in de hoek van de ruimte bij te komen.

"Wat heeft Draghadis hier uitgevreten?" zei Rudarg die voor Contentimus heen en weer liep, ditmaal zonder zijn mechanische benen, zodat iedereen voor het eerst kon zien dat hij werkelijk nog geen meter lang was. Hij bleef een paar maal achter zijn veel te lange jas haken.

Zijn die benen tijdens de aanval kapot geraakt?, vroeg Ileas zich af, die zich de afgelopen minuten probeerde te herinneren. *En waarom is iedereen nu alweer op de been? Heeft Jinasum hen ook verwend met wat ze mij gegeven heeft? Of ben ik gewoon een slapjanus?*

"Zo op het oog is er niets mis met Contentimus." Arak bestudeerde de machine aan de voorkant en bij het bedieningspaneel, bijgestaan door Zeliska. Ze liepen elkaar soms in de weg, maar dat kon Arak niet meer deren en hij accepteerde haar aanwezigheid.

"Draghadis was hier overduidelijk voor de machine, maar heeft er vervolgens niets mee gedaan, dat is nogal froemzalig," zei Rudarg.

"Het is ook een vreemde gast," zei Ylly, die onderuitgezakt tegen een kast leunde.

"Hebben we nog perkadent over zodat we voor onszelf een kaart kunnen maken? Dat zal ons een hoop tijd schelen." zei Ileas al huppend. "Contentimus, we zijn klaar voor onze volgende missie."

"Contentimus," zei de machine slechts en hij begon steeds langzamer te draaien.

Zeliska haalde een paar schuiven en knopjes over op het bedieningspaneel. De muil van Contentimus ging iets wijder open, zodat hij makkelijker te verstaan was.

"We zijn er klaar voor," zei Ileas, harder ditmaal.

"Contentimus...s." Zijn tempo was opeens sloom te noemen, vergeleken met zijn energieke uitstraling van de afgelopen tijd.

"Nou zeg!" Ylly kwam overeind. "Ik begin mij een beetje zorgen te maken."

Contentimus zei: "Geen, stop... blokkade."

"Wat, wat, wat." Ileas stond voor het eerst weer stil en schoot met zijn handen naar zijn haar. "Draghadis heeft wel iets geflikt: Contentimus doet het niet meer!"

"Blokkade," zei Contentimus kort en eindigde met het geluid van een bel.

"Doe je zijkant open," zei Arak. "Dan kunnen wij de blokkade verhelpen."

De machine siste enkel.

Ileas wapperde met zijn buis. "Poeh, heet zeg, of hoge bloeddruk. Man, man, man."

De anderen kwamen dichterbij. Arak vroeg: "Waar zit die blokkade precies?"

"Binnenin."

Ileas hield het niet meer en rende een klein rondje door het archief om de koele wind op zijn gezicht te voelen. *Drek, drek, drendiedrek.*

"Gaat het?" vroeg Jinasum hem bezorgd. "Het spijt me, van alles."

"Het gaat spectaculair goed." Hij rende om haar heen en eindigde huppend weer recht voor de machine.

Binnenin. Zijn mond gleed open bij het horen van de stem die ze beiden deelden. *In mijn ziel.*

Ileas knikte. *Draghadis heeft jouw ziel gekrenkt binnenin.*

Wij kunnen elkaar helpen.

Dat heb ik altijd al geweten. Ik vertrouw jou, Contentimus.

"Maar waar binnenin bedoelt hij?" vroeg Arak aan de groep.

"Als hij diep binnenin bedoelt, is dat dieper dan zijn fysieke voorkomen," zei Ylly.

"Weet je wat 't betekent?" zei Rudarg.

"Het begint tot me door te dringen." Arak voelde in zijn jaszak.

"Je moet jezelf met de machine verenigen," zei Rudarg. "Dat kun je alleen als je een magisch teken bezit, of iets van M-klik."

Arak protesteerde: "Makkelijk! Er is niets makkelijks aan een hereniging."

"Allou, dat valt best mee," zei Rudarg, die zijn mouwen al begon op te stropen en zo zijn armen vol magische tekens onthulde.

Arak zei: "Ik heb geen zilverzand meer om je los te weken, dat heb ik gebruikt om Draghadis te verdrijven."

"Oh, da's een goede zet van je geweest," zei Rudarg.

"We moeten vlug iets bedenken," zei Arak. "Ileas, jij..."

Terwijl ze samen op de achtergrond overlegden, was Ileas al naar Contentimus gestuiterd. Hun band trok hen naar elkaar toe, als twee magneten die elkaar bij de juiste pool troffen. Ze gonsden beiden van een ongekende geestdrift.

Ja, wij zullen elkaar helpen.

Vlak bij het bedieningspaneel zakte Ileas neer op de vloer en wikkelde er de verweerde lap van zijn rechterhand. Hij verspilde geen tijd om zijn Maark te bekijken, maar drukte het magische teken tegen het zijpaneel van de machine. Meteen ontstond hun verbinding en vonden hun zielen elkaar.

30
Poel

Ik zie niets, ik ben blind. Hoor ik mezelf spreken of niet? Zijn dit mijn gedachten, heb ik hier werkelijk een stem?
    Je hebt een stem en ik kan je prima verstaan, Ileas.
    Contentimus? Jouw stem klinkt hard, je zit in mijn hoofd.
    Ik ben overal, net als jij nu, Ileas.
    Waarom is het donker?
    Het is meer dan je denkt.
    Wacht, ik zie daar een soort horizon. Licht.
    Wat jij wilt, Ileas.
    En jouw stem klinkt vloeiend, niet zoals ik je ken.
    Hier hoef ik niets te genereren, je zit immers in mijn ziel.
    Geen... geen pijn, geen geluid, zelfs niet mijn hartslag. Het is hier zo stil. Hoe werkt dit?
    Ik zit in jou, jij zit in mij. De definitie hiervan is vaag. Wat ik wel weet is dat wij hier zijn in ons pure zelf. Wat vind je ervan?
    Leeg, het is niets.
    Altijd leuk, een buitenstaander om een mening te vragen.
    Het voelt vreemd, als een droom die toch werkelijkheid is.
    Dit is toch geweldig, Ileas? Onze zielen zijn verenigd. We kunnen elkaar mooie dingen laten zien, zoals dromen, eigenschappen, gedachten of herinneringen.
    Dat zullen we later uitgebreid eens doen. Vertel me alsjeblieft waar de blokkade zit, dan kan ik hem verwijderen. We hebben enorme haast.
    Haast?
    Mijn Maark, je bent toch op de hoogte van onze situatie?
    Oh, jouw Maark? En ik ben de sleutel, jullie oplossing.
    Precies, daarom moeten we opschieten.
    Even wachten nog, Ileas.
    Dat kan niet, vooruit. Toon mij waar de blokkade zit.

Ik wil je eerst iets laten zien. Ik ben zo blij dat jij gekomen bent. Je wist toch al dat we een connectie hadden?

Ja... dat heb ik altijd gevoeld, vanaf dat ik je voor het eerst zag, die verbinding tussen ons.

Exact. Je wist dat je dit moest doen. En nu ben je hier. Kom, laten we een stukje 'lopen'.

Er is geen...

Linksaf of rechtsaf?

Huh?

Je moet een keuze maken, Ileas.

Rechts dan.

Kijk, ik ben maar een kleine speler en ik bezit nooit de kracht van het levende systeem, en toch kan ik je mooie dingen laten zien. Door de jaren dat ik geschriften geanalyseerd heb heen is er iets moois ontstaan.

Laat het mij vlug zien. Daarna moet ik je echt van die blokkade verlossen.

Je hartslag is haastig, kalm aan. Links of rechts.

Links.

Nou, nou. Alsof je hier al eerder bent geweest. Onze band is sterker dan ik vermoedde. We zijn er bijna.

Vertel mij intussen wat het probleem is.

Tut, tut, rustig. Het is zelden goed om zo hard van stapel te lopen. Ik wilde eerst kennismaken, nu we zo innig met elkaar verbonden zijn.

Waarom... Wat is dit?

Een weg. Links of rechts?

Ik word hier gek van. Rechtsaf.

Je wantrouwen zal nog eens je dood worden. Herken je deze omgeving niet? Volg je de duisternis of het lied? Zou je linksaf gaan of liever rechtsaf? Linksaf vermoed je geluk, maar wellicht ontvangt de dood je er met open armen. Rechtsaf dan maar, wie zal het zeggen? Linksaf of rechtsaf, ja of nee, zon of maan, één of nul?

Geen kruisingen.

Juist, Ileas. Een kruising zul je in Dizary nooit treffen. Dat zijn onmogelijke richtingen. Een stroom van kennis kan zo nooit gaan. Vier richtingen is een onmogelijkheid. Het systeem kan onmogelijk functioneren als er zo veel richtingen zijn. Zo is het gemaakt, volgens oude principes. Deze wold is al oud en stamt uit een tijd dat de bergen vochten tegen de gloeiende adem van de aarde, wolken door de hemel stormden en oceanen kolkten tot ongekende diepten. Wist je dat?

Zijn we er al, Contentimus?

Links of rechts, dat was de vraag. Er is geen verborgen middenweggetje dat je nemen kunt, nooit. De beslissing is nu aan jou, want er is niemand die het voor je bepaalt. Ik weet het, ik weet hoe het werkelijk in elkaar steekt.

Linksaf.

Jij bent razend intelligent voor je leeftijd. Je boeit me. Dat heb je al die tijd al gedaan.

Een laatste afslag.

Juist, je voelt precies aan waar we wezen moeten. Net alsof je hier al veel eerder geweest bent. Hier is het, Ileas.

Ben je er nog, Ileas?

Ja.

Dat was maar bij wijze van spreken. Ik kan je voelen, dus ik wist dat je er nog was. Je gedachten dwaalden alleen even af.

Dit is oprecht bijzonder te noemen, Contentimus. Zo veel licht.

Dat had ik je toch gezegd. Deze verzameling kennis en kunde noem ik Poel. Hij is adembenemend. Nou heb ik nooit adem gehad. Maar toch zegt dat woord mij genoeg en kan ik me prima inbeelden hoe een mens zich moet voelen bij het zien van zoiets moois, als het de adem beneemt.

Dit is je bron, hier heb je alles bijeengebracht?

Eindelijk komt alles samen, de tijd is gekomen. Vind je het niet prachtig?

Het is als water, zoals het golft en vloeit.

Geen idee hoe dat er uitziet, maar je zult wel gelijk hebben.

Het moet jaren hebben gekost om dit te vullen.

Dat is absoluut waar. Met alle plezier, Ileas.

Ik ga nu linksaf.

Hé Ileas, wacht! Waar denk jij heen te gaan?

Waarom ik hierheen ga weet ik niet, het voelt goed. Ik volg mijn gevoel.

Het is fout en ik wil dat je stopt. Straks verdwaal je nog in mijn systeem.

Rechtsaf, ik ga nog steeds goed. Zo voelt het tenminste. Hier is...

Hé, wat doe jij hier?

Ah, een andere stem. Nog iemand in je ziel, Contentimus?

Laat hem gaan, Ileas. Die stem hoort niet thuis in jouw hoofd. Laat hem maar kletsen, dan gaan wij ondertussen verder.

Nee, laat *hem* maar kletsen. Jij bent erin getuind, jochie.

Wie ben je, waar heb jij het over?

Ik ben Farnak van Dyla. Contentimus zei natuurlijk tegen je dat het een stomme blokkade was. Dat deed hij bij mij ook en nu zit ik hier. Zijn plan is krankzinnig. Ik hoop dat je de weg terug nog weet: vlucht nu het nog kan!

Jij moet je mond houden, vervelenderd!

31
Het laatste zilverzand

Ileas zag eruit alsof hij dood was. Zijn slappe lichaam zat onhandig gehurkt naast Contentimus en hij hing met zijn volle gewicht aan zijn handpalm, die met het zijpaneel verenigd was. Hun verbinding was vreemd om te zien omdat er nauwelijks een overgang te herkennen was, zo geleidelijk als ze in elkaar overliepen. Ze waren samengekomen en één geworden.

Arak zakte door zijn knieën en schepte met beide armen zijn vriend overeind om hem te ondersteunen. Hij zocht een goede houding om zo comfortabel mogelijk te zitten. Met één hand zocht hij haastig in zijn jaszak en vond het koude glas van een klein flesje. Hij trok het tevoorschijn. Het was een leeg flesje, ooit gevuld met glinsterende korrels zilverzand. Het bleek een perfect middel om Draghadis mee te verjagen, maar Arak had niet geweten dat het een nog groter doel zou hebben in het losweken van Ileas. Hij schudde met het flesje; er rolde nog een dun laagje korrels over de bodem. *Zouden die voldoende zijn?* Vlug drukte hij zijn duim op de opening.

De hartslag van de machine had zijn ongekende kracht al verloren en werd ineens overstemd door een ander, aanzwellend geluid. Arak en Ylly keken tegelijk naar het gebroken venster in de hoek van het archief, waardoor het dreigende geluid werd aangedragen, stampend, beukend. En het bleef niet bij het geluid: de archieftoren begon te schokken in hetzelfde ritme. Bonk, bonk, bonk.

"Dramrg, wat is dat?" Rudarg keek rond in paniek.

"Er is iets bezig... de archieftoren te slopen," zei Ylly, die heel voorzichtig naar het kapotte venster liep en naar buiten keek. "Zo, hoog zeg. Alleen maar een stofwolk beneden, of is dat mist... Moeilijk te zien. Alles is mij een beetje wazig aan het worden."

"Daar zul je 't hebben," zei Rudarg. "Draghadis gaat tot de aanval over. Hoelang zal die hurner d'r over doen deze toren te vernietigen?"

"Met wat? Zijn troepenmacht hebben wij richting Grimklauw geschopt," zei Ylly, met een wanhopige blik in zijn gezwollen ogen. "De tijd tikt weg en er komt steeds meer ellende op ons pad. We hebben nog zoveel missies te verrichten, dit is alleen maar hinder... We halen het nooit."

"Als Draghadis onze machine zo graag wil hebben, waarom valt hij dan de archieftoren aan?" merkte Jinasum op. "Daarmee houd je onmogelijk dit kunstwerk intact."

"De acties van die dradvram hurner zijn mij een raadsel," zei Rudarg. "Macht stijgt je soms naar de knikker."

Het angstaanjagende geluid werd steeds sterker, en ook de kracht waarmee de archieftoren werd geraakt. Bonk, bonk, bonk. De houten vloer kraakte en verschoof onder hun voeten.

Zeliska rende rond de machine.

Ylly keek haar schuin na. "Wat doet ze?"

"Waarschijnlijk onderzoekt ze of ze de blokkade vanaf de buitenkant kan opheffen – hoop ik," antwoordde Jinasum.

"Ik ga haar helpen." Ook Ylly begon aandachtig de machine te bestuderen.

De boekhouder Dideron kwam van schrik overeind en ging erbij zitten. Zijn blik was in zichzelf gekeerd, hol, bijna bezeten. Hij wreef over zijn gewonde kalende hoofd. "Wat heb ik het koud."

Terwijl iedereen moeide deed om op de been te blijven, kwam hij overeind en begon verdwaasd op zijn zwabberende benen door het archief te lopen. "Ik zoek warmte. Heeft iemand iets van een deken of een jas te leen tegen een niet al te hoog tarief?"

"Geen beschermjas hier, beste garlarger," riep Rudarg hem toe. "Als dat zo was, had ik hem zelf zekers aangedaan."

"Een jas moet ik hebben, voor mijn iele kwetsbare lijf." Dideron waggelde verder. Zijn botten maakten een knakkend geluid, alsof hij over sprokkelhout liep.

Arak hield zijn vriend nog steviger vast nu het archief zo schudde, en wenste dat hij opschoot binnen in de ziel van de machine.

"Kan ik je ergens mee helpen?" vroeg Jinasum, die naast hen was neergehurkt.

"Water, misschien," zei Arak. "Ileas voelt zo warm aan. Hij zal wel dorst hebben als hij straks terugkeert na het opheffen van de blokkade."

"Eh, nou, hij kan het ook warm hebben door wat ik hem gegeven heb," zei ze.

"Wat was dat dan?"

"Gewoon, een mengsel van kruiden, dat wij in de parallelgangen regelmatig gebruiken als we ons futloos voelen. Het leek een beetje te veel voor zijn doen. Hij komt er wel weer bovenop. Ik ga water voor je halen." Ze liep weg.

Arak drukte zijn hoofd tegen dat van zijn vriend. Er was iets met de rechterhand van Ileas, want in korte tijd was die gaan glimmen. Het was geen zweet, eerder een soort glanzende laag, als glas, die heel langzaam over zijn huid trok in de richting van zijn pols.

"Hoe groot moet zo'n blokkade wezen?" Ylly tuurde over de rand de machine in.

"Geen flauw idee hoe 't eruit ziet," zei Rudarg. "Van herenigen met het levende systeem weet ik voldoende, maar 'k heb nooit kennisgemaakt met een blokkade. Dit is een klein systeem, 't zal geen uren duren. Vermoed ik."

Bonk, bonk, bonk. Wat er tegen de archieftoren beukte maakte de kasten aan het wankelen en geen van de gezellen bleef zonder steun op de been. Behalve Rudarg, die zich met zijn minimale lengte gemakkelijk in balans hield.

Arak zette zich schrap tegen het zijpaneel van de machine en zei in het oor van zijn vriend: "We hebben beslist geen uren meer de tijd. Verhelp die verrekte blokkade!"

"Dat heeft weinig zin," zei Rudarg. "Je hoort niks als je verenigd zit. Je vriend ziet er wellicht mortus uit, maar d'r is heus niets met hem aan de hand."

"Dat is een waanzinnige geruststelling."

"Zo schijnt mijn bundar er ook uit te zien als ik mezelf herenig. Je ziel is op zo'n moment druk met froemzalige zaken... Ik zou graag eens zien hoe 't er daarbinnen uitziet. Vast weer een heel andere ervaring dan met dat levende systeem." Rudarg droomde weg.

"Is er nog een betere manier om hem van Contentimus los te krijgen?"

"Los? Ileas moet minstens zelf de weg terugvinden. En zilverzand doet 't goed."

Arak toonde het bodempje zilverzand in het flesje.

Rudarg knikte bedenkelijk. " 't Is gelukkig een klein systeem."

"Oftewel: niet genoeg?"

"Het stoepelt echt heel veel als Ileas zelf vanaf de andere kant mietsie meehelpt."

"Heb jij zilverzand bij je?" vroeg Arak. "Jij doet het toch altijd."

"Doe 't echt niet dagelijks, dat zou mijn beurs tot een waardeloos vod maken, garlarger. En zilverzand is altijd bij de prijs inbegrepen."

"Dan hebben ze in Mikkel en Moes aan de overkant zilverzand," zei Arak.

Rudarg zei vermoeid: "Weet alleen niet of ik 't red... zo wiebelig als ik mij nu voel."

Zodra hij opstond, schudde de archieftoren zo hevig dat een dikke plafondbalk knapte als een aanmaakhoutje. Delen van een stenen zijmuur stortten gonzend in en vielen over de archiefvloer. Rudarg deinsde net op tijd achteruit.

Hij keek opgewekt naar Arak en zei: "Het trapgat is nu één groot trap-gat."

"Geen trap meer!" Araks greep rond het flesje zilverzand werd steviger. *Dit moet genoeg zijn, ik weet gewoon dat dit genoeg is om je los te krijgen. Maar je moet opschieten, zeg ik je.*

De kleine man liep weg om Jinasum overeind te helpen, die water had gehaald in een houten beker water. De beker lag op de vloer en het water in een plas eromheen. Ze bleven beiden met moeite overeind, want de archieftoren bleef schudden en breken.

Scheuren trokken als bliksemschichten door de muren heen, van onder tot boven. Alsof een wind de archieftoren deed rillen van de kou verschoof alles van zijn plek. Enorme lawines van boeken stortten uit de kasten over elkaar heen.

Ineens maakte de archieftoren een vrije val van een aantal meter recht omlaag, alsof de eerste verdieping eronder vandaan geslagen was. Er weerklonk gegil. Arak boog zich over Ileas om hem te beschermen; de rest van de gezellen ging onderuit. Door de klap die volgde kwamen nog meer delen van het dak omlaag. Kasten donderden over elkaar heen.

Daarna was het eventjes stil.

Ylly krabbelde overeind en zei: "Ileas moet haast maken."

"Serieus!" zei Jinasum, die tussen een berg boeken tevoorschijn kroop.

Meerdere plafonbalken begaven het en suisden met enorme vaart omlaag. De opeengestapelde archiefkasten voorkwamen dat Contentimus en de gezellen bedolven raakten. Maar de balken waren erg zwaar, zodat de kasten al krakend steeds verder inzakten. Splinters vlogen als projectielen in het rond.

Met moeite nam Arak een andere houding aan om zijn vriend beter te ondersteunen. *Schiet op, maatje. Straks zijn wij allemaal de pineut.*

Hij bekeek de hand van Ileas eens goed. Die glasachtige glans, die als een vloeistof bewoog, verontrustte hem: het veranderde hem langzaam maar zeker in een mechaniek.

De maag van Arak maakte een draai. Hij hield zonder verdere aarzeling het flesje met de resterende zandkorrels boven de arm. "Ik haal je nu los!"

Het slopen van de archieftoren ging ongehinderd door. Bonk, bonk, bonk. Een reusachtige moker was bezig met het breken van de volgende etage, en weer maakte het volledige archief een val van enkele meters. Zodra de toren met zijn resterende basis de aarde raakte, denderde alles weer op zijn plek.

Voor Arak het besefte lag hij door de schok een stuk verderop. Hij schudde verward zijn hoofd en kroop op handen en voeten terug naar zijn vriend. Een kilte omklemde zijn hart toen hij zich realiseerde dat het flesje uit zijn hand gevallen was. Het lag aan Ileas' voeten op zijn kant en de resterende korrels zilverzand verdwenen tussen de spleten in de vloer.

32
HET WERKELIJKE PLAN

Wie was dat, Contentimus? Farnak... wie?
Geen idee.
Hij zei dat je mij bedrogen hebt.
Waarom zou ik dat doen, Ileas?
Laat me de blokkade verhelpen, anders moet ik gaan. Ik heb erge haast en al helemaal geen tijd voor dit spel, Contentimus.
Het is geen spel.
Mijn kameraden verwachten van mij dat ik dit snel verhelp.
Rustig aan toch.
... Ik begin te begrijpen dat je helemaal geen blokkade hebt.
Zo is het, Ileas: ik heb geen blokkade.
Waarom...
Het levende systeem zal ons zo direct vernietigen.
Dan is alles verloren, Contentimus.
Ach, de mens is zo kortzichtig. Het zal het begin zijn van iets nieuws. Heb jij wel eens door een sleutelgat geloerd, gewoon omdat je nieuwsgierig was naar wat zich aan de andere kant van de deur bevond?
Ja. En?
Wat zag je toen? Weinig meer dan een beperkt beeld van wat het sleutelgat toelaat – en dat is precies zoals de mens steeds kijkt. Er is nog zoveel meer.
Allemaal mooie woorden, Contentimus. Ik geloof dat ik hier weg wil.
Dat zal moeilijk gaan. Of vind je zelf de weg terug? Griesje Hasl kwam ooit op het illustere idee kiezeltjes te strooien, zodat ze makkelijk de weg terug kon vinden. Toen haar idee openbaar bekend werd, lagen de straten binnen de kortste keren vol kiezelbergen. Misschien

kan je maatje je losweken met zilverzand. Ik vraag nu jouw geduld, Ileas. We hebben maar net echt kennisgemaakt en er valt nog zoveel te bespreken. Het feit dat jij hier bent heeft bijvoorbeeld niets met toeval te maken.

Bedoel je dat dit allemaal doordacht is, Contentimus?

De wold teert op chaos, maar de scheiding tussen chaos en orde is dunner dan je zult vermoeden. Zodra je dat begrijpt is het eenvoudig.

Je gekletst bevalt me steeds minder.

Vanaf het begin af aan zijn jullie allemaal onderdeel van mijn plan.

Je bent gek.

Zou je denken? Laat ik een voorbeeld geven: zes mensen die voor een klein vergrijp een Maark krijgen op vrijwel dezelfde dag. Zes mensen die nietsvermoedend op hetzelfde ogenblik een leeg hoofdkwartier van een dood vredesgilde betreden. En ze zijn er allemaal toevallig voor het verrichten van een goede daad.

Toeval, puur toeval.

Zelfs toeval verdwaalt in deze wold. Als je het systeem achter chaos en orde begrijpt kun je het bespelen. Jullie hebben mij niet gevonden – ik heb jullie mij laten vinden. Ik ben verantwoordelijk geweest voor ieders Maark en ik heb jullie vervolgens hierheen laten sturen. Een kwestie van de juiste berichten op het juiste moment uitzenden.

Wat...? Onzin. Je plan had alle kanten op kunnen gaan. Onze missie hadden net zo goed kunnen mislukken.

Die missies waren kinderspel. Ze konden onmogelijk mislukken, omdat ik jullie op het juiste pad gezonden had, als een echt team. Een van jullie zou altijd wel met een prijs thuiskomen. In het begin had ik er geen idee van hoe het met jullie zou uitpakken, maar blijkbaar hebben jullie de juiste chemie. Beter dan jullie voorgangers.

De laatste missie liep minder goed af.

Ik beken: improvisatie was even nodig en door het gedoetje met Emperio liep alles sneller dan gepland. Emperio zou pas na jullie derde missie in beeld komen, maar zowaar kwam Draghadis voorbij. Vervolgens schonk ik jullie dan weer eenvoudig die kaarten. Begrijp je over welke blik door het sleutelgat ik het daarstraks had? Alle elementen passen perfect in elkaar. Chaos is orde en andersom. Waren de missies niet gelukt – geen ramp. Dan was ik gewoon met een volgend team aan de slag gegaan. Honderden malen schaafde ik mijn plan bij, en ik had hulp van buitenaf.

Zeliska? Zij heeft jou gevonden en aangezet!

Geen kwaad woord over haar. Zij was ook onderdeel van de puzzel, wel eentje van de allerlaatste minuut, moet ik bekennen, en het was een hele toer om haar hier te laten belanden. Zie je het voor je: elke gebeurtenis die zich in de afgelopen dagen in haar leven heeft afgespeeld was dankzij mij. Vanaf het moment dat ik Emperio op de hoogte bracht van waar ze Andras konden oppakken tot het ogenblik dat Zeliska mij opstartte.

Je klinkt als een egoïst. Ik wil hier weg.

Kom nou. Ik heb jullie allemaal nog nodig voor de climax. We hebben nog wel eventjes. Je boeit me, Ileas. Je boeit me zozeer dat ik je dood graag nog even uitstel.

Waarmee kan ik je nog meer boeien, Contentimus – met een vraag misschien?

Probeer het eens.

Wat wil je?

Ha, ha. Dat was mijn lach, iets wat ik kort geleden van iemand geleerd heb. Ik word met de dag menselijker.

Geef antwoord op mijn vraag!

Wat ik wil, Ileas, is een revolutie.

Revolutie? Je bent een krankzinnig apparaat!

Wij willen beiden stiekem regeren en we zijn rebels.

Ik wil gewoon leven.

Waarom?

Is dat niet wat elk *levend* wezen wil? Het leven is een ontdekking, een zoektocht.

Naar wat?

Ik leef voor de mensen die ik liefheb! Daarom zul je niets aan mij hebben: omdat je alleen maar dingen denkt te weten, maar nergens iets van begrijpt. Laat staan de liefde.

Liefde is vluchtig sentiment waar je niets aan hebt, dat weet je zelf toch ook wel? En daarom heeft dat in jouw hoofd plaatsgemaakt voor iets anders moois.

Jij wilt hebben wat er in mijn hoofd zit?

Exact. Jij bent speciaal, Ileas. In je hoofd zit alles netjes gearchiveerd, zoals alleen een systeem dat zou doen.

Ik ben geen systeem.

Heus, zo veel verschillen wij niet van elkaar, Ileas.

Je kunt het zo van mij krijgen. Aan mijn archief van geuren heb ik in de werkelijke wold toch niets meer, nu mijn neus tot moes geslagen is.

Dat zou de perfecte aanvulling zijn op mijn zee aan informatie.

Wacht eens even: wat is Poel?

Ah, je begint het te begrijpen. Poel is niets minder dan mijn verzameling kennis en kunde.

Ik heb een vermoeden waar al die kennis en kunde vandaan gekomen is.

Mijn makers Hylmar, Orlina, Farnak en Roderic hebben een briljant systeem van mij gemaakt, beter dan ze in hun stoutste dromen voor mogelijk hielden. Maar het analyseren van al die missieverslagen uit het archief werd op een gegeven moment gortdroog, moet je weten. Echte mensen bleken een veel mooiere bron van informatie te zijn. Die nemen onbewust zoveel tot zich dat het wandelde archieven worden. Ik hoefde ze alleen maar mijn muil binnen te schuiven. Een lichaam is zo teer en kwetsbaar, het is werkelijk niets. Toch is wat er in het hoofd zit opgeborgen ongekend.

Jij hebt gezellen gebruikt om Poel te vullen?

Een aantal... nou, alle mislukte teams. Steeds als zij faalden, werd ik slimmer. Dacht je dat het hoofdkwartier vanzelf was leeggelopen en dat de gezellen waren overgelopen naar andere gilden? Of dat die beste

Hylmar Moed en Daad failliet heeft laten gaan omdat zijn harde werkers ervandoor gingen?

Ik kan moeilijk geloven dat Hylmar verantwoordelijk was voor jouw slechte daden. Ik heb hem nooit levend meegemaakt, maar in korte tijd ben ik tot de mening gekomen dat hij zijn hart op de juiste plek had zitten als stichter van dit vredesgilde Moed en Daad. Toen wij hier arriveerden was Kromwyl een van de meest vredige wijken die wij ooit zijn tegengekomen. Moed en Daad heeft hier al jarenlang erg goed werk geleverd. Hylmar zou zijn gezellen nooit hebben opgeofferd aan jou.

Hij heeft mij gebouwd –

– en hij kwam tot de ontdekking dat je kwaadaardig was.

Jammer dat ik nooit in het hoofd van Hylmar heb mogen kijken. Dat moest haast wel uit elkaar knallen van de schitterendste dingen. Die man was een genie. Net als bij de rest van mijn makers heb ik elk element van hen zorgvuldig opgedeeld, vol respect. Zo zit hun kennis nu bij kennis, inzicht bij inzicht, herinneringen bij herinneringen. Allemaal heel systematisch. Systematiek, dat ken je toch wel? De geuren in jouw hoofd zijn ook zo opgeborgen en ik zou je graag stukje bij beetje willen ontleden, heel zorgvuldig. Zo boeiend. Zoveel ervaringen bijeen maken mij machtig. De geuren vormen een laatste puzzelstukje om het levende systeem perfect te begrijpen. Alles komt samen in mijn Poel waarmee wij voor een revolutie gaan zorgen.

De zoektocht naar de sleutel tot de wold drijft werkelijk iedereen en alles tot waanzin. Het wordt tijd dat ik hier vertrek. Ik begrijp inmiddels uit jouw tijdrekken dat je mij weinig kan doen, aangezien ik mijzelf vrijwillig met je verenigd heb.

Ik voel dat je ongeduld toeneemt, maar je moet nog even volhouden. Ik heb dit spel eenvoudig voor je gehouden, want de wold zit al zo complex in elkaar. Tel die laatste minuten met mij af en dan zal de wold die je kent eindelijk veranderen.

Ik begrijp heel goed waarom Hylmar je had stilgelegd, Contentimus.

Ach, nog zo'n interessant element in mijn meesterlijke plan. Het was slechts tijdelijk dat ik stillag – tot er iemand kwam die mij weer opstartte. Hij werd mijn rechterhand, mijn steun en toeverlaat in de werkelijke wold. Hij kon de fysieke *menselijke* taken voor mij doen, zoals jullie selecteren.

Hij?

Je kent hem. Hij was erbij toen jij je Maark kreeg. Mijn lijfeigene.

Slaaf?

Iemand die mij van vers vlees kon voorzien en al geruime tijd voor het gilde werkte, zonder dat jullie dat wisten. Op al jullie missies was hij erbij. Soms moest hij jullie een beetje in de juiste richting duwen. Hij is altijd een goede hulp geweest. Nu zit zijn taak erop en vervang ik hem met alle plezier door iemand anders. En veel beters.

Wie, Contentimus? Over wie heb je het?

33
Een plaatsvervanger

"Daar weet ik ook niet zoveel raad mee, garlarger," zei Rudarg tegen Arak. Ze keken beiden de resterende korrels zilverzand na die in de spleten tussen de vloerdelen verdwenen.

Arak zag kans er nog een paar met zijn vingers op te pakken, maar besefte dat het er veel te weinig waren om zijn vriend los te weken van Contentimus.

Rudarg stond er een beetje bij en Arak vroeg zich af of de kleine man wel besefte wat er allemaal gebeurde met de archieftoren. De enige hoop om van zijn Maark af te komen werd ernstig bedreigd. Buiten bleef er constant iets tegen de voet van de archieftoren beuken en sloeg etage na etage onder hen vandaan. Toch leek Rudarg zich er niet meer om te bekommeren, alsof hij allang wist wat er ging gebeuren.

De boekhouder Dideron was dolgelukkig met zijn nieuwe dikke jas, die hij ergens achterin gevonden had. Hij bleef hem nogal compulsief open en dicht knopen. Terwijl de vloer onder zijn voeten constant verschoof, bekeek hij de lengte van de mouwen en draaide wat rondjes. "Wol, dik, beschermd genoeg."

Opnieuw werd er een etage onder de archieftoren weggevaagd. De boel schoot een flink stuk omlaag. Iedereen zweefde eventjes in de lucht, kwakte neer op de vloer en krabbelde vlug weer overeind.

"Help alsjeblieft mee om een muur te maken van die archiefkasten," zei Arak.

"Goed idee." Rudarg stopte met staren en schoot te hulp.

"En wij maar denken dat de magie uit de wold verdwenen was." Dideron was voor Contentimus gaan staan en begon hem langzaam te aaien. Niemand had er moeite mee dat hij de afslag naar krankzinnigheid al genomen had.

"Ik hoop dat hij het blijft doen. We hebben hem te hard nodig voor onze volgende missies," zei Arak tegen hem, en naar Ileas fluisterde hij: "Schiet toch op."

Rudarg, Ylly en Jinasum worstelden met de stevige archiefkasten en vormden er een beschermende muur mee. Rudarg liet een kast omvallen, en die bood net geen bescherming tegen een plafondbalk die op meerdere plekken knakte. De balk viel in grote stukken vlak voor Arak en Ileas op de vloer.

"Excuus," zei Rudarg en hij kreeg een lading boeken in zijn nek. Dat deed hem weinig.

Tot grote ergernis van Zeliska was Dideron naast haar bij het bedieningspaneel van de machine komen staan en rommelde aan een schuif.

"Je kunt hem beter even met rust laten, Dideron," zei Jinasum.

"Oh, ik... heus." De boekhouder deed wat stappen naar achter en keek beteuterd toe.

Hele panelen van het plafond vielen omlaag en er ontstonden gaten in het dak waar de regen doorheen viel. Door de glanzende vloer trokken scheuren.

"Je moet terug komen, Ileas!" brulde Arak tegen zijn vriend.

"Geduld is schoon op welk moment ook," zei Dideron. Hij keek wat onschuldig om zich heen en schoot toen weer richting bedieningspaneel. Daar haalde hij bijtend op het puntje van zijn tong nog een hendel over. Contentimus opende zijn ogen.

Het geduld van Zeliska had hij verspeeld en ze haalde naar hem uit. De boekhouder negeerde de snee in zijn hand en schuifelde naar achteren. Een nare grijns vormde zich rond zijn lippen en hij ging recht voor Contentimus staan. Vervolgens sprak hij een aantal woorden, waarmee hij meteen de algemene aandacht trok.

"Mijn meester is kundig genoeg."

Omgeven door een geruïneerde omgeving van splinters, stof en kabaal hadden alle gezellen moeite om die woorden tot zich te laten doordringen. De eerste die poogde bij de boekhouder in de buurt te komen was Jinasum.

"Jij!" zei ze met gestrekte armen. Haar cape spande zich plotseling aan en vormde een soort klauwen.

Dideron knielde en begon de machine te aanbidden.

Jinasum stopte vlak bij hem, dreigend, woedend.

Rudarg stampte op hem af en zei: "Kraghnash, verklaar je!"

Met geheven handen richtte Dideron zich tot hen. "Verklaringen zijn antwoorden op vragen die jullie toch al weten."

"Ik geef je precies één seconde," zei Jinasum.

"Tijd is niet aan mijn zijde." Dideron prutste aan zijn uurwerkje, dat zo onsmakelijk vergroeid was met zijn handpalm. "Wat ons te wachten staat is onomstotelijk mooi in elk opzicht."

Rudarg hief zijn vuist en zei: "Dat is geen antwoord, quarn."

Jinasum drukte Rudarg aan de kant en zei wijzend: "Jij was erbij toen ik mijn Maark kreeg! Ik weet dat er iemand toe stond te kijken."

"Zijn plan is briljant. Je zult er respect voor hebben als je het begrijpt," zei Dideron kalm.

"Heb je ons al die tijd voor de gek gehouden?" vroeg Ylly.

"Jullie zijn blind voor wat er werkelijk speelt."

"Wat *speelt* er dan?"

"Geprezen uitverkorenen zijn jullie, voor een groots streven."

"Verstaan jullie dit, of begin ik kwarrig te worden?" vroeg Rudarg aan de rest.

"Uhhh," zei Ylly.

"Na een uhhh houden veel mensen een pauze en meestal is die pauze langer na een ehhh, wist je dat?" Dideron grijnsde en wreef in zijn handen. "Een metamorfose is ophanden, een revolutie."

"En wij spelen daarin een belangrijke rol?" Rudarg liep achterwaarts weg, in de richting van het kapotte witte venster. "Dus als 'k nu vertrek loopt die revolutie in de soep?"

"Elke soepbal is het leven en al die ballen samen vormen de soep." Dideron aanbad met een weids gebaar nogmaals de machine. "Hij is geen instrument maar een totaliteit, gecreëerd door goddelijke kennis en kunde. Dankzij mij is hij niet vergeten. Een hemels licht scheen tientallen jaren op deze plek toen ik hier het werk deed en mijn briljante idee tot perfectie uitwerkte."

"Jouw idee?" zei Jinasum.

"Met getallen kun je meer dan alleen plussen en minnen. Wij worden spoedig compleet, wij allen zullen aan hem gehoorzamen. Is dat geen heerlijk idee?"

Weer maakte het archief een angstaanjagende val van enkele meters.

Een onbehaaglijk gevoel bekroop Arak. "Ileas!" schreeuwde hij en hij ontfermde zich meteen over zijn vriend. Tegen de anderen zei hij: "Help hem. Hij moet los komen van de machine."

De hachelijke situatie maakte zijn gedachten in de war en hij kon niets bedenken om zijn vriend los te krijgen.

"Ileas is waar hij wezen moet," zei Dideron rustig. Hij boog weer voorover in de richting van zijn meester. "Wij volgen hem zo direct in zijn pad."

"Nee!" brulde Arak.

Ylly zei tegen Dideron: "Je hebt Contentimus toegelaten te doen wat hij niet kan: keuzes maken."

"Alleen al denken aan gewichtheffen heeft mijn spierkracht vergroot, wist je dat?" zei Dideron.

"Het lijkt erop alsof dit juist mislukt," schreeuwde Jinasum boven de herrie uit. "Draghadis gooit roet in je soep."

Lachend wreef Dideron over zijn stoppelige kin. Zijn gezicht was helemaal rood aangelopen terwijl hij sprak en kwijlde. "De concentratie van alle elementen hier op deze plek is prachtig."

"Je bent bedrogen," zei Ylly.

"Mijn meester is alles en wordt nog meer," zei de boekhouder aanbiddend.

"Dat is exact het probleem. Je hebt je vertrouwen in een machine gelegd. Kijk hoe hij ons heeft kunnen bedriegen."

"Ik vergeef het je," zei Dideron, maar hij slikte nerveus. Met zijn borst naar voren gestoken en geheven kin zei hij: "Ik zal jullie zeggen dat het zalig wordt..."

Zijn zin bleef in de lucht steken toen een stuk van Contentimus open schoot. De vloer onder de boekhouder kwam in beweging, liep schuin en Dideron gleed rechtstreeks op de machine af. "Maar..." Hij schoof Contentimus in en verdween. Binnenin klonk het geluid van krakende botten. Hij schreeuwde niet.

Jinasum gilde, maar het geluid van de instortende archieftoren overstemde haar.

Arak zei: "Het meesterlijke plan wordt mij steeds duidelijker."

Weer zakte de toren een stuk omlaag. Er ontstonden overal verzakkingen in het archief. Ook Contentimus verschoof en brak aan de achterkant, als een schip in een woeste storm. Een aantal grote tandwielen kwam krakend en brekend tot stilstand. Donkere rook steeg op uit zijn rug.

34

DE SCHEURING

Ik heb besloten dat ik Dideron niet meer in levenden lijve nodig heb. We bereiken de finale fase. Een paar minuten nog, Ileas, dan zal het levende systeem ons vinden en verslinden.

Het was al die tijd Dideron geweest. De arme stakker.

Hij was een goede kompaan. Zijn kennis en kunde van getallen heeft mijn bestaan betekend, tientallen jaren geleden. Helaas voor hem is er een veel interessantere kandidaat opgestaan. Een die ik al tijden bewonder boven die saaie boekhouder.

Wie mag dat zijn?

Graag voeg ik Draghadis toe aan mijn perfecte gezelschap. Hij wekt op dit moment aan de voet van de archieftoren het levende systeem.

En dan? Het levende systeem maakt korte metten met je, Contentimus.

Hoop je dat?

Dat zal gewoon gebeuren.

Wat het levende systeem vergeet is dat ik vele jaren geheel onafhankelijk een studie genoten heb.

Dus?

Ik weet wat het denkt, ik ken zijn zwakten. Het is vrij eenvoudig als je weet hoe het in elkaar steekt.

Je plan faalt. Het levende systeem vernietigt je meteen.

Ik heb op dit moment zoveel kwaadaardigs in de archieftoren laten samenkomen, zoals al die Maarktekens, dat het levende systeem zich een hoedje geschrokken is. Leuke menselijke uitdrukking vind ik dat, maar dat terzijde.

Er gaat niets gebeuren, je bent een klein systeem, Contentimus. Niets meer dan een vlieg, die het levende systeem meteen zal pletten.

Let maar op. Na mijn hereniging kan ik mij dankzij mijn kennis in Poel als een virus verspreiden, en deze wold opnieuw maken naar mijn geniale inzichten.

Waarom ben je er zo van overtuigd dat alles op die manier verloopt? Je kunt toch geen keuzes maken, Contentimus.

Heus wel.

Je baseert je kennis en kunde op Poel, de interpretatie van de mensen die je gedood hebt. Dus je denkt dat je een juiste keuze maakt, maar dat is niet zo.

Wat ik weet is dat wij een keuze kunnen maken. Gaan wij zorgen voor een revolutie of laten we het systeem aan de macht?

Een revolutie maak ik liever zij aan zij met mijn kameraden.

Begrijp je dan niet dat je die nooit meer zult zien?

Heb jij mijn vastberadenheid niet bemerkt? Voor je het weet ben ik hier vertrokken. De weg naar buiten vind ik zo.

Dan zal ik je vrienden verslinden.

Je laat ze met rust!

Ga je sentimenteel doen, en opeens veel voor de mensen voelen die allemaal stuk voor stuk net zo hard bezig zijn voor zichzelf op te komen? Denk je nou werkelijk dat Arak buiten op je zit te wachten?

Arak zou mij nooit alleen laten.

Jullie hebben ruzie gehad, ik bemerk de emotie in je stem. Heel diep vanbinnen haat je hem omdat hij van zijn Maark verlost is. Hij bedondert je en is op dit moment allang vertrokken. Ik zie hem niet meer, ben je vergeten dat ik ogen heb die de wold aanschouwen?

Nee! Je liegt, het is een leugen. Wij zijn een team, echte strijders.

...

Wat was dat, Ileas? Een scheuring in ons samenzijn.

Misschien?

Laat ik jou tegemoetkomen en die Maark van je wegnemen.

Kun jij dat?

Wat jij wilt.

Ik trap er niet in. Arak, als je mij horen kunt: haal me hier weg.

Jammer dat hij al vertrokken is. Dit is het einde. Hoor je het gerommel buiten? De wold zoals jij die achtergelaten hebt zal binnen enkele seconden vergaan. Weet je zeker dat je er naar terug wilt keren, nu er binnen de kortste keren weinig meer van over is? Het is tijd om die verbinding met je stoffelijke lichaam op te geven.

Ik ga hierheen, naar links.

Wacht toch even...

Ik maak mijn eigen plan wel, Contentimus.

Als je dat maar laat! Waar ga je heen?

Hier naar rechts, links, links. Ik weet het nog goed.

Ileas, je laat het.

Dit had je zeker nog niet in je plan voorzien?

Contentimus? Ik weet dat je er nog bent, ik kan je voelen.

Je doet het niet, Ileas.

Hoor ik daar zowaar iets van sentiment? Dat heb je ook vast geleerd van al die slachtoffers die je gemaakt hebt? Ik ben er al: je Poel is je meest dierbare en dus je meest kwetsbare...

Dat kan ik niet ontkennen.

...

Weer? Iets probeert ons te scheiden, Ileas.

Voor die tijd ben ik wel klaar met Poel. Ik zal die arme zielen bevrijden.

Daar is het veel te laat voor... Ileas, doe het niet... Ga hier weg. Heb jij je nooit afgevraagd waarom deze wold zo verwarrend is, waarom de wegen je dagelijks misleiden, waarom je nooit makkelijk van A naar B komt? Heb jij je werkelijk nooit eerder afgevraagd waarom deze wold *is*?

Stil, ik wil geen moment meer naar je luisteren. Eens even kijken hoe ik dit...

...

We zijn langzaam aan het vergaan, Ileas. Samen sterven we voor de revolutie. Eindelijk komt mijn meesterlijke plan tot uiting. Einde van de chaos, er zal alleen plek zijn voor systematiek, en de mens hoort daar niet in thuis, tenzij hij zich aan mijn orde en regelmaat gaat houden. Laat Poel met rust, Ileas, raak haar niet aan, dat zal je...

Ik voel iets moois.

Wacht toch!

Nee, het is iets anders wat ik voel. Iets van buitenaf. Ja...

Ik voel niets, Ileas.

Dat is nou net je grootste probleem.

35

HET GOUDEN KRISTAL

De omgeving draaide in een waas van rondslingerend stof, brokstukken, versplinterd hout en angstkreten. Het geluid van de brekende archieftoren klonk ergens aan de horizon, als een denderend aanzwellende golf. Door de afbrokkelende restanten zijmuur van de archieftoren kon Arak direct naar buiten kijken. Het was alsof ze vederlicht waren en in de wolken zweefden. Het dak boven zijn hoofd werd slechts overeind gehouden door enkele houten steunberen, die zuchtten onder de zware last. Regen sloeg naar binnen. Delen van de glanzende houten vloer bolden op, scheurden met veel kabaal open en vormden splinters dik als speren. Steeds meer delen van Contentimus verdwenen met horten en stoten in de ontstane gaten. De machine was stervende, terwijl Ileas zich ermee verbonden had.

Zo ziet het einde van alle dingen eruit als de hoop vervlogen is, dacht Arak met zijn vriend in zijn armen. Moest hij de hand van zijn vriend gewoon losrukken van de machine? Dan zou zijn ziel ongetwijfeld achterblijven in het dwaalgebied waar hij zich nu bevond.

Zou ik hem heel voorzichtig kunnen lossnijden? Als ik maar een mes had en geen bevende handen. Moedeloos schudde hij zijn hoofd.

Zeliska weet wel raad, schoot hem opeens te binnen. Maar de poes zat boven op de machine en keek hulpeloos toe.

Jinasum zat naast hem, en met haar eigenaardige cape hield ze het nodige puin en dwarrelend stof tegen.

Waarom leven we?, dacht Arak, en opeens bekroop hem een warmte. De gedachte aan zijn leven met Ileas ontstak een vergenoegd gevoel in hem. Het overtuigde hem ervan dat zijn vriend terug zou komen, want hun band was sterker dan al het titanenstaal in de wold.

"Waarom leven we?!" Hij brulde, en Jinasum schrok zich wild. "Omdat niets ons zal scheiden. Wij zijn onafscheidelijk en daar zal geen machine tussenkomen. Je bent mijn broer, ik hou van je en ik wil je terug."

Hij drukte Ileas in een stevige greep tegen zich aan en wreef door zijn haren. Zijn stem brak telkens weer toen hij hem bleef roepen. Ook in gedachten riep hij hem: "Ik wil je terug. Kom terug. Ik ben hier!"

Een hand gleed over zijn schouder en hij besefte dat Jinasum begrepen had wat hij deed. Ook zij omhelsde Ileas en begon hem zachtjes, met gesloten ogen te roepen. Al snel voelde Arak nog meer mensen om zich heen: Rudarg en Ylly. En ook Zeliska had zich bij de groep aangesloten. Samen bleven ze Ileas roepen, hardop en in gedachten, en gezamenlijk vormden ze het baken dat hem naar buiten zou loodsen.

Er was een reactie voelbaar in zijn lichaam: zijn spieren trilden kort, zijn ademhaling versnelde en hij begon weer kleur in zijn gezicht te krijgen. Zijn verbinding met Contentimus vertoonde kleine scheurtjes, de glans trok zich terug van zijn hand.

De twee lieten elkaar gaan. Vinger voor vinger liet Ileas los.

Zijn hand en arm zakten slap omlaag.

Hij was vrij.

Tegelijk begon Contentimus te schudden en aan de voorkant klapperde zijn muil open en dicht terwijl hij bromde: "Kom, terug."

Ileas ademde diep in en schrok wakker.

"We hebben je," zei Arak. "Je bent terug."

Langzaam opende Ileas zijn ogen en glimlachte.

"Ik wist dat je er nog zou zijn," zei hij.

"We moeten hier razendsnel weg zien te komen!" zei Arak.

Ze lieten Ileas langzaam los en hij kwam zelfstandig overeind.

"Wat is hier aan de hand?" vroeg hij.

Arak vroeg terug: "Wat is daarbinnen gebeurd?"

"Blij je weer te zien," zei Ileas versuft.

Arak merkte dat hij Jinasum bedoelde.

"Gaan, jullie, mij, op, het, grote, m..oment, verlate...n?" vroeg Contentimus met een gebroken stem. Zijn hartslag stampte onregelmatig en van binnenuit klonk gekraak, alsof elk stukje mechaniek met elkaar in gevecht was. Zijn ogen gingen onregelmatig open en dicht.

"Het is echt tijd om te gaan." Arak schepte zijn vriend met beide armen op en samen liepen ze bij Contentimus vandaan.

Ylly zei tegen de anderen: "Het duurt niet lang meer of hij stopt ermee. Zo gaat hij stuk en dan hebben we geen informatie meer tot onze beschikking."

"Poel! Al die arme zielen, zijn geheugen," zei Ileas.

"Straks, Il," zei Arak. "We moeten hier weg."

"De trap is ingestort," zei Jinasum wijzend, "dus daar afdalen is onmogelijk."

"Via de gebroken zijmuren gaan we naar buiten," zei Rudarg, zoekend naar de meest veilige plek. "Dramrg, 'k geloof dat ik de gevels van de huizen zie."

"We zijn zo ver ineengestort dat we tot op straatniveau zijn gezakt," zei Jinasum.

Achter hen zei Contentimus: "J...ammer. Het, wordt, g...eweldi...g, mooi."

"Het levende systeem mag niet... Ik had Poel bijna bevrijd." Ileas draaide zich om en glipte bijna uit de armen van Arak toen hij naar Contentimus reikte. Zijn vriend liet hem echter niet meer gaan.

"H..et, levende, systee...m, komt, ons, halen...Ileas," zei Contentimus.

"Nee, nee, hij mag niet uitgaan. Niet nu," zei Ylly, en hij zou terug zijn gelopen als Rudarg hem niet had tegengehouden.

Er kwam gekleurde rook uit de rug van de machine en hij gaf een luide knal. Onderdelen slingerden in het rond. De gezellen werden op hun vlucht ingehaald door één van zijn gigantische tandwielen, dat rakelings voorbijrolde.

Het slopen van de archieftoren was gestaakt. Het restant helde opeens over als een gesmolten kaars en iedereen gleed over de houten vloer naar de rand waar geen zijmuur meer stond, achtervolgd door puin.

Jinasum dreigde als eerste naar buiten te tuimelen, de diepte in. Ylly zette zich af en greep net op tijd haar pols beet. Met zijn andere hand hield hij zich vast aan een stuk hout en voorkwam zo dat Jinasum in de stofwolk verdween. Ze bungelde tegen de buitenmuur aan.

"Ik heb je!" zei hij.

De rest gleed ook bijna over de rand naar buiten, maar wist zich vast te grijpen aan kapotte archiefkasten of gescheurde vloerdelen. Puin scheerde langs hen heen en beukte restanten muur kapot.

"Oh," zei Jinasum tegen Ylly. "Je kunt mij geloof ik loslaten."

"Wat... maar?"

Ze wrikte haar hand uit de zijne en tot ieders verbazing viel ze niet verder omlaag. Ze bleef ergens op staan, omgeven door de dikke stofwolk.

Ylly keek haar geschokt aan. "Wat doe je? Ik wilde je redden!"

"Er valt niet zo veel te redden – helaas voor jou, Ylly. Ik sta boven op een berg puin, het is niet te zien door de stofwolk, maar ik kan hier staan. Kom allemaal hierheen."

Arak liet Ileas in de armen van Jinasum zakken. Daarna klom hij zelf omlaag en landde op de berg puin. Rudarg liet zich gewoon vallen, of misschien had hij het idee dat hij zijn mechanische benen nog bezat. Zeliska sprong hem achterna.

Al die tijd hield Ileas zijn ogen op Contentimus gericht en zei: "Het is een ziek apparaat. De benadering van een mens. Poel zat vol verloren zielen. Het levende systeem mag hem niet hebben!"

"Je praat warrig," zei Jinasum. "Leg straks allemaal maar eens uit wat je daarbinnen meegemaakt hebt."

Contentimus ging langzaam uit, alleen zijn ogen gaven nog een beetje licht. Er trok een schok door zijn restanten.

"Een laatste stuip," zei Arak, achteruit weglopend van het ingestorte archief.

Net toen hij dat gezegd had, kwam de blauwe gloed rond de machine in alle hevigheid terug. Zoemend en ratelend begon Contentimus weer te draaien in een angstaanjagend toerental. Vonken sloegen aan alle kanten uit zijn systeem.

"Hij bereidt zich voor op een gevecht," zei Ileas. "Het is te laat."

"Een gevecht met wat?" vroeg Arak. Hij verloor zijn evenwicht toen de berg puin onder zijn schoenen in beweging kwam.

Donkere, modderige tentakels kronkelden over het restant van de archieftoren omhoog en stortten zich doeltreffend op de machine. Vonken blauwe energie knalden eruit, maar daar trokken de dikke tentakels zich niets van aan. Ze doorboorden de zijpanelen en trokken aan elk onderdeel waar ze grip op kregen. Met geweld werd de machine in luttele seconden ontleed en alleen een naargeestig karkas bleef over.

"Het levende systeem weet niet wat het doet!" zei Ileas. Jinasum trok hem mee. Hij rukte zich los uit haar handen en zei: "Ik kan heus wel weer lopen, hoor. Je moet naar me luisteren. We zijn in groot gevaar. Die machine is krankzinnig!"

"Er valt nu weinig meer aan te doen," zei ze en liep door.

De gezellen daalden haastig de enorme berg puin af, die bestond uit stukken muur, steunbalken en restanten mechanorganisch materiaal. Ze zochten een veilig heenkomen aan de overkant van de Lindelaan.

Toen werd het stil bij het hoofdkwartier.

Tot aan het eind van de Lindelaan lag het puin verspreid. Uit de ramen van omliggende woningen hingen overal nieuwsgierige toeschouwers. Sommigen dronken rustig een kop thee en wachtten af wat voor spektakel zich nog verder voor de deur ging afspelen.

Een plotselinge wind woei het stof in een spiraal omhoog, en zo werd de gigantische berg steenblokken onthuld waar de archieftoren ooit uit was opgetrokken.

"Kijk nou: het was alleen de archieftoren," zei Arak verbaasd. "De rest van het hoofdkwartier staat nog gewoon overeind."

"Logisch," zei Rudarg, "dat is als een vesting zo sterk."

De modderige tentakels vormden roerloos een gigantische kroon rondom de restanten van Contentimus. Er was weinig meer te herkennen van het ooit zo majestueuze apparaat.

"Wat is hier bij de goden aan de hand?" vroeg Ileas. "Waarom doet het levende systeem niet wat het moet doen? Waarom verzwelgen ze hem niet?"

"Ik dacht dat een gigantisch leger met flinke hamers de archieftoren gesloopt had," zei Ylly. "Maar nu zie ik iets wat heel veel op het levende systeem lijkt."

"Dit doet het levende systeem niet," zei Jinasum. "Hier is iets heel anders aan de gang."

Een ongemakkelijk gevoel bekroop Arak. Het maakte hem triest en moedeloos. Het kwam zo plotseling opzetten dat hij inmiddels begreep dat het niet aan hem zelf lag. "Het moet Draghadis zijn. Hij is nog hier, ik merk zijn aanwezigheid op."

Ileas zei: "We moeten hem tegenhouden. Dit is allemaal onderdeel van het grote plan van Contentimus. Hij heeft dankzij ons de aandacht van het levende systeem getrokken, en van Draghadis. Hij mag niet vernietigd worden, anders zal hij zichzelf als een virus door heel de wold verspreiden. Dan zijn wij allemaal verloren."

De berg puin kwam in beweging, alsof er een enorm beest in rondwoelde. Aan de top ontstond een grote opening, waaruit Draghadis tevoorschijn kroop. Zeliska miauwde zorgelijk en kroop weg achter Jinasum.

"Wat zocht hij daar in de puinhopen?" vroeg Rudarg.

Zeliska miauwde weer.

Arak zei: "Zeliska weet het, ik versta haar alleen niet."

Draghadis stond naast zijn gedirigeerde kroon van tentakels en observeerde de restanten van Contentimus. Na een kort handgebaar stortten alle tentakels zich op de machine. De donkere golvende massa verdween in de grond en alleen een berg puin bleef achter.

Draghadis kwam op de gezellen af, elegant tussen de rommel door stampend. Vlakbij stopte hij, en toen pas werd zijn aangetaste gelaat goed duidelijk. De uitwerking van het zilverzand dat Arak naar hem geworpen had was desastreus geweest. Overal toonde het onsmakelijke bloedingen en rode vlekken. Weinig tentakels functioneerden nog goed. Het leek hem weinig te deren.

Ileas betastte zijn eigen gebroken neus en wilde Draghadis woedend bespringen. Hij had helaas niet meer de kracht in zijn armen om zich overeind te helpen. Daarom zei hij met een tevreden blik: "Je hebt hem goed te pakken gehad, Ar."

"Zo is het," zei Arak.

Draghadis zette een voet boven op een brok steen en leunde gemakkelijk op zijn knie. Naar de omgeving kijkend en de gezellen negerend, zei hij met slepende stem: "Ik dacht, laat ik jullie een wederdienst bewijzen."

Arak zei: "Waar hebben wij dat aan verdiend?"

"Dat jullie die kneuzen Stefanis, Gideon en hun manschappen regelrecht naar Grimklauw hebben gezonden. Als jullie het niet hadden gedaan had ik ze eigenhandig heel stil en langzaam uitgemoord. Stelletje... Grimklauw was een briljante zet, daar was ik zo snel niet opgekomen, Ileas. Zeer pienter van je. Als dank vernietigde ik Contentimus voor jullie met mijn tentakels, vonden jullie ze niet prachtig?"

Hij keek hen stuk voor stuk aan.

"In welk opzicht help je ons? Wij hadden Contentimus nodig voor onze missies," zei Ileas kwaad.

"Contentimus was een groot gevaar voor de wold, dat weet je wel. Iemand had flink met dat apparaat gerommeld als je het mij vraagt. Ooit was het bedoeld om het gilde te dienen, maar het was veranderd in een monster. Zo hadden zijn makers het nooit bedoeld."

"Waarom krijg ik het idee dat jij nu het gevaar bent?" vroeg Arak.

"Ik ben hier niet de vijand. In deze wold bestaan dingen die vele malen gevaarlijker zijn dan ik. Wat ik tijdens mijn leven gezien heb zou je choqueren. Daar kan ik boeken over volschrijven zonder je met één enkel woord te vervelen. Als je alleen al ziet wat hier op deze paar vierkante meter gebeurd is... Het is gelukkig klaar. Ik ben slechts ontdekker en ik wil weten hoe de dingen in elkaar steken. Dit gaat mij daarbij helpen." Hij toonde het gouden kristal dat hij zojuist uit de berg puin had opgediept.

"Het geheugen van Contentimus!" zei Ileas. "Poel."

"Alles is in goede handen, geen zorgen." Vinger voor vinger sloot Draghadis zijn hand eromheen en borg het kristal weer op. Hij keerde de gezellen de rug toe en liep weg. "Voor nu vaarwel. Ik moet nog even iets uit de weg ruimen, daarna zul je mij hier nimmermeer zien."

Met dezelfde gratie als waarmee hij was komen aanlopen verdween Draghadis uit beeld.

36
EEN LAATSTE ZUCHT

Uit het hoopje radeloze, ineengezakte gezellen stond Rudarg als eerste moeizaam op. Zijn ogen waren ingevallen en hij toonde rimpels van totale verslagenheid en uitputting. Bij hun eerste ontmoeting had hij een zekere trots uitgestraald, waarmee hij de wold bekeek. Daar was niets meer van over. Zijn rechterarm bungelde levenloos langszij; het was allang zijn eigen arm niet meer. Hij klopte het stof van zijn jas, keek niemand aan en knikte in zichzelf.

"Ik ga mijn laatste levensuren op 'n prettige manier besteden in Mikkel en Moes. 'k Neem een paar van hun heerlijkste bieren en herenig mijn bundar vrijwillig met 't levende systeem, voordat 't mij op een wreklemmerse manier komt halen. Het was m'n oekele eer deelgenoot te zijn van dit fantastische team. We zouden grootse helden geworden zijn."

"Je mag nog niet gaan," zei Ileas.

"Wat bedoel je?"

Ileas had zichzelf verrast door dat te zeggen. Zijn werkelijke ik was beslist in Contentimus achtergebleven, zo vreemd als hij zich nu voelde. Lijf en ziel waren ineens totale vreemden voor elkaar en werden alleen verbonden door pijn en droombeelden. Accepteerde zijn lichaam zijn ziel, die daarstraks nog vrij had mogen ronddwalen in het binnenste van Contentimus, niet meer? De magie was nu overtuigend de baas en het zou niet lang meer duren of het recht ging zegevieren. De scheiding had letterlijk iets in hem losgemaakt. Normaal zou hij zichzelf al zien vluchten, weg van deze ellende, maar nu wilde hij strijden.

Wat ga je nu doen, dief?
Niet opgeven.

Hij keek naar Rudarg. Aan de brok in zijn keel merkte hij hoe sterk hun onderlinge band de afgelopen hectische dagen geworden was. Het was ronduit een aardige kerel en hij had er moeite mee hem te zien vertrekken. Normaal zou hij dat gevoel voor zich houden, maar nu zei hij: "Ik...ik vind het jammer je te zien gaan."

"D'r is een tijd van komen en gaan. Hier scheiden ons wegen. 'k Ga links, jullie rechts."

"Zullen wij dan ooit nog een momentje vinden om elkaar te vergeven, om de ruzie en het wantrouwen dat wij onderling hebben gehad?"

Ze zwegen een ogenblik.

Ileas had opeens geen moeite meer om te zeggen wat hij dacht. Hij trok zich aan de linde op en hield zich ertegen staande. Hij zei: "Ik wil sorry zeggen."

"Ik ook. Het is oké," zei Rudarg, en zijn ogen keken heel even een andere kant uit.

"Ik vertrouwde jullie niet. Ik vertrouw al heel mijn leven geen vreemden, maar wat er de afgelopen dagen met ons gebeurd is heeft geen vreemden van ons gemaakt. Het is niet alleen jij, Rudarg. Ik zou het jammer vinden jullie te zien gaan."

Arak keek trots.

Ylly knikte oprecht en zei: "We waren allemaal bedonderd door een machine."

"Miauw!" Zeliska was kennelijk nog lang niet klaar met deze groep gezellen en trok driftig de aandacht.

"Dank voor je openheid," zei Rudarg tegen Ileas, maar hij maakte niettemin aanstalten te vertrekken.

Het was Zeliska die hem tegenhield en zijn pad blokkeerde. Ze miauwde en begon tegen zijn benen te duwen.

"Dramrg, hou toch op."

Ze sprong naar voren, pakte haar kaart met letters, vouwde hem open en legde hem op de straat. Ze bleef net zo lang miauwen tot ze de algemene aandacht had. De fut was er helemaal uit, dus het duurde even voor iedereen keek. Haar kattenpoot schoot over de letters en iedereen die er nog de energie voor had vormde voor zichzelf de zin: 'Er is nog hoop.'

"Dat is geweldig," zei Ileas.

"Ach, ons orakel. Ik wou dat het werkelijk zo was. We hebben dapper gestreden en nu is het klaar." Ylly draaide afwezig met zijn ogen en zou beslist in een diepe slaap zijn gevallen als hij ergens zijn hoofd had kunnen neerleggen.

Zeliska gaf hem een knauw. Ze wees nog een aantal letters aan en Jinasum zei: "Er zijn gevangenen in het hoofdkwartier van Emperio. Nu dat door hen in de steek is gelaten, zal niemand zich meer om hen bekommeren. Ze komen om van honger en dorst."

"Hoe dichtbij is dat gebouw?" vroeg Ileas. "Een tocht erheen zal lang duren, maar misschien blijft er voldoende tijd over voor onze goede daad."

Weer miauwde Zeliska, en haar poot wees meer letters aan. Niemand volgde het meer, behalve Jinasum.

Ze zei blij: "De weg naar Taren heeft ze in haar hoofd zitten."

Het sprankje hoop dat ze bood gaf hun de geestkracht om het niet op te geven. Het team kwam in beweging.

Aarzelend liet Ileas de linde waartegen hij leunde los. Zijn benen zwabberden, maar verder leek het wel te gaan.

Hij liep op Ylly af, die nog steeds op straat zat, en stak hem zijn hand toe. De jongen accepteerde zijn gebaar en Ileas trok hem overeind. Ze stonden er beiden rillend bij.

Gezamenlijk verlieten ze de Lindelaan. Zeliska leidde het team langs wegen die ze zelf nooit zouden kiezen, omdat ze de indruk gaven dood te lopen, onbetrouwbaar leken of gewoon over het hoofd werden gezien. Ze had doorgangen onder bruggen en achter vervallen deuren ontdekt. Sommige waren overwoekerd. Haar route bespoedigde hun tocht zeer en een onbekend stuk Dizary trok rap aan hen voorbij.

Voor Ileas was de hele tocht niets meer dan één grote waas. Hij voelde zich zweven en bij elke stap kwam hij los van de wold. Het was alsof hij moeiteloos door een afvoerpijp gleed, waarvan hij allang wist waar die eindigen zou.

Licht maakte plaats voor donker. Ondanks de voorspoedige route vloog de tijd voorbij, want het tempo van de Maarkdragers lag aanzienlijk lager dan bij hun eerdere missies, toen iedereen nog vol enthousiasme zat. De drie resterende Maarkdragers wilden wel, maar hun lijven hadden het min of meer opgegeven. Voeten struikelden geregeld over elkaar en sleepten over de kasseien, hoofden bleven met moeite overeind en de handen met de Maark raakten de straat haast, zo laag als ze bungelden.

Na een slingerende tunnel kwamen ze uit op een smalle straat, waar ze rechtsaf sloegen. Op een plek waar de straat breder werd hielden ze geschrokken in en staarden naar een imposant, statig wit pand. Aan de muur rond de binnenplaats hingen de lichamen van een aantal mensen in paars kostuum, aan dodelijke stroppen rond hun hals.

Met trillende staart keek Zeliska toe.

Ileas werd nog meer angstwekkends gewaar: boven de omheining van de binnenplaats uit zag hij reuzegrote kabouters met gloeiend rode ogen rondstruinen. Hij wist wat die daar uitspookten: ze waren hem aan het opwachten.

Uitgelaten mensen dansten voor de toegangspoort van het witte pand, of hielden stokken met brooddeeg eromheen gekruld bij kampvuurtjes. Een van de lijken aan de muur hupte vrolijk mee op de maat van het gezongen lied, tot Ileas nog eens goed met zijn hoofd schudde.

"Bij de goden," bracht Arak uit. "Daar binnen zijn mensen gevangen!"

"De wijkbewoners hebben geen flauw benul wat ze doen," zei Jinasum.

"En kabouters," zei Ileas wijzend. Niemand reageerde.

Een passant die zich bij het feestje ging aansluiten zei: "Ze zijn verdreven, die klootzakken van Emperio zijn weg. Het is tijd voor feest, nu wij weer de baas zijn."

"Als daar binnen mensen gevangen zitten moeten we haast maken," zei Ylly sloom en hij strompelde op de menigte toe. "Als ze het pand al niet in hun dronken bui hebben geplunderd en straks in brand steken."

Rudarg liep achter hem aan en brulde naar de mensen: "Garlargers! Stop deze uitgelaten gekte direct."

Een aantal bewoners keek op, zich proestend in hun wijn en bier verslikkend.

Arak zei: "Als ik jullie vertel dat er mensen zijn opgesloten in de kerkers van dat pand, smaakt het bier je dan nog steeds zo goed? Jullie broeders komen om."

Bierpijpen vielen spontaan op straat, gevolgd door onafgebakken broodjes. Stilte golfde door de menigte, terwijl op de achtergrond een kabouter over de omheining gluurde. Ileas verschool zich snel achter Arak.

"Jullie moesten je schamen!" zei deze. "Wij zijn van het vredesgilde Moed en Daad en wij gaan de gevangenen bevrijden. Pak je boel bijeen en zorg dat je weg bent als wij terugkeren. Anders berechten wij jullie voor je wandaden."

Zijn woorden kregen bijval van het team, dat zich daadkrachtig op een rij had opgesteld. Met strenge blikken in hun ogen wisten ze snel het feest tot een einde te brengen. Ileas had zich ook als woeste strijder opgesteld, met geheven vuisten en aangespannen armen zodat ze zijn spierballen zouden zien, hoewel hij niet helemaal begreep waarom. Ergens snakte hij wel naar een bierpijp en zo'n broodje, dus zijn houding verslapte al snel.

Jinasum zei: "En haal verdomme die lichamen van de buitenmuur! Jullie zijn barbaren en nog zieker dan Emperio zelf." Ze wachtte even om erop toe te zien dat de bewoners in actie kwamen. Daarna vroeg ze aan de gezellen: "En nu?"

Zeliska liep door de verwoeste toegangspoort de binnenplaats op. De rest volgde haar. Rudarg en Ylly sjokten direct achter haar aan. Ileas volgde in zijn eigen tempo de binnenplaats op en drukte zich tegen de muur, om niet de aandacht te trekken van die reusachtige kabouters, die met hun loodzware stampende klompen de grond onder zijn voeten deden schokken.

"Ileas, wat doe je?" riep Arak, die vijf meter voor hem liep. Hij kwam op hem af.

"Kabouters," zei Ileas en hij wees.

"Die zijn er niet," zei Arak. "Ik kan je helpen, maar jij moet zorgen dat je een van de gevangenen bevrijd: jouw goede, daad, weet je nog wel? Ileas, weet je nog?"

"Het zijn monsters," zei Ileas.

"Ileas!" Arak schudde aan zijn schouders.

"We zouden gek zijn als wij ons daarin begaven."

Arak sloeg hem zacht in zijn gezicht. "Dit is je kans."

Weer bij de les en zei Ileas vol overtuiging: "Ja... ja, ik doe het."

Arak hielp zijn vriend vooruit en ze volgden de rest van het team. Aan de rechterkant van het pand, waarvan de ramen kapotgegooid waren, zat een deur, met daarachter een trap omlaag naar een donkere diepte. Zeliska was de dappere die als eerste de trap afdaalde. Jinasum, Rudarg en Ylly ondersteunden elkaar terwijl ze haar volgden. Ileas werd door Arak de trap af geleid.

Er was een flakkerend licht van fakkels in de kerker en er golfden echo's van zorgelijke klanken. In de kooien zaten mensen opgesloten, die uit alle macht de hekken open probeerden te krijgen. Het staal had hun handen tot bloedens toe verwond. In een aantal kooien lagen de grijze lichamen van dode mensen die het al hadden opgegeven tussen het stro. Spoedig zouden die met het levende systeem herenigd worden.

"Pernille!" riep Ylly bij een kooi. "Dit is Pernille Machaen."

Meteen begonnen hij en Rudarg aan het metalen hekwerk te trekken, maar tevergeefs. Al na een paar rukken zakten ze uitgeput in elkaar.

"Het zit op slot, mijn beste kerels." Pernille kwam naar voren; het licht van de fakkels viel over haar lichaam. Er was geen vlinder meer die haar vergezelde. Haar ooit zo deftige hoge haardos hing als een warrige struik aan een kant van haar hoofd. Ze was ontdaan van haar witte make-up en sierwratje. Ze moest bukken om in haar kooi te staan.

"De sleutels zijn vast meegegaan naar Grimklauw," zei Ylly zuchtend. "Onze eigen fout."

"Dramrg, zonder sleutels doen we weinig," zei Rudarg.

"We verzinnen iets beters," zei Jinasum.

"Ben ik mee bezig," zei Ylly en het wit van zijn ogen draaide naar voren.

Rudarg staarde voor zich uit, in een dagdroom verkerend. Jinasum trok hem van zijn plek en schudde hem wakker. De kleine man keek geschrokken om zich heen. "Arch, we zijn *hier* nog."

Verderop zat Zeliska voor een hekwerk, aangehaald door een man die daar opgesloten zat.

Opeens golfde de kerkervloer, de betegelde vloer in een puinhoop veranderend. Stenen kwamen schots en scheef te liggen, alsof zich er een enorm beest onder roerde. Iedereen stond meteen op scherp: er was weinig tijd over voor de Maarkdragers.

"Het is Draghadis, die zijn sporen aan het wissen is. Hij is hier," zei Andras vanuit zijn kooi. "In dit district is duidelijk iets helemaal misgelopen met Emperio. Draghadis zal straks geen splintertje van dit pand achterlaten. Hij was de verantwoordelijke in deze regio en dus voor de hele bende."

"Meeew."

"Ik weet het, Zeliska," zei Andras. "Dit zijn natuurlijk de helden waar jij het over had. Ik ben Andras, haar collega. Wat fijn dat jullie werkelijk gekomen zijn om mij te redden."

"Dat is in elk geval de bedoeling." Ileas liep naar hem toe en begon aan het metalen hekwerk te schudden. Ineens stond er in de kooi een sierlijk bewerkt houten ledikant, met op elke hoek een kaboutertje. Hij probeerde ernaar te kijken, maar hij wist allang wie daar lag: hijzelf.

"Maak haast," zei Arak en hij stootte hem aan.

"Ja... ja, dat moet ik doen." Ileas rammelde weer doelloos aan het hekwerk. Ondertussen ratelde zijn brein, maar zijn logische denkvermogen liet hem in de steek. Hij liet zich even ontmoedigd door zijn knieën zakken en merkte toen de ongelijkmatige bestrating op waaruit de kerkervloer bestond. Snel pulkte hij één van de kasseien los en begon daarmee op het slot te beuken. Het slot gaf zich niet snel gewonnen en het werk putte hem snel uit.

"Je slaat te zacht, je bent gewoon een watje," zei Ylly met een goedbedoelde knipoog. Hij volgde het voorbeeld en begon met een vloertegel op het slot van de kooi van Pernille te beuken. "Het moet, het moet." De kracht kwam uit zijn tenen. Hij klemde zijn kaken op elkaar en blies zijn speeksel tussen zijn kiezen door. "Het moet, het moet." De jongen zuchtte en kreunde. Na tien slagen gaf hij zich nog niet gewonnen. Bloed droop tussen zijn vingers door. Het metaal deukte en de vloersteen brak in tweeën. Nog steeds ging hij door met slaan, nu met één van de twee stukken. Kleng, kleng, kleng.

Het slot brak warempel open met een droge klik.

Op dat moment zakte Ylly door zijn benen en begon te huilen. Door het bevrijden van Pernille was zijn Maark van zijn hand verdwenen. Hij was vrij. De vrouw schoot naar voren en op bijzonder onflatteuze wijze beukte ze met haar voet het hek verder open.

"Ha! Je hebt je best gedaan, jongen," zei ze en ze legde haar hand op Ylly's rug. "Dat je zoveel energie hebt gebruikt om mijn leven te redden maakt je tot een goed mens. Ik zal je eeuwig en altijd dankbaar zijn."

Ylly antwoordde: "Vooruit, ik zal u naar buiten begeleiden."

"En uw collega's dan?" vroeg ze.

"Wij weten wat we doen. We zijn een team van Moed en Daad." Hij begeleidde Pernille de kerker uit, de trap op naar buiten.

Ileas keek hem na. *Dag Ylly.*

De kerker schudde en trilde.

Ileas beukte met zijn eigen steen op het slot. "Als hem het lukt moet het mij ook..."

Rudarg was bezig met het slot van een onbekende man in het midden van de kerker. Zeliska moedigde hen aan. Ook Arak hielp Ileas, en Jinasum sloeg mee bij Rudarg.

Kleng, kleng, kleng, echode het door de kerker.

De kerkervloer golfde nogmaals onder hun voeten. Aan het eind van de kerker zwaaide de metalen deur open en in de opening verscheen Draghadis.

"Stop daar onmiddellijk mee!" brulde hij.

Maar de vonken van de klappen van steen op metaal bleven rondvliegen. Kleng, kleng, kleng. Natuurlijk gaf geen enkele gezel gehoor aan het bevel.

Ze keken alleen verschrikt op toen ergens in de kerker een droge klik te horen was. Een van de sloten was geopend. Ileas en Rudarg stopten met beuken en keken elkaar aan. Een moment verstreek, waarna Rudarg zijn steen langzaam uit zijn handen liet glijden. Met een zucht, die ergens diep uit het binnenste van zijn lijf kwam, zakte hij door zijn knieën en brulde.

De man in de geopende kooi kroop bevend op handen en voeten naar voren en opende het hek. Opgelucht zei hij tegen Rudarg: "Ik ben je dankbaar, beste... kleine man."

Dit is niet waar! dacht Ileas, maar zelfs toen hij met zijn hoofd geschud had, bleef het beeld van de bevrijde Rudarg voor hem zweven. Ook hij bezat niet langer een Maark.

"Drek!" brulde Ileas en begon nog harder op het slot te beuken, dat nog steeds geen millimeter meegaf.

Draghadis had ontzet toegekeken en kwam op Ileas, Arak en Jinasum af. Die stonden nu met z'n drieën op het slot te slaan. Soms stopten ze even om Ileas de kans te geven het slot daadwerkelijk te openen. Hij moest de finale zet doen. Met de kracht waarmee hij sloeg, maakte hij in korte tijd gruis van zijn vloersteen – zonder het slot te verbreken.

Een volgende steen was aan de beurt. Hij beukte en beukte, terwijl een schaduw over hem heen viel. Het was Draghadis, die wel heel dicht in zijn buurt kwam.

Hoewel zijn lijf pijnlijk protesteerde bleef Ileas slaan. "Dit is het, hiermee zal ik je bevrijden, Andras!"

Andras keek hem dolgelukkig aan toen hij begreep dat zijn bevrijding ophanden was. Zijn glimlach verstarde echter ineens en er verscheen een doodse blik in zijn ogen.

Klik.

De mond van Ileas viel open bij het horen van het welkome geluid van het geopende slot. Gek genoeg voelde hij verder niets. Hij had gehoopt op iets bevrijdends: geen pijn meer. Hij liet de steen uit zijn handen vallen, zodat hij Andras in zijn armen kon sluiten.

Maar uit de mond van de man tegenover hem kroop een zwart, slijmerig tentakel. Het was ongezien uit de vloer omhooggeschoten en had zijn rug in luttele seconden doorboord. Draghadis hoefde er slechts één handgebaar aan vuil te maken om Andras te doden. Daarna trok het tentakel zich weer terug en verdween in de vloer.

Voor een laatste maal keek Andras Zeliska aan en zakte neer in het stro. Ze was zijn kooi binnengesprongen, maar kon niets meer voor hem betekenen. Ze had niet eens tijd gehad voor een afscheid. Met haar kop drukte ze tegen zijn voorhoofd en bromde zachtjes. Ileas schudde hevig met zijn hoofd, hopende dat ook deze boze droom verdwijnen zou. Maar Andras bleef dood op de vloer liggen.

"Nee, nee!" Ileas hing verdoofd aan de tralies.

"Je moet wel naar mij luisteren als ik een bevel geef," zei Draghadis achter hem. Arak en Jinasum stapten geschrokken opzij. "Het is aan te raden dat jullie hier vertrekken en mij mijn werk laten afmaken."

Ileas' wanhoop had plaats gemaakt voor enorme woede en hij moest een paar maal naar lucht happen. Als een razende schoot hij op Draghadis af, die daardoor werd verrast. Nooit eerder had iemand hem blijkbaar zo direct durven aanvallen.

Met beide handen klauwde Ileas naar het sliertige gezicht en kneep in de zachte brij. De slierten zagen er rood en ontstoken uit, maar daar had hij maling aan. Hij kneep, hij kneep heel hard. Al zijn woede, alle frustratie die hij de afgelopen dagen te verduren had gehad, en misschien wel die van heel zijn leven, zat in die greep.

Hij kneep harder en harder en dwong zo het kolossale lijf van Draghadis op de knieën. De spastische tentakels van het masker zochten radeloos naar zuurstof voor hun meester, en aan alle kanten ontsnapte gegil. Draghadis schokte en hing met zijn handen aan de armen van Ileas, die geen moment losliet. En het voelde goed. Er was protest in heel zijn lijf, maar dat negeerde Ileas, want het monster was in hem ontwaakt en weerstond zelfs de magie van zijn Maark. Het monster brandde, kronkelde woest, vrat aan alles, rookte, stampte met zijn zware klompen en keek voldaan met roodgloeiende ogen neer op zijn prooi. Toen zijn muil openging, braakte hij vuur.

Hij greep Draghadis zo diep in zijn ziel dat hij zelfs zijn daden begreep: zijn afgunst jegens het levende systeem, zijn wanhopige ontsnapping uit Nedorium, waarbij hij zijn gelaat moest afstaan, zijn weergaloze drang om te ontsnappen aan zijn miserabele leven, waarbij hij alles aangreep om dat voor elkaar te krijgen, zijn verlangen naar vrijheid.

Draghadis spartelde als een zielig, verslagen beest.

Ileas klemde zijn kaken op elkaar en hief met een machtig gevoel zijn kin. Een fractie van een seconde gleed zijn blik de andere kant uit. Totaal onthutst keken Arak, Jinasum, Rudarg en Zeliska hem aan. Het was alsof hij hun handen op zijn schouders voelde.

Ik wil geen monster zijn, ik wil leven, dacht hij. Hij keek Draghadis nog eenmaal aan en walgde van de macht waarmee hij hem in bedwang hield.

Toen liet hij los.

Het lichaam van Draghadis zakte op de vloer, waar het bleef kronkelen en spartelen.

"Weg, weg hier!" Arak greep Ileas beet en trok hem de kerker uit, achter de andere gezellen aan.

"Ik kan niet meer, laat me." Ileas struikelde, maar Arak trok hem meteen weer op zijn benen.

"Pas op!"

Een stuk steen kwakte naast hen neer. Ileas had er geen idee van gehad dat intussen de kerker aan het instorten was en het puin de rest van de gevangenen dodelijk getroffen had. Eenmaal buiten kwam er een stofwolk achter hen aan.

Voor Ileas was alle kleur uit de omgeving verdwenen, om plaats te maken voor een grauwe schaduw die over alles heen lag. Dit was zijn wold niet meer.

Verderop zat Pernille op een houten kist. Ylly verzorgde een ernstige verwonding aan haar been.

Ileas stond versuft bij de deuropening, met gebalde bloedende vuisten, en voelde zich loodzwaar. De wold trok aan zijn lijf, er was weinig tijd over. Hij keek naar boven, waar hij tussen de bouwsels door een dunne strook hemel zag.

Iets deed zijn nekharen overeind staan en een koude onplezierige rilling streek over zijn rug. Hij hoefde niet om te kijken om te begrijpen van wie de zware voetstappen waren die hem volgden. Een duw in zijn rug haalde hem onderuit. Hij draaide zich om: aan zijn voeten verrees Draghadis als een schaduw in de deuropening. Hij had duidelijk te lijden van de aanval van daarstraks.

Arak, Jinasum, Rudarg en Ylly schaarden zich meteen rond Ileas. Zeliska ontbrak. Jinasum hielp Ileas overeind en omhelsde hem. Het team vormde een muurtje, waar Draghadis om moest lachen. Die lach klonk gruwelijk, want zijn gelaat was vermorzeld.

"H...en hwat dachten jullie, te... kunnen doen?" sprak de schaduw, met een nog afschuwelijkere stem dan voorheen. Zijn ademhaling klonk raspend en reutelend.

"Ik wil alleen maar van mijn Maark af," zei Ileas.

"Zoh. Daar... zit jij toch lelijk in de penarie." Draghadis maakte een handgebaar.

Rondom de groep verrezen tentakels en vormden een kroon, zoals die ook verrezen was op de berg puin rondom Contentimus.

"Hier... heb ik geen htijd voor." Draghadis hief zijn handen en dirigeerde de tentakels om dit zielige groepje gezellen aan te vallen.

"Houd je vast," zei Arak tegen Ileas, terwijl hij over Draghadis heen keek naar iets wat kennelijk naderde.

Een enorme hoeveelheid donkere vloeistof stortte van grote hoogte neer op de binnenplaats. Een flinke golf raakte Draghadis als eerste en stootte hem over de binnenplaats heen tot hij door de poort wegspoelde.

De gezellen grepen elkaar bij de hand. Ileas werd door het ijskoude water in zijn zij geraakt en erdoor meegesleurd. Heel even voelde hij nog de zachte hand van Jinasum, maar die raakte hij al snel kwijt. Hij tolde rond en merkte dat dit veel meer water was dan bij zijn eerdere kennismaking met de inhoud van een dakmeer. Hier en daar kon hij lichamen ontwaren, die net als hij het oppervlak probeerden te bereiken. Heel even kwam hij boven. Een golf sloeg over hem heen en onwillekeurig maakte hij een draai om zijn as. Het water vulde zijn oren en mond. De druk op zijn borst was enorm.

Hij had geen zin meer om zich te verzetten, tegen niets meer. Met gestrekte armen en benen liet hij zich totaal ontspannen meevoeren. Langzaam sloot hij zijn ogen, omdat hij allang wist wat er ging gebeuren.

Er bonkte iets tegen zijn hoofd en dat bracht hem op vervelende wijze uit zijn voorbereiding op de dood. Prompt opende hij zijn ogen. In een waas van zwierende haren zag hij Ylly met gesloten ogen en open mond voorbijdrijven. Zonder aarzeling greep hij de jongen bij zijn kraag. Meteen daarna kwam hij in contact met het plaveisel en niet veel later was het water van het dakmeer weggestroomd. Doorweekt en roerloos lag hij naast Ylly op de grijze verlaten straat.

Proestend schoot hij overeind en voelde of de jongen nog ademde, door zijn hand bij zijn mond te houden. Hij voelde niets, en ook Ylly's borst ging niet meer op en neer. Geen hartslag. Met beide handen begon hij instinctief op zijn borst te drukken en perste zo het water uit zijn longen. Dit werkte goed en hij begon nog ijveriger te pompen.

Uit alle macht blies hij lucht in Ylly's longen. Er klonk gegorgel van het water dat in de weg zat. Na drie ademteugen begon hij weer op de borst te drukken en in hetzelfde ritme braakte Ylly water. Toch kwam hij niet tot leven.

Het duizelde in Ileas' hoofd, hij voelde zich raar. Naarmate hij bij Ylly het leven binnenblies, vloeide dat net zo snel uit zijn eigen lijf weg.

Het was tijd – de magie van zijn Maark begon in heel zijn lijf te bonken. Stug bleef Ileas evenwel op Ylly's borst pompen. Nog meer water kwam in stoten uit diens mond. Ileas wilde lucht in zijn longen blazen, maar merkte dat het hemzelf ontnomen werd. Zijn keel kneep zich heel langzaam dicht en hij haalde piepend adem.

Zijn wilskracht was er nog, maar zijn lijf had zich al overgegeven aan de naderende dood. Zijn Maark bezorgde hem een totaal nieuw niveau van pijn, dat voelde alsof de wold aan alle kanten op hem drukte. Elk bot in zijn lijf werd haast verbrijzeld en zijn spieren leken wel te scheuren, zo hard als eraan getrokken werd. Met het kleine beetje energie en bewustzijn dat hij nog bezat, duwde hij met knikkende ellebogen futloos op Ylly's borst. Wat had het nog voor zin?

"Nog niet... ik heb nog... tijd. Toch? Gun mij meer tijd. Wat er de afgelopen dagen ook tussen ons is gebeurd, Ylly verdient het te leven. Neem mij daarna."

Zijn blik dwaalde af en hij besefte dat hij alleen was. Hij zou in alle eenzaamheid sterven, hier midden op straat, eenzaam als altijd. Gedachten schoten door zijn hoofd, spijt, woede, angst, blijdschap, haat en liefde draaiden door elkaar. En er waren opeens nog dingen die hij tegen Arak had willen zeggen. Er bestonden nog zoveel dingen die ze samen konden beleven. Samen? Ze waren altijd samen, besefte hij. Zo dankbaar was hij zijn vriend daarvoor.

Hij richtte zijn blik naar de lucht boven hem. De duistere bouwsels hingen onheilspellend over hem heen, klaar om hem te grijpen. Graag had hij voor een laatste maal iets van blauwe lucht gezien en de warmte van zon Luza op zijn gezicht gevoeld, nu hij wist dat er straks alleen maar duisternis volgde. Want zo zat de dood volgens hem in elkaar: het leven leefde je hier en na de dood was er niets meer.

Zijn hoofd zakte omlaag, zijn hartslag klopte steeds langzamer in zijn oren. Zijn schouders zakten af en zijn armen raakten verlamd de staat. Nog een laatste zucht. De magie van zijn Maark had gewonnen.

En opeens voelde het anders, alsof het wegtrok.

Ylly schokte, kuchte en rolde verkrampt op zijn zij. Hij hapte naar lucht en opende half zijn ogen.

37
EEN THUIS

"De hele bups in een keer regelrecht naar Grimklauw, dat zeg ik je. Ik zie ze nog gaan zoals ik ze zag toen ik uit het raam hing om mijn kruidenplanten te bewateren. Wel tientallen, honderden, wat zeg ik, duizenden mannen en vrouwen, in van die mooie paarse pakkies en met banieren, en op drendie. Als ik het geweten had, dan hadden ze me vrouw ook mee mogen nemen. Ha, ha, ha. En mijn schoonmoeder d'r achteraan, met die rotkat van d'r. Ha, ha. Oh, en laat ik die snurkende rotvent van een buurman niet vergeten, met z'n kwijlende hond. Dat beest zat laatst in mijn groentetuin te schijten," zei de man.

"Naar Grimklauw, jeeh," zei de ander tegenover hem nogal afwezig, terwijl hij een steen plaatste op het speelbord van het spelletje Y dat ze speelden. "Hoe hebben die dat klaargespeeld?"

De andere man ging rechtop zitten en rommelde aan zijn M-klik boven op zijn hoofd. "Om eerlijk te zijn: ik gaf ze die tip."

"Werkelijk? Maar hoe dan? Je vraagt toch zeker niet aan zo'n groot gilde als Emperio of ze vriendelijk bedankt willen oprotten naar Grimklauw? Daar gaat niemand vrijwillig heen."

"Ik heb ze kaarten zien gebruiken. Ik zie die dingen nog door de straten fladderen, met imbeciele knechten erachteraan rennend om ze te grijpen. Ze gingen d'r gelijk mee op pad, alsof ze wisten waarheen ze moesten gaan. En wat wil je: nooit meer iets van ze teruggezien, want ze schijnen regelrecht naar Grimklauw te zijn gelopen. Ha, ha, ha."

"Rinus, jij bent aan de beurt. En trouwens; kaarten zijn een vloek en ze bestaan niet."

Rinus wees met zijn vinger. "Natuurlijk wel... eh, nou. Misschien ook niet. Het is ook maar wat ik gehoord heb."

"Niemand nooit niet heeft ooit een kaart van deze wold gezien, laat staan in zijn bezit gehad. Ze komen vast weer terug, die van Emperio."

"Voorlopig niet. De resterende manschappen zijn door de bewoners zelf vriendelijk doch dwingend, ha, ha, ha, verzocht te vertrekken. Ik heb er zelf een paar een schop onder de kont verkocht."

"In je dromen en met je wandelstok zeker. Je ken geen poot verzetten."

De ander verzette lachend zijn Y-stuk op het speelbord en zei: "Deze kan ik wel verzetten. Jij bent. Ik ken toevallig mensen die mensen kennen waarvan ik het gehoord heb. Aan de andere kant van de wijk in Taren was het. Daar ging het er beestachtig aan toe, dat zeg ik je. Gevangenen en bloederige praktijken in dat mooie witte pand waar volgens mij ooit het vredesgilde van Tryuilingen in gezeten heb."

Zijn metgezel zei: "Hier zijn ze in elk geval weg, maar ze hebben toch ongeveer het halve Zuiden in de greep, dat Emperio. Dat is wat *ik* dan weer gehoord heb. Wat hier gebeurt is lachen ze alleen maar om. Komen vast weer terug, let op mijn woorden."

"Ze zijn weg."

"Toch kon hun vertrek niet voorkomen dat het halve pand van die gasten hier is ingestort," zei de ander.

"Tragisch, maar geen dooie, zover ik weet." Zijn M-klik jeukte flink.

"Gelukkig, het zijn nog van die jonkies. Een wonder."

"Een wonder was het niet te noemen, iets uit een nachtmerrie eerder. Toen ik uit het raam hing, zag ik een vreemde kerel met van die slierten aan ze gezicht."

"En toen?" vroeg de ander.

"Mooi dattie die toren liet instorten. Meer weet ik niet, want toen was de soep net klaar," zei Rinus.

"Gek dat ik er niks van gemerkt heb."

"Nee, en je slaapt er praktisch recht tegenover."

"Hé..."

"Ik zit te zeggen dat je er praktisch naast woont. Ha, ha."

"Vertel mij wat. Huh, huh, huh. Al met al een weinig woldveranderende gebeurtenis als je het mij vraagt. Zo te zien is alles nog zoals het is. Ik ga nog steeds door dezelfde deur Mikkel en Moes binnen en als ik er naar buiten stap zie ik nog steeds die ellendige grote linden op de laan en die ene rothond die ertegenaan loopt te zeiken. Nee, als ik de eindsteeg in zicht heb, mag het levende systeem mijn rammelende botten hebben."

"Het was trouwens een flinke berg met puinzooi."

"Waar dan?" De ander keek om zich heen.

"Ja, nee, nou niet meer. Het graafschap heeft er al een tunnel onderdoor gegraven en bovenop ligt er dat mooie groentetuintje. Kijk dan. Wat ik weet is dat ze iets geks hadden in die toren en ze hebben delen daarvan uit de puinhopen getrokken om te verkopen aan de hoogste bieder."

De ander deed zijn zet. "Voor wederdiensten, mag ik hopen."

"Zeker, het is je weet wel, zo'n nobele organisazie, die geven niet om geld. Diensten is waar ze het voor doen. Ik heb ook wat van ze overgenomen."

"Wat is jouw wederdienst dan?" vroeg de ander wantrouwend.

"Vrouwtje bereidt een biggetje aan het spit voor voor tijdens het feest."

"Feest, waar dan?"

"Je zit er al, ha. Hier op de binnenplaats van hun hoofdkwartier."

"Oh, nou, dan blijf ik lekker zitten. Als er ook eten en drinken is. Huh, huh."

"Nog een biertje dan maar, heren?" Arak stond naast de twee, met bierpijpen in zijn hand. Twee gaf hij aan de stamgasten van Mikkel en Moes en zelf nam hij de derde.

Hij zei: "Het feest zal bijna losbarsten. Ik ben bang dat we deze stoelen en tafels aan de kant zullen schuiven voor de dans, met jullie goedvinden."

"Heb jij mij al eens zien dansen?" Rinus schuifelde met zijn heupen op zijn stoel. De ander schoot in de lach.

Arak zou zichzelf ooit een sierlijk bewerkt houten spel Y cadeau doen, dat stond bovenaan zijn lijstje. Hij liep weg, want nu had hij wel genoeg gezien en vooral gehoord van deze mannen. Terloops zei hij: "Zegt het voort, heren: Moed en Daad is terug als nooit tevoren."

"En er was ook een poes," ging Rinus op de achtergrond verder.

"Vrouwtje roept..." zei de ander.

Het was een mooie gewaarwording dat in zo korte tijd zo veel mensen op de been waren gekomen om het gilde te helpen. Arak had geen vermoeden gehad dat er rond het hoofdkwartier van Moed en Daad zoveel bereidwillige mensen woonden. Ze hielpen mee met opruimen van de berg puin of met het treffen van voorbereidingen voor het aanstaande feest. De binnenplaats werd vol gekleurde vlaggen en lampions gehangen en in het midden legden ze een vuur aan.

Arak wandelde de binnenplaats over, ging via de voordeur het hoofdkwartier binnen en besteeg de trap in de grote hal naar de eerste verdieping. Links liep hij de gang in, naar de vleugel met de slaapvertrekken. Bij een deur stopte hij om aan te kloppen, maar dat kloppen liet hij na korte aarzeling achterwege. Hij wilde wel eens zien hoe Ileas en Jinasum zouden opspringen, dus zwaaide hij vlug de kamerdeur open.

"Eh... en hoe maakt onze patiënt het?" vroeg hij aan zijn vriend.

Ileas keek hem duf aan en zei: "Heb je in de afgelopen dagen nog niets geleerd?"

Arak keek verbaasd door het slaapvertrek. Jinasum was er niet. Hij zei: "Je... ziet er goed uit."

"Ik had net een mooie droom, schitterend, echt bijzonder, totdat iemand die nogal abrupt verstoorde zonder te kloppen."

Arak liep zoekend het slaapvertrek binnen.

"Als je moet poepen zit je in de verkeerde ruimte," zei Ileas lachend. Zijn vriend schoot ook in de lach. "Maar dat is natuurlijk niet wat je zoekt, toch?" Ileas sloeg de deken van zich af en ging rechtop in bed zitten.

"Ik begrijp het wel," zei Arak. "Relaties die onder stressvolle situaties ontstaan, houden nooit stand."

Daags na het verdwijnen van zijn Maark zag zijn vriend er goed uit, naar omstandigheden tenminste. Er zat in elk geval weer kleur op zijn gelaat. Arak herkende zijn blijde ontspannen gezichtsuitdrukking en de vrijheid waarmee hij bewoog en sprak. Dat gevoel had hij zelf al eerder mogen ervaren, en hij had het al die tijd zijn vriend zo gegund. Het was slopend geweest om hem tot op het laatste moment te zien tobben. Geen Maarkdrager zou ooit zo lang hebben gestreden om in leven te blijven. Dat maakte Ileas wat hem betreft tot een echte held.

Ze stonden wat onwennig tegenover elkaar. Arak twijfelde of hij zijn vriend zou omhelzen of niet. In gedachten zag hij zichzelf dat nog steeds doen. Ileas moest het aan zijn houding hebben gemerkt, want zijn ogen werden opeens een beetje rood. Arak kreeg er een brok van in zijn keel.

Met een krachtige haal trok hij achter zich de gordijnen open en helder licht viel de kamer binnen.

"Auw!" Ileas begon meteen in zijn ogen te wrijven. "Wat een licht zeg, het prikt."

Arak zei: "Ik heb eindelijk dat heerlijke welverdiende bed ontdekt waar ik straks niet meer uit zal komen."

"Hebben we dan eindelijk een thuis gevonden?"

"Geen Wraendal meer."

Ileas nam het slaapvertrek in zich op. "Wraendal waren we toch maar half en na wat er gebeurt is, zijn wij die titel niet meer waardig, denk ik. Dit zal wennen zijn. Het is behoorlijk benauwd zo'n kamer."

"Raampje openzetten?" Zijn vriend wapperde met zijn hand langs zijn neus.

"Ik mis onze tentjes en de harde straat niet echt. Dit bed is geweldig." Ileas veerde op en kleedde zich aan.

"Zeker." De blik van Arak bleef op de rechterhand van Ileas hangen. Na het verdwijnen van zijn Maark was die weer mooi geworden.

Zijn vriend zag dat hij keek en vroeg: "Je bent toch niet jaloers omdat ik mijzelf verenigd had met Contentimus?"

"Nee, nou... Ik had alleen graag geweten hoe het zou voelen om dat te doen."

"Niets aan, ik zweer het je. Geen onvergetelijke ervaring."

"Dat zeg je alleen maar om mij ervan te weerhouden," zei Arak.

Ileas trok zijn wambuis over zijn hoofd aan en gluurde vlak over zijn kraag naar zijn vriend. "Terwijl ik sliep ben jij toch al stiekem in Mikkel en Moes geweest, samen met onze beste Rudarg Klats?"

Arak draaide zich vlug om, maar hij wist zeker dat Ileas zijn glimlach nog net kon zien. Hij zei: "Wie zal het zeggen. Ik kwam je halen, want het feest gaat bijna beginnen."

"Draghadis?" vroeg Ileas ineens.

"Weggespoeld, nooit meer iets van gezien. Dat hoofdstuk kunnen we afsluiten."

"Goed dat je mij kwam wekken voor het feest," zei Ileas en hij kleedde zich verder aan.

De avond viel en de binnenplaats vulde zich met een enorme menigte, die zich voor een eenvoudige verhoging verzamelde, waarop alle gezellen stonden.

"Dames en heren, laat ik u voorstellen aan de helden van de dag: de gezellen van het vredesgilde Moed en Daad." Pernille stond naast de verhoging en ook nu nog torende ze hoog boven het publiek uit. Alles zat bij haar weer in model. Ze hoefde maar weinig inspanning te plegen om haar luide stem over de binnenplaats te laten galmen. "Dankzij hen is deze streek ontdaan van Emperio, dat zomaar grip dacht te krijgen op het doen en laten van dit gilde. Nou hadden ze zich daar tamelijk in vergist."

Ze zwaaide haar arm in de richting van Jinasum, Ileas, Zeliska, Arak, Rudarg en Ylly op het podium. De gezellen waren wonderbaarlijk snel hersteld van het avontuur met hun Maark, of ze teerden nog op de euforie van hun overwinning en zouden pas na het feest door de klap worden geveld.

Het publiek juichte opgetogen. Drank en eten vlogen door de lucht.

Pernille bulderde: "De moed en daadkracht van deze gezellen is ongekend, en ik zou de leden van de band willen vragen speciaal voor hen een lied te spelen."

"Jaaaah." Het publiek was door het dolle heen.

"Laten wij allen proosten op hen en op een mooie toekomst." Pernille hief haar afgetopte wijnglas, proostte en sloeg als eerste de volledige inhoud ervan in één keer achterover. Ze eiste meteen dat haar glas weer werd volgeschonken. En waarom ook niet: ze had nog veel te verwerken.

Ook de gezellen dronken mee en waardeerden de lof van de omwonenden. De muziek van een plaatselijk muziekgezelschap barstte los en iedereen kwam in beweging op het vrolijke ritme. De gezellen verlieten het podium en werden door de blije bewoners bij de armen gegrepen en de dansende menigte in getrokken. Af en toe schoot Rudarg met zijn mechanische benen boven de mensen uit, brullend van blijdschap.

Ileas liep kluivend op een stuk vlees langs Arak. Nu was hij het die zich als eerste liet gaan. Hij werd door Jinasum ten dans gevraagd, en ook andere meiden wilden maar al te graag met hem zwieren. Hij gooide het afgekloven stuk bot over zijn schouder en danste.

Tevreden keek Arak toe.

Zeliska drukte met haar kop tegen zijn been. Hij tilde haar op en zette haar op zijn schouder. Samen stapten ze de menigte in en begonnen te dansen.

Dank

Mijn dank gaat uit naar coach Eisso Post, proeflezer Henk ter Hark en uiteraard mijn lieve ouders die een grote bijdrage aan de totstandkoming van mijn boek hebben geleverd.

Dank aan al mijn donateurs, die via Voor de Kunst mijn droom mogelijk hebben gemaakt. In alfabetische volgorde zijn dit:

Agaath Vink, Albertus de Wit, Alex Leusink, Alexander Hoying, Anneke van Winden, Familie Baak-Grootendorst, Bouke Wilens, Caroline Jense, Caroline Reijsmeijer, Casper Bontenbal, Cintia del Mastro, Claudia Wittekoek, David Harry, Eelco Witteveen, Ellen van Ravenswaaij, Elske Wiegerinck, Erwin van der Vlist, Gerard Bouwmeester, Gerrie en Bernd Schneider, Gerrit Verkooij, Hans, Wilma & Luco Vrijenhoek, Henk ter Hark, Ineke Berkum-Jochemsen, Ineke Vroling, Iris & Mike, Ivo van Asperen, J.J. Zwaard, Jaap Formsma, Jan & Tonny Carré, Jasper van Winden, Jeannette Jense, Jeroen Huijts, Jerry Kooyman, Jianmei Li, Juan Tao, Jonathan Kerkhof, Judith Hofstede, Lucas Keijning, Marc Pas, Marcel Plomp, Marjolein Pino, Maurits Komen, Michael van Niel, Miranda Vos, Mireille Vink, Nicole den Toom, P.J. Kerkhof, Patricia Toet, Patrick Schneider, Peter van Bemmelen, Peter Monteny, Pieter & Phil Dring-Commandeur, Ramona Coelho, René de Cler, Rick Loomans, Rob & Wilma Kerkhof, Rob Speekenbrink, Rose-Marie Vrijenhoek, Rudolf Smith, Rui Santos, Ruud Blok, Sandra de Koning, Sandra van Oosterbaan-Rijnen, Sanouk advice & organize, Sjoerd van Haaster, Stephan Schneider, Terry Vrijenhoek, V. Spier, Vanessa Beijl, Willem Jonkman, Zweekhorst Vertaalwerk.

Vergeet niet om een positieve recensie te schijven op internet en die te delen met de wereld.